데뷔 못 하면 죽는 병 걸림

1판 1쇄 발행 | 2025년 12월 08일

펴낸이 | 권태완 우천제
펴낸곳 | (주)케이더블유북스
편집자 | 한준만, 이다혜, 박원호, 이고은

출판등록 | 2015-5-4 제25100-2015-43호
KFN | 제3-40호

주소 | 서울시 구로구 디지털로31길 62 에이스아티스포럼 201호, KW북스
E-mail | paperbook@kwbooks.co.kr

ⓒ백덕수, 2021

ISBN 979-11-415-3824-8 04810
     979-11-415-3820-0 (set)

※ 파본은 구입하신 곳에서 교환하여 드립니다.
※ 저자와 협의하여 인지를 붙이지 않습니다.
※ 이 책은 (주)케이더블유북스와 저자자의 계약에 의해 출판된 것이므로 무단 전재 및 유포, 공유를 금합니다.

안녕하세요. 백덕수입니다.

퇴고를 하며 문대와 친구들을 다시 만나 무척 즐거웠습니다.
이 친구는 어떤 마음으로 이런 이야기를 했는지, 이런 행동을 했는지
다시 한번 돌아가는 기분이라고 할까요.

단행본을 통해 처음으로 이 이야기를 만나시는 분들도, 다시 만나시는 분들도
문대와 친구들과 함께 즐거운 경험을 하셨으면 좋겠습니다.

신나고 만족스러운 탐독이길 바랍니다!

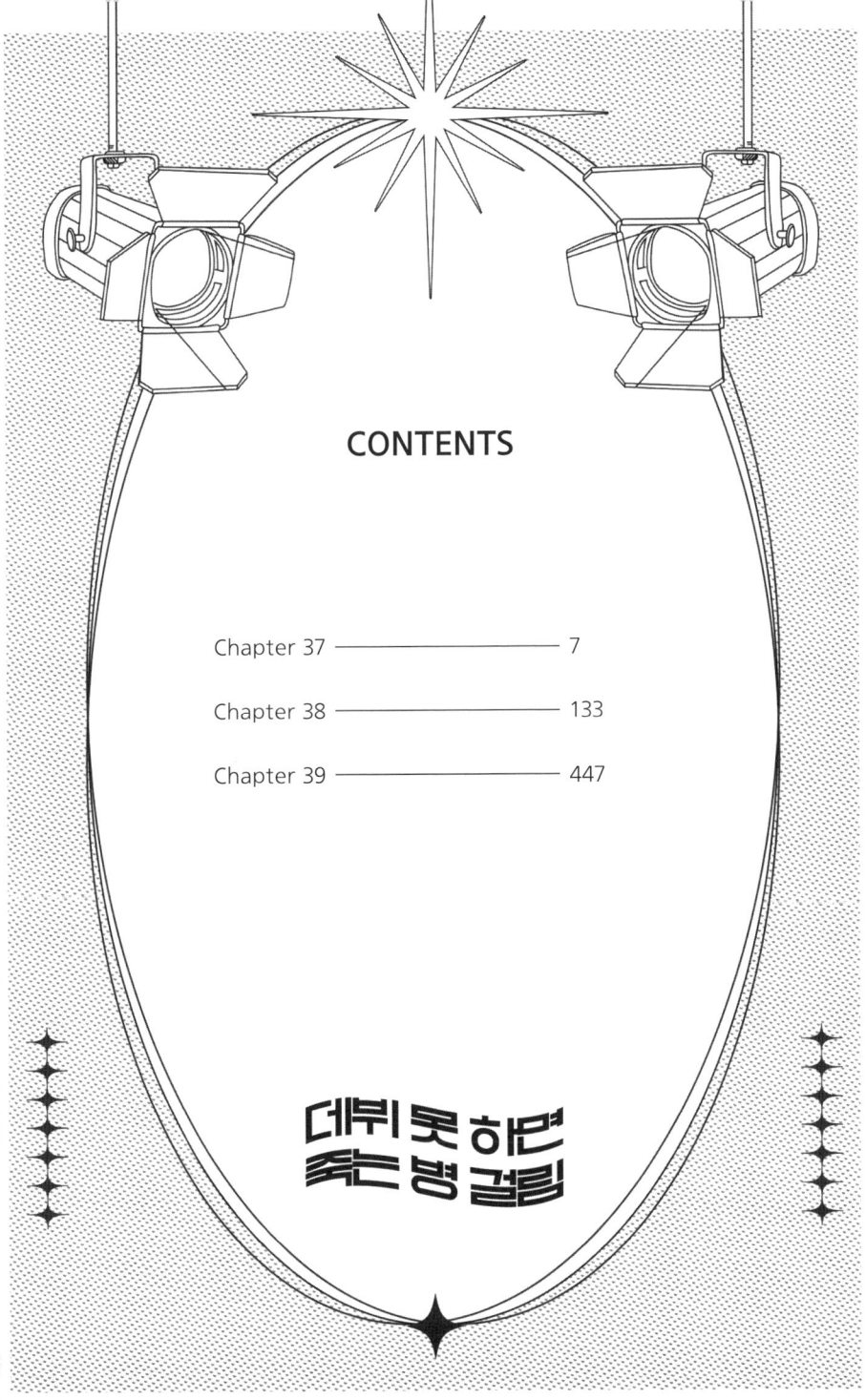

데뷔 못 하면
죽는 병 걸림

CHAPTER 37

우리 사이에선 확실히 정리가 끝났다.

지금의 차유진과는 일을 할 수 없다. 그게 개인 스케줄이든, 짧은 행사든, 간신히 잡아놓은 단체 리얼리티 예능 촬영이든 간에.

"어쩔 수 없지."

"으음."

…그런데 내가 딱 한 번 베란다에서 10분간 시도한 걸로 설득이 끝이어도 정말 괜찮냐? 나야 이야기 빨라서 편하다만, 어쨌든 이걸 기준으로 한 달의 스케줄이 책정되었으니 말이다.

"에이, 문대가 안 되면 뭐."

"그래."

"……."

그렇다면야.

"그럼 다음 주 즈음에 건강 문제로 이야기하고 유진이 스케줄을 아예 빼자."

"네넵. 그리고 리얼리티 편성을 조금 늦추면 나중에 돌아온 유진이만 따로 촬영해서 분량 넣는 걸로…"

"그래. 관련해서 내일 아침에 바로 PD님과 통화부터 할게요."

회사에 지분이 생기니 우리가 이렇게 세세한 일을 다 처리해도 좀 덜 억울하긴 하군. 어쨌든 빠르게 상황을 정리한 그 후, 나는 대본을 챙겨 든 배세진에게 잠깐 말을 걸었다.

이건 해둘까 싶어서.

"형."

"왜, 왜?"

"저희 방 바꿀까요."

"…뭐?"

"형이 낯선 사람을 불편해하시는 편인 것 같아서요. 요즘 스케줄도 더 많으시니까 방에선 편하게 지내시는 게 낫죠."

…라는 것도 반은 진실이다만, 사실 스티어 차유진 쪽에서 널 불편해해서 방 꼴이 썩 안 좋을 것 같아서 말이다. 하지만 냉큼 반색할 것이라고 생각했던 배세진은 도리어 코웃음을 쳤다.

"됐어. 그 정도로 내가 예민한 것도 아니고."

"……."

자기 객관화가… 뭐, 됐다.

'촬영 때문에 워낙 바빠서 거의 잠만 자니까.'

아마 둘 다 입 다문 채로 조용히 자기 할 일만 하면서 시간을 보낼 확률이 지극히 높았다. 괜히 여기서 계속 권유했다가 갈등이 생기는 등의 변수가 발생하는 것보다는… 가능성의 측면에서 낫다. 위장 장애만 안 생긴다면 상관없지.

"네."

나는 일단 두고 보기로 했다. 혹시 모르니까 방문은 열어두기로 하고 말이다. 다만 내가 고려하지 못한 것은… 생각보다 배세진이 맏형

노릇에 자신감이 붙었으며 의욕적이었다는 점이다.

그래서 이틀 뒤 한밤중에 그 방에서 웬 고함이 들렸을 때.
"…!!"
'X발.'
"…문대야 방금,"
"예."
나는 반사적으로 뛰쳐나오며 추측했다.
'확률 터졌네, 망할.'
스티어 차유진이 기어코 못 참고 빡돌거나 잠결에 착각했겠구나!
'그 자식 뭐 다른 사람인 걸 안다더니 선 지키느니 설마 입으로만 떠든…'
하지만 멤버들이 우르르 쏟아져 나와 방 안을 들여다보았을 때.
"그런 식으로 말하지 마!"
고함은… 배세진이 차유진에게 지르고 있었다.
'…?'
"무, 무슨 일입니까?"
진짜 뭐냐?

며칠 전.

'후.'

배세진은 짧게 심호흡을 한 뒤, 자신의 방 앞에 섰다.

아까는 박문대에게 자신만만하게 '괜찮다'라고 말했지만… 사실 다소 떨리긴 했다. 여전히, 가깝지 않은 타인과 같은 공간에서 지내는 것은 고역이니까. 다른 사람처럼 변한 차유진도 마찬가지였다. 낯선 것, 맞다.

'그래도… 나도 성장했어.'

이제 불편하다고 자리를 박차고 일어나거나 무작정 피하려 드는 어린애는 아니었다. 자신은 상황에 맞설 수 있었다!

그리고 차유진과 룸메이트를 하는 것도 벌써 1년이 훌쩍 넘었다. 어쨌든 같은 몸이니 관성으로 버틸 수 있을 것이란 짐작도 한몫했다.

'…좋아.'

그는 힘차게 방문을 열었다.

쿵.

"……."

하지만 차유진은 돌아보지 않았다. 아니, 하다못해 시선도 주지 않는다. 그저 그대로 침대에 누워서 미식축구공을 던졌다 받고 있을 뿐이었다.

'윽.'

배세진은 일방적으로 차유진을 향해 고개를 까닥거린 뒤(왜 자신이 굳이 이랬는지 직후 후회했다), 본인의 침대에 누웠다.

'후……'

그리고 대본을 펼쳐 들었으나, 싱숭생숭했다. 이 상황에 빈정이 상한 건지 속상한 건지 아니면 의무감이 드는 건지는 잘 모르겠다. 다만… 감정과 별개로 어쩔 수 없이 약간 궁금하긴 했다.

'나는… 어떻게 살고 있었을까?'

저 차유진이 경험한, '박문대'가 없었던 〈아주사〉를 겪은 자신이 말이다.

추측은 가능했다. 저 차유진의 태도가 그렇게 친근하지 않은 걸로 봐선 아마 데뷔하지 못했을 것이다. 그리고 〈아주사〉 내내 비협조적인 모습만 보였기 때문에 그때의 첫인상으로만 자신을 기억하고 있을지도 몰랐다. 아니, 그럴 확률이 높았다.

'어쨌든, 인지도는 생겼을 테니 연기를 하고 있을까…'

하지만 '드림K' 소속사 그대로라면 그다지 괜찮은 활동을 하고 있었을 것 같진 않았다.

"……"

사실 쓸데없는 생각이라는 건 안다. 어차피 지금 자신이 겪는 일도 아니고.

'애초에 그냥 추리일 뿐이잖아…'

그냥 심력만 소모하는 추측일 뿐이다. 하지만 이런 식으로 깊게 상념 속으로 파고드는 게 배세진의 특징이기도 했다.

'…끊자!'

하지만 이젠 도전하는 법도 배웠다!

그는 심호흡을 한 번 더 하고, 괜한 생각을 더 하는 대신 대본을 한 번 완독한 뒤 잠자리에 들었다. 그리고 초조함을 잘 다스리며 스케줄을 착실히 소화한 후, 다음 날 같은 시간 야밤에야 다시 움직였다.

비장의 무기를 준비했으니까.

"…먹을래?"

배세진은 침대 머리맡에 둔 상자에서 재생지 봉투 하나를 꺼내 들어, 차유진에게 건넸다. 바로 차유진이 평소 가장 좋아하던 배세진의 간식이었다.

수제 사탕! 어머니가 지인분의 수제 사탕 가게에서 때마다 사서 보내주시는데, '고향의 맛'이 난다며 어쩌나 평소에 탐을….

"오, Nope."

"……"

탐을 냈… 는데.

-형 이거 많이 사요! 저 좋아요.
-…엄마한테 말씀드려 볼게.
-Oh!!

'…너 브라우니는 먹었잖아!'

배세진은 갑자기 시끄럽고 말 많던 그의 룸메이트가 한없이 그리워졌다…. 그래서 울컥할 뻔한 심정을 참으며, 꿋꿋이 다음 말을 이었다.

"큼, 그래. 그, 음, 그리고 네 침대 밑에 원래 네가 보관하던 간식이랑 취미로 하는 것들 있거든. 심심하면… 찾아서 써."

"알았어요."

말은 긍정했다. 그러나 침대 위, 지금의 차유진은 움직이지 않았다. 찾는 시늉도 하지 않았다는 뜻이다.

완곡한 무시다.

"……"

지금까지는, 사실 워낙 정신없이 단체로 상호작용하느라 배세진도 확신하지 못한 것이 있었다. 그러나 이렇게 일대일로 대화를 나누게 되자, 섬세한 배세진은 바로 알아차렸다.

'…얘 뭐야?'

경멸.

적개심, 깔보는 것 같은 태도.

그런 것에 익숙하고, 민감하게 반응하는 사람이었던 배세진은 단번에 스티어 차유진의 아주 미묘한 비언어적인 표현을 알아차렸다. 본인이 굳이 티 내려고 하지 않아도 예민한 그는 읽을 수 있던 것이다.

"……."

배세진은 화내지 않았다. 대신 대본으로 고개를 돌렸으나, 심장이 쿵쿵 뛰었다.

'뭐지?'

왜 나한테… 저런 태도지? 혹시, 예전에는 내가 〈아주사〉에서 데뷔를 못해서… 터무니없이 한심한 사람이 됐었나? 그러고 보면 나한테만 유독….

'그, 그만하자.'

이건 피해의식 같았다. 그리고 겨우 누구 하나의 태도에 휘둘리는 사람은 더 이상 되고 싶지도 않았고! 배세진은 마음을 가다듬으며, 다시 대본으로 시선을 옮기려고 했다.

그때였다.

"여기의 나랑 친해요?"

"…!"

차유진이… 말을 걸었다. 물론 그다지 친근한 투는 아니었다. 거의 혼잣말에 가까운, 무심코 한 말. 심지어 어이없다는 투에 가까운 것 같았으나, 배세진은 성실히 대답했다.

"같은 그룹이니까… 크흠, 그리고, 같이 방을 쓰기도 하니까."

"Umm, 여기 새 숙소 아니에요?"

새로운 곳에서 룸메이트가 된 것일 테니, 기껏해야 며칠밖에 같이 안 쓰지 않았냐는 말이다. 그러나 배세진은 고개를 저었다.

"이사는 막 했지만, 전에도 똑같이 1년이 넘게 룸메이트였어. 일단 이전 숙소랑 똑같이 룸메이트 쓰는 중이니까."

"……."

차유진은 입을 다물었지만, 배세진의 머릿속에서는 순간 무언가가 번뜩였다.

'어?'

바로 다음 대화 내용이었다. 마치 대본처럼 착착 짜맞춰지듯 머릿속에 타자로 정리되는 것만 같았다.

'그렇다면…'

잠깐, 혹시 이건 기회인가?

"저, 그런데 곧 바뀔 예정이거든."

배세진은 침을 삼킨 뒤, 적극적으로 한 번 더 입을 열었다.

"아마 리얼리티 촬영 들어가면서 룸메이트도 바꾸게 될 것 같아."

'그래서?'라고 묻는 듯한 짧은 시선이 왔다. 배세진은 최대한 부드럽게, 류청우의 말솜씨를 연기하듯 따라 하며 말했다.

"그래서 말인데, 혹시 쓰고 싶은 방 있으면 그 촬영은 한번 참여해 줄 수 있을까 해서."

"……."

"최대한 네가 원하는 방 쓸 수 있게 촬영할 때…."

"저 상관없어요. 어느 방이든, 누구랑 쓰든."

이 자식 왜 이렇게 한국말 잘해…!

배세진은 눈을 질끈 감고 싶어졌으나, 어차피 하고 싶던 이야기는 다음 이야기에 있긴 했다.

"…그래. 그런데! 불편하기도 하잖아. 그럼 넌 촬영하는 동안 숙소 아닌 곳에서 지내야 하는데. 그, 밖에도 잘 못 나갈 거고."

차유진을 대외적으로는 아프다고 할 테니까, 병원이나 호텔에서 계속 지내야 할 것이다. 굉장히 답답할 텐데, 그럴 바에야 다리 부상 정도로 말하면서 무대는 빠지더라도 단체 리얼리티 하나 정도는 나오는 편이… 이 차유진에게도 낫지 않을까, 배세진이 최대한 침착하게 머릿속으로 할 말을 정리해서 설명해 보려던 참이었다.

웃음소리가 들렸다. 실소였다.

"왜 내가 그래요?"

…뭐?

"숙소 나가는 건 괜찮아요."

차유진은 언제 웃었냐는 듯이 별 표정 없이 배세신을 쳐다보았나.

"하지만 그때 어디서 사는지는 내 마음이에요. 내 몸이고, 내가 원하는 대로 해요. OK?"

"……."

배세진은 잠시 대답하지 못했다. 할 말이 없어서가 아니었다.

'이건…'

지금까지 배세진은 최대한 이 차유진의 입장에서 이해하려고 애썼다.

갑자기 다른 기억을 가지고 낯선 환경에 떨어진 입장에서, 같은 처지인 사람도 없이 지내는 게 얼마나 혼란스럽고 힘들겠는가? 〈아주사〉 때 자신의 모습을 생각하면 이 차유진은 양반이었다.

정말로 그렇게 생각했다.

'하지만,'

그렇다고 해서, 원래 저 몸을 쓰던 '테스타 차유진'에게 엄청난 폐가 될지도 모를 행동을 아무렇지 않게, 자기 마음대로 하겠다고 선언하는 건….

'그거야말로 폭력이잖아.'

내가 춥다고 남의 옷을 뺏어 입는 건 당연한 게 아니었다.

저건 개인주의가 아니라 이기주의였다. 그는 그렇게 생각했다. 그래서,

"아니."

배세진은 정색했다.

"너 무슨 소리 하는 거야."

새벽, 배세진의 목소리가 방을 울렸다.

"나는, 네가 혼란스럽고 힘들다는 건 이해하겠어. 그런데… 그렇다고 네가 마음대로 다 할 수 있다는 건 아니잖아."

"……"

"나도 비슷하게 다른 사람들한테 스트레스를 표출했다가 사과해 봐서 하는 소리야."

"저, 형님."

큰세진이 조심스러운 목소리로 끼어들었다.

"여기 유진이가 무슨 말 했어요? 음…."

"…리얼리티 촬영할 때, 자기는 빠지겠다고. 그럼 숙소에서 잠깐 나가야 하는데…."

배세진은 주먹을 쥐었다.

"그때 자기 마음대로, 알아서 돌아다니겠다고."

"…!"

"그리고 앞으로 한 달 동안에도 뭐든 자기가 원하는 대로 하겠다고 하잖아!"

아, 젠장.

나는 스티어 차유진을 돌아보았다. 녀석은 배세진을 여전히 쳐다보고 있었다. 이쪽도 몇 번 말싸움이 오가긴 한 것 같은 느낌인데, 일단 확인… 아니, 시시비비 가리려고 드는 것 같아서 도리어 일 키우겠군. 무난한 봉합부터 시도한다.

나는 일부러 배세진의 분노에 동조하지 않고 담담하게 차유진에게 말했다.

"우리가 차유진 활농 불참 변명으로 '건강 사유'를 냈거든. 그게 사유로 제일 괜찮잖아."

"……."

그건 아이돌 활동해 본 이 차유진도 인정할 것이다.

"그러니까 괜찮다면, 그 사유에 어느 정도는 맞는 모습을 보여줬으면 좋겠다."

"뭐든지 당신 원하는 대로 말해요."

차유진은 낮은 목소리로 대답했다.

"나도 그럴 테니까."

X발. 이 새끼도 빡치긴 했네.

'선 넘었다 이거냐.'

나는 해결은 확실하지만 극단적인 대책을 떠올리지 않기 위해 애쓰기 시작했다.

그때였다.

"우리가 널… 이런 상황에 끌어들인 게 아니야. 우리도 너처럼 이 상황에 휘말린 몇몇일 뿐인걸."

차분한 영어가 들렸다.

선아현이다. 녀석은 상당히 정중하게 어휘를 골랐다.

"우리는 할 수 있는 배려를, 수행하기 위해 최선을 다했다고 생각해. 부족한 점이 있다면 소통을 통해 보충할 의사는 없니?"

"……."

차유진은 침묵했다. 그러더니, 낮게 한숨을 쉬었다.

"당신들의 배려엔 목적이 있어요. 그건 배려가 아니라 통제예요. Control."

뭐?

"간단히 말하자면, '우리의 차유진이 돌아왔을 때 그의 커리어에 지장이 갈 활동은 하지 말아 달라.'"

"…!"

"모든 신경이 거기 쏠려 있죠. 당신들을 탓하는 게 아니에요. 하지만 당신들도 날 탓할 수는 없어요. 그러니까…"

스티어 차유진은 목을 움직였다.

"테스타? 유감이지만 내 알 바 아니에요."

그리고 다음 순간.

"…!!"

녀석은 방을 지나 현관으로 가기 시작했다.

"잠깐."

"쟤 뭐 하는 거야?"

지나치게 갑작스러운 상황에 모두가 반 박자 느리게 반응했다. 하필이면 류청우가 제일 외곽에 서 있었던 것도 문제였고, 무엇보다 저놈이 낯설어서 퍼뜩 움직이지 못한 것이다.

'젠장.'

나는 즉시 패드로 현관을 강제 잠금하려 했으나 녀석이 먼저 문을 열었다. 그리고 순식간에 엘리베이터를 타서 닫힘 버튼을 누르기까지.

"야!"

그렇다는 것은,

'…엘리베이터를 미리 불러놨다.'

이 새끼… 설마 진작 나가려고 계획했던 건가? 내가 현관을 돌아보며 이를 악물 때였다.

"차유진!"

"……."

닫힌 엘리베이터는 열리지 않았으나, 김래빈은 물었다.

"너 어디가?"

입 모양이 움직이는 것이 보였다.

'몰라.'

그리고 엘리베이터가 내려갔다.

스티어 차유진은, 그렇게 숙소에서 나갔다.

데뷔 6년 만에 멤버가 무단 탈주했다.

피가 식는 상황.

스티어 차유진을 태운 엘리베이터가 내려가는 동시에 당장 계단으로 뛰어 내려갔으나 이미 때는 늦었다. 이사한 숙소가 고층이라 아무리 운동신경이 좋아도 엘리베이터의 속도를 따라잡을 수는 없었으니까.

그렇게… 야밤에 회사가 뒤집어졌다.

―…예?

도저히 믿기지 않는 듯 되묻던 매니저 팀장부터 시작해서 결국 사장의 귀까지 들어간 이 소식은 잠자던 거의 모든 직원을 깨워서 서울을 이 잡듯 뒤지게 만들었다.

물론 우리도 마찬가지로, 얼굴이 굳은 류청우는 아까부터 경비실과 숙소를 뛰어다니는 중이다.

"CCTV는 확인하셨대요?"

"정문까지는 걸어간 게 확인되는데 그 후로는 어두워서 놓친 것 같아. 택시 탄 것 같긴 한데……."

"……."

그리고 그 택시를 추적하려면 경찰에 실종 신고라도 해야 할 판이라는 거지. 물론 그렇다고 신고하는 건 미친 짓이다. 내일 아침 연예 뉴스 1면에 뜨는 걸 굳이 앞당기고 싶지 않다면야.

'망할.'

혀라도 깨물고 싶군. 나는 혹시 목격담이 올라오지 않는지 실시간으로 SNS 등지를 계속 모니터링하면서 이놈이 가볼 만한 장소를 떠올리려 애썼다.

'지난번에 투어에서도 이 자식 튀쳐나간 걸 잡아 왔었지.'

상대를 잘 알면 대충 동선은 추리할 수 있지 않은가. 그러나….

"……."

문제는, 상대를 잘 모른다는 점이다.

'스티어 차유진이니까.'

그래. 인정하겠다.

테스타 박문대가 되기 전 직장인 류건우는 스티어에 상당한 관심이 있었고, 꾸준히 알아봤다. 그러니까 병실에서도 이 차유진이 바로 스티어 때 그 녀석이라는 것을 알아봤던 거겠지.

하지만 그게 인간 개인에 대해서 안다는 뜻은 아니다.

내가 스티어 차유진에 대해서 아는 것은 전부 미디어를 거쳐서 한 번 가공되어 나온 이야기다. 아이돌에 관한 정보란 뜻이다. 그 녀석이 개인적으로 선호하는 장소, 즐겨 찾는 곳 같은 걸 내가 알 리가 없다.

게다가 말이다.

"…그, 아무래도 지금은 아무도 말 안 할 것 같아서 제가 말을 하긴 하는데요."

Chapter 37 | 23

큰세진이 머리를 휘저으며 쓴웃음과 함께 한 말이 있다.

"…내일 저녁에 저희 단체 스케줄 있는 거 아시죠?"

"……."

"행사요."

그렇다. 이번 활동 거의 마지막 국내 단체 스케줄이, 바로 내일이다. 여름 페스티벌.

"유진이 빠지는 건 미리 공지했지만, 저희가 지금 유진이 찾겠다고 밤새우고 완전히 올인했다가 공연 망치면… 저는 그것도 문제가 있다고 보거든요."

정확했다. 그나마 대안이 있다면, 행사를 아예 취소해 버리는 게 있긴 한데 말이다……. 이 규모 행사에 테스타급 헤드라이너가 당일 취소 수습이 되나? 이런 말 하긴 더럽다만 행사도 이름값이 다르다 보니 취소 파급력이 각자 다르다.

'그리고 내일 행사는…'

"워터밤이잖아요."

"……."

조졌다, X발. 당일 취소했다간 조리돌림 당할 각이다.

'어지간한 변명으로는 씨알도 안 먹힌다고.'

일단 취소하는 순간 무조건 기삿감이다. 그리고 우리가 취소를 안 하고 행사를 잘 수행해도, 이걸 아프다는 명목으로 빠졌던 차유진이 밖에서 멀쩡한 꼴로 돌아다니는 목격담이 들렸다간….

-차유진 미쳤어? 정신 차려 순덕들 다 탈빠하게 생겼네ㅋㅋㅋㅋ일단 나

부터 탈빠했다

　-이래서 케팝에 외노자쓰면안됨 시발것들 매번 이지랄이야

　-네네유진이그나시오차님더러운코리언머니그만빠시고아메리카로돌아가

　빼도 박도 못하고 나락감이란 뜻이다.

　가뜩이나 차유진은 카메라 폭행 사건 때문에 한 번 전적이 있는 상황이었다. 옳다구나 한 사람들의 필터 안 거친 온갖 폭언과 인신공격이 폭격처럼 쏟아질 것이다.

　'…어쩌냐.'

　문제는 나도 당장은 X발 답이 없다. 계속 찾는 것 외에는, 말이다.

　그러나 결국 아침이 될 때까지 차유진의 소식은… 잡히지 않았다.

　"……."

　당연하지만 침대에서 숙면한 놈은 하나도 없다. 지금도 회사 쫓아간 놈들이 절반이고, 뜬눈으로 거실에서 새벽을 맞은 나도 마찬가지였다. 나는 스마트폰을 문지르며 생각에 잠겼다.

　머리가 어지러웠다.

　'…이럴 거면.'

　차라리 앨범이 좀 안 되는 게… 나았나.

　그 순간에는 최선이라고 생각했는데, 이렇게 되면 차유진 커리어는 어떻게 되는 거지.

　이걸 무슨 수로 수습하지?

　"……."

　머리가 아팠다.

'할 게 너무 많아.'

스티어 차유진을 찾아도… 어디서부터 어떻게 수습해야 할지 모르겠다. 회사도, 여론도, 활동도. 그놈을 한 달간 어떻게 해야 할지도 모르겠고.

'극단적인 방법밖에 생각이 안 나.'

나는 눈두덩이를 눌렀다. 그때였다.

탁.

눈앞 탁자에 찬물이 놓였다. 마시라는 듯이.

"……."

나는 집어 들고 물을 들이켰다. 물잔을 둔 놈은 내 맞은편에 앉았다. …배세진이었다. 본인의 말 때문에 나갔다고 생각했는지, 이놈도 썩 몰골이 좋진 않다.

안 좋았다.

"형, 모레… 아니, 내일도 촬영 있을 텐데. 일단 쉬시는 게 낫겠는데요."

"괜찮아. 밤샘 촬영도 해봤고."

배세진은 딱 잘라 말했으나, 곧 약간 혼란스러운 표정으로 고개를 숙였다.

"그냥…… 걔가 왜 이렇게까지 했는지 모르겠어."

"……."

"아무리 몇 년 동안 다른 경험을 했다지만… 그 차유진도 차유진은 맞잖아. 이런, 이런 일을 할 애는 절대 아니라고… 생각했는데."

이런 일이라.

사실 차유진이 언뜻 보기에는 제 마음대로 하는 놈 같아도, 정말 상대가 곤란한 것 같으면 배려를 할 줄 아는 놈이었다. 아니, 애초에 그걸 배려라고 티 내지도 않고 자연스럽게 넘겨주는 녀석이지.

'배세진이 보기에도 그랬던 놈이 갑자기 누가 어떻게 되든 내 알 바 냐고 말하는 걸 들은 걸 테니.'

당황했을 것이다. 그래. 사정을 잘 모르는 입장에서는 스티어 차유진이 이 환경에 어느 정도의 스트레스를 받는지 알 수 없다. 본인은 X발 아이돌 때려치웠는데 갑자기 성공한 버전 30일 체험해 보라는 것도 아니고, 빡돌지 않겠냐.

'내가 더 신경 써서 처리했어야 했다.'

이 30일을 무사히 넘겨서 차유진을 원래대로 돌리는 것에 신경을 집중하다 보니, 그놈의 멘탈 케어를 제대로 하지 못한 것이다.

"……."

머리가 무거웠다. 정적이 흐를 때.

"저."

낮은 목소리가 들렸다.

"정말 그럴까요?"

고개를 들자, 창백한 안색의 녀석이 조심스럽게 소파에 앉았다.

김래빈이다.

"저는… 그 차유진이 일부러 저희를 곤란하게 하려고 나간 것 같지는 않습니다."

"…!"

배세진이 고개를 들었다.

"…나도, 그러면 좋겠어. 하지만 너도 들었잖아. 테스타 자기 알 바 아니라고 한 거."

"그, 그렇지만… 이건 자신의 일이 아니라고 한 것이, 의도적으로 방해하겠다는 뜻은 아니라고 생각합니다."

"어?"

"혹시 차유진이 자신은 자유롭게 테스타의 커리어에 해를 끼칠 것이라고 말했습니까?"

"그렇지는 않지만… 상황상 걔가 신경 쓰지 않으면 당연히 그렇게 될 거잖아."

"……."

잠깐. 머리를 한 대 후려 맞은 느낌이다.

아마도 좋은 의미로.

"잠깐만요."

"…! 박문대?"

"래빈이 말이 맞는 것 같은데."

나는 좀 더 맑은 정신으로 스마트폰을 들었다.

아직도 조용했다. 차유진의 소식이 하나도 없다는 뜻이다. 그런데 이걸 반대로 말하자면… 목격담 하나 없다는 뜻이다.

이게 말이 되는가?

'차유진이 뛰쳐나간 지가 벌써 5시간이 넘었다.'

자가용도 없는 녀석이다. 그럼 아무리 운이 좋다고 해도… 지금 테스타 정도의 인지도를 가진 연예인이 밖을 아무렇게나 돌아다니면 목격담 하나가 안 뜨는 게 가능한가?

불가능하다.

'본인이 신경 쓰는 게 아니면.'
"차유진은 지금 사람들한테 굳이 들키지 않게 이동하고 있어요."
"……!"
"진짜 대놓고 테스타한테 피해를 주고 싶었다면 클럽이라도 갔을 텐데, 그건 아니라는 거죠."

아이돌로서 사람을 피해 다니는 습관대로라도 움직여 주고 있다는 뜻이다. 이 와중에도 선을 지켜주는 건지, 뭔지는 모르겠다만….

나는 무심코, 녀석이 했던 말들을 떠올렸다.

―*하지만 그때 어디서 사는지는 내 마음이에요. 내 몸이고, 내가 원하는 대로 해요. OK?*

―*당신들의 배려엔 목적이 있어요. 그건 배려가 아니라 통제예요. Control.*

"……."
'그건 혹시… 겁을 먹은 건가?'
그때였다. 김래빈이 다시 조심스럽게 손을 들었다.
"이런 말씀을 드려도 될지 모르겠지만…."
"편하게 해도 괜찮아."
"…! 예."
김래빈은 진지한 얼굴로 대답했다.
"저는 저희가 그 차유진과 좀 더 대화를 해봐야 한다고 생각합니다."
"……."
배세진이 우울한 목소리로 중얼거렸다.

"…안 되던데."

"예? 아, 단어 표현에서 제가 너무 포괄적인 선택을 한 것 같습니다! 그러니까…"

김래빈이 최선을 다해서 어휘를 고르는 것 같더니, 다시 말을 고쳤다.

"저는 지금까지 저희가 그 차유진에게 대화가 아닌 설득을 시도했다고 생각합니다."

"…!"

"혹은 설득을 목적으로 한 대화였던 것 같습니다. 하지만, 목적 없는 대화가 없었기에 서로 간에 신뢰를 쌓기 힘들었던 게 아닐까 합니다."

"……."

"왜, 왜 그러십니까?"

"아니."

아마도 나와 배세진 둘 다 거의 경악에 가까운 눈빛으로 김래빈을 봤나 보다.

아주 날카로운 분석이었기 때문이다. 대인 관계에 둔한 녀석이라고는 믿기지 않을 정도로 말이다.

"…크흠, 네 말이 맞는 것 같아서."

"…! 예. 멤버를 걱정하는 것이 자연스럽기 때문에 어쩔 수 없는 흐름이었다고 생각합니다."

나는 김래빈을 보았다.

'이 녀석도 고민을 많이 했군.'

평소에 속내를 숨긴 대화나 타인의 생각을 짐작하는 것을 어려워하는 놈이, 저런 생각을 하기까지 여러 단계를 거쳤겠구나 싶었다.

'그래서 유독 요새 말이 없었던 건가.'

김래빈은 이 상황에는 혼란스러운 것 같았으나, 자신의 말 자체에는 확신이 있는 것 같았다.

"저도 그 차유진이 무슨 생각을 하는지는 잘 모르겠습니다만… 그래서 알고 싶습니다."

"……."

나는 녀석을 보았다. 그리고 고개를 끄덕였다.

"그래."

"…!"

"나도 동의한다."

그놈이 무슨 생각을 하는지는 나도 궁금하다. 어차피 선 넘은 마당에 진짜 까놓고 이야기를 해보는 게 낫지 않겠나 싶기도 하고.

"감사합니다!"

이쪽이 그래야 할 판이다. 그리고…

"어쨌든 그러려면 찾아야 하는데 말이야."

"…예."

나는 스마트폰 화면을 다시 켰다. 이 녀석이 최소한 눈에 띄지 않게 다니는 것 같다는 점은 눈치챘으니 후보지가 좀 줄어들긴 하는데 말이다.

교통수단도, 목적지도.

'아이돌이 갈 만한 곳이라.'

내 말에 배세진이 고개를 끄덕이며 말했다.

"그러면… 우리가 아는 한도 내에서라도 좁혀볼 수 있겠어."

〈아주사〉에 참가했던 차유진, 거기까지의 정보를 중점으로라도 말이다. 그럼 그걸 가장 잘 아는 사람은 뻔하지 않은가.

"혹시 연습생 때 차유진이 가던 곳 있냐."

김래빈이다. 녀석은 심각한 얼굴로 열심히 대답했다.

"사람이 많은 장소를 선호했던 것 같습니다!"

"……."

그건 좀.

"…자세한 설명을 붙여본다면?"

"풍경이 좋은 야외 카페나 고깃집… 시끄럽고 탁 트인 공간이었던 것 같습니다. 아, 어디든 실내보다는 실외를 선호했던 것 같습니다!"

"아, 그건 차유진 고향이 생각나는 곳 같네."

그렇게 범위를 좁혀 갔다.

그러다가 그 말이 나온 것이다. 여기서 일단 탈출하고 싶은 심정이라면 멀리 갔을 확률도 있을 테니까.

"혹시 연습생 때 서울 밖으로 놀러 간 적은 없냐."

"제 본가를 제외한다면… 음, 바닷가에 간 적은 있습니다만."

"바닷가?"

"강화도였습니다."

"…!"

그 순간, 뭔가가 겹쳤다.

차유진은 샌디에이고 바닷가 근처에서 살았다. 투어에서 탈주했을 때도 바닷가 근처 카페에서 찾았었다. ……그리고.

―저놈이… 스티어 때 찍은 예능에서 강화도에 왔었지.

강화도 바닷가는 스티어의 첫 예능 촬영지였다.

"…거기."

"예?"

"뒤지자."

그리고 2시간 후.

"차유진!"

스티어 차유진은 친구를 만나게 된다.

"……."

차유진은 느리게 숨을 들이쉬었다.

해안선, 거친 파도가 치는 바닷가 특유의 신선하고 짜릿한 냄새가 폐까지 들어왔다. 여름이지만 물가의 새벽은 적당히 견딜 만큼 덥다. 그래서 이 강화도의 해변은 그가 있던 샌디에이고의 해변을 떠올리게 만드는 공기였다.

전에는 이럴 때면 쉽게 페이스를 회복하곤 했다.

그러나 지금 그의 머리는 맑아지지 않았다. 정확히 서술하자면, 이제 차유진은 먼지를 털어내듯 간편히 '패배자스러운 감정'을 밖으로 불어 날려 버릴 수 없었다는 것이다.

더는 이전처럼은, 불가능했다.

'엿 같네.'

그래서 그는 침착해지기라도 하기로 마음먹었다. 이대로 이곳에서 입 닥치고 30일을 버티는 것 정도는 할 수 있을 것 같았다…. 아무도 없다면.

하지만,

"차유진!"

"…!"

부르는 소리가 들렸다.

고개를 돌리자 마스크를 쓴 침침한 인영이 보였다. 어둡다는 뜻이 아니었다. 새벽 일몰을 등지고 달려오고 있기에, 그 빛 때문에 침침해 보이는 것이다. 그리고 그는 그 어두운 실루엣만으로도 그게 누구인지 알아볼 수 있었다.

몇 년이나 본 사람이니까.

―…잘 가, 차유진.

귀국길에 마지막으로 인사했던 동료.

"김래빈."

그러나 입에서 이름이 나오는 순간, 깨달았다.

'같은 사람이 아니지.'

뱃속이 불편해졌다. 그 와중에도 '김래빈'-어쨌든 이름은 똑같으니까!-은 해안가를 달려와서 외쳤다.

"정말 여기 있었어?!"

자신을 찾아내다니.

'이곳의 차유진'도 이 장소에 무슨 특별한 추억이라도 가진 걸까?

그렇게 생각하자 아주 진절머리가 날 지경이었다.

"난 여기 있지. 그런데 넌 네 친구를 찾는 거 아니야?"

"...??"

"그럼 돌아가. 그런 사람은 없는 모양이니까. 나는 네 친구가 아니고."

그토록 말이 매끄럽게 나올 수가 없었다. 차유진은 치밀어오르는 화를 굳이 표출하지 않으며 묵묵히 고개를 돌렸다.

그때였다.

"아니! 너는 내 친구가 맞아."

"...!"

김래빈도 목소리가 커졌다. 그러나 차유진은 알았다.

'그는 화가 난 게 아니야.'

그저 알아낸 사실을 공유하는 사람 특유의 자신감과 확신이, 김래빈의 목소리에 굳게 깃들어 있었다.

"〈아주사〉에 참가하면서부터는 우리가 경험한 시간이 다르다는 건 동의해. 하지만 참가 전까지 우리가 쌓은 친분이 사라신 건 아니라는 걸 깨달았어."

'참가 전이라고?'

차유진은 무심코 속으로 되묻다가, 바로 깨달았다.

〈아주사〉 참가 전. 같은 소속사에서 같이 연습하던 시절.

"그렇다면 나는 네가 연습생 시절에 만난 친구가 맞아. 너도 내가 연습생 시절 함께 수학한 차유진이 맞고!"

"……."

"그건 우리가 같은 인물이라고 판단할 수 있어!"

차유진은 순간 할 말을 잃었다.

반박할 말이 없어서가 아니었다. 다만… 상대가, 김래빈이 확신에 차 있었기 때문이다. 그는 완벽한 논리를 찾아냈다고 한 치의 의심도 없이 믿고 있는 것 같았다.

'맙소사.'

그리고 그건… 지난 몇 년 동안 쉽게 볼 수 있던 모습은 아니었다.

하지만 완전히 낯선 것도 아니었다. 아직 데뷔하기 전, 그리고 데뷔하고 나서도 몇 번은… 앨범을 준비할 때.

―이렇게 진행하면 분명 현대적 매력을 전달하면서도 완성도 있는 무대가 나올 겁니다.

저런 모습을 간혹 봤던 기억이 났다. …아니, 그게 아니다.

'내 친구는 원래 저런 사람이었지.'

김래빈은 본래 저런 사람이었다.

언뜻 보기에는 그저 예의 바르고 겸손해 보이지만, 고집 강하고 양보하지 않는 일면. 자기 확신. 뻔뻔할 정도로 확고한 세계관. 그리고 그걸 아집이 아니게 만드는… 재능.

오랜 동료의 좋은 모습을 다시 보는 것은 남다른 감회를 느끼게 만들었다.

"……."

분명 차유진도 알았다.

'같은 사람은 아니야.'

저건 내가 알던 그 사람 아닌, 다른 사람이라고 몇 번이나 직접 말하기도 했었으나… 그럼에도 이건 어쩔 수 없었다.

'…하지만, 공통점들이 있어.'

차유진도 이제 겨우 20대였을 뿐이다. 갑자기 처박힌 낯선 세상, 막다른 코너에서 증명한 확실한 친분을 거부할 수 없었다. 그래서 그는 잠긴 목소리로 대답할 수밖에 없었다.

"네가 맞아."

최초의 인정이었다.

때마침 파도가 쳤다. 차유진은 고개를 돌렸다.

'못 알아들었겠지.'

그러나 한국어로 다시 대답해 줄 것도 없이, 더 큰 대답이 돌아왔다.

"그래!"

음? 차유진이 바위에서 몸을 일으켰다.

"김래빈 내 말을 알아들었어?"

"단어 수준의 간단한 영어는 작사를 위해 공부하고 있어. 펀치라인을 맞추는 것에 도움이 되니까."

"Oh."

차유진은 순간 어떤 곡을 작곡하고 있냐고 하마터면 물어볼 뻔했으나, 곧 현실을 깨닫고 그만두었다. 의미 없으니까.

"…?"

그 부자연스러운 끊김을 김래빈은 눈치채지 못했으나, 어쨌든 결심한 대로 계속 대화를 진행하기로 마음먹었다.

그는 약간 편해진 분위기를 틈타, 박문대의 조언을 떠올렸다.

―정말 차유진을 만난다면… 네가 하고 싶은 대로 편하게 말해.

그래서 정말 그렇게 했다. 김래빈은 일단 자신의 판단에서 현재 가장 중요한 것부터 물어보았다.

"너 밥은 먹었어?"

의식주! 잠을 못 잤을 테니 식사라도 챙기는 것이 옳았다.

차유진은 순간 당황했으나, 곧 픽 웃으며 다시 바다로 시선을 돌렸다.

"아니."

"그럼 이른 시간이지만 아침 식사부터 하자."

"괜찮아."

'그럴 기분'이 아니었다.

그러자 김래빈이 흡사 경악스럽다는 표정으로 자신을 보았다.

"끼니를 거를 정도로 스트레스를 받고 있는 상태야?"

"……."

"…! 아니면 혹시 워낙 자유롭게 살았기 때문에 현재 상황에 큰 압박감을 느끼고 있어?"

그놈의 자유.

차유진은 턱을 괸 채로 파도를 쳐다보다가, 무심코 대답했다.

"나는 정비소에서 일했어."

"……."

5년간의 활동은 마치 없던 일처럼 끝났었다. 그렇게 귀국한 뒤, 그가 시작한 일을.

"내 부모님이 서핑보드점 주겠다고 하셨는데, 나는 싫다고 했어."

매일 해변에서 서핑보드나 타며 시시덕거리는 얼간이들을 온종일 만나며 떠드는 건 더없이 짜증 났을 것 같았기 때문이다. 인생을 낭비하는 한심한 삶에 처박히고 싶은데, 인생을 낭비하는 얼간이는 만나기 싫은 모순적인 기분이었다.

"차량정비소?"

"응."

"재밌었어?"

"별로."

하지만 그렇게 싫지는 않았다. 차유진은 뭐든지 썩 못 해본 역사가 없었다. 정비소에서도 금세 손과 몸을 쓰는 일에 적응했다. 그리고….

"아무 생각 안 해서 좋았어."

"……."

왜 스티어 차유진은 계약이 끝나자마자 귀국했는가.

사실 그에게 아에 타 소속사의 오퍼가 늘어오지 않은 것은 아니었다. 그리 대단한 소속사는 아니었으나, 작은 소속사에서는 몇몇 제안이 왔다. 어쩌면 앨범 한두 장 정도는 더 내볼 수 있었을지도 몰랐다.

하지만 그는 그러지 않았다.

—*No.*

'이미 너무 멀리 왔어.'

그가 멍청한 짓을 했다는 것을 깨달았기 때문이다.

"……."

원래, 그에겐 할아버지에게 배워서 발전시킨- 아주 간단한 인생의 지론이 있었다.

-해결 방법이 보이지 않는다면, 찾아낸다.
-도저히 찾을 수 없다면, 깔끔히 포기하고 새로운 방향으로 시도한다.

차유진은 그렇게 생각하고 실천하면서 살아온 것이다. 데뷔하기 전까지는.

하지만 '스티어의 차유진'으로 지낸 지난 몇 년간은 약간 달랐다. '깔끔히 포기하지' 못했기 때문이다.

'멤버가 마약으로 구속되고, 선택하지 않은 곡이 타이틀이 되고, 참여하지 않은 기획에 그룹의 이름이 붙고, 앨범이 취소되고…….'

그리고 루머.

루머와 루머와, 손쓸 수 없는 환경.

근본적인 해결 방법은 아무것도 보이지 않는데도, 그는 순간마다 최선의 선택을 하면서 버텼다. 물론 그 당시에는 그 모든 것이 가치가 있다고 느꼈다. 낭비라고 해도 상관없었다.

하지만 그렇게 모든 것을 쏟아부은 후.

결과적으로, 남은 건 없었다.

―스티어, 계약 종료.

"……."
성장도, 반전도 일어나지 않은 엔딩.
거기까지 왔으면 인정해야 하는 것이다.
포기할 타이밍을 지나쳐 왔다는 것을.
"그런데 여기는 내가 너무 많이 생각하게 만들어."
그래서 고통스럽다.
포기하지 않는 멍청한 선택의 대가가 엉뚱하게 주어진 세상은 지나치게 완벽했다. 모두가 행복하고, 모든 게 성공적이다.
"난 그냥… 모든 게 완벽한 이 빌어먹을 세상을, 왜 내가 봐야 하는지 모르겠단 말이야."
"……."
그건 차마 영어로도 말할 수 없는 말이었기에, 차유진은 스페인어로 중얼거렸다.
하지만 김래빈은 대체 무슨 말인지 다그치지 않았다. 단지 조용히, 예민하지 않은 자신의 사회성으로나마 그 말투에 담긴 감정을 파악하려 묵묵히 노력했을 뿐이다.
'힘든 것 같다.'
그리고 그 핵심이면 충분했다. 그래서 김래빈은 그냥 조용히 차유진의 옆에 앉아서 바다나 같이 보기로 마음먹었다. 자신이 말주변이 없는 것을 알았기 때문이다.
"……."

"……."
그리고 그건 올바른 선택이었다.

쏴아아아-

파도가 빛에 반사되고, 살짝 물결쳤다. 평온한 바닷가 앞에서 차유진은 약간의 해방감을 느꼈다. 누구도 알아듣지 못할 말을 입 밖에 내서 누릴 수 있는 종류의 것이었다.
덕분에 김래빈의 말에 고개를 끄덕일 수 있었다.
"이제 8시라 아침 식사를 하기 적당한 시간이야."
"그래."
둘은 바닷가 바위에서 일어났다.
발자국이 삐뚤지 않고 가지런히 남았다.

그리고 김래빈이 미리 멤버들에게 알아놓은, 독방이 있는 백반집에서 아침을 먹은 후.
김래빈은 이제 아예 편하게 본인의 궁금증을 물어보았다.
"차유진, 혹시 형들이 싫어?"
"크흡,"
그렇다. 그냥 대놓고 말이다.
물 마시던 차유진은 거의 사레가 들릴 뻔했으나 간신히 참았다. 그리고 어차피 숙소도 나온 마당이라는 생각에, 솔직한 대답을 들려주기로 결정한 것이다.

"불편해."

"또 다른 차유진을 위해 너의 자유를 침해하려 하신다고 느끼기 때문에? 혹은 그 차유진을 투영하며 너를 대하시기 때문에?"

"Umm… 맞아."

차유진은 떨떠름하게 반응했다. 워낙 노골적으로 김래빈이 말한 탓이었다. 그리고 고민하다가, 더 솔직하고 구체적인 대답까지도 가져오게 됐다.

호의, 미안함. 그리고… 약간의 걱정 때문이었다.

"그리고… '문대 형'?"

음? 김래빈은 고개를 번쩍 들었다.

차유진이 오묘하게 미간을 찌푸리고 있었다.

"나는 그 사람이 수상해."

"…!"

"그 사람, 나에 대해서 너무 잘 알아."

김래빈은 입을 떡 벌렸다.

"그… 문대 형께서는 원래 우리 모두에 대해서 잘 기억하시는데 이 그룹의 기획을 맡고 계시기에…."

"Nope! 그런 의미 아니야. 나에 대한 거야."

"…?"

"너희 말고 나."

차유진은 자신을 가리켰다. 그는 이미 느끼고 있었다. 김래빈이 '문대 형'이라고 부르는 사람은, 스티어 차유진에 대해서 지나치게 잘 알고 있다.

스티어는 객관적으로 말로가 그리 좋지 않았던 그룹이다.

'심지어 보이밴드였는데.'

그걸 동성인 남자가 그렇게까지 사정을 잘 알고 있기는 힘들다. 이름이라도 한 번 들어본 게 한계일 것이다. 그것도 안 좋은 루머 쪽으로만.

하지만 '박문대'라는 사람의 태도는 어땠는가.

-입 다물어.

-…그건 굳이 안 봐도 괜찮아.

결정적인 순간마다 막는다. 정확히, 자신의 그룹이 가진 트리거가 무엇인지 아는 것처럼 말이다. 그것도 사실에 입각해서.

"Too much, 그러니까… 자연스럽지 않아."

"……."

차유진은 그것을 자세히 이 김래빈에게 설명해 줄 수는 없었지만, 어딘지 꺼림칙하다는 것 정도는 경고해 주고 싶었다. 그래서 말한 것이다.

하지만.

"그럼 직접 물어보자!"

"What?"

김래빈은 바로 스마트폰을 들었다…!

"김래빈 미쳤어?"

"안 미쳤어, 바보야!"

"바…."

차유진이 간만에 듣는 한국어 욕에 당황한 순간, 김래빈은 아무렇지 않게 통화에 성공했다.

"예, 형!"

그리고 잠시 후.

"……."
"……."

아직 인파 없는 강화도 바닷가 백반집 룸에 사람 하나가 더 추가되었다.

"안녕."

'문대 형'은 하루 사이에 눈 밑이 퀭해졌다. 안 그래도 그리 건강한 혈색이거나 사나운 인상이 아니었던 사람이었는데, 더 지치고 힘들어 보이는 얼굴이었다.

'음…….'

차유진은 옅은 죄책감을 느꼈으나, 그래도 경계심이 먼저라는 것을 알았다. 그래서 바로 태세를 가다듬으려 했으나.

"형, 차유진이 형에게 가진 의문이 있다고 합니다!"

김래빈은 먼저 차유진이 가졌던 의문을 박문대에게 직접 쏟아냈다.

'김래빈!'

차유진이 속으로 고함을 지르며 혹시 모를 사태에 대비해 시선을 맞추고 반사신경을 날카롭게 하는 순간.

눈앞의 '문대 형'이… 살짝 고개를 숙였다.

"음, 그건."

그리고 대인관계에 기민한 차유진은 바로 그 동작의 뉘앙스를 눈치 챘다. 이 사람….

"관심이 있어서."

"…??"

"관심이 있어서 그냥 활동 좀 챙겨봤던 거라고."

이 사람은, 민망해하고 있었다.

'맙소사.'

박문대.

전 류건우는 그렇게 상상도 못 한 타이밍에 가수 본인 앞에서 덕밍 아웃을 하게 됐다.

굉장히 당혹스럽다. 이 상황이.

"무슨 관심 있었어요?"

"……."

"어떤 활동 봤어요?"

"그냥, 전체적으로."

숙소를 탈주한 건 차유진 아니냐? 왜 내가 취조당하는 것 같은 분위기가 된 건지 모르겠다.

'스티어 얘기 안 하고 싶다며.'

날밤 새우고 간신히 찾은 놈한테 강화도 백반집에서 과거가 털리는 상황은, 예상도 못 했다는 뜻이다….

'근데 이걸 대답을 안 할 수도 없고.'

각 보니 김래빈이 잘 달래놔서 겨우 이놈 긴장이 풀린 모양인데, 내가 말아먹을 순 없지 않은가. 그래서 꼬박꼬박 대답해 주고 있자니 질문이 끝이 없다.

"왜 우리 봤어요?"

젠장.

'물음표 살인마 같은 성격은 이쪽 차유진도 마찬가지였냐.'

오히려 익숙하니 좋다고 생각하자. 그렇게 침착함을 유지할 수밖에 없다. 그리고 그사이 스티어 차유진은 질문을 점점 구체화해 갔다.

"내 말은, 원인, 계기 있었을 거 아니에요?"

"……."

음.

나는 녀석을 쳐다보았다. 스티어 차유진은 지난 며칠간 쳐둔 허들을 한 겹 내려놓은 것처럼 직설적으로 변한 상태다. 그러니까 여기서 무난히 대충 넘어갈 만한 대답을 내놓으면 안 된다. 이 눈치 빠른 놈이 바로 알아챌 것을 깨달았다.

그래.

'그렇단 말이지.'

이건 머리 써서 포장하면 오히려 역효과다. 그래서… 나는 그냥 생각나는 걸 그대로 꺼내놓기 시작했다. 한 번도 해본 적 없던 이야기였다.

"무대 직캠을 봤는데, 잘해서."

"……."

"포항 쪽 축제였던 것 같은데."

사실 이름도 대충은 기억했다. 해양수산부에서 주최하는 포항 바다 축제였다.

[2×0712 포항오션레져페스티벌 스티어 Full]

우연이었다.

"원래 대학 다닐 때 아이돌 행사 영상 찍어다가… 생활비 좀 벌었었는데, 버릇이 남아서 아이돌들 영상 보다가 우연히 본 거지."

그리고 데이터팔이 당시의 감각은 그때도 여전히 남아 있었다. '이놈들은 얼마쯤 하겠다'라는 유의 것. 그래서 무심코 단가까지 찾아봤었는데 제법 충격을 받았었다.

'내 예측단가보다 낮아서.'

심지어 수요도 떨어지고 있는 시점이었다.

'발 빼는 사람들이 눈에 보였다.'

무슨 대단한 반등용 호재라도 있지 않은 이상, 이대로 흐지부지될 게 뻔한 그런 아이돌 그룹. 그런데도 스티어의 무대만 보면, '이미 늦은 걸 아는 사람' 특유의 그 무기력함은 잘 보이지 않았다는 말이다. 그래서 내가 단가를 착각했던 걸까 했다.

"……"

…그것 때문인지, 문득 이런 생각도 했던 것 같다.

-내가 찍어서 직캠을 올리면, 또 운 좋게 잭팟이 터질 가능성은?

영린 폭우 직캠 때처럼 말이다. 하지만 사실상 확률적으로 거의 불가능한 망상이란 것도 알았고, 시행할 만한 돈도 시간도 없었다.

'애초에 내가 할 이유도 없고.'

그래서, 거기서 끝났다는 소리다.

"…계속 시청하다 보니까 위튜브 알고리즘으로 관련 영상들도 봤다. 무대나 예능 같은 거. 그게 다야."

"……"

정말로 그게 다였다. 나는 입을 다물었고, 차유진도 입을 다물었다.

'의심하는 건… 아닌 것 같군.'

…그거면 됐다. 나는 짧게 한숨을 참았다. 이걸로 설명은 됐겠지.

"…? …??"

옆에서 김래빈이 대화를 잘 따라가지 못하는지 간신히 소화하고 있는 것 같았지만, 이건 나중에 봐주도록 하자. 지금은 내 대가리 챙기기도 바쁘다.

'사실 이제 와서 이런 이야기 하는 것 자체가 웃기는 일이니까.'

정확히 말하자면, 나는 얼마 전까지 내가 스티어라는 그룹을 찾아봤다는 것도 잊어버리고 있지 않은가.

나는 그 당시의 기억이 날아간 채로 박문대 몸에 들어왔다. 〈아주사〉 재상장 시즌이 흥했다는 단편적 정보만 가지고 있던 20대 공시생 시절 기억이 끝이었지. 그리고 그 이후, 공시를 접고 직장 생활하던 류건우의 기억을 되찾은 건 정말 최근의 일이다.

'시스템 박살 낼 때 우연히 되찾은 거니까.'

그러니까 이런 질문은….
"그럼… 우리 팬이에요?"
"……."
아니 이런 질문까지 올 일이 아니라니까 그러네?
"오프라인 스케줄을 간 적은 없으니까 팬이라고 부르긴 어렵지 않나."
"Really?"
그러나 차유진은 피식 웃었다.
어쭈?
"그러니까, 본래 참가하지 않았던 당신이 서바이벌 프로그램에 나왔더니, B급 보이밴드가 완벽히 성공한 KPOP 그룹이 된 건 그냥 우연이라는 거죠?"
"……."
"당신은 전혀, 이 그룹의 운명을 바꾸고 싶은 마음이 없었고. 맞죠?"
야.
'데뷔 못 하면 죽는다고 협박 당했다고 이 새끼야…!'
운명은 무슨 얼어 죽을. 그 후로는 1위 못 하면 뒈지고 대상 못 타면 뒈지고 그렇게 근근이 살았다. 차마 그렇게 말하지는 못하고 묵묵히 빡침을 참았다.
하지만 문득 의심이 들기는 했다.
'정말 우연인가?'
설마 내가 〈아주사〉에서 데뷔한 스티어라는 그룹에 관심이 있었기 때문에, 시스템이 그것까지 파악해서 소원을 수리했다고?
'…가능성은 있군.'

어쨌든 침착하게 오해는 풀자. 나는 진심으로 대답했다.

"정말 오해다. 이건 일종의 나비효과겠지."

"Umm."

"나도 기억이 좀 꼬였었거든."

그리고 내 사정에 대해 약간 부연 설명한 뒤, 다시 한번 강조했다.

"다 떠나서, 애초에 난 그냥 너희 무대랑 예능 좀 본 게 다라고."

그러나 통하지 않았다.

"멤버 절반이 가십으로 사라지고, 단지 *3명만* 남은 보이밴드를?"

"…그러니까 그런 걸 알기 전에 먼저 무대 직캠부터…"

안 되겠다. 이거 계속 같은 말로 돌아오는데….

'참자.'

나는 침음을 참으며 묵묵히 눈을 감았다가 떴다.

차유진은 이제 완전히 탁자에 몸을 기댄 채로 고개를 까닥거리고 있다. 아주 경계심 대신 여유로움을 되찾기라도 한 모양새다. 그리고 옆에서 김래빈이 이제야 알겠다는 듯이 고개를 끄덕이고 있다.

"아! 그래서 강화도를 바로 추천하신 거였군요!"

"What?"

환장하겠다.

"이곳이 저희가 연습생 시절 놀러 온 곳도 맞습니다만, 차유진의 말로는 본인 그룹의 첫 예능 촬영지였다고 합니다. 문대 형께서는 그 사실을 아셨던 모양입니다. 과연!"

"……."

저 새끼 스티어 이야기 절대 안 할 것처럼 굴더니 김래빈한테 언제

털었냐. 잠깐, 저저 지금도 입 열고 있네.

"맞아. Umm, 두 번째도 강화도였어."

"그렇구나!"

음? 나는 눈살을 찌푸렸다.

이건… 좀 이상한데.

'분명 스티어 두 번째 리얼리티가 강화도로 계획이 되어 있긴 했었지.'

그런데 말이다.

"그거 취소되지 않았……."

"Oh."

"……"

"……"

X발. 나는 바로 깨달았다.

'이 새끼 낚은 거네.'

일부러 취소된 스케줄까지 알고 있나 떠본 거다. 그것도 데뷔 초 스케줄을.

'이 새끼가!'

차유진이 히히 웃으며 자세를 고쳤다. 나는 미간을 문질렀다. 혹시 또 기억에 문제가 있냐, 시간선이 다르냐 등 미친 소리 나올까 봐 바로 팩트 체크하려고 했더니 이걸로 사람을 낚는다?

"오해다."

"OK."

"오해라고."

나는 너희 앨범 한 장 산 적 없는 사람이다….

'이런 정보는 그냥 타임라인 정리하다 보면 알 수 있다고.'
그러나 차유진은 들은 척도 하지 않았다.
"제 생각에는 이제 모든 것이 명백해진 것 같은데요."
차유진이 손을 내밀었다. 꽤 정중했다.
"만나서 반가워요."
"……"
"저는 팬 보는 거 굉장히 오랜만이에요."
망할.
나는… 손을 내밀어 악수했다.
"…!"
본인이 손 내밀어 놓고 왜 놀라냐. …그리고 팬이라고 말하긴 그렇지만, 어쨌든 돈 한 푼 직접 안 쓰고 이놈이 제공하는 컨텐츠로 무료함을 버틴 건 사실이다. 그건 빚이라고 말해도 될 것 같다.
"그래, 반가웠다."
"……"
스티어 차유진은 꽤 긴 시간 동안 말없이 악수를 계속했다. 그러다가 갑자기 어깨를 으쓱했다.
"'문대 형' 아쉬울 것 같아요. 내가 이 차유진보다 잘생겼어요."
그건 좀 논쟁의 여지가 있을 것 같은 발언이군.
"그렇게 자신할 만한 요소가 있어?"
"나 여기 문신 있어!"
"뭐?!"
팔뚝을 가리키는 차유진과 경악하는 김래빈은 둘이 놀게 놔두고…

아무튼, 이제 된 것 같다.

'…수습한 거지?'

이럴 줄 알았으면 진작에 팬이라고 말할, 아니, 어차피 진짜 팬도 아니니까 그렇게 말해봤자 경계심만 더 키웠을 수도 있었으니 이게 베스트인가.

'이걸로 저놈도 덜 스트레스 받는 것 같으니까 이게 최선…'

나는 시큰한 미간을 누르며, 물을 따를 생각으로 상반신을 숙였다. 그때였다. 탁자로 액체가 후두둑 쏟아졌다.

물은 아니었다.

"무, 문대 형?"

아, 망할. 코피다.

"괜찮으십니까? 역시 응급실로 가는 게…"

"괜찮다니까."

나는 이미 멎은 코에서 얼음팩을 떼며 중얼거렸다.

밤 좀 새웠다고 코피 흘리는 건 또 처음이다. 〈아주사〉 때도 안 그러더니, 역시 바쿠스가 필요했다. 할 일이 많아서 뇌에 과부하라도 온 건가. 머리에 피가 쏠려서 압력이 코로라도 빠져나오려고 한 것 같다. 차라리 머리가 맑아졌다는 뜻이다.

"슬슬 사람이 보이는데."

"예. 조심해야 할 것 같습니다."

우리는 지금 편의점 앞 간이 파라솔 의자에 앉아 있다.

저기 멀리 바닷가에나 사람이 몇몇 보이는 데다가, 우리가 다 후드 티 눌러 쓰고 마스크 쓰고 있어서 아직 알아보는 사람은 없다. 하지만 언제 올지 모르니 슬슬 택시 타고 돌아가긴 해야겠는데….

"Hey, 마셔요."

이놈이 문제군. 순순히 따라와 줄지 모르겠는데.

"고맙다."

어쨌든, 나는 차유진이 내미는 이온 음료를 따서 마셨다. 그리고 잠깐 멈칫했다.

"……."

이거 데뷔 초에 스티어가 광고하던 음료수 아닌가?

"Wow, 문대 형 그것도 알아요?"

"뭘."

스티어 위키 광고 탭에 정리된 글 읽은 거다. 나는 음료수를 계속 마셨다.

그러자, 옆에서 작은 목소리가 들렸다.

"미안해요."

"……."

"혹시 저한테 실망했어요?"

"아니."

나는 음료수를 입에서 뗐다.

"내가 더 신경 썼어야 했는데, 못해서 오히려 미안하지."

"……."

나는 농담처럼 덧붙였다.

"우린 T1이랑 싸우고 나왔거든."

"What?"

그렇게까지 경악할 일… 이 맞긴 하군.

"그래서 T1이랑 관련된 스케줄은 다 막혔어. 그것 때문에 더 평판에 신경 썼지. 초조하니까."

"……."

"통제했다고 느꼈다면 미안하다. 맞아. 처음 만난 우리가 그럴 권리는 없지."

김래빈의 말이 맞았다. 나는 옆에 앉아서 남은 얼음팩을 포장 중인 녀석을 힐끗 쳐다보았다. 녀석은 자신이 어마어마한 사회성 업적을 세웠다는 것을 꿈에도 모르는 얼굴로 심각하게 내 코피나 걱정하고 앉아 있다.

'나 참.'

그때였다.

"Hey."

차유진이 코를 찡그리며 어깨를 움츠렸다.

"저는 쓰레기 아니에요."

넌 갑자기 무슨 소리냐.

"팬한테 감사하는 마음 있어요. 문대 형 우리 팬이니까 감사해요."

"앨범도 산 적 없는데 무슨."

"…어떤 가치는 돈과 관련 없을 수도 있죠."

자본주의의 총본산 출신답지 않은 발언을 한 녀석은, 턱을 괸 자세 그대로 자신의 무릎에 머리를 댔다.

"고마워요."

"……."

나는 음료를 마저 마셨다.

"나도 고맙다."

우리는 그 자리에서 콜택시를 불러서 숙소로 돌아왔다. 차유진은 대꾸하거나 도망치지 않았다. 그냥 얌전히 김래빈과 잡담을 하며, 자연스럽게 택시에 함께 탑승해 줬을 뿐이다.

그리고 그걸로 모든 일이 해결됐다면 정말 좋았을 텐데 말이다.

"유, 유진아!"

"……다행이다."

이렇게 상황을 반겨주는 녀석들 사이로, 썩 안색이 좋지 않은 류청우를 발견하지만 않았어도 말이다.

'뭐냐.'

강한 X됨의 예감이 느껴졌다.

"청우 형, 무슨 일 있어요?"

"……음."

있다는 뜻이다. 망할.

"회사에서 연락이 왔는데… 이건 어디까지나 직원분들 짐작이니까. 너무 걱정하지는 말고 들어."

"……."

"이테르가 오늘 썸머풀이라는 행사에 스페셜 게스트로 나온다는데."

잠깐. 나는 그 말에 숨겨진 뜻을 깨달았다.

"…원래 스케줄이 아니었는데, 갑자기?"

"갑자기."

그렇다. 이테르는 오늘, 갑작스럽게 워터밤과 유사하지만 더 작은 행사에 무보수에 가까운 페이로 출연하기로 했다고 한다. 그런데 왜 우리 회사가 그걸 허겁지겁 듣고 연락을 했는가.

"아무래도… 회사에서 유진이 관련해서 말이 샌 것 같대."

"……."

그러니까, 차유진이 탈주했다는 것이, 회사 누군가의 입을 통해서 그쪽 관계자의 귀에 들어갔고…….

"만약에 너희가 유진이를 못 찾아왔으면, 저녁에 기사가 났을 수도 있겠지."

저쪽 관계자는 이번 워터밤 행사가 테스타의 악재가 될 것을 예상했다는 것이다. 그리고 비교군이 될 수 있게, 비슷하지만 규모 작은 행사에 황급히 이테르를 끼워 넣었다.

'X발.'

머리 좋네. 이러면 규모가 좀 작은 것까지 신인의 열정과 패기로 스토리텔링이 된다. 연차가 차고 인기가 많아져서 배가 불러 탈주한 1군 아이돌 멤버, 혹은 워터밤을 취소한 아이돌 그룹과 대비되며 입소문을 노리겠다는 거다.

그러나 그건 어디까지나 차유진이 개같이 폭주했을 때를 가정한 이야기다.

"…예. 그렇지만 차유진이 무사히 복귀했으니까 그 소속사가 노리는 효과는 안 날 겁니다."

"응. 그래서 너무 걱정하지 말라고 이야기한 거야. 괜히 말 안 했다가 나중에 네가 더 불안해할 것 같아서."

"……."

그건 맞군.

류청우는 희미하게 웃었다.

"어쨌든 좀 쉬어. 회사랑 연락은 내가 해도 괜찮으니까. 행사까지 아직… 음, 네 시간 정도는 자도 괜찮을 것 같다."

"음."

그건 안 되지.

"아뇨, 저희 대형 한 번 더 맞춰봐야죠. 파트도 체크해야 하고. 센터가 빠졌으니까 좀 더 신경 써야 할 것 같은데요."

애초에 차유진의 존재감을 상정하고 만든 곡을 그놈 빼고 하려면 조율을 더 칼같이 해야 했다. 그러나 류청우는 고개를 저었다.

"지금 안색이 너무 안 좋아. …그럼, 일단 바로 자고 있자. 그럼 우선 우리가 먼저 맞춰둘 테니까…"

"저녁에 그룹 스케줄 있어요?"

"…!"

칠 뻔했다. 차유진이 갑자기 불쑥 대화에 끼어들었다.

'뭐냐.'

'스케줄 있냐'고 물어봤으면서, 녀석은 대화를 유심히 듣기라도 한 건지 별로 궁금해하는 눈치는 아니었다.

"…맞아. 행사야."

"거기 '차유진'이 없어서 곤란해요?"

"…약간은."

"Umm."

스티어 차유진은 생각에 잠긴 듯이 잠깐 허공을 쳐다보았다. 그리고 김래빈까지 한번 쓱 돌아보았다. …설마?

"당신이 코피까지 흘린 건 절반은 내 탓이죠. 저도 책임감 가지고 있어요. 그러니까…."

"…??"

"저 오늘 저녁 스케줄 해야 해요."

"…!!"

"지, 진짜?!"

"저 거짓말 안 해요."

"차유진!!"

거실이 감탄과 비명, 그리고 당황으로 가득 찼다. 나도 거의 입을 벌릴 뻔했다.

'…상상도 못 했다.'

스티어 차유진이 임시 스케줄에 합류했다. 그것도 워터밤에.

그러나 잠시 후.

"문대문대, 잠시만."

"어."

큰세진이 조심스럽게 나를 불러냈다.

"저 유진이가 협조해 주는 건 정말 잘된 일이긴 한데… 우리 워터밤까지 몇 시간 안 남은 거 알지?"

큰세진이 빠르고 정확하게 말했다.

"우리 유진이만큼 못하면 차라리 그냥 빠지는 게 나을 수도 있어. 어차피 건강 문제로 이야기도 다 됐으니까."

"……."

"어떻게 생각해?"

합리적인 걱정이고 냉철한 판단력이었다. 아마 다른 정보 값이 없었다면 나도 고개를 끄덕였을 것이다. 하지만….

나는 피식 웃었다.

"걱정 안 해도 될 것 같은데."

"…!"

"연습 바로 들어가자."

다른 말은 필요 없을 것이다.

딱 한 번. 안무 쿨이 돌고 나면 이놈의 걱정이 사라질 것을 알기 때문이다.

'아니, 오히려….'

그 자리에 다른 감정이 생긴다면 모를까.

"…오케이."

그리고 30분 후.

"…!"

내 예상이 실현되었다고 말해두겠다.

그렇게 워터밤의 시간이 다가오고 있었다.

서울 워터밤.

"와아아악!!"

"악! 야!"

물줄기와 웃음소리, 비명과 음악이 사방에서 솟구쳤다.

재미와 체력을 맞바꾸는 광란의 여름 축제가 낮부터 한창이었다. 보통 이런 유의 행사는 본인들이 노는 것에 중점을 두고 온 사람들이 훨씬 많은 게 보통이었으나, 오늘의 워터밤은 그렇지 않은 사람도 꽤 눈에 띄었다.

"애들 마지막이지?"

"응응. 아마?"

바로 테스타의 팬이다.

물론 테스타 자체가 워낙 대중 인지도가 좋은 데다가 이번 행사가 그들의 단독 공연도 아니다 보니 전부가 그런 것은 아니다. 하지만 피곤해서라도 10시간 동안 물총 쏘며 뛰고 소리 지르는 파티에 오지 않았을 타입의 사람들이 굳이 온 것도 사실이었다.

그리고 그 팬들이 아니더라도, 오늘 워터밤에 온 사람 대부분은 '유명한 가수'로서의 테스타 무대를 보고 신나게 노는 것 자체는 기대 중이었다.

"아 개추워."

"야 그래도 더 유명한 애들 저녁에 나와. 테스타는 9시 넘어야 나올걸??"

"오케이. 존버 가자. …헐 야, 뮤디 올라온다!"

"대박!"

 다만 이렇게 그냥 이 축제 자체에 집중하는 일반 참가자들과는 달리, 테스타의 팬 일부는 다른 불안감에 시달리는 중이었다.

 당연하지만 차유진의 불참 때문이다.

-유진이 안 나오는 거 너무 아쉽다ㅠㅠ
-차고영 날아다녔을 텐데 아이고 본인이 제일 아쉬워할 듯...
-원래 안 아프던 사람이 한번 아프면 많이 고생하니까... 러뷰어 걱정 말고 푹 쉬고 건강한 모습으로 보고 싶다 우리 유진이 (사진)

 며칠 전 차유진이 건강상 스케줄을 중단했다는 공지는 이미 뜬 상태였고, 자연스럽게 오늘 워터밤에도 차유진은 오지 않을 거라는 예측이 대다수였다. 차유진의 건강에 대한 걱정과 쾌유를 바라는 글을 쉽게 SNS에서 찾아볼 수 있었다.

 하지만 거기서 선을 지키며 끝나기엔 문제가 하나 있었다.

 차유진의 스타성이 지나치게 좋았다는 것.

-?? 병명도 안 알려주고 갑자기 휴식??
-ㅋㅋㅋ유진차 공계에 글 하나 안 올리는 거 개쎄하네 진짜
-설마 차메라 또 도졌냐
-헐 차유진이 스트레스성 휴식?ㅋㅋ 왜 이렇게 구라같지 존나 안 어울려

 데뷔 이래 차유진이 아픈 적이 있던가? 그것도 스케줄을 갑자기 기

한 없이 중단할 정도로?

게다가 구체적으로 어디가 아픈지도 공지되지 않았다. 단지 '신체적, 정신적 부담'으로 인한 일시적 휴식 조치를 권유받았다고 적혀 있을 뿐이다. 그러니 은근히, 혹은 노골적으로 이런 생각이 들기도 하는 것이다.

'궁금하다.'

대체 왜 아픈 거지? 아직 수면 위로 이야기가 나오지는 않았으나, 팬덤의 물밑에서는 별 추측이 다 오가는 중이었다. 게다가 새벽부터 갑자기 몇몇 어그로가 출몰하기 시작했다.

-차유진 아픈 거 아님 여친 만나느라 안 나오는 거야ㅋㅋㅋㅋ^^ 어제 무단 외박해서 회사 난리났음 멍청이들아
-집나간 유진 이그나시오 차의 초심을 찾는 계정 (★★★실제로도 숙소 탈주함★★★)

익명 계정들이었다. 비슷비슷한 말투를 쓰는 계정들은 어디서 나타난 건지 갑자기 나타나서 자극적인 소리를 한껏 늘어놓았다. 여자친구가 있다는 둥, 숙소에서 멤버들과 싸우고 나왔다는 둥, 재계약 때부터 이미 잡음이 있었다까지 별소리가 다 나왔다.

게다가 그 여파로 오늘 워터밤에 테스타가 아예 못 나올지도 모른다는 소리까지!

-테스타 나오나 안 나오나 봐라 진짜ㅋㅋㅋ 불쌍해서 푸는 거니까
-혹시 갑자기 취소 공지 떠도 정신 승리하지나 마세요

그리고 그쯤 되면 '아니 땐 굴뚝에 연기 나겠냐' 같은 심정이 드는 귀 얇은 사람들도 나오기 마련이었다.

-뭐 있긴 한가 본데
-사생발 이야기 소비 안 하는 게 맞긴한데 솔직히 불안하긴 함 걔만 정서 좀 다른 거 데뷔 때부터 티났고
-제발 아 곰머야 빅버드야 너넨 서치 하잖아 뭐라도 좀 해봐 조용하니까 더 진짜 같다고ㅠ

그러다가 낮 즈음에는 좀 잠잠해지긴 했지만, 이미 그걸 본 팬들은 다소 찝찝한 상태였다.
'아, 짜증 나….'
여기, 팔자에도 없던 워터밤에 친구들과 온 김래빈의 팬도 마찬가지였다.
'차유진 진짜 하필 지금 아프냐고.'
안 그래도 워터밤에 제일 찰떡일 멤버 중 하나가 빠지니까 티켓값을 부분 환불받아야 하는 게 아닌가 하는 생각도 드는 마당인데 말이다. 물론 김래빈 때문에 그러진 않을 거지만.
'김래빈은 상탈… 응, 안 하겠지.'
기대도 안 한다고 중얼거리면서도, 김래빈의 팬은 일단 돌출 무대 펜스에 최대한 가깝게 앞으로, 옆으로 슬금슬금 붙어갔다. 물에 젖은 채로 몇 시간 동안 야외에 서 있느라 슬슬 찝찝하고 추운 것도 자신의 동작을 방해할 수는 없었다.

"응? 좀 앞에서 보게?"
"어."
친구들이 얼결에 같이 따라와 줬다. 주변을 보니 다수가 눈치 싸움을 하며 빠진 자리 사이사이를 채우는 게, 아무래도 머릿속으로 다들 타임테이블을 떠올리는 게 분명했다.
그래. 찜찜한 건 찜찜한 거고, 테스타 실물은 실물이다.
'테스타가 안 나오긴 무슨.'
결국 취소 공지 같은 건 뜨지도 않았다. 이제 마지막 코너.
'나온다!!'

[Hello Seoul~]

파파바바파팡!!
물대포와 강렬한 음향, 그리고 폭죽 같은 화염 효과와 LED가 터지는 가운데, 어둑어둑한 한 여름 저녁의 거대한 야외무대로 훤칠한 여섯 인영이 올라온다.

[Make some noise!]

테스타였다!
"와아아아악!!!"
반사적으로 비명을 지르면서도, 팬은 알아차렸다.
자유진이 빠지긴 했네.

하지만 그건 순간이었다. 동시에 테스타의 차림새에 눈이 갔다. 그들은 간단한 흰 티셔츠에 청바지 차림이었다. 청재킷을 걸친 멤버가 두셋 보이는 정도로 끝나는 가벼운 차림새. 하지만 이런 자리에서는 뭐든지 간단한 게 최고인 법이었다.

물이 그 외의 모든 포인트 요소가 되기 때문이다.

아아아아악!!!

귀가 터질 것 같은 함성을 배경으로, 익숙한 전주가 흐르기 시작한다. 신나고 빠른 비트. 축제에 맞게 약간 더 리드미컬하게 편곡된 〈약속〉이다.

[Take your STAR
별이 쏟아지는 날
파도를 차고 달려
하늘로 Run and Fly!]

아이돌다운 산뜻한 맛이 있으면서 대중적으로 히트한 곡이다. 워터밤치고는 굉장히 건전한 느낌이었지만, 그래도 다 아는 곡을 따라 부르는 대학 축제 같은 재미는 충분했다. 게다가 '물'이라는 키워드에서의 공통점 때문에 퍼포먼스 측면에서도 딱 맞아떨어졌다.
"와!!"
"개 잘해 X발!"

벌써부터 맨발에 특수 제작한 미끄럼 방지 패드만 착용한 채로 물보라를 튀기며 뛰어다니는 테스타의 퍼포먼스에 원색적인 환호가 쏟아졌다.
게다가 테스타 멤버들은 아낌없이 몸을 써줬다.

[오늘은 오늘로 좋다고,
Let's go!]

2절에는 일부러 애드립 간주 구간까지 넣어서 자유롭게 돌출 무대를 뛰어다니기 시작한 것이다.
"아현아!"
가령 선아현이 돌출 앞까지 튀어나와서 물보라를 맞으며 한 바퀴를 우아하고 날렵하게 돌았다.
"와아아!!"
약간 멋쩍은 듯, 수줍은 것 같은 기색을 살짝 얼굴에 비치며 손을 흔드는 선아현에게 다시 물줄기가 쏟아졌다. 그리고 옆을 보면,
"류청우! 류청우!"
"제발 여기 좀!"
'와…'
아주 욕망이 소용돌이치는 게 보일 지경이었다. 딱히 테스타 팬이 아닌 것 같은 사람도 그러고 있다. 류청우는 딱히 싫은 기색 없이 목 근처와 등으로 쏟아지는 물을 맞으며 팬서비스를 해주고 있었다.
'미친 복근…'
자연스럽게 돌아가려는 고개를 자제하며, 김래빈의 팬은 자신의 최

애를 찾아 고개를 돌렸는데,

[Yes, 이대로 fly so far]

바로 앞에 있었다!
피어싱을 유독 화려하게 한 김래빈의 하얀 얼굴이 코앞이었다.
'기기김래빈,'
김래빈의 팬은 잠시 정신이 아득해질 뻔했다….
하지만 곧 정신을 차려야만 했다. 재킷을 입은 멤버 중 하나였던 녀석은 자신의 바로 옆, 짓궂은 커플 관객들의 신난 요청을 정면으로 맞고 있었기 때문이다.
"벗어라! 벗어라!"
우리 같이 화끈하게 재킷 벗고 놀자 이거다.
'김래빈 성격에 퍽이나 그러겠다!'
그러나, 고개를 기웃거리던 녀석은… 진짜 재킷을 벗었다!
"…?!"
그리고 관객석에 건네주었다.
"으아아아아?!"
"엄마야!"
'미친놈아!'
건네받은 사람과 주변 사람들이 지르는 비명으로 주변이 광란의 도가니탕이 되었다. 감사 대신 왜 물총질이 쏟아지는 건지 김래빈은 이해할 수 없는 것 같았지만, 그게 감사의 표시려니 생각하는 것 같았다.

고개를 꾸벅 숙이고 다시 무대를 뛰는 김래빈의 등에는 흰 상의가 다 젖어서 붙어 있었다.

'X… X발.'

고맙다.

왜 워터밤 같은 위험한 행사 나오냐고 욕했던 자기 입을 때리고 싶어졌다. 고자극 미쳤다.

'너, 너도 몸이 좋았냐고…!'

김래빈의 팬은 스마트폰을 들지 않은 자신의 선택에 다시 한번 감탄했다. 찍는 거야 다른 사람이 찍겠지. 나는 내 눈으로 보는 게 더 중요하다!

[오늘이 반짝일 테야-!]

테스타는 돌출을 한 바퀴 돈 후, 다시 한번 신나는 댄스 브레이크를 보여준 뒤에야 첫 곡을 끝냈다. 야외 공연장이 떠나갈 듯한 함성이 공기를 뒤흔들었다.

[안녕하세요~! 반갑습니다!]

그건 테스타가 가벼운 인사 겸 토크를 시도할 때도 마찬가지였다.

[아이고, 그 노래는 할 수 있게 저희 얼굴은 피해주시면 더 감사… 어이구.]

말하는 와중에도 얼굴로 물줄기가 사정없이 튀겼다.
하지만 이세진은 씩 웃더니, 셔츠를 들어선 볼을 한 번 훔치며 폭소하고 넘어갔다.

[알겠습니다! 그래도 노는 게 더 중요하다~?]

그러자 떠나갈 것 같은 함성과 긍정이 공연장을 울렸다. 다만 김래빈의 팬은 그 핫하고 신나는 분위기 속에서도 잠깐 미간을 찌푸렸다.
'아, 이래서 워터밤 좀 그랬던 건데.'
눈에 맞춰서 쏴대는 개념 없는 새끼들이나, 물 대신 술 섞어 쏴대는 미친놈들 때문에 위험할 수 있어서였다. 특히 저렇게 유명한 남자 아이돌이라면 이상한 팬덤이나 열폭 종자가 붙은 경우가 많아서 더욱.
그러나, 벌써 쫄딱 젖은 강아지 꼴이 된 박문대가 진지하게 폭탄 발언을 했다.

[그럼 그냥… 편하게 쏘세요.]

"…??"

[저희가 알아서 막겠습니다.]

그러더니, 테스타는 다들 주섬주섬 주머니에서 뭔가를 꺼내기 시작했다. 바로 방수 고글이었다.

"으하하!"

나올 땐 안 쓰더니 이제야 방어구를 쓰고 있네!

시간차 공격을 당한 사람들이 웃는 동안에 테스타도 실없이 웃으며 야무지게 고글을 눌러 썼다. 제법 멋지게 생긴 패션 고글이었다. 그리고 숨 돌릴 틈도 없이, 착용을 완료한 순서대로 하나씩 돌출 스테이지로 뛰어나온다!

[다음 곡 바로 갑니다!]

"와아아아악!!"
"아악!!"

자리 선정 개잘했어!! 미친!!

김래빈의 팬이 친구와 팔을 부여잡고 소리를 지르고 있는 사이, 그들의 바로 앞에 선 배세진에게 물총 세례가 쏟아졌다. 재킷이고 나발이고 안에 입은 흰 셔츠가 다 젖을 지경이었다.

'불쌍해!'

그러면서도 그녀는 자신의 친구도 열심히 배세진의 배를 향해 물을 쏘는 것을 말리지 않았다…. 그렇게 신남과 호르몬 폭주로 한껏 흥분이 치솟은 분위기 속에서, 전주가 흐른다.

[Doong…!]

"아 최신곡!"

⟨Roll the Dice⟩였다.

이것도 살짝 더 강렬히 편곡된 건지, 비트가 약간 빨라진 것 같았다. 벌써부터 사람들이 소리를 지르며 호응하기 시작하려 할 때.

[아, 그리고… 게스트가 있습니다.]

"어?"

류청우가 갑자기 웃으며 그렇게 말을 했다. 하지만 무슨 말인지 설명도 없이, 그리고 사람들이 궁금증에 웅성거릴 틈도 없이….

[네 손에 닿아
또 감기는 My tape!]

박문대의 고음과 함께 곡이 시작했다.

"와아악!"

고글을 쓴 박문대는 이제 아예 누가 어디로 물을 쏘든 상관하지 않는 것처럼 호쾌하게 몸을 움직였다. 사람들이 환호하며 움직임을 좇는다.

[심장이 뛰는 순간
모든 감각이 Slow]

테스타는 특징적이고 인상적인 안무는 칼 같이 뽑았지만, 그 외의 대형과 제스처는 다소 자유롭게 운용하며 돌출 무대를 뛰어다녔다.

사람들의 카메라에서 불빛이 튄다. 곡이 달리고, 비트가 뛰고, 열기와 물기로 여름 저녁의 공기가 터질 것 같은 공연의 순간. 프리코러스의 직전 마지막 파트!

[확실한 정답을 찾아서-]

갑자기 음악이 멈췄다.
"…?"
가장 고조되어 확 터져야 할 상황에!
순간 음향 사고인가 싶었던 그때.

핑!

돌출 무대 저 뒤, 본 무대 전광판에 화려한 LED 빛이 들어왔다.
그리고 그곳에는… 누군가 서 있었다.
금발. 청바지와 핏 좋은 흰 티셔츠. 고글을 쓴 일곱 번째 인영.
차유진.

[……]

마이크를 든 그가 테스트를 하듯이, 짧게 음을 맞추어 소리를 낸다.

[Ah, ah.]

그 순간.

"와아아아아악!!"

"유진아!!"

"뭐야?? 누구야?"

갑작스러운 등장에 팬들이 좋은 의미로 경악하고 모르는 사람도 분위기에 휩쓸려 함성을 지르는 그 화끈함 속.

휘몰아치듯 밴드 반주가 돌아왔다.

[!!]

그리고 차유진은 돌출로 뛰쳐나오기 시작했다.

"미, 미친!"

머리를 반 쓸어넘긴 차유진은 물기 젖은 무대를 아랑곳하지 않고 달려와 뚫을 듯이 직진했다. 그 와중에도 숨 한결 흐트러지지 않은 채 자신의 파트를 쉬지 않고 쏘아붙이듯이 끌어올려 마이크 너머로 꽂는다.

[선택은 하나
그래 전부 가져가 one more
꽉 잡은 이 손을 놓쳐도]

그리고 맨 앞.
테스타의 대형 정 가운데 발을 디디는 순간.

[Let's Start, 난전을 시작해]

곡이 드랍된다.
원곡에 없던 화려한 댄스 브레이크.

[side side side]

차유진이 앞으로 몸을 튕겼다.
"……!!"
미친.
미친, 미친!
돌출 앞에서 일시적으로 물총질이 멎었다.
어마어마한 입체감, 폭력적일 만큼 인상적인 존재감, 그리고 짜릿한 폭발력.
'뭐야??'

[Just roll the dice]

차유진은 독무에 가까운 형태로 댄스 브레이크를 소화했다.
발로 땅을 박차고, 몸의 반동으로 바닥을 쓸 듯이 움직여 몸을 튕기는 그 동작은 척 보기에도 더없이 근사해 보였지만 과부하가 심해 보이기도 했다.

'어어??'

그러나 정신 차릴 여유도 없었다. 차유진의 다음 행동은, 어안이 벙벙한 사람들 사이로 아무렇지 않게 상의를 걷어서 던진 것이었다.

즉시 잘 단련된 상반신이 드러났다.

"…?!"

"으아아악!!"

그렇게 계속된다.

눈을 뗄 수가 없도록 뭔가를 계속 만들어냈다.

느릿한 구간에 접어들면, 차유진은 일부러 앉아서 물을 맞아줬다. 얼굴을 직접 때릴 수 있게.

'미… 미친.'

그리고 눈을 감지도 않고 물총을 쏘던 사람들을 하나하나 빤히 쳐다보다가, 고글을 벗어 던지며 자리에서 일어났다.

아주 자연스럽게.

그러나 간주가 끝나는 완벽한 타이밍에 맞추어, 그는 다시 대형에 합류했다. 그리고 몰아치는 타이틀곡의 마지막 후렴구 퍼포먼스.

[잡아당겨]

폭죽이 터졌다.

그러나 그 요란하고 화려한 피날레마저 배경처럼 보이게, 그는 아낌없이 모든 선을 넘어 불태웠다.

그래서 같은 시각.

-미미미|친 워터밤 차유진등장
-으악 차유진

SNS가 뒤집어지고 있었다.
이 모든 게 가능했던 이유는 하나.
스티어 차유진은 테스타 차유진보다 절대적인 능력치가 높았던 것은 아니다. 관리와 교육의 부재는 그만큼 뼈아팠다.
다만 경험.
워낙 사건 사고가 많던 그룹 때문에 겪었던 모든 일들. 상황에 따라 급작스러운 변동 사항이 많아서 안무 순간 습득력과 응용력이 극도로 늘 수밖에 없는 환경.
늘지 않으면 생존할 수 없었기 때문이다.

−다 땄어요.
−헉.

그래서 그는 테스타의 최신 타이틀 리믹스 안무와, 다른 행사용 두 곡을 4시간 만에 완전히 습득했다.
그리고….
어떻게든 인상적인 무대를 보이기 위해, 아주 불편하고 낯선 상황에서도 적응하여 필사적으로 자리에 남아 있던 순간들.
기회를 잡기 위해 그가 스스로 극한까지 발현시킨 능력치가 하나 있었다.

[끼 : EX (EX)]

기회만 온다면.
그는 시선을 놓치지 않을 사람이었다.

워터밤의 테스타는 미친 듯이 SNS를 뒤덮었다.

-ㅅㅂㅅㅂㅅㅂㅅㅂ류청우 상탈!!
-워터밤 난ㄹ;나씨어 나 지금 액정 박살난 폰 쓰는중
-어떡해어ㄸㄱ해어떡해
-ㅋㅋㅋㅋㅋㅋㅋㅋㅋㅋㅋㅋㅋㅋ사람들 다 정신 나갔네

실시간으로 쏟아지듯 공유되는 감상, 동영상, 사진들.
열기와 에너지. 그 모든 표현에 느낌표가 붙어 있듯이 생동감과 역동감이 넘쳤다. 광기에 가까운 흥분이 흘러넘쳤다.
그리고 단언컨대 MVP는….

-미친놈 (동영상)

차유진이었다.

갑작스럽게 중간부터 등장하여 잡아먹을 듯이 무대를 휘젓고 돌아다니는 차유진의 모습은 온갖 각도로 폰카메라에 찍혀 인터넷에 속속들이 업로드되었다.

수많은 아이컨택 사진과 동영상이 지금도 쏟아졌다. 이 짧은 시간에 대체 몇십, 몇백 명을 포착한 건지, 차유진과 눈이 마주쳤다고 정신없이 떠드는 글만 수백 개는 되는 것 같았다.

-나 귀가 안 들려 차유진? 올 때마다 너무 비명심으악 차유진옴
-ㅠㅠㅠㅠㅠㅠㅠㅠㅠㅠ(사진)
-원래 이렇게 생겼어 차유진? (동영상)

한여름 밤. 태양처럼 눈을 찌를 듯이 빛나는 조명을 역광으로 눈을 빛내는 차유진은 시선을 삼킬 것 같았다.

-와 씨발
-아프다며
-졸라 날라다니는데;;;
-미쳤나 봐 아 제발 아 나 니 안 나올 것 같다고 해서 표 팔았다고 개자식아ㅠㅠㅠ

당연하지만, 차유진의 개인 팬들 사이에서는 울부짖음도 상당했다. 차유진이 한동안 건강상의 이유로 스케줄에 불참한다는 공지가 뜬 게 며칠 전이었다. 자연스럽게 워터밤도 불참일 확률이 높다는 것이

정설이던 것이다.

그런데 당일.

-????
-뭐임

다른 말도 없이 갑자기 중간에 불쑥 등장해서는 무대로, 관객을 향해 미친 듯이 달려드는 모습에 모두 얼이 빠졌고… 곧 비명을 지르게 됐다. 하지만 그런 개개인의 손해로 인한 불만의 소리가 눈에 띄기에는….

-차유진와 미친

너무나 압도적이었다. 워터밤의 차유진의 안광은 물방울과 습기가 맺혀 흔들리는 저화질의 화면을 뚫고도 보였다.
표정과 움직임, 박력.

-레전드다
-워터밤 어울릴 거라고 생각은 했는데 이 정도일 줄은…
-아픈 게 아니라 무슨 수련하다 왔냐

물론 하나하나 디테일을 자세히 뜯어본다면 어딘가 어색한 점을 눈치챘을지도 모른다. 테스타가 유독 군무 파트를 적게 할당한 점이라든가, 일부러 합을 평소보다 덜 맞추도록 각자 애드립으로 때우는 파트를 늘린 점이라든가. 어쩐지 차유진의 발성이 좀 덜 안정적인 것 같다는 점들이.

그런데 감히 관객이 그런 것까지 신경 써줄 만큼의 심적 여유도 남겨두지 않았다는 것이다. 이런 축제형 행사에서 가장 극대화되는 능력치, 극한까지 단련한 끼 스탯의 존재 때문에.

그것만이 오롯이 눈을 잡아챘다.

-미친 인하트에 차유진 3초 올렸는데 10분 만에 벌써 조회수 5만 넘음;

SNS에 해시태그를 달고 짧은 컷을 올리는 것만으로도 조회수가 쏟아졌다.

-아 미치겠다 갈걸
-워터밤은 VOD 같은 거 안 팜? 제발

땅을 치기 시작한 인터넷 사람들의 반응이 어색하지 않을 만큼, 동영상 속의 관객들은 미쳐 돌아가는 것 같았다.
실제로도 그랬다. 워터밤 현장.

와아아아!!

미친 듯이 무대가 질주한다.

[In the pose!]

세 번째 무대는 신나는 미국 80년대 하이틴 컨셉의 직전 신곡, 〈Pose〉. 본래 장난기 넘치는, 신나는 소년미가 중점이던 이 곡은 워터밤에 맞추어 좀 더 여유롭고 핫한 느낌으로 전개되었다.

굳이 코멘트하지 않았으나 스티어 차유진은 이 곡이 제법 마음에 들었다. 그래서 더욱 깊은 생각을 하지 않으려 했었다.

습득한 안무를 구현하고, 날뛰었다.

"후우."

그리고 마침내 찾아온 곡 사이 막간.

[즐거우셨나요~]

겨우 진행을 보는 소리가 들렸다.

'…Wow.'

살짝 숨을 고르며 머리를 쓸어넘기던 그는 자신에게 물병을 건네는 굳건한 손을 보았다. 리더 류청우였다.

"……."

스티어 차유진은 잠시 착각할 뻔했다. 아드레날린 탓이었다.

그러나 곧 다시 상황을 깨달았다.

'괜찮아.'

"Thanks."

그는 반은 단숨에 마시고, 반은 씩 웃는 채로 머리 위에 쏟았다. 다시 관객석에서 비명이 터졌다.

그리고 서글서글한 이세진의 말.

[그렇습니다, 차유진 님이 특별 게스트로 등장해 주셨죠~ 여러분, 너무 좋으시죠?!]

으아아악 네!!
예!!

긍정, 감탄, 욕설 섞인 비명이 난무했다.
관중, 관중!
'오, 젠장.'
이런 말을 쓰긴 부끄럽지만, 차유진은, 잠시 머리끝까지 쭈뼛 서는 것 같은 간지러움을 느꼈다. 이런 반응이 지나치게 오랜만이기 때문이었을까?
그리고 옆에서 재킷 물기를 짜내다가 또 물벼락을 맞던 박문대도 차유진의 그 기색을 눈치챘다.
'잠깐 압도당했나.'
그는 정확한 이유도 알았다. 그러니까, 스티어에게는 이런 환경이 주어진 적 자체가 너무 오랜만이기 때문이다. 테스타와 달리.
'…테스타는 공연의 헤드라이너지.'
그러니까 이 공연의 관객들은 이미 자신들에게 관심을 줄 준비가 되어 있던 사람들이었다.

'…….'

그건 스티어 차유진이 그간 아무리 활동해도 가지지 못했던 요소였다.

스티어는 이미 한번 '식은' 그룹이었다. 대중은 그렇게 소비되어 단물이 빠진 소재엔 '쿨타임'이 다시 돌아올 때까진 흥미를 가지지 않는다.

주목하지 않는다.

사람의 심리란, 선입견이란 얼마나 무서운가. 그 특성은 '이' 차유진의 무대도 보지 않게 했으니.

'하지만.'

대중의 관심이 돌아올 기적 같은 찰나.

그 단 한 순간만을 기다리며 마지막의 마지막까지 스스로 갈아낸 스티어 차유진의 존재감은 지금 폭력적일 만큼 어마어마한 흡입력을 전시했다. 최소한 박문대는 그걸 알았기 때문에 여러 의미로 미소를 지었다.

'그래. 제대…'

전신에 다시 물벼락을 맞기 전까지는.

"벗어줘!!"

"…옙."

와아!!!

박문대는 다시 쏟아지는 물대포에 미련 없이 재킷을 포기했다. 진행과 관계없이 뜬금없는 환호가 커졌다.

[그럼 저희 앵콜 곡 갑니다~]

그리고 약간 템포를 늦춰, 마지막 곡은 여름밤의 분위기를 살짝 살린다. 아주 대중적이라 모두가 떼창할 수 있는 곡.
라임스톤 영화의 OST.

[Black- hole
Let me swallow it]

블랙홀. 깊은 음색이 귀를 울렸다.
코러스처럼 들리는 것은 관객의 목소리.

오오오오-

몇몇 신난 관객들이 분위기를 맞춘답시고 스마트폰 플래시를 켜고 흔들었다. 차유진은 단 몇 시간만 연습한, 그 낯설고 좋은 곡에 귀를 기울이며 몸을 움직였다.
다시 환호가 깊어졌다. 그는 솟구치는 아드레날린 속에서 관객을 바라보고, 음악을 듣는다.
깊고 풍부하고, 독특한 선율.
그리고 그 안에서 자신이 아는 흔적을 찾아냈다.
…기타 리프.
친구가 들려주면서 말했던, 자신감 없는 낮은 목소리를 기억한다.

─다음 앨범에… 아니, 불가능하다면 언젠가라도 쓸 수 있다면 좋겠지만…….

'김래빈이 만들었구나.'

여기서는 그도 원하는 대로 곡으로 만든 모양이었다.

하지만 그 감상은 매우 짧았다. 그런 생각에 잠기기에는… 이 무대가 너무 오랜만이었고, 너무 컸다. 그리고 그런 자신을 계속 눈으로 좇는 사람들이 있었다.

홀린 것처럼.

"차유진!"

"유진아!"

이들은 이 '테스타 차유진'의 팬일까? 아니면 이건 온전히 내 무대에 대한 반응일까?

알 수 없었다. 하지만 이 순간에….

[Black- hole!]

무대에 서 있는 것은 자신이었기 때문에.

차유진은 그 자극을 온전히 받아들일 수 있었다.

몸을 움직이고, 표현하고, 곡을 소화한다.

그리고 보는 이가 반응한다!

그 짜릿함.

그래서 깨달았다.

'아.'

이래서였구나.

[Hit it like a comet]

깨끗이 포기하고 다른 길을 찾는다.
그 간단한 원칙을 지키지 못했던 이유. 포기하지 못했던 이유.
'재밌어.'

[Shatter like a shooting star]

자신은 이걸 빌어먹게도 좋아했다.

침대가 안락했다.
그리고 눈에 들어오는 글도 아주 안락하군.

-워터밤 한번만 더 나와줘.....제발

"흠."
나는 만족스럽게 스마트폰 페이지를 넘겼다.
 워터밤이 끝나고 반나절이 지났지만 아직도 실시간 트렌드를 점령 중인 워터밤 관련 글들은 모조리 다 테스타 관련이다. 안전부터 노출까지 좀 난이도 있는 루트긴 했는데, 리스크를 좀 감안하고서라도 파격적인 선택을 강행한 보람이 있는 버즈량이었다.

-제발 인천 와주면 안 될까? 나 진짜 잘할게 물총에 에보앙 담아갈게 제발
-ㅠㅠㅠㅠㅠㅠ아현이 셔츠 찢어지는 직캠... 드디어 뜸
-자켓 3인방은 어떻게 모두 자켓을 잃어버리게 되었나 (동영상)
-이세진 완전 폭스... 상탈로 밀당하는 거 봤냐고 이거 보고 입덕 안 하면 님 남자 안 좋아하는 거임

심지어 이런 유머 글까지 뜨고 있다.

[아이돌이 선물을 줬는데 남친한테 준 건지 나한테 준 건지 모르는 상황]
(캡처) (링크)
워터밤에서 김래빈에게 자켓 받은 커플이 서로 자기가 받았다고 한치의 양보도 없이 싸우고 있다고 함
김래빈의 판결이 시급하다고ㅋㅋㅋ

-미친ㅋㅋㅋㅋㅋㅋㅋㅋㅋㅋㅋㅋㅋㅋㅋ
-아남자는 사이즈 상 자기꺼라고 하고 여자는 자기가 먼저 아이컨택했대 나름 다 설득력 있음ㅋㅋ
-래빈 씨 빨리 나타나줘 솔로몬 판결 나기 전엘ㅋㅋ
ㄴ자켓 반갈ㅋㅋㅋㅋㅋ

참고로 본인에게 물어본 결과는 이렇다.

-예? 아! 여성분께서 추위를 타신 나머지 제 재킷이라도 필요로 하시는 것 같아 드렸습니다만….

그럴 줄 알았다. 아무튼, 그래서 결론은….
'뭐긴 뭐겠냐.'
대성공이라는 뜻이다. 나는 피식 웃었다.
이러면 자동적으로 하나 또 견제되는 게 있다.
'그런데 이 와중에 이테르?'
워터밤에 나온 1군 아이돌이 화제성을 다 먹었는데, 썸머풀에 나온 신인따리가 언급될 구석이 있을 리가 있나. 그냥 싼 값에 행사 뛰는 헛짓 좀 한 거다.
아니, 도리어….

-음 생각보다 끼 없는 듯
-묘하게 숙연해지지 않냐

위튜브 직캠에서 댓글을 최신순으로 정렬한 다음에 한글을 찾아보면 이런 반응도 은근히 찾아볼 수 있단 말이지. 한마디로, 오히려 컨셉 빡세게 잡아서 마케팅하다가 이런 물 쏘는 유의 날것 같은 행사에 나와서 약점이 살짝 드러났다.
경험 부족. 라이브 대처 능력 부족.

'흠.'

나는 턱을 문질렀다. 이거 잘하면… 역으로 먹일 수 있겠는데.

'좀 괘씸하단 말이지.'

아무리 생각해도 차유진으로 역바이럴 하려던 건 좀 과했다. 그건 전략으로 봐주기 힘들지 않나?

'하지만 본인들이 전략이라고 굳이 생각한다면야.'

나는 웃으며 침대에서 몸을 일으켰다.

'눈에는 눈, 이에는 이라고, 나도 똑같이 해줄 수 있…'

"누워, 박문대."

"……."

젠장.

나는 침대 헤드에 몸을 기댔다. 이세진이 싱글벙글 웃는 얼굴로 침대에 걸터앉았다.

"이야~ 스케줄 딱 끝나자마자 몸살! 열이 38도!"

"……."

"역시 문대야, 스케줄은 다 끝내고 아프네 또!"

그만해라.

"근데 그럼 지금은 푹 쉬겠다는 뜻이지? 응?"

"어."

그런데 몸은 쉬면서 머리는 쓸 수 있는 거 아닌가. 심지어 뻗은 게 나만 그런 것도 아니다.

자, 귀를 기울여 보면.

"으윽."

"후……."

이건 김래빈과 배세진이 본인의 방에서 각자 골골대는 소리다. 그렇다. 워터밤에서 상태가 좀 안 좋은 놈들만 재킷을 걸쳤었거든.

'다 차유진 사태 때 제일 이동량 많은 놈들이군.'

그런데 다 재킷 뺏기고 결국 맨몸으로 뛰어다녔으니 예정된 결과라고 볼 수 있겠다. 긴장이 풀린 건지, 새벽부터 몸이 확 무거워진 것 같더라고.

나는 고개를 끄덕이다가 곧 상당히 신빙성 있는 추측에 도달했다. 그런데 우리가 이동량이 많긴 했지만 다른 놈들도 만만치 않았을 텐데?

'밤 쫄딱 새우고 회사 뛰어다니고, 며칠 맘고생 했지.'

그런데 거기서 출처 불명의 물줄기를 전신으로 맞으면서 공연까지 했으니….

"너도 몸 별로 안 좋을 텐데. 아니냐?"

"……."

이 새끼 눈 피하네.

"가서 누워라."

"넵."

그리고 2시간 후, 모두가 안정적으로 몸살을 앓기 시작했다.

"…What?"

그러니까 스티어 차유진을 제외한 모두가 말이다.

여기는 숙소. 생존자는… 거의 없다.

"으윽."

"허……."

이게 무슨 질병 아포칼립스도 아니고.

안 그래도 바빠서 짐도 제대로 못 푼 새 숙소인데, 멀쩡히 걸어서 돌아다니는 놈도 없으니 휑하니 짝이 없다.

'다 골골대고 있네.'

심지어 말이다.

"하하, 몸살은… 몇 년 만인지 모르겠다."

"……."

류청우도 뻗었다. 나는 옆 침대에서 해열제를 먹으며 웃고 있는 녀석을 돌아보았다.

'물벼락 한번 집요하게 맞더니.'

물론 이놈이 뻗은 건 겨우 그것 때문은 아닐 것이다. 사흘 연속 콘서트 하고도 지친 기색 없이 멀쩡했던 놈이니까. 아마 회사가 망하면서부터 중첩된 스트레스와 부담감, 그리고 앨범 준비 기간의 무모한 강행군이 차유진 사태와 겹치며 한 번에 터진 모양이다.

'리더니까 더 했겠지.'

그런데 그 와중에도 대단한 것은 이놈이 그나마 상태가 제일 괜찮다는 점이다. 그리고 그걸 본인이 알아서 문제다.

"음, 약 기운 돌면 내가 잠깐 회사에 갔다 올 테니까…"

나 참.

"좀 쉬어라. 스케줄 있는 것도 아닌데."

"…!"

"회사 연락은 그쪽에서 올 때 받아도 안 늦어. 급한 게 있는 것도 아니고."

"……응. 알았어."

류청우는 약간 쑥스러운 미소와 함께 침대에 도로 누웠다. 나도 그냥… 일단 도로 이불 위로 누웠다.

'뭐… 이렇게 푹 쉬는 날도 있는 거지.'

중요한 것들은 마무리된 이 시점. 하루 정도는 괜찮지 않을까, 그런 생각이 들어서 말이다.

위잉. 서큘레이터 돌아가는 소리와 함께 바람이 불었다. 그걸로 충분했다. 이 여름날 에어컨을 안 틀었는데도 아무도 덥다고 안 하는 게 정말 웃기는 일이다.

'음.'

근데 한 놈만 예외다.

"…더워."

"에어컨 틀어."

"저 쓰레기 아니에요."

방문턱에 띵한 눈으로 서 있는 것은… 바로 유일한 생존자.

차유진이다.

"왜 모두가 아파요?"

놀랍도록 쌩쌩한 녀석은 아침 일찍부터 거실에 나와서 지금까지 방황 중이다. 아무래도 본인 방에서는 배세진이 골골대고 있어서 들어가질 못하는 것 같다.

참고로 제일 웃기는 건 SNS에는 이 상황이 정반대로 올라갔다는 점이다.

-아 유진이 어떻게든 나가겠다고 해서 출연했는데 몸이 더 안 좋아져서 쉬고 있나봐ㅠㅠ

　└프로의식 미쳤다...

그렇다. 사람들은 차유진이 아픈 와중에 투혼을 발휘해 무대에서 날아다니며 레전드를 찍었다고 굳게 믿고 있는 것이다. 하지만 공식적으로는 유일하게 아픈 놈이, 실제로는 이 중에 유일하게 멀쩡한 놈인 상황.

"저녁이면 다 털고 일어날 테니 신경 안 써도 된다."

"……"

그래서 스티어 차유진은 아닌 척하지만 상당히 당황한 눈치다. 아까부터 은근히 한자리에 못 앉아 있더라.

'……저걸 나가서 놀라고 할 수도 없고.'

그래도 이 자식이 또 통제가 어쩌고 하면서 탈주하진 않을 거라 생각한다. 실제로 스티어 차유진은 어제 무대 직후 묘하게 말수가 없어지긴 했지만, 좋은 의미로 생각에 잠긴 것처럼 보였다.

꽤 안정적으로 변했다는 뜻이다.

'좋아.'

그렇다면. 나는 후끈거리는 이마에 손등을 누르며 침착하게 말했다.

"문 닫고, 거실에서는 에어컨 틀어놔도 상관없을 것 같은데."

"……"

"아니. 아예 큰…, 이세진이랑 방을 바꿔. 바로 바꿔줄 거다."

그래, 진작에 이럴 걸 그랬다. 이놈한테 독방을 주고 프라이버시를 보장하면 좀 누그러들었을 텐데 말이다.

'변수를 없앤다는 것에 너무 집착했어.'

좀 릴렉스하니까 오히려 보인다. 아픈 게 이득이 되기도 하는데? 나는 스티어 차유진을 보았다.

이번에 무대 같이하면서 서로 간 긴장감도 꽤 풀어진 것 같고 말이다. 일단 조별 과제 결과가 A로 끝나면 과정이 좀 X 같았어도 참여만 제대로 한 조원에겐 악감정이 사라지는 것과 비슷한 현상이다.

'이놈이 잘했어.'

차유진. 이 녀석이 없었다면 아마 이 버즈량의 상당량이 깎이긴 했을 것이다. 일단 출연 안 할 것 같은 놈이 갑자기 중간에 출연한 것에서 어그로 한 번 끌고, 끼 스탯 EX로 온갖 인기 동영상을 다 잡아먹어서 화제성이 쏠쏠했다.

'…이쪽 차유진이 돌아왔을 때 반응이 좀 문제인데.'

제발 기억이 있었으면 좋겠군.

아무튼, 그러니까 이렇게 우호 관계를 구축하는 상황에서는 제안이 잘 통할 확률이 높다는 뜻이다.

'이번엔 될 것 같은데.'

나는 꽤 자신감을 가지고 녀석을 쳐다보았다. 그러나.

"저 아픈 사람 방 뺏을 생각 없어요."

"…!"

"제가 말했잖아요. 그렇게 쓰레기는 아니라고."

그리고 녀석은 티셔츠 목가를 펄럭거리며 방문을 떠났다.

"……."

아니….

'그럼 어쩌라고.'

해결책을 줘도 뱉고 있네.

대체 왜 덥다고 한 거냐. 뭐 아이스크림이라도 먹겠다는 빌드업용 의사 표현이었냐? 나는 객관적인 확인을 위해 류청우를 돌아보았으나, 곧 녀석이 곤히 잠들었다는 것을 발견했다.

"……."

놔두자.

'…모르겠다.'

그래. 네가 알아서 해라.

결국 나는 차유진에게 적당한 자율권이나 보장하기로 했다. 굳이 침대에서 기어나가서 이렇게 말했다는 뜻이다.

"매니저분 번호인데… 네 폰에도 있을 거다. 필요한 거 있으면 부탁해서 아이스크림이라도 먹든가 해라."

"……."

"우리가 뭐 누가 어떻게 아프다, 그런 세세한 이야기는 하지 말고."

다른 소속사로 말 새어 나간 걸 보니까 제대로 입 단속하기 전까지는 좀 주의해야 할 것 같아서 말이다. 이 차유진에게 그런 것까지 기대하기는 힘들지 않은가.

'이 정도면 충분하겠지.'

그러나… 스티어 차유진은 한숨을 쉬었다.

뭐?

"OK. 이제 알겠어요."

"뭐…."

"Go to bed, now."

그리고 나는 도로 방 안으로 밀어 넣어졌다.

"……?"

돌아본 차유진은 소파에 앉아서 스마트폰을 잡고 있었다.

'저놈 뭐하냐.'

그리고 이 의문은 차근차근 풀리게 된다.

일단… 한 시간도 지나지 않아 숙소에 뭐가 박스째로 오긴 했다.

띵- 동.

'아이스크림이랑… 아이스팩?'

그리고 몇 가지 생필품과 식료품들이다. 정황상 차유진이 매니저에게 연락을 했다고 추측했는가? 아니다. 회사 직원이 마련한 게 아니었다.

"네가 했다고?"

"Yeah."

본인이 직접 마트에 배달을 시켰다.

"문대 형 회사 연락 싫어했어요. 아니에요?"

"……."

"그리고 한국 사는 성인이면 누구나 이 방법 이용할 수 있어요."

아니, 네가 배달을 못 시킬 줄 알았다는 게 아니다.

'왠지 직접 하는 건 지나치게 이쪽 삶에 적극적인 제스쳐라 안 할 것

같았단 말이지.'

"정리를 해야…"

"Nope."

그러나 차유진은 비틀거리면서 나온 김래빈의 엉덩이를 걷어차 도로 방으로 돌려보낸 뒤, 자신이 주문한 박스를 직접 정리하기까지 했다.

…놀랍게도 차유진의 '직접 하기' 실천은 여기서 시작이었다.

일단 모두에게 따뜻한 물과 찬물을 텀블러에 담아 돌리고.

"괘, 괜찮…"

"당신 얼굴 안 괜찮아 보여요."

수건 덧댄 아이스팩을 배부하더니.

"어~? 이런 수건이 있었…"

"샀어요."

결국 열 체크하고 약 먹는 타이밍까지 확인하기에 이르렀다.

"열 아직 안 내렸어요. 아이스팩 해요."

"……"

나는 체온계를 놓고 가는 놈을 보다가, 침대에서 침음을 참았다.

이쯤 되자 혼란스럽다.

내가… 차유진한테 간호를 받는다? 그것도 저놈한테?

'실화냐.'

고개를 돌렸다. 류청우가 당황한 표정으로 아이스팩의 수건을 여는 꼴을 보니 현실은 맞는 것 같았다.

그러나 화룡점정은 아직 나오지도 않은 상태였던 것을 우리는 모르고 있었다.

한 시간 후.

"……형."

"왜."

"이거 무슨 냄새지?"

"…!"

나는 고개를 들어서 밖을 보았다. 문밖으로 보이는 주방에서 끓고 있는 냄비가 보였다. 거기서부터 감칠맛 나는 육수 특유의 냄새가 올라오고 있었다.

"…??"

그리고 그 냄비 앞에 서 있는 건… 차유진이다.

"…?!"

차유진이 요리를 해?

대체 뭘 했는지, 아니, 왜 굳이 본인이 먹을 음식을 만드는 건지 궁금할 지경이었으나… 놀랍게도 요리 목적은 자급자족이 아니었다.

"나와서 먹어요."

"……."

녀석은 골골대는 놈들을 식탁으로 불러냈다. 그렇게 얼결에 소집된 멤버들은 식탁에 둘러앉아서 녀석이 한 음식의 정체를 확인할 수 있게 되었다. 그것은….

"어어."

"이거."

낯이 익었다.

−영혼을 위한 닭고기 수프!

이미 차유진이 몇 번 시도해 보았던 레시피였기 때문이다.
'본인 어머님이 알려주셨다고 했던가.'
나름대로 추억이 있는 맛인 것 같긴 했다. 다만 녀석이 이 요리를 시도할 때마다 어떤 꼴이 났었냐면… 한 번은 꿀을 넣었고.

−와악!

한 번은 불이 날 뻔했다.

−으아아악!

한마디로, 대차게 망했었다.
이 자리에 기억 못 하는 놈은 없을 것이다.
"……"
"……"
배세진의 떨리는 목소리가 들렸다.
"…죽을 시킨다는 선택지를 두고 굳이?"
차마 반박할 수 없군.
그러나… 나는 고개를 들어, 아직도 뒷정리 중인 주방의 차유진을 보았다. 정확히는 놈의 손놀림을.
'음.'

그건 경험해 본 사람의 움직임이었다. 무작정 시도한 것이 아니라는 뜻이다. 이전에도 일상적으로 요리를 했었다는 거다. 그렇다면.

'…회사에서 케어를 잘 안 해준 시기가 있었던 건가.'

한마디로, 하다 보니 솜씨가 늘어난 경우일 것이다.

나는 약간 고민하다가 짧게 대답했다. 이걸 다 이야기할 수도 없으니 그냥.

"…고맙긴 하잖아요."

"……그래."

그 말에 모두 짠 듯이 굳은 결심이라도 한 것처럼 곧게 앉았다. 뭐가 나와도 처먹어주겠다는 기세군.

곧 차유진이 사이드 메뉴로 챙긴 건지 부드러운 흰죽 비슷한 것까지 들고 식탁에 앉았다. 멤버들이 움찔거렸으나, 스티어 차유진은 별 반응 없이 입을 열었다.

"좀 낯설 수도 있지만. 난 아플 때 먹는 요리 그것밖에 못 해요."

"……."

'그럼 죽을 시키라고'라는 말 대신, 선아현의 기쁜 듯한 선창이 나왔다.

"자, 잘 먹을게…!"

"고맙다."

그리고 제법 비장하게 숟갈을 든 잠시 후.

"…!"

"맛있네…?"

"독특한 풍미가 있습니다!"

놀랍게도, 차유진의 치킨 수프는 맛이 썩 괜찮았다.

'아니, 진짜 괜찮은데.'

아픈 타국 사람 입에 붙을 정도면 진짜 맛있다는 뜻이다. 스티어 차유진이 작게 미소 지었다.

"Good."

한결 분위기가 풀린 상태로 식사가 이루어지기 시작했다. 그리고 아픈 놈들도 위장이 채워지자 기력이 나는지 슬슬 입을 열어 떠들기 시작했다.

"어제 워터밤… 재밌었지."

"아~ 진짜요. 너무 즐겨서 다들 이 꼴이 되긴 했지만!"

"맞아. 그런데 유진이는 반응도 제일 좋았는데, 제일 건강하네."

류청우는 아마 부드럽게 '그리고 이렇게 챙겨주기까지 해서 정말 고맙다'로 이야기를 끌고 갈 생각이었을 것이다. 그러나 차유진은 살짝 눈썹을 찡그리듯이 웃으며 이렇게 반응했다.

"그건 '이' 테스타 차유진에 대한 반응도 있어요."

"…!"

나는 나서지 않았다.

'시비 거는 게 아닌 것 같은데?'

차라리 리스펙트에 가깝게 느껴졌기 때문이다. 그리고 이제 나 말고도 반박하는 녀석들이 있다.

"그, 그래도… 어제 사람들이 본 무대는, 네가 한 거잖아."

"맞아~ 우리 팬분들보다 그냥 행사 오신 분들이 더 많았을걸?"

"……."

"그, 크흠, 우리 차유진도 진짜 잘하는데… 너도 진짜 잘했다고. 그래서 너 잘해서 사람들이 좋아했다니까."

차유진은 짧게 침묵했다. 그리고 순순히 대답했다.

"알아요."

"……!"

녀석은 침착한 태도로 식탁에서 자세를 고쳤다. 약간 정중한 태도였다.

"저한테 기회 줘서 고마워요. 그리고 처음 제 무례했던 태도 사과할게요. 죄송합니다."

스티어 차유진은 고개를 꾸벅 숙였고, 당황한 몇몇 멤버들은 식탁으로 고개를 처박다가 휘청거리기 시작했다. 허이고.

"아, 아냐. 으응, 공연 같이해서 좋았고…! 나, 나야말로, 잘 이해하지 못한 것 같아서 미안하고…."

"어어, 맞아…."

분위기가 더욱 풀렸다. 완연한 화해 무드였다.

"그래~ 우리 앞으로 잘 지내면 되지!"

뭐, 이놈이야 사과는 받을 만했다고 생각하는 것 같지만.

어쨌든 서로 기본적인 신뢰를 쌓은 것 같은 분위기는… 정말 나쁘지 않았다.

"잘했어."

"나도 알아."

나는 김래빈과 차유진의 작은 대화를 듣고 피식 웃은 뒤, 식사를 계속했다.

그리고 정말로 차유진의 간호 덕분인지는 모르겠다만, 몇 시간 후 저녁에 테스타는 모두 대강 기력을 회복할 수 있었다.

"가!"

"세진이가 거치네."

그래서 지금, 거실에 모여서 코를 훌쩍이며 게임이나 하고 있다는 뜻이다. 딴따라라 딴따랑! 효과음도 요란하다. 나는 거칠게 손잡이를 돌리는 배세진과 신중한 류청우 뒤에 앉아서 아무 생각 없이 움직이는 화면을 보고 있었다.

'아직 머리가 어지러운데.'

차유진도 의외로 방에 들어가지 않고 소파 옆에 앉아 있었다.

"좀 편하냐."

"그런 편이죠. 친구와 팬 덕분에요."

그래, 김래빈과… 아니, 나는 팬이 아니라니까.

뭐, 그건 그렇다 쳐도 말이다. 나는 무심코 물었다.

"청우 형은?"

배세진이야 뭐 마약 문제 때문에 그렇다쳐도 류청우는 괜찮지 않나? 마지막까지 괜찮게 활동했을 텐데.

그러나 차유진은 갑자기 입을 다물더니, 나를 훑어봤다. 뭐야.

"가끔은 팬의 꿈을 지켜주는 것도 아티스트의 의무죠."

"…?"

무슨 소리냐.

"아무것도요."

차유진은 발을 뺐으나, 나는 대강 어투에서 분위기를 잡아냈다.

'낫띵은 무슨 개뿔.'

스티어 류청우도 멘탈이 터졌던 게 분명했다. 지금이랑 좀 다른 인간상이었나 보군.

'뭐, 그래도 상관없나.'

어쨌든 스티어 차유진은 여기 꽤 적응한 것 같았고, 전처럼 불편해하거나 날을 세우는 것 같진 않았으니까. 당장 지금도 복숭아 가져온 선아현이 잘만 말 걸고 있다.

"저, 그래도, 남은 시간 동안… 우리 잘 지냈으면 좋겠어. 호, 혹시 해보고 싶은 게 있으면, 같이 해보기도 하고."

"그래. 편하게 말해!"

스티어 차유진은 짧게 침묵했으나, 곧 어깨를 으쓱했다.

"OK."

"오오!"

거실에서 잠깐 환영하는 듯한 환성이 터졌다. 마치 새로운 동료라도 영입하는 것 같은 분위기였다.

'음.'

나쁘지 않지. 나는 피식 웃었다.

그때였다.

[업데이트 완료!]
-조기 달성

'…?!'

…팝업이, 뜬다.

기초적인 선과 폰트만 남아 있던 홀로그램에 색이 돌아온다. UI가 돌아오고, 휘황찬란한 게임 시스템 같은 틀이 갖춰지며, 전보다 더 정교해진 그래픽이 반투명한 창을 이뤘다.

['■■■ (ver.2 Beta)' 적용 중]

'……'

그런 가설을 세운 적이 있었다.

이 시스템 업데이트라는 것 때문에 차유진이 스티어로 활동할 때의 자아로 돌아간 것이라는 추리. 정확한 기재는 모르겠지만 타이밍과 앞뒤 상황상 설득력이 있어 보였다.

그리고 업데이트에는 30일이 걸린다고 상태창은 고지했다. 당연히, 누구든 스티어 차유진과 앞으로 3~4주는 더 같이 보내게 될 것이라 예상할 수밖에 없다.

하지만 예상도 못 한, 이 팝업이 갑자기 뜨는 순간.

직감적으로 깨닫게 되는 것이다.

[완료!]

'…끝났다.'

'스티어 차유진'의 시간이 끝났다는 것을.

"……"

나는 고개를 돌려서, 어지럽게 카트가 달리는 TV 속 게임 화면을 보는 녀석을 쳐다보았다.

그리고 입을 열었다.

"…차유진."

업데이트가 일찍 끝났다는 것은, 지금까지 차유진에게 일어난 이상 현상도 끝….

"왜요?"

"…?"

…안 끝났군?

차유진은 아무 이상 반응 없이 멀쩡히 턱을 괴고 있었다. 스티어 차유진 그대로의 모습이었다. 그리고 내가 불러놓고 말이 없자, 어깨를 으쓱하더니 도로 TV로 얼굴을 돌렸다.

"생각나면 말해도 괜찮아요."

"……."

잠깐만, 이거 설마 기초 추론부터 잘못됐냐.

'업데이트랑 연관 없는 일이었다고?'

머리가 더 복잡해지려던 찰나였다.

띠링-!

"…!"

팝업이 하나 더 떴다.

['회사용 〈System〉'을 재가동하시겠습니까?]

"……."

아, 그렇군. 나는 손으로 눈두덩이를 눌렀다.

나한테, 시기 선택권까지 있었다.

자, 보자. 내가 여기서 재가동을 안 하고 아예 시스템을 취소해 버리면, 혹시 차유진이 아예 돌아오지 못할 가능성도 있다. 그러나 이 시스템 새끼를 당장 재가동하면… 꺼림칙한 건 둘째 치고.

'이 차유진은… 바로 사라지는 건가.'

…아마도 그렇겠지.

당연하지만 빨리 돌려보내고 원래 차유진을 불러오는 게 맞다.

그런데 막상 내가 선택할 수 있게 되니, 이걸 본인에게 말을 해줘야 하는지 말아야 하는지부터 가늠해 보게 되는 것이다. 갑자기 저놈 면전에 대고 '이제 원상복구 가능한 것 같으니 당장 돌아가 봐라.'라고 말해도 멘탈 손상 없이 깔끔하게 정리가 될까?

'…저놈 기억은 스티어가 해체한 상태의 차유진이잖아.'

겨우 터놓은 물꼬다. 저 녀석이… 앞으로 한두 번이라도 더 여기서 무대를 즐길 것을 기대하지 않았으리란 보장이 있냔 말이다.

'후.'

나는 한숨을 참으며 침대에 걸터앉았다. 어차피 이런 건 개운한 답은 안 나오는 문제긴 했다.

'일단… 지금은 다들 컨디션이 안 좋으니 킵하고.'

내일 결정하는 걸로 하자.

"잘 자, 문대야."

"예. 형도요."

그러나 마지막까지 배세진과 박빙의 레이스 승부를 벌인 류청우가 본인 침대에서 잠든 뒤에도, 나는 금방 잠들지 못했다.

그렇게 한 시간쯤 지났을까.

"……."

가뜩이나 몸살 약을 복용해서 그런 건지, 의식이 제멋대로 개판이었다.

'이럴 줄 알았지.'

게다가 이놈의 팝업은 발광력이 지나치게 좋아서 안대라도 해야 할 판이다. 결국 나는 투덜거리며 자리에서 일어났다.

"후."

그리고 물이라도 마실 생각으로 거실로 나왔을 때였다.

"안 자요?"

"……!"

아직도 거실 소파에 드러누워 있는 차유진과 마주쳤다.

"낮에 너무 많이 자서."

"그건 잔 거 아니라 아픈 거예요."

말 잘하네.

녀석은 하루 종일 간병을 자처한 놈치고는 자정이 넘었는데도 지나치게 쌩쌩해 보였다. 나는 피식 웃으며 주방에서 물을 받았다. 그런데 저놈은 왜 안 들어가는… 아, 배세진이 불편한 건가.

"방 바꿔줘?"

"No thanks."

단호하게 대답한 녀석은 기지개를 켜며 중얼거렸다.

"전 그냥… 친구랑 이야기하다 보면, 알잖아요? 좀 더 깨어 있고 싶어졌거든요."

오냐.

"김래빈이랑 이야기했냐."

"Yeaap."

그리고 녀석은 차를 안 쏟고 어쩌고저쩌고하는 말을 했는데, 아무래도 미국식 속어인 것 같았다. 아마 우리 뒷담은 아니라는 뜻이라고 추측은 했다만.

"그런 속어는 잘 모른다."

"Sorry, 하지만 문대 형 이해한 것 같은데요?"

"눈치랑 맥락으로."

"Got it."

차유진은 적당히 대답하며 히히 웃더니, 도로 소파에 누웠다. 여기 왔던 것 중에 제일 편안해 보이는 태도였다.

"……"

나는 물을 마시며, 짧게 고민했다. 혹시 지금이 타이밍인지.

그때였다.

"*Hey*, 제가 한번 맞혀볼까요?"

차유진이 소파에서 반동으로 상반신을 번쩍 일으켰다.

"혹시 문대 형이 날 바로 돌려보낼 방법이라도 찾아냈어요?"

"…!"

"*Yeap*, 내가 알았다니까요."

차유진은 씩 웃으며 마시던 콜라를 내려놓았다.

"이제 우리는 어떤 종류의 관계도 맺었고, 모든 게 잘 가는 것 같은데 왜 갑자기 당신이 날 보고 고민을 하겠어요?"

"……."

"상황이 뒤집혔죠. 맞아요?"

빼도 박도 못 하겠군.

"그래."

나는 소파 맞은편에 앉았다. 괜히 상황 꼬지 말고 설명이나 잘해주는 게 낫겠다는 생각이었다.

'원한다면 30일 채워도 괜찮다는 걸 은근히 전제로 열어두는 편이 낫나?'

거기까지 생각했을 때였다. 입을 떼기도 전에, 차유진은 먼저 씩 웃었다.

"왜 형은 망설여요?"

"…!"

"헷갈리지 마요. 당신의 팀 멤버는 내가 아니에요."

차유진은 단호하게 말했다.

"오, 하지만 당신의 KPOP 아이돌은 제가 맞아요. 맞죠?"

그리고 농담처럼 덧붙였지만, 나는 뉘앙스를 알아차렸다.

'쓸데없이 동정하지 말라는 거군.'

테스타의 명성을 대리랭처럼 사용해, 이 스티어 차유진에게 환호받으면서 할 수 있는 무대를 더 베풀어주고 싶다는 생각. 혹은 자신이 그게 아쉬워서 포기 못 할 것이라는 생각은 감히 하지 말라는 뜻이다.

팬한테 그렇게 취급받고 싶을 리가 없다. 그런 뜻이기도 하겠지만… 뭐, 애초에 그런 건 정말 재수 없는 짓이긴 했다.

"그래."

그래서 나는 그렇게만 대답했다. 하지만 이 말은 붙여야겠지.

"그러니까, 오랜만에 네 무대를 봐서 좋았던 건 사실이다."

"……."

스티어 차유진은 한동안 말이 없었다.

자정이 넘은 시각. 간접등 하나만 들어온 거실에서 침묵이 흐른 후.

"Maybe… 음, 우리는 또 만날지도 몰라요."

차유진은 어깨를 으쓱했다.

나는 굳이 어떻게 그게 가능하냐고는 묻지 않았다.

"그때는 더 멋진 무대 보여줄게요."

"……그래."

그냥 긍정했을 뿐이다.

"Great."

차유진은 웃으며 팔짱을 꼈다. 암묵적인 신호였다.

"작별 인사는."

"이미 했어요."

녀석이 어깨를 으쓱했다.

"친구에게는 방금 했고, 다른 사람들에게는 사과했으니 만족해요. 그리고…"

그리고?

"형에게는 지금 할게요."

녀석이 손을 내밀었다.

그건 악수의 자세가 아니었다.

손바닥을 맞부딪히는, 하이파이브나 손깍지용 자세.

팬사인회용이다.

"고맙습니다. 내 팬."

"……."

나도 손을 내밀었다.

악수처럼 대각선 방향의 손이 아닌, 마주치는 손을.

"고맙다. 좋은 무대 보여줘서."

"You're welcome."

짧은 하이파이브였다.

['회사용 〈System〉'을 재가동하시겠습니까?]

"……."

'그래.'

팍. 팝업에서 불빛이 터졌다.

그리고 무언가 갱신되는 소리, 새롭게 구축되는 효과음과 알림이 빠르고 요란하게 눈길을 끌고 싶은 듯이 나타나며 반짝거렸다. 하지만 그쪽으로 시선을 돌리는 멍청한 짓은 하지 않았다.

대신 배웅은 했다.

"Bye."

차유진은 고통을 호소하지 않았으나, 살짝 어지러운 것처럼 눈을 깜박이더니… 그대로 소파에 기대어, 천천히 잠들었다.

이윽고, 안정적인 숨소리가 들릴 때까지.

"……."

나는 조용히 녀석의 방으로 들어가, 잠든 배세진을 깨우지 않고 이불 하나를 꺼내왔다. 그리고 소파에 잠든 녀석에게 덮어준 뒤에 내 방에서 침구를 챙겨 거실 바닥에 깔았다.

"……."

잠은 아주 느리게 찾아왔다.

다음 날 아침.

"Hey."

"……."

나는 눈을 떴다. 그리고 목소리의 주인이 누군지 바로 깨달았다.

'차유진.'

목소리가 들린 쪽을 돌아보았다. 그러자 내 바로 머리맡에, 큼지막한 냄비를 양손으로 든 차유진이…… 잠깐.

'…냄비?'

"…?!"

이 뜬금없는 상황 뭐야.

그 순간, 말똥말똥한 눈으로 나를 쳐다보던 차유진이 벌떡 일어나며 외쳤다.

"문대 형 일어났어요!"

"바, 박문대!"

"일어났어?"

그러자 미친 듯이 부르는 소리가 들렸다. 뭐냐? 무슨 동아줄 찾듯이 화색이 되어 달려온 멤버들이 횡설수설하기 시작했다.

"차유진이 돌아왔습니다!"

그래.

"그, 근데… 요리를, 했어!"

그… 래?

"무슨 소리…."

"저 아침 만들어요."

차유진이 들고 있던 냄비 뚜껑을 야심 차게 개봉하더니 내 얼굴에다가 다짜고짜 가져다 댔다.

'아니 좀.'

어쨌든 이 냄새와 모양새는….

'…닭볶음탕.'

그냥 그거다. 어제 몸살에 걸린 놈들이 아침으로 먹기에는 정말 화끈한 메뉴 선정…… 아니 잠깐만. 그것보다 기억이 돌아왔는데 감격의 인사고 나발이고 닭볶음탕부터 만들어서 자던 놈 머리에 들이대?

'혼란하다.'

하지만 차유진은 한결같았다.

정말, 한결같았다…. 심지어 대가리가 쉴 틈도 없이 새 정보를 폭격했다.

"이거 제 사과와 감사의 표시예요! 지금까지 많은 일들 있었어요."

뭐? 잠깐, 그 뜻은….

"너 기억이 있어?!"

"좀 있어요. 워터밤은 Bad 차유진이 즐겼어요. 저 한 번 더 할래요."
"…?!"
"멤버들 밥 먹어요! Breakfast!"
배세진은 혼란에 빠졌으나, 차유진은 씩씩하게 모두를 식탁으로 불렀다. 그리고 식탁은 더 혼돈에 빠졌다.

"유진아, 너 몸은 괜찮아? 기억은?"
"저 건강해요. 기억 있어요."
일단 차유진의 상태는 완전 정상으로 판명되었다.
새벽녘, 깨어나자마자 지난 며칠간의 기억을 자연스럽게 가지고 있던 녀석은, 곰곰이 생각한 끝에 아침을 해야겠다고 마음먹었다고 한다.
"Bad 차유진도 저니까 제가 책임져야 해요. 밥 한 번으로는 부족해요. 그래서 저도 만들었어요."
"유진아…."
다만 스티어 차유진의 호칭은 저놈 안에서 완전히 'Bad'로 굳어진 모양이다. 그리고 감격의 재회가 다시 이어질 줄 알았는데 말이다.
"차, 차유진!"
"김래빈은 배신자야."
"…?!"
"내 비밀 말했어!"
"안 말했어!"
"못된 차유진한테 말했어!"
"네가 네 입으로 방금 같은 사람이라며! 무효야!"

음. 개판이군.

그런데 옆에서 약간 감격에 젖은 중얼거림이 들렸다.

"오랜만이야…."

"……."

나는 마침내 정든 룸메이트를 되찾은 배세진을 놔두고 밥이나 먹기로 했다. 그리고 닭볶음탕을 한입 했을 때.

'음?'

"……."

"왜, 왜 그래 문대야…?"

"아니."

차유진이 불쑥 끼어들었다.

"문대 형 제 요리 맛없어요?"

"아니, 맛있어."

"히히."

그래. 맛은 있다. 그런데 말이다.

'이거 그냥 닭볶음탕이 아닌데.'

치킨 수프잖아. 차유진이 W라이브에서 만들던 치킨 수프가 실패해서 내가 닭볶음탕으로 회생시켰을 때와 거의 흡사한 맛이었다.

게다가 말이다.

'차유진은 원래 닭볶음탕을 만들어본 적이 없었을 것 같은데.'

그리고 치킨 수프를 잘 끓였던 건… 스티어 차유진이다.

"……."

나는 아직도 김래빈과 투닥거리고 있는 차유진을 쳐다보았다.

'설마.'
아예 스티어 때의 기억이… 다 있는 건가?

돌아온 차유진은 더없이 활기찬 하루를 보냈다.
그냥 놀았다는 뜻이 아니다.
"저 연습해요!"
녀석은 안무를 점검하고, 운동을 하고, 엉엉 우는 매니저와 직접 통화까지 했다. 그리고 미국의 가족과도 통화한 뒤에는 김래빈과 레이싱 게임을 즐기기 시작했다.
"Yeaaah!"
"자, 잠깐!"
"왼쪽! 왼쪽에서 점프 키 눌러!"
휘몰아치는 기세에 멤버들이 끌려갔다. 마치 일상을 가다듬으면서 버킷 리스트를 채우는 것 같았다. 심지어 중간에 배세진 본가에 있는 뭉게와 영상통화까지 했다.

[왕!]

"Ooooh. Hi, buddy!"
한주먹만 하던 털 뭉치가 어느새 양손에 흘러넘치는 크기로 자라 있었다. 배 뒤집는 꼴은 여전하다만.

'여전히 맹하게 생겼는데.'

화면 속에서 허연 머리통과 꼬리가 사정없이 흔들렸다.

"우리 이사도 했으니까 깜이도 한번 부를까?"

"저 좋아요!!"

아예 본인 미국 집에 있는 개까지 영상통화로 불러서 멤버들 강아지 단체 집들이라도 시켜줄 기세였다.

"……"

그리고… 나는 그런 묵묵히 녀석을 관찰했다.

재밌는 것은, 의외의 녀석이 낚였다는 점이다.

"저, 문대야. 혹시… 아쉬워?"

"……?"

선아현이 슬쩍 말을 건 것이다.

"내가?"

"으응,"

녀석은 살짝 얼굴을 붉히더니 고개를 굳게 끄덕였다.

"유진이가 돌아온 건, 당연히 정말 반갑고, 안심이지만… 또, 헤어짐이 아쉬울 수도 있으니까."

"……"

"당연한 거라고, 생각해."

아니, 그러니까… 그 지점이 모호해서 고민 중인 거였는데 말이지. 어쨌든 선아현도 그냥 증발한 스티어 차유진이 제법 신경이 쓰였던 모양이다.

'내가 대강 설명은 했다만.'

그 차유진 본인이 내 변화를 직접 눈치채 요청하면서 상황이 끝났다고 말이다.

    그래도 이 녀석들 입장에서는 별 작별 인사도 없이 갑자기 사라진 것이나 다름없지 않은가. 아침에야 우리 멤버인 차유진이 무사히 돌아왔다는 것에 당장 안심하고 기뻐서 못 느꼈어도, 슬슬 약간 찝찝할 만도 했다. 음.

"……그래. 고맙다."

"아, 아냐!"

그러니까, 이야기 정도는 꺼내봐야 할지도 모르겠다.

"Yeeees!!"

"윽!!"

    나는 게임 컨트롤러를 들고 승리 세리머니를 하는 차유진을 보며, 타이밍을 잡기로 결정했다.

    그리고 그 타이밍은 그리 늦지 않게 왔다.

    그날 저녁.

"오. 우리 유진이 잘하는데~"

"히히!"

    폭풍 같은 하루를 보낸 차유진은 큰세진의 독방에서 기타를 구경 중이었다. 즉, 작정한 것처럼 달리던 페이스를 슬쩍 늦추며 풀어진 상태.

    나는 녀석을 불러냈다.

"유진아."

"Umm?"

"워터밤으로 이야기할 게 좀 있는데."

"OK!"

그렇게 녀석을 베란다로 유도한 뒤, 정말로 워터밤 이야기를 하면서 천천히 심리를 파악해 볼 생각이었다. 조심스럽게 말이다. 안 내키는 것 같으면 바로 멈출 수도 있고.

하지만 거기까지 진행할 것도 없었다. 차유진이 베란다에 발을 디디자마자 입을 열었으니까.

단도직입적으로.

"저 기억해요."

"…!"

뭐?

나는 고개를 돌렸다.

"Bad 차유진이요."

차유진은 담담한 얼굴이었다. 녀석은 어깨를 으쓱하며 기지개를 켰다. 그리고 굳은 나를 지나쳐서 베란다 창가에 섰다.

"그런데 정확하진 않아요. *그건 마치 어떤 종류의 생생한 꿈, 혹은… 어린 시절 추억처럼 느껴지거든요.*"

녀석이 마치 기억나지 않는 단어를 떠올리려는 것처럼, 한쪽 눈을 살짝 찡그렸다.

"하지만 '그' 차유진이 느낀 감정, 음, moving? touching? overwhelming? 적당한 표현을 찾기가 생각보다 힘든데요? 어쨌든,"

그리고 베란다 턱에 몸을 기댄 채로 시선을 내 쪽으로 돌렸다. 어느 날의 스티어 차유진처럼.

"그건 기억해요."

"……."

나는 녀석을 보았다.

긍정적이고 깔끔한 사고방식, 적극적이고 붙임성 있는 면모, 시원하게 들이박는 것처럼 팩트부터 지르는 태도는 여전했다. 테스타로 데뷔한, 이 그룹의 멤버인 차유진이다. 하지만 단순히 지식으로서 '스티어 차유진'을 아는 것처럼 보이지도 않았다.

그러니까… 차유진은, 그냥 차유진처럼 보였다.

그리고 자신으로서 말했다.

"제 생각에는, 전 지쳤던 것 같아요. 정말 많이."

"……."

"아마도 Bad 차유진은 인정하지 않았겠지만, 일종의 번아웃이던 거죠. 그리고 그건 누구든 벽에 부딪힐 때 경험할 수 있다니까요."

차유진이 쾌활하게 어깨를 으쓱거렸다.

"*심지어 저라도요. 그래서 그건 특별히 충격적인 사실은 아니라는 거죠!*"

그러냐.

하지만 사실 과거의 자신이 성공하지 못했다는 사실을 깨닫는 것이 그리 기분 좋은 일일진 모르겠다. 심지어 무내를 끝내주게 잘히는데도 봐주는 사람이 없어서 주목받지 못했고, 결국 아이돌에 지쳐서 그만뒀다는 것까지 안다는 게… 말이다.

"……네 생각은 어때."

"What? 뭐가요?"

"그냥."

에어컨이 돌아가지 않는 여름밤, 베란다의 공기는 덥고 텁텁했다.

"총체적으로, 이 상황에 대해서."

"Oh…. 형 저 걱정해요?"

나는 살짝 고개를 끄덕였다. 차유진은 약간 놀란 것 같았으나, 곧 의외로 진지하게 고개를 숙였다.

"저는 거짓말하지 않을게요. 솔직히, 오늘 아침에 제가 깨어났을 때는 조금 혼란스러웠던 것 같은데요."

답변은 침착하게 이어졌다.

"그때는 마치 제가 Bad 차유진인데, 테스타의 기억이 돌아온 것처럼 느껴졌거든요."

"…!"

"얼마 지나지 않아서 저는 저로 돌아왔지만. 형, 형이 맞아요. 그건 약간 트라우마 같기까지 한 경험이잖아요. 완전히, 보답받지 못한, 5년이라니."

…역시 그랬나. 차유진이 짧게 한숨을 끊어 쉬었다. 나는 덤덤히 녀석의 말을 받아들였다.

하지만 거기서 끝나지 않았다.

"그런데 문대 형, 저 이거 알아요."

녀석은 손을 들었다. 그리고 부드럽게 내 등을 툭 쳤다.

"시간은 모든 것을 치유해요."

"……."

"그러니까 만약 문대 형이 과거 안 왔어도, 저는 다시 무대 했을 거예요."

나는 고개를 들었다. 차유진은 웃고 있었다.

"다른 사람들도 저랑 같아요."

설마.

그리고 묻기도 전에, 녀석이 입모양으로 '스티어'를 만들었다.

"…!"

"5년. 보답받지 못했다는 건 그때의 차유진 생각이잖아요. 그 후에 어떻게 됐을지는 누가 알겠어요?"

인생은 길고, 기회는 계속 찾아온다며, 차유진은 어깨를 으쓱했다.

"모르죠. 한 2년쯤 후에, 한국으로 돌아가서 김래빈의 끝내주는 곡으로 다시 데뷔했을 수도 있고… 어쩌면, 우리가 미국에서 앨범을 냈을 수도 있고요."

그건 대단한 성공에 대해서 이야기하는 것이 아니었다. 단지, 뿔뿔이 흩어지고, 아이돌 그룹 활동에 완전히 마음을 접은 채로 미국으로 돌아갔던 그 차유진도….

결국 영원히 포기하진 않았을 것이란 말을 하는 것이다.

"우리는 어떻게든 그 일을 계속했을 거예요. 왜냐하면, 그걸 너무 사랑했거든요."

"……."

반사적으로 떠오르는 것은, 웃기게도 내 경험이다.

내 첫 콘서트.

—수많은 목소리가 결을 이루며, 불빛과 함께 별똥별처럼 온 사방에서 쏟아져 내렸다.

숨이 턱, 막혔다.

거기서 내 머리가 무슨 충격을 받았는지 알기 때문에, 나는 차유진의 말을 이해했다.

그리고 다음 말도 이해했다.

"워터밤이 Bad 차유진이 그걸 일찍 깨닫게 만들어줬죠."

'그래.'

그래서… 그 후로 그 녀석이 부쩍 협조적으로 됐었군.

"하지만, 워터밤이 없었더라도, 미국에서 정비소를 하든 서핑보드점을 하든 결국 저는 깨달았을걸요? 저는 저를 알아요."

차유진이 자신감이 있게 이야기하고, 히히 웃었다.

"제가 아니까, 문대 형도 믿어요. 그게 좋아요."

"……"

그러니까, 그런 이야기다.

류건우가 그전에 극단적인 선택을 해서 못 봤을 뿐이지, 사실 스티어는 회복했을 거라고. 당사자의 입장이 되어본 차유진은 한 치의 의심도 없이 말했다.

"형은 제 팬이잖아요."

"……"

나는… 모르겠다.

나와 하이파이브한 그 스티어 차유진은 자신이 살던 곳으로 돌아갔을까. 아니면 내가 과거 직장인 류건우의 기억을 되찾은 것처럼, 이 녀석이 잠깐 과거 스티어 때로 돌아갔던 건가. 그래서 지금은 본래의 기억을 다 되찾아 먼 과거의 일을 추억하듯이 스티어 당시의 일을 기억하는 걸까.

하지만 하나는 확실하다.

'…그 차유진이 결국 이 차유진이 된 거지.'

그렇기 때문에, 신뢰할 만한 발언이다. ……그렇게 생각하겠다.

'그러니까.'

류건우가 안 뒈지고 몇 년 더 버텼다면, 이놈들 무대를 어디선가 또 볼 수 있었을 거라는 것도.

그것도 믿겠다.

휘잉.

바람이 불었다.

나는 별빛 같은 베란다의 야경을 내다보며, 입을 열었다.

"…그래. 알려줘서 고맙다."

"Don't mention it!"

'별말씀을.'이라는, 평소 차유진이 쓰는 것보다 조금 더 정중한 표현이다.

나는 그게 아는 형인 박문대에게 하는 말이 아니라 응원해 준 류건우에게 하는 말이라는 것을 깨달았다. 그래서 조용히 고개를 끄덕이며, 녀석과 에어컨 없는 베란다에 조금 더 오래 서 있었다.

"So… 저 할 말 있어요."

"뭐."

"문대 형 제 팬이에요."

"그건 아니라니까."

"맞아요. 저 팬서비스해요! 그러면 형 닭갈비 요리해 주세요."

"서비스라면서 왜 값을 받으려고 해."

"그거 콩글리시예요. 원래 Service 돈 받는 뜻이에요!"

얼씨구.

잠시 후, 녀석은 진지한 대화를 나눴던 것이 거짓말처럼 금세 팀에서 제일 어린놈답게 굴기 시작했고, 나는 익숙하게 기 빨리는 기분으로 베란다에서 나왔다.

'닭갈비라.'

최근에 닭을 너무 많이 먹지 않나?

하지만 방으로 돌아가는 놈을 보니, 갑자기 든 생각이 있다.

'아차.'

그래서 황급히 물었다.

"그러고 보니 너 세진 형 말인데."

"Oh."

바로 배세진. 기억을 되찾은 놈이 어떻게 생각할지 걱정해서지만….

"저 몰라요!"

이미 기억의 디테일이 날아가기 시작한 녀석은 배세진의 마약 구속 당시의 개판을 어렴풋이만 기억하는 것 같았다. 게다가 말이다.

"하지만 오해 있었을 거라 생각해요. 솔직히, 저 형은 마약을 파느니 군에 입대를 했을걸요?"

"……."

지난 몇 년간, 배세진의 법적 조치에 대한 열망을 봐온 녀석의 신뢰(?)는 단단했다.

"네 말이 맞다."

"Sure. 저 언제나 맞아요."

"틀리기도 하던데."

"그 순간에는 틀린 것 같아요. 하지만 결국에는 맞아요!"

어쭈. 나는 웃으며 놈을 쳤다.

"그래. 보자고."

"히히."

그렇게 차유진은 정말로, 완전히 돌아왔다.

다음 날, 녀석은 배세진에게 수제 사탕을 왕창 받아먹으며 SNS에 글도 업로드했다.

러뷰어 저 차유진이에요!

늦어서 미안해요. 이제 안 아플 거예요. T.T

저는 이제 완전 건강해요 (선글라스 쓴 이모티콘)

또 무대 얼른 하고 싶어요. 걱정해주셔서 감사합니다. 더 멋진 호랑이 찾아가요!

(사진)

'반응 뜨겁고.'

미친 듯이 갱신되는 댓글과 공유 수치가 아주 긍정적이다. 나는 고개를 끄덕이며, 회사와 통화를 끝내고 다가오는 류청우를 보았다.

이제 준비가 끝났다.

"리얼리티 촬영 예정대로죠."

"응. 대화 잘 끝났어."

그렇다. 차유진도 무사히 돌아왔으니, 정말로 그룹 자체 컨텐츠, 리얼리티를 촬영할 완벽할 타이밍이 돌아온 것이다.

"다음 주야."

예정대로 갈 수 있다.

"예."

나는 만족스럽게 파악을 끝내고 마음을 가다듬었다.

이제 우선순위 건들이 다 끝났다.

'남은 건… 이것 처리뿐이군.'

심호흡하고, 대면할 시간이다.

"…상태창."

띠링. 화면에 휘황찬란한 문구가 떠오르기 시작한다.

[New! 업데이트 완료 보상]
[New! 새로운 기능 개방]
[New! 설문조사]
…….

항목들이 번쩍인다. 마치 유혹하는 것처럼, 대단히 좋은 것처럼 보이는 게 더 수상하군. 그래서 신중히 확인하고 있을 때였다.
 중간에 낯선 단어가 눈에 들어왔다.

[New! 설문조사]

"…설문조사?"
 무슨 의미지. 나는 몇 가지 가능성을 따지며, 턱을 문질렀다.
 물론 확실한 건 하나다.
 '응. 안 낚인다.'
 클릭할 생각이 없다. 큰달 호출해서 내부나 뜯어볼 것이다. 그리고 별 리스크 없다?
 '얼른 방이나 빼라고.'
 빨리 이 망할 시스템 취소해 버리자.
 '큰…'
 그 순간이었다.

지이이잉-

"……."
 스마트폰이 울렸다. 문자다.
 '음.'
 혹시나 회사에서 온 연락일까 봐, 일단 열어봤는데….
 [VTIC 신청려 선배님 : 후배님. 혹시 피처링에 관심 없어요?]

"……."

잠깐.

다시 읽어도, 보낸 사람도 내용도 맞다.

'뭐?'

상상해 본 적 없는 제안의 시작이었다.

피처링.

음악가, 보통은 가수가 곡을 낼 때 게스트가 참여해 일부 파트를 부르는 경우를 의미한다. 보통은 원곡자와 속성이 다른 게스트가 참여하는 게 주류이며, 그러므로서 음반에 색다른 재미나 강점을 주는 것이다. 가령 래퍼에겐 보컬이, 남성에겐 여성이, 혹은 인지도가 부족한 후배에겐 선배 가수가 홍보용으로.

그런데 말이다.

[VTIC 신청려 선배님 : 후배님. 혹시 피처링에 관심 없어요?]

설마 내가 VTIC 곡에?

'…1군 남돌이 다른 1군 남돌 곡을 피처링 하라고?'

언어폭력이 낭자한 인터넷판이 바로 떠오르는데. 끔찍한 개판이 될 것이다. 물론 어그로 하나야 제대로 끌 수 있겠지만….

'내가 왜?'

이건 뭐 더 생각할 것도 없군.

[죄송하지만 새로운 도전을 하기엔 지금 저희가 새롭게 맡은 일이 많습니다.]

나는 상태창을 보던 것을 잠깐 중단하고, 바로 답장부터 보냈다.

'정말 자기 피처링 해달라는 뜻은 아니겠지.'

무슨 속셈이길래 다짜고짜 이런 문자를 보냈는지 확인해 보려는 의도였다. 그리고 얼마 지나지 않아 스마트폰이 다시 울렸다. 도착한 답장은….

[VTIC 신청려 선배님 : 그래요?]

[VTIC 신청려 선배님 : 관심은 있어야 할 텐데.]

"……"

[VTIC 신청려 선배님 : 빚보다는 서로 돕는 편이 기분 좋지 않나? 보기에도 좋고요.]

이것 봐라.

'본인이 최근에 날 몇 번 도와주면서 빚으로 달아났던 걸 들먹이게 하지 말라는 거냐?'

내 대가리를 깨부수려고 했던 놈이다만, 확실히 이후로 협조적으로 자진 납세하며 퉁친 값이 있긴 하다. 그 후에 결정적인 도움을 몇 번 받기도 했고.

'그래도 쌍방이었잖아 새끼야.'

어디서 일방적으로 너만 도움 준 것처럼 구냐. 거기다 뒤통수도 몇 번 후려 갈겼구만. 나는 마치 이놈 말을 못 알아들은 것처럼 반대 뜻으로 문자를 치기 시작했다.

[선배님께서 빚지셨다고 느끼실 필요는 없]

하지만 거기까지 적다가, 나는 잠깐 멈췄다.

'흠.'

아무래도 이놈이 단순히 긁으려고 드는 것 같지는 않은데. 좀 열 받긴 하지만 제법 흥미롭기도 하다. 나는 턱을 문지르다가, 답장을 수정해서 보냈다.

[어떤 분 곡인가요.]

이런 말 내 입으로 해주긴 그렇지만, 몇십 년이나 고인 물답게 사리 분간할 줄 아는 놈이다. 그냥 누구랑 친하니 꼭 같이하고 싶다고 생각할 뇌 맑은 새끼도 아니다. 자기 앨범에 내 피처링을 요구할 리는 없다는 소리다. 그러니까….

'이건 연결일 거다.'

누구지? 설마 말랑달콤….

지이이잉-

[VTIC 신청려 선배님 : 당연히 내 곡이죠.^^]

"……."

미친놈 아니냐. 이거? 나는 녀석에게 전화를 때렸다.

"선배님."

-후배님.

"설명하실 말씀 더 있으신가요."

웃는 소리가 작게 전화기 너머에서 들렸다.

-네.

그리하여 즉석 만남이 성사되었다. 서의 결두 같은 느낌이긴 했지만.

청려는 이미 한 번 만난 적 있는 야외 카페로 나를 불러냈다.

'인수라도 했나.'

이렇게 빨리 통째로 빌린 건지, 아니면 정말 사기라도 한 건지 또 사람이 없다. 대신 이번에는 노란 개가 신나게 잔디를 뛰어다니는 중이었다.

"여름이라 풀이 잘 자라서 콩이도 신났나 봐요."

"……"

왕!

나는 내 발치에 공을 내려놓으며 꼬리를 세차게 흔드는 개를 쳐다보았다. 뭐… 던지라는 건가.

'옛다.'

휙, 무른 공이 포물선을 그리며 마당을 가로지르자 개가 쏜살같이 공을 쫓아 달려갔다. 그리고 나는 도로 맞은편 인간을 쳐다보았다.

"더우면 안으로 들어가도 되는데."

"됐다."

아직 새벽에 가까운 아침이라 선선했다. 나는 먼저 입을 열지 않고, 팔짱을 낀 채로 제안한 놈이 알아서 설명하기를 기다렸다. 그게 도리니까.

그리고 도리는 지켜졌다.

"음, 우선 내가 앨범을 준비하는 건 알 테고."

그래.

"VTIC 멤버 전원이 입대했다는 것도 알죠?"

어, 안다.

고개를 끄덕이자, 녀석이 가증스럽게 고개를 마주 끄덕였다.

"사용하려는 곡이 있는데, 브릿지에 음역대가 안 맞는 파트가 있어서요."

"……"

"음, 상황상 후배님이 적임자라는 생각이 드는데. 어때요?"

진심이냐?

"휴가 나온 놈은 목소리가 안 나오기라도 하냐."

누가 보면 주단이 녹음 안 하겠다고 파업하는 줄 알겠군. 그러나 청려는 눈 하나 깜짝하지 않았다.

"복무 중에 수익성 활동을 하면 안 되죠."

"입대 전에 만든 건 예외일 텐데."

"휴가 나와서 녹음하는 건 해당 사항이 아니니까요. 말 새어나가면 곤란해서."

그리고 부드럽게 웃었다.

"후배님도 이해할 텐데요."

"……."

이해해? 말이 새어나가면 곤란해지는 걸 내가 이해를….

'…아.'

망할.

'이놈 귀에까지 들어갔군.'

나는 얼음물을 들어서 마셨다. 그리고 입을 열었다.

"LeTi 쪽에서 샜냐."

차유진의 숙소 탈주. 그게 우리를 상내로 열심히 억비이럴 공작을 준비 중이던 원더홀 소속사까지 단시간에 들어간 것 말이다.

루트가 혹시 LeTi였나?

'LeTi는 우리 회사에 투자금을 거의 절반 가까이 댔다.'

그 과정에서 관계자들끼리의 연락망이 생길 수밖에 없는 환경이다. 당연히 인력의 교류가 일어났다는 뜻이다. 그리고 차유진의 숙소 탈주 이야기가 그쪽으로 새어나갔을 수도 있겠지.

하지만 청려는 가볍게 말을 틀었다.
"음. 'LeTi 쪽까지 샜다'가 맞는 표현이죠."
"……."
"이해해요. 지금 신경 쓸 것도 많을 텐데. 정보 통제까지 하긴 까다롭죠?"
놈이 상반신을 살짝 앞으로 당겨, 탁자에 팔을 기댔다.
"후배님이 피처링을 하면, 쥐새끼가 어디 있는지 알려줄게요."
"……."
"괜찮은 교환 같은데. 어때요?"
흠. 나는 얼음만 남은 잔을 탁자에 내려놓았다.
"일단 확인부터."
"음?"
"네가 들은 우리 회사 정보가 맞는지는 확인해야지."

LeTi까지 샜다는 그것 말이다. 가만히 말을 듣던 청려는 뜸 들이지 않고 편안히 정답을 이야기했다.

"차유진 씨가 숙소를 나갔죠."
"왜 나갔는지는 아냐."
"스트레스성 입원 후 멤버 갈등…. 그렇게 소문은 났는데, 글쎄요."

본인은 그렇게 생각하진 않는다는 건가. 다만 차유진이 탈주했다는 점에 대해서는 한 치의 의심도 하지 않는 모양이다.

'자신감 한번 죽여주는군.'

어쨌든 좋다. 이놈이 이쪽 상황을 제대로 파악하고 있다는 건 알겠고. 그렇다면 다음.

"왜 넌 날 쓰려는 거지?"

"……."

"잠깐. 그냥 상황상 내가 적임자라는 소리는 그만해라. 곡 퀄리티나 홍보 문제면 나 말고도 옵션 많은 거 아니냐."

당장 주단이 입대 전에 녹음하는 방법부터 시작해서, 곡을 늦게 발굴한 거라면 그것도 노래 잘하는 남성 솔로가 판을 친다. 다 맘에 안 든다면 아예 편곡으로 때우는 방법도 있고.

그런데 굳이 왜 라이벌 1군 남돌을 쓰냔 말이다.

"정확히 나를 피처링으로 써야 하는 이유가 있다는 거지."

"맞아요."

"…!"

청려는 깔끔하게 긍정했다. 그리고 실실 웃었다.

"맞혀볼래요?"

죽일까.

"음, 나는 맞혔잖아요? 후배님도 혹시 맞힐 수 있을까 물어본 건데. 몰라도 괜찮아요."

넌 정보를 들은 거고 난 추리를 해야 하는 건데 어디가 똑같이 '맞히는' 건지 모르겠는데.

'열 받으면 지는 것 같군.'

그래서 나는 그대로 말해줬다.

"내가 독심술사도 아니고 네 생각을 알 리가 있냐."

"음."

"하지만 내 입장으로 생각해 볼 수는 있지."

반대로 말이다.

'내가 청려인데, 꼭 박문대를 피처링으로 써야만 한다면?'

어떻게 하면 같은 1군 남돌 경쟁자를 피처링으로 쓰면서도, 이득을 볼 수 있는가.

"나를 써야만 한다면, 어떻게 했을지 말이지."

그러면 금방 깨닫는다.

"뭘 하든 비용에서 손해를 봐. 논란이 되니까, 그걸 방어해야 하거든."

팬덤 분열, 싸움, 루머. 거기서부터 여론 싸움이 나고 감정이 상할 텐데, 그걸 방어할 만한 멋진 기획이 필요했다. 그 기획을 만들 시간과 돈, 인력? 그걸 차라리 앨범 프로모션으로 돌리는 게 훨씬 이득인 것이다.

그럼 어떻게 해야 하느냐.

"그러니까… 어떻게든 아예 논란을 사전 차단할 수 없는지 생각해 보게 되지."

방법은 단 하나다.

"우리가 같은 회사였으면 논란이 안 돼."

"…!"

그렇다. 같은 회사 내 선후배끼리는 본래 피처링이 좀 더 자유롭다. 팬들이 관념적으로 '양해'해 주는 범위가 조금 더 넓다는 뜻이다. 즉, 테스타의 소속사, '오르빗 스타즈 엔터테인먼트'가 완전히 LeTi의 계열사라면… 그렇다는 것.

여기까지 왔다면, 이놈이 제안한 이유도 역으로 추리해 볼 수 있다.

분위기 조성.

"네 활동에 내 이름을 끼워서… 역으로 우리 회사가 LeTi 라인을 탔다는 걸 더 확실히 보여주려고 하는 거냐?"

…그러니까, 이런 것이다.

-??뭐지 웬 박문대
-아 테스타 회사 레티 쪽이래
-ㅇㅋㅇㅋ 그래서 피처링 한 거구나
-헐 대박 신기하네 둘이 친하다더니 회사 옮기니까 이런 것도 할 수 있구나 ㅋㅋ

청려가 탁자에 올린 팔을 거둬들였다. 그리고 웃었다.
"맞혔네."
"……."
"이미 알겠지만, LeTi는 플랫폼 사업에도 투자 중이거든요. 온라인 콘서트, 방송, 팬 소셜 미디어 같은 유의."

청려는 자신의 아메리카노 잔을 매만지며 말을 이었다.
"그리고 이 업계에서 플랫폼의 중요성은… 음, 후배님도 체감했을 테고."
"……."
"그래서 장기적으로 봤을 때. 지금은 이미지의 체급을 약간 더 키워야 할 필요가 있어서요."

이놈은 사실상 LeTi라는 본인의 기획사를 장악하다시피 한 상태다. 그러니 회사의 사업력을 더 키우는 쪽에 과감히 자기 앨범을 투자해 버릴 수도 있는 것이다.

'그룹의 장기 존속을 위해.'

회사를 마음대로 할 수 있으니까!

'미친놈.'

"그래서 우리 회사에 대한 영향력도 좀 더 과시하고 싶다고?"

"음? 과시라니. 사실적시 아닌가? 투자금 절반이 사라지진 않았을 텐데요, 후배님."

청려는 나를 물끄러미 쳐다보았다.

"그리고… 후배님이라면 알 텐데요."

뭘.

"이건 일방적으로 LeTi만 이익을 보는 제안은 아니에요."

"……."

나는 잠깐 사고 회로의 열을 식혔다.

그리고 다시, 침착하게 계산을 시작했다.

'테스타의 이익.'

"…T1과 사이가 나빠진 걸, LeTi의 플랫폼으로 만회하라?"

"잘 아네요."

그래봤자 너희한테 밀려서 견제당할 게 뻔히 보이는데 무슨. 게다가 T1 같은 대기업 방송사 플랫폼이랑 아직 비교할 급이냐?

'하지만, 지금 상황에서 어느 정도 라인을 타는 모습을 보여주는 게 나쁘지 않긴 하다….'

나는 복잡한 속을 숨기고 갈같이 대답했다.

"합리화 수준인데. 역시 대놓고 LeTi가 이득이지."

"그렇게 생각할까 봐 다른 보상도 준비했잖아요?"

…차유진 숙소 탈주 건 말이지.

'흠.'

나는 팔짱을 꼈다. 저울이 왔다 갔다 하는 소리가 귀에 들리는 것 같았다. 당연했다. 이건 친분으로 결정하는 게 아니니까.

그때 청려가 다시 부드럽게 입을 열었다.

"하나는 확실히 해두고 싶은데."

"……."

"테스타에게 해가 될 건 할 생각 없어요. 단지…"

청려는 빙긋 웃었다.

"나도 주어진 상황에서 이룰 수 있는 건 다 해볼 생각이라서."

"……."

"후배님도 그러고 있잖아요."

나는 녀석이 굳이 지칭하진 않았지만, 누구를 말하는 것인지 깨달았다.

―이테르.

그 신인을 상대로 말이다.

"……."

"그런 의미에서 전략적 제휴."

청려는 손을 내밀었다.

"어때요."

"……."

나는 짧은 한숨을 쉬었다. 그리고 물었다.

"기한은?"

"올해."

곧바로 대답이 돌아왔다.

나는 군더더기 없이, 탁자 위의 손을 잡고 악수했다.

"물론 이건 내 독자적인 판단이고, 돌아가서 상의한 후에 그룹 차원에서 부결되면 끝이다."

"그래요."

퍽이나 그러겠다는 눈이군.

"그리고 하나 더."

나는 자세를 고쳤다.

"너도 당연히 알겠지만, 타이틀곡에 피처링하는 건 무리수다."

"음?"

"아무리 그래도 수록곡이나 2번째 서브곡 정도로 해."

"……."

이건 당연하고도 상식적인 권유였다. 뭐, 내가 말 안 해도 그랬겠지만 말이지.

하지만 청려는 잠시 멈춰 있다가, 곧 희미하게 미소를 지었다.

"오해가 있는 것 같은데."

어?

"나는 내 솔로 앨범에 후배님 피처링이 필요하다고 말한 적은 없는데요. '사용하려는 곡'에 필요하다고 했지."

"……."

"걱정하지 마요. 양쪽 모두 문제가 될 일은 없을 테니까."

"……."

오냐, X발. 그래, 내가 과대평가했다.

'저 새끼가 자기 앨범에서 손해 볼 새끼가 아니지….'

앞으로도 저놈 커리어 관련해서 손톱만큼이라도 신경 써줄 시간에 내 체력이나 걱정하도록 하자. 나는 다 녹은 얼음을 들이켠 후, 개 목덜미나 거칠게 쓰다듬었다. 개가 헥헥거리는 소리가 요란했다.

맞은편 놈이 또 입을 열었다.

"아, 그리고 쥐새끼는,"

너 마침 잘됐다. 안 그래도 말하려고 했는데.

"그건 알려줄 필요 없다."

"…?"

"내가 알아서 할 테니까."

나는 내심 웃었다. 여기까지 와서 흐름 탔으면 이놈이라도 쉽게 파투는 못 낼 걸 알기 때문이었다.

"대신 다른 조건을 하나 걸고 싶은데."

나는 약속에 오면서, 그리고 대화하면서 점점 구체화했던 조건을 이야기했다. 듣고 있던 청려는 점점 얼굴이 변하더니, 곧.

"하하!"

폭소했다.

"후배님, 정말 욕심이 많네요."

너만 하겠냐. 나는 또 공을 물어 온 개 머리를 한 번 휘저어 준 뒤, 도로 공을 던져주었다.

"취소할래?"

"아뇨."

놈은 웃음을 멈추고, 고개를 끄덕였다.

"그래요. 그렇게 하죠."

그럴 줄 알았다.

나는 그렇게, 순조롭게 녀석과의 대화를 끝냈다. 그리고 여름 아침 하늘에….

[형! 혹시 무슨 일 있으세요? 요새 도통 연락이 안 돼서…]

음? 팝업이 떴다.

'아, 큰달.'

오랜만에 연락이 왔군. 한동안 차유진 때문에 난리가 나서 연락이 뜸했더니 걱정한 모양이었다. 이쪽도 안 그래도 연락하려고 했는데 마침 잘됐다.

나는 몇 가지 배경을 설명한 뒤, 간단히 현 상황을 선언했다.

'시스템 업로드가 벌써 완료됐는데.'

[헐?]

'무슨 새 팝업이 계속 뜨더라고. 설문조사라는 것도 있고.'

[…설문조사요?]

그래, 나도 당황스럽다.

'일단 밖이라 돌아가서 자세한 이야기를….'

그때였다.

"음, 후배님."

뭐냐.

그러나 아직 대꾸하지도 않은 사이, 여상스러운 목소리가 다시 들렸다. 상상도 못 한 내용을 담은.

"설문조사라니?"

"…!!"

뭐? 나는 목이 부러질 듯이 청려를 향해 고개를 돌렸다. 놈은 정확히 나를… 아니, 내 눈앞의 허공을 보고 있었다.

팝업창이 있는 곳을.

"……"

설마.

"보이냐."

"네."

청려가 손을 들었다. 그리고… 검지로, 팝업 쪽을 쿡 찔렀다.

"잘 보이네요."

[으아아아악!]

…그렇게 원치 않았던 상태창 상담사가 추가되었다.

이 상황에 제일 어안이 벙벙해진 건 아이러니하게도 이 자리에 없는 녀석이다. 바로 팝업 띄운 당사자 말이다.

[허어어억 이게 무스ㄴ]

"오타도 나네요."

흥미로운 현상이라도 관측하는 듯이 청려가 턱을 괬다. 큰달이 팝업으로 다시 꽥 비명을 질렀다.

[으아아!!]

난리도 아니군. 나는 미간을 누르려던 충동을 참고 물었다.

"언제부터 보였지?"

"음, 이건 지금이 처음인데."

청려는 눈도 깜박하지 않으며, 우는 소리를 줄줄 쏟는 팝업을 몇 초

더 보았다. 그리고 이내 심드렁하게 말했다.

"저건… 지금 후배님의 이전 몸을 쓰는 그건가."

"……."

"류건우."

청려는 빙긋 웃었다.

"얼마 전에 몸이 바뀐 것 같더니, 설명을 좀 듣고 싶은데요."

"…!?"

나와 큰달이 몸이 바뀐 사건 말이다. 그것도 아냐? 잠깐.

"…혹시 시상식에서 눈치챘냐."

어쩐지 대포 카메라로 줌 당겨서 눈 마주쳤을 때 낌새가 묘하더니.

"맞아요."

청려는 순순히 긍정하더니, 손가락으로 자신의 턱을 톡톡 쳤다.

"음, 후배님의… 판단력이 다소 흐려 보였다고 해두죠. 평소답지 않게."

"……."

큰달이 멍청해 보였다는 거냐?

사정 아는 놈이 단어 고르는 것 좀 봐라. 업계 종사자가 아닌 놈이 아이돌 몸에 들어간 건데 무슨 놈의 판단력까지 재고 있냐.

'후.'

어쨌든, 마침 딱 왜 그 꼴을 한 건지 설명할 만한 분위기가 됐군.

"일이 좀 있긴 했지."

나는 큰달에게 깃든 시스템 파편과 관련된, 당시의 사건들을 적당히 요약해서 전달했다.

이야기를 듣는 청려의 반응은 대단치는 않았다. 일단 건물 붕괴 같은 미친 짓 대신 온건한 수위에서 문제가 모두 갈무리되어서 그렇겠지. ……혹은 이미 추측하고 있었거나.

"그렇구나. 아, 그때 찍은 사진도 인터넷에 올렸죠? 잘 봤어요."

"……."

그건 또 어떻게 알았… 됐다. 잘 찍어줘서 고맙다며 웃는 꼴을 보니 할 말이 없어진다. 관두자, 이 귀신같은 놈아. 어쨌든 갑자기 청려가 상태창을 보는 이유로 짐작이 가는 건 하나 정도다.

"시스템이 만든 가상세계에서 네가 GM이었던 게 영향이 있는 것 같은데."

"음. 설득력 있네요."

그렇다. 청려는 시스템이 만든 게임의 GM, 즉 게임 마스터였던 전적이 있다. 설정창을 조작하고 게임을 일시 중지할 수 있었지. 그걸로 뒤통수를 맞기도 했지만, 덕분에 시스템에게 한 방 먹이는 것도 가능했던 어마어마한 능력이었다.

'그때 역할의 힘이 내가 이 시스템을 재가동하면서 어느 정도 돌아왔다면… 말이 되지.'

음. 그렇다면, 하나 시험해 볼 게 있군.

"……."

나는 말없이 허공에 상태창 팝업을 불러냈다.

[New! 업데이트 완료 보상]
[New! 새로운 기능 개방]
[New! 설문조사]
…….

큰달의 팝업과 다른 위치로.

[형…?]

일부러 반응하지 않았다. 그러자 눈앞의 청려가 입을 열었다.

"후배님을 부르는 것 같은데."

"어. 당황하지 말라고 메시지를 보내는 중이야."

청려는 철저히 큰달의 팝업에만 반응했다. 그렇다면, 옆의 상태창은 안 보이는 건가? 나는 다시 한번 놈의 태도를 아닌 척 확인했다. 동공, 표정, 제스처….

'…자연스럽군.'

물론 극한으로 표정을 관리해야 하는 직업에 몇십 년이나 성공적으로 종사한 놈이다. 페이크일 확률이 아예 없지는 않지만…… 나는 팔짱을 풀었다.

'이 정도는 넘어간다.'

만일 정말 볼 수 있는데 단순히 나 엿 먹이려는 이유로 이 정도로까지 숨기려고 작정하려 든다? 아니, 그 정도로 이 새끼랑 척 지진 않았다. 이제 그 정도의 신뢰는 있다.

나는 그렇게 결론 내렸으나, 문제는 청려의 분석은 지금부터 시작이었다는 점이다. 녀석은 냉기와 만나 물방울이 맺힌 유리잔의 표면을 훑었다.

"음, 그럼 후배님이 '시스템'이라고 부르는 그건… 완전히 사라진 게 아니라 여러 몸에 들어갔다는 건데."

"……."

"아무리 전리품이라고 해도 그걸 흡수해서 사용하다니. 리스크가 지나치게 큰 행위를 하고 있다는 생각은 안 드나?"

 녀석은 유리잔에서 시선을 올려 나와 눈을 마주쳤다.

 회사에 시스템을 적용해?

 －'재시작'하고 싶어지면 어쩌려고?

 그 눈이 마치 그렇게 말하는 것 같았다.

 쓰면 분명 중독될걸.

 "……."

 수없이 반복 경험하여 체득하고, 사고 구조를 정립한 놈이나 가질 수 있는 확신이었다.

 '광신 같기도 하고.'

 여름철인데도 등목이 오싹해질 정도의 묘한 기괴함이 척추를 타고 올라왔다. 내 귀속 아이템으로 변한 시스템을 잘 써먹겠다고 결심했던 내 판단력을 의심할 정도로.

 '…X발.'

 나는 한숨을 삼켰다.

 "T1 척지고 독립하느라 쓴 거지. 이제는 안 쓰려고."

 "그렇구나."

 마음대로 하라는 듯이 청려는 어깨를 으쓱했으나, 곧 아무렇지 않게 툭 다음 말을 던졌다.

 "확인해 보고 싶은데."

 뭐?

"상태창을?"

"그렇죠."

그러자 귀가 솔깃하다는 듯이 냉큼 팝업이 하나 더 뜬다.

['GM〈CHR〉'을 System 관리자로 지정하시겠습니까?]

미쳤냐? 이 새끼는 낄 데 빠질 데도 모르네.

'꺼져라.'

어디서 경쟁자한테 내부정보 원천 공개하는 소리하고 있어. 나는 당장 상태창을 지우며 가까스로 입을 열었다.

"상태창 지금 불렀다."

"그래요? 역시 안 보이네요."

"어."

그걸로 대화는 마무리되었다.

하지만 나는 오히려 마음이 찝찝해졌다. 이놈과 만나며 새삼스럽게 깨달은 게 있기 때문이다. 사실 앞에서 회사 시스템을 없애겠다고 말은 했다만… 젠장, 마음에 걸리는 게 없는 건 아니다.

나는 청려를 보며, 지난번 권희승을 마주쳤을 때 떴던 팝업을 떠올렸다.

'■■■ 파편' 보유자 확인!

"……."

'■■■의 파편'이라는 건 시스템의 조각일 것이다. 그리고 권희승에게 있었으니, 똑같이 시스템을 경험해 본 이놈에게도 그 조각난 시스템 일부가 들어가 있을 확률이 굉장히 높다는 게… 문제다.
'이 파편은 회사 등급을 올려야 더 흡수할 수 있었어.'
이걸 치환하자면, 이런 뜻이 되는 것이다.

―내가 이 시스템을 종료해 버리면, 당연히 시스템이 운영하는 회사 등급도 없다.
―그러면 청려에게 있을 '■■■의 파편'도 회수하지 못하게 된다.

…이놈이 상태창 없이 미션 실패를 처맞게 된다는 뜻이다. 경험자니까 대충 괜찮을 거라고 말할 수는… 없겠군. 그 경험하면서 이 새끼가 몇 번 재시작했는지 모르는데.
게다가 자칫 잘못해서 그걸로 리셋증후군이 다시 도지면 그것만큼 끔찍한 꼴도 없다.
'아니, 막말로 나한테 불똥이 튀어서 내가 죽을 수도 있는 거 아닌가.'
게다가… 저놈은 내가 상태이상 후려 맞았을 때 한번 탈출에 결정적인 도움을 주지 않는가. 건물 붕괴에서 말이다.
"……."
'오냐.'
그래, 양심상 선은 정해야겠다. 나는 결론을 내렸다.
'회사 시스템은 그대로 둔다.'
하지만 지난번처럼 아무렇게나 갑자기 당할 수는 없다. 적어도 파편으로 발생하는 업데이트의 이유와 원리는 파악해야 한다.

-왜 갑자기 내가 박문대가 되기 전 시간대의 자아가 나타난 것인가.
-그리고 왜 하필 차유진이었는가.

효과와 대상.
그 정도까지는 충분한 대비를 해놓고 변수를 최소화해 놓아야 한다. 그 후에 이놈에게 미션 실패가 터지지 않고 파편을 회수할 만한 안정적인 구조를 짜야겠다.
그러나 시스템 자체를 함부로 사용하는 건 이제 자제한다. 건드리지 않고 일단 지켜보자.
'최소한 큰달이 분석을 끝낼 때까지.'
조용하던 팝업이 다시 반짝였다.
[최선을 다하겠습니다…!]
고맙다. 일당 잘 챙겨주마.
[형… 근데 지금은 제가 돈이 더 많지 않을……]
"……"
[죄죄송합니다. 아니 그러니까 이것도 다 형이 만들어주신 거니까 편하게 쓰시면…]
괜찮다.
우리는 팝업을 통해 콘서트 초대석으로 극적 타결을 보았다.
참고로 청려 놈은 옆에서 팝업을 흥미롭게 보며 몇 가지 질문을 던지다가 그제야 한발 늦게 근황을 물어본다. 그래봤자 일 이야기지만.

"아, 후배님 그룹이 이번에 리얼리티 예능 프로그램 찍는다면서요."

그것도 샜냐?

"음, 그런데 원래 후배님과 같이 일하던 감독은… T1 산하 스튜디오 소속일 텐데."

"어."

그 호떡 파는 여행기부터 저 집 손자 당근 코인까지 해먹은 예능 제작진들이 싹 T1에 잡혀 있지. 그래서 굉장히 애먹었다.

청려가 실실 웃으며 부드럽게 말을 잇는다.

"괜찮은 사람을 소개해 줄까요?"

오. 이 새끼 벗겨 먹으려고 작정을 했네.

"이미 섭외 끝났어."

비하인드 컨텐츠용 유료 플랫폼으로 만족해라 이놈아. 왜냐하면 우리가 섭외한 사람이 바로….

"…안녕하세요."

"와 안녕하십니까, 작가님!"

기운차게 인사하는 테스타의 맞은편엔 이번 테스타의 리얼리티를 맡은 메인 작가가 앉아 있다. 싱글벙글 웃으며 큰세진이 악수를 청했다.

"오랜만에 뵙네요!"

"아, 예."

류서린. 〈아주사〉의 작가였던 바로 그 사람이다.

더불어서 내 대학 선배이자 트윈 홈마인 류서진과 혈연… 이지만 이건 나중에 생각하고. 어쨌든 이 양반이 바로 이번 테스타 리얼리티를 위해 섭외된 가장 중요한 제작진 중에 하나다.

그리고 이유는 아주 간단한 두 가지.

"이렇게 작가님과 같이 다시 일하게 되니까 좋네요."

"…아, 그렇죠."

첫 번째, 이쪽도 T1에게 팽 당했기 때문이다.

〈아주사〉 시리즈의 공신이던 이 사람이 팽 당한 이유?

'거기서 데뷔한 우리들이 다 같이 독립해서 날라서 그렇지.'

물론 그것만은 아니고 정치권과 결부된 복잡한 방송계 라인 다툼이 있던 모양이다. 그리고 그 내부의 치열한 사내 정치 싸움에 엮여, 프리랜서였던 서브 작가는 밥그릇을 반쯤 뺏긴 것이다. 물론 저 양반 성격에 악착같이 붙어 있는 것도 가능은 했을 것 같다만… 굳이 안 그런 것 같다.

그럴 필요가 없었기 때문이다.

몇 번 넷플러스와 협업하여 히트를 치며 그쪽 인맥을 쌓아서, 아예 그쪽으로 커리어를 틀어버린 것 같더라고. 참고로 첫 작품은 우리도 참여했었다. 그… 불지옥 KPOP 캠프 말이다.

"〈K-Now〉 이후로 몇 년 만이죠?"

"꽤 됐죠. 그때 감사했습니다."

류서린이 고개를 끄덕였다. 테스타분들 덕분에 잘됐다며 립서비스를 해주기도 했다. 물론 저게 저 사람과 일하는 이유는 아니다. 두 번째 이유는 바로….

"그래서… 이번 리얼리티 말인데요."

잘한다.

참가자를 제물로 삼아 시청자에게 바치든, 서사점을 창조해 내서 1짜리 감동을 10으로 키우든 간에, 어쨌든 예능을 잘 만드는 작가였다. 사람 보는 눈도 좋았다. 그러니까 지금 테스타가 동업하기에 이만한 적임자도 없었다는 것이다.

"보통 아이돌분들이 많이 제작하시는 아기자기한 리얼리티 프로그램을 원하시는 건 아니죠?"

그런 거면 다른 곳에서 알아보라는 뜻 같다.

단번에 류청우가 고개를 끄덕였다.

"예. 저희 기존에도 리얼리티 프로그램은 더 고생하고 더 시간을 들이더라도 재밌게 하는 쪽으로 진행해 왔기도 하고요."

"그렇죠."

류서린이 거침없이 대답했다.

"그러면 그 PD님 스타일과 비슷하게 뽑는 쪽으로 가시죠? 저도 거기 작가진들이랑 안면도 있고."

툭툭 말하는 류서린의 목소리에서 자신감이 느껴졌다.

'역시.'

어설프지 않게, 제대로 그쪽 분위기를 내줄 것이다. 즐겁게 출연진 놀려먹고 사기 치는 분위기 말이다.

게다가 이미 우리가 그 PD의 제작진 군단과 예능을 몇 차례나 뽑았으니, 이게 테스타 스타일이구나 하며 대중도 너그럽게 봐줄 확률이 높다.

…하지만.

"아뇨."

"음?"

그래도 아류작 같다는 이야기는 못 피할 것 같아서 말이다.

'류서린의 전공은 이게 아니지.'

당연히 그 미친 제작진 군단보다 오리지널리티가 떨어질 테고, 그걸 감수할 필요는 없다. 그러니까 말이다.

"본래 하던 대로 해주세요."

"…!"

각자 제일 잘하는 걸 하면 된다.

류서린은 눈을 가늘게 뜨더니, '설마'라는 태도로 물었다.

"뭐, 제가 본래 하던 거라면…."

"예."

"……."

우리가 모두 아는 대표 예시가 있지 않은가. 이번 테스타 리얼리티는, 그렇게 간다.

"〈아주사〉처럼요."

곧, 류서린이 무슨 미친 소리냐는 표정이 되었다.

그러나 투자자는 언제나 발언권이 강하다.

며칠 후, 테스타의 리얼리티 촬영은 예정대로 진행되기 시작했다.

나는 눈을 떴다.

보이는 것은 익숙한 천장. 바로 몇 년이나 봐온 숙소의… 내 방이다.

"……."

언뜻 듣기에는 자연스럽다. 감은 눈을 떴을 때 익숙한 천장이 보이는 것은 굉장히 정상적이지 않은가. 그리고 여기에는 하나의 전제가 더 있다.

'테스타는 이사를 했어.'

즉, 이곳은 테스타의 현 숙소가 아니었다. 이사 전 숙소의 모습을 한 공간.

"뭐야."

몸을 일으켰다.

어두컴컴한 방 안, 내 배 위에는 뭔가가 올라와 있었다.

"…?"

노란 파일이다. 나는 암적응을 위해 눈을 가늘게 뜨고, 카메라에 잘 잡히도록 서류철의 표지를 일부러 소리 내어 읽었다.

"당신의 프로필 파일."

그리고 펼쳤다.

[당신의 직업은 의사입니다.]

그리고 그 밑으로 설명과 특징이 적혀 있었다. 음.

'이런 식이군.'

사실, 테스타는 리얼리티를 위해서 일부러 프로그램 내부의 세부 설정에 대한 자세한 브리핑을 듣지 않았다. 다만 포맷과 목적을 알 뿐이다.

"어디에 쓰는 거지?"

나는 착실히 입으로 말하면서 침대에서 일어났다. 머릿속으로는 류서린을 섭외할 당시 그룹 회의에서 했던 대사가 다시 리와인드되고 있었다.

―*우리들이 경험자니까 이미 알잖아.*

테스타의 이번 리얼리티 프로그램 컨셉.

―*그 작가분 서바이벌은 재밌다는 걸.*

바로 데스 서바이벌이다.

할당된 '프로필' 서류철의 정보를 전부 습득 후, 나는 어두컴컴한 '테스타의 전 숙소'에서 내 방문을 열고 나왔다.
'문이 잠겨 있었군.'
약간의 저항이 손에 걸렸다. 나는 살짝 힘을 줘서 문고리를 잡은 후, 부드럽게 밀었다. 스륵.
"누, 누구십니까?"
"전데요."
"박문대!"
거실에는 이미 몇몇 녀석들이 나와 있었는데, 나를 보고 반색했다. 어둡지만 체격과 얼굴은 보였다. 김래빈과 배세진. 아무래도 둘이 소파가 아니라 바닥에 옹기종기 붙어 앉아 있다가 후다닥 몸을 일으킨 모양새였다.

흠.

"다들 자기 방에서 눈뜨신 건가요."

"예, 그렇습니다."

자신이 제일 먼저 나왔다며, 김래빈이 고개를 끄덕였다. 그리고 배세진은 핵심을 찔렀다.

"이거 대체 어떻게 하신 거지? 우리 이전 숙소랑 똑같잖아!"

단순히 구조를 이야기하는 게 아니었다. 우리가 옛 회사였던 T1 Stars를 역으로 인수한 덕에, 이전 숙소의 전세 계약도 아직 잔존 중이라도 듣긴 했다.

'충분히 그 숙소를 지금 리얼리티 촬영에 이용할 수 있지.'

다만 그것 때문에 저 녀석이 놀란 건 아닐 것이다. 나는 시선을 돌려, 꺼진 TV 앞 석고 방향제를 확인했다.

'꽃 화관 모양.'

선아현이 전 숙소에 진열해 놓았다가 지금 숙소에 그대로 가져온 것과 아주 비슷한 모양이다.

"그러게요. 물건이 거의 똑같아요."

즉, 테스타가 살던 시절의 소품도 거의 똑같이 재현해 놓았다. 게다가 말이다.

"하지만 불이 들어오지 않아서인지 다소 을씨년스럽습니다…"

"…그러게."

전등 스위치가 작동하지 않았다. 작동하는 건 몇 개의 복도와 천장

끝의 간접등뿐이다.

"……."

상상력이 풍부한 사람일수록 찜찜해지는 환경이다. 금방이라도 무슨 일이 날 것 같은 스산한 분위기.

'흠.'

그러고 보니, 유독 이런 데 강한 녀석들의 얼굴도 보이지 않았다. 류청우나 선아현 같은 녀석들 말이다.

'…! 잠깐.'

나는 다른 녀석들의 얼굴을 다시 살핀 뒤, 물었다.

"혹시 방에 룸메이트 없었나요."

"아."

그러자 다른 녀석들도 뭔가 눈치챈 기색이 된다.

"그러고 보니, 다들 방에 혼자 있었던 거지?"

"예! 일단 저는 그렇습니다."

그렇다. 우리 전부가 각자 다른 방을 쓰는 세 명이다. 김래빈은 선아현, 배세진은 차유진, 나는 류청우. 그러니까, 각자의 룸메이트가 없다.

'이러면… 각 방에서 하나씩 차출인가?'

그럼 이렇게 추측해 볼 수 있지.

소위 말하자면, 이 셋이 '숙소 팀'이 됐다는 것이다. 물론 그룹 리얼리티니만큼 우리끼리만 계속 촬영할 리는 없고 나중에는 다른 녀석들도 어쨌든 연락은 될 것이다.

다만 그렇게 팀을 나눴다면 방이 하나 남는다.

'독방.'

마찬가지로 깨달았는지, 배세진이 주먹을 불끈 쥐었다.

"아, 그래! 그럼 이세진을 찾아보자, 걔만 독방이니까…!"

"네."

하지만 다가가서 조심스럽게 손댄 이세진의 독방 문은 잠겨 있었다.

"……"

어두운 숙소에서는 아무런 소음 하나 들리지 않았다….

"…안에 있는데 우리 놀래키려고 일부러 조용히 하고 있는 거 아니야?"

"가능성 있죠."

예능 아는 놈 아닌가.

하지만 큰세진이 갑자기 문을 열고 튀어나오는 일은 없었다. 적어도 3분 이상, 집안은 쥐 죽은 듯이 조용했다.

"……"

"……"

이쯤 되면 오디오가 비는 문제가 발생한다. 그런 타이밍을 죽이게 잘 재는 녀석이 이렇게 오래 방에 처박혀서 메인 스토리를 이탈할 리는 없다. 그냥 지금은 못 여는 문이라고 봐야겠지.

"없는 것 같은데요."

"혹시 있어도 나올 마음이 없다는 건가?"

그건 알 수 없다.

"으음."

나와 배세진은 굳게 닫힌 독방을 보며 묘한 기분을 느낄 때였다.

"저, 이 아래에 뭔가 있습니다."

"…!"

김래빈이 허리를 숙여, 방문 밑으로 반쯤 튀어나와 있는 무언가를 주워 들었다. 바로 글씨가 적힌 하얀 종이였다.

'지시문?'

문장은 단 하나였다.

-나는 끝에서 열린다.

의미심장했다.

"방탈출 힌트 같네요."

"그러게."

우리는 심각한 얼굴로 종이를 들여다보았다. 간접등도 잘 닿지 않는 복도 끝, 에어컨으로 식힌 건지 서늘한 공기가 목뒤에 닿았다.

'분위기 제대로 잡네.'

손전등이라도 하나 줘라, 좀. 분위기가 스산한 게 어디서 좀비라도 튀어나오면서 본격적인 서바이벌로 전환되어도 이상하지 않을 것 같았다.

'가능성 있지.'

나는 고개를 끄덕였다.

물론, 그 전에 제작진에게 당부 들은 파트부터 진행하도록 하자.

-시청자들에게 소개해 주는 편집점 부탁드립니다.

"일단 좀 앉아서 저희 이야기를 할까요?"

"그래."

바로 자기소개 파트다.

"우선 저는 '의사'입니다."
"오."
"문대 형다운 직업이십니다!"
마치 누가 골라주기라도 한 것처럼 김래빈이 감탄했다.
'아니, 우리 여기 투입되기 전에 다 같이 제비뽑기했는데.'
모르긴 몰라도 분명 그걸로 서류철을 분배했을 것이다. 어쩌면 팀도 나눴을 수도 있고 말이다. 하지만 그건 시청자들에게 비하인드로 공개될 재미로 남겨두기로 하고, 나는 고개를 끄덕였다.
"좋게 봐줘서 고맙다. 음, 그럼 세진 형은…."
"아, 나는… '변호사'인데."
"……."
"뭐, 뭐."
"아뇨."
이쯤에서 '저 형은 차라리 검사가 어울리지 않았나요?' 같은 내 인터뷰가 삽입될 것 같군. 그리고 모두가 동의할 것이다.
"그런데 변호사라고 하면 왠지 사람 속이는 미션을 받으셨을 것 같아서…."
"무슨 소리야! 아니야!"
배세진이 발끈했다. 아, 그런데 미션이 뭐냐고?

―직업 미션
: 첫 번째 게임이 끝나기 전까지 수행해야 한다.

바로 이것이다. 내 프로필 서류철을 보니까 적혀 있던데, 아마 직업마다 다를 것이다. 나는 내 것을 떠올리며 고개를 끄덕였다.
"알겠습니다. 형, 일단 의심하고 있을게요."
"보통은 일단 믿는다고 말하잖아…!"
"저는 보통이 아니잖아요."
"…?!"
콩트 좀 쳐주면서 분위기도 살짝 풀고, 서바이벌 느낌도 살짝 살리고. 서로 소리 좀 지르다 보니 확실히 예능 도입부 특유의 어색함이 좀 가신다.
"그럼 래빈이는?"
"저는 '기자'입니다. 잘 부탁드립니다."
"오케이."
마지막으로 묘하게 어울리기도 하고 전혀 안 어울리기도 한 김래빈의 직업을 들은 뒤였다.
"그럼 이제… 어기 좀 더 돌아다녀 볼까?"
"그러죠. 출구를 찾아야 할 것 같아요."
여긴 누가 봐도 방탈출하라는 구성이었다. 당장 거실 옆, 본래 베란다로 통해야 할 통창은 얇은 가벽으로 막혀 있었다. 누가 봐도 밀실을 노린 것이다.

그리고 결정적인 사실로… 현관으로 다가갔던 배세진이 현관문 앞에 설치한 반투명한 중문을 열려고 손을 뻗었었거든.

하지만 열리지 않았다. 덜컥이는 소음만 났을 뿐.

"…중문도 잠겼어."

역시.

이전 숙소에서 혹시 몰라서 이중 보안을 위해 만들어둔 키패드가 중문을 꽉 잡고 있다.

"여기도 전원이 안 들어오는 것 같습니다."

"후."

그것부터 다시 확인한 뒤, 탐색이 재개되었다.

"흩어져서 보는 건…"

"만일의 사태를 대비해 다 같이 움직이는 게 좋을 것 같습니다!"

"그래!"

"……."

뭐, 그렇다면야.

우리 셋은 한 덩어리로 천천히 이동하며 '방탈출 컨텐츠'를 즐기기 시작했다. 각자의 방들을 뒤지고 수방으로 이어지는 힌트를 모아서, 결국 자물쇠로 잠긴 화장실 문 앞까지.

"여기서 무지개색 순서대로 숫자를 대입하면…"

"2724! 그거구나!"

"훌륭하십니다!"

근데 말 그대로 이 녀석들이 생각보다 즐기고 있는데? 어두움에 적응하자 분위기는 그냥 평범한 방탈출 카페가 되었다. 특별히 공포 요소가 없더라고. 좀비가 나온다든가, 하다못해 으스스한 BGM 같은 것도 갑자기 튀어나오는 일이 없다.

이건 좀 심심한데, 설마 류서린이 작가가 능력을 숨김 같은 짓을 한 건 아니겠지.

'반전 기대한다.'

나는 대충 훈훈하고 빠른 편집점을 예상해 보며, 열심히 녀석들과 힌트를 풀었다. 그리고 곧 화장실에 걸려 있던 자물쇠까지 풀었다.

"2724… 맞네요."

"오오!"

"이걸로 최소한 존엄성은 지킬 수 있겠…."

탁.

그리고 화장실 문을 여는 순간, 안에서 불이 켜졌다.

"어어?"

"아, 전기가 들어왔나 봅니다!"

형광등에 잠시 눈이 부실 정도였다. 그리고 당연한 사람의 본능으로, 새롭게 열린 밝은 화장실로 다들 걸어 들어갔다.

'흠.'

나는 즉시 내부를 확인했다. 여기도 이전 숙소를 거의 그대로 구현해 놨지만…… 딱 하나, 위화감을 조성하는 것이 있다. 바로 세면대 위에 덩그러니 올라간 검은색 직사각형의 휴대용 기기.

"무전기?"

"왜 숙소에 무전기가?"

"……"

'설마.'

나는 곧바로 세면대로 다가가서 무전기를 들어 올렸다. …배터리가 있다!

'작동된다.'

나는 즉시 버튼을 누른 채 말했다.

"들리세요?"

[…….]

"청우 형? 아현아?"
"…이세진, 차유진!"

하지만 무전기 너머는 조용했다. 나는 고개를 가로저으며 손을 내렸다.

"반응이 없는데…. 혹시 이게 다른 멤버들과의 통신 방법인가 했어요."
"아아…."
"어쩌면 형들이나 차유진이 아직 발견하지 못하신 걸 수도 있습니다."
"그럴 수도 있겠다. 음… 저기, 무전기 내가 잠깐 봐도 되겠어?"
"그럼요."

나름의 추리를 주고받을 때였다.

깜박.

"…?"
"저, 방금."

깜박깜박.

"……."

이번에는 착시가 아닌 게 확실하다. 나는 고개를 들어서 천장을 보았다. 화장실 등이… 두 번 연속 깜박거렸다.

'그리고 보통 이런 식의 연출은…'

아, 망할.

"박문대?"

나는 두 놈의 목덜미를 잡으며 뒤로 물러났다. 그리고,

깜박깜박깜박깜박깜박깜박깜박깜박깜박깜박깜박-

"으아아악!"

"와악!"

나는 비명을 지르는 두 녀석을 밀며 당장 화장실을 빠져나갔다. 눈앞이 빠르게 점멸했다. 그리고 등 뒤에서 그림자 같은 것이… 망할!

'누가 있다!'

나는 가까스로 화장실 문밖으로 나오자마자 손을 뒤로 뻗었다.

쾅!!

"허억!"

세차게 화장실 문을 닫고 도로 자물쇠를 채웠다.

"뭐, 뭐야??"

"느낌이 이상해서요!"

이건 누가 봐도 구석 캐비닛에서 귀신이나 좀비 튀어나오는 연출이었다고!

"혹시 본 사람 없습니까?"

"저, 저는 뒤를 돌아보지 않아서…"

"…나도."

후. 나는 거짓말처럼 잠잠한 화장실 문을 보다가, 어쨌든 한숨을 참으며 안도했다. 안 걸리긴 했지 않은가. 일단 화장실은 쪽수를 더 늘린 다음에 다시 가는 게 낫겠다.

'…지금 좀 쫄보처럼 카메라에 찍히긴 했을 것 같은데.'

배세진이 내 어깨를 툭툭 위로하듯 쳤다. 어쩐지 열 받는군.

"그, 무전기는 내가 챙겼어."

그건 잘했다. 마지막으로 잡았던 놈이 안 떨어뜨리고 잘 챙기는 게 국룰이지.

"대단하십니다! 아, 거실 스위치도 이제 작동되는 것 같습니다!"

그 와중에 김래빈은 냉큼 화장실 상황을 응용해서 이제 이 집에 다른 조명도 돌아왔다는 사실을 알아냈다.

'그럼 똑같이 전기 쓰는 것도 혹시?'

나는 몸을 일으켰다.

"중문 키패드는?"

"…! 예! 불이 들어왔습니다!"

김래빈이 손을 흔들었다. 나는 숨을 골랐다.

'……오케이.'

중문도 이제 슬슬 열리나 보다.

'여기까지가 초반 파트쯤 분량이 나오려나.'

그리고 즉시 중문을 향해 발걸음을 옮기던 때였다.

"…저, 박문대."

배세진이 김래빈에게 들리지 않도록, 목소리를 낮춰서 말을 걸었다.

"예."

"이거 말인데… 밑에 피 같은 게 묻었어."

"…!!"

나는 녀석이 내미는, 뒤집힌 무전기 바닥에 주목했다. 그러자 확실히 검붉게 찐득한 무언가가 보였다.

'…슬슬 각인가?'

정말 좀비냐? 내가 카메라의 각도를 보며 출몰 장소를 예측하는 동안, 배세진이 작게 속삭였다.

"그, 래빈이는 무서워할 것 같으니까… 말하지 말자."

흠?

"…음, 예."

내가 고개를 끄덕이자, 배세진은 마주 고개를 끄덕인 후 굳세게 무전기를 잡고 앞으로 향했다. 그리고 나는 생각했다.

'…무전기를 회수해야 하나?'

저 녀석 방금 좀 부자연스러웠거든.

김래빈이 무서워할 거라고? 김래빈은 '…? 어차피 예능에서 제조하신 가짜 피일 텐데 왜 제가 무서워할 거라 생각하십니까?' 같은 반응을 할 놈이다. 은근히 와일드한 녀석이기 때문이다.

'닭도 자기 손으로 잡을 놈이야.'

 농사짓는 집안에서 자라서 그런가 유독 비위가 좋다. 그리고 그걸 배세진이 모르진 않을 텐데 말이다. 뭐… 좋게좋게 생각하자면, 당황해서 가장 연장자로서 어린 사람을 보호하려고 했다고 넘어갈 수는 있지.

 근데 마음에 걸리는 건 하나 더 있다.

'배세진의 직업.'

 변호사 말이다. 변호사라는 건… 결국 형법에선 피의자를 대변하는 직업이다. 그리고 피의자는 범인일 확률이 있고.

'게임에서 그 특성에 주목했다면?'

 배세진이 일종의 트롤러를 감싸거나, 트롤링을 하는 미션을 받았을 확률은?

'…일단은, 킵.'

 나는 '변호사' 배세진을 주목해 놓기로 했다. 뭐, 어차피 예능이니까 꼭 이길 필요는 없지만… 〈저 집 손자〉의 당근 코인 괴도 때처럼 일방적으로 뒤통수 맞는 그림은 이제 사양이다.

 그리고 얼른 모르는 척 중문에 합류했다. 배세진과 김래빈은 심각한 얼굴로 '번호가 맞지 않습니다' 문구를 읽고 있었다.

"중문 번호… 안 맞는데."

 그렇겠지. 보안을 위해서라도 테스타 숙소의 원래 비밀번호를 쓰진 않았을 것이다.

'근데 또 번호를 찾는 건 좀 루즈하지 않냐.'

 나는 짧게 고민한 뒤 대답했다.

"0000 어떤가요."

"아."
기본 번호다. 그리고.

띠리리릭-

"오!"
"돼, 됐다!"
마침내, 중문이 열리며 그 너머로 현관문이 보였다.
'전방 확인부터.'
그때였다.

[……형!]
[……들어~!]

"…!!"
"메, 멤버들?"
현관 반대편에서 아우성치는 소리가 들린다.
"아무래도 반대편에서 대기 중이셨나봅니다!"
"그, 그러게!"
'역시 합류하는군.'
우리는 얼른 현관으로 다가갔다. 목소리는 더욱 커졌다.

[…혔어! 꺼내……!]

대충 꺼내주겠다는 말 같다. 나는 고개를 끄덕이며 발을 옮겼다.

그 순간, 현관문이 빛나기 시작했다.

"…!!"

"뭐, 뭐야."

두 녀석이 펄쩍 뛰었다. 거, 화장실 경험을 밑바탕 삼아 빠르게 반응하는 건 좋지만.

"괜찮아요."

나는 손을 들어서, 문에 가져다 댔다. 쓱, 찌이익. 마치 스티커를 용지에서 떼어내듯이 부드럽게 모서리부터 포장지가 한 겹 벗겨진다. 그냥 코팅 용지다.

"덮개… 입니까?"

"응."

어두워서 잘 보이지 않았던 종이 덮개의 윤곽이, 뒤에서 나오는 빛으로 보였던 것이다. 그리고 빛의 정체는….

"패널?"

바로 스마트폰 화면이나 모니터 화면 같은, 패드다.

"허억."

"그, 가정집 멀쩡한 문에 이런 걸 설치해도 괜찮은 걸까?"

맞은편에서도 당황한 소리가 들렸다. 거기서도 무슨 일이 났나 보다 싶은 그 순간.

삐링.

[어린 양 게임에 참가하신 여러분을 환영합니다!]

"악!!"
 현관문에 부착된 액정에서 빛이 터져 나오더니, 효과음과 함께 화면을 가득 채울 문장이 떴다. 김래빈이 입을 가리며 눈알이 튀어나올 것처럼 화면을 쳐다보고 있다.
 "뭐, 뭐야?"
 "조금, 뒤로 물러나죠."
 샤사삭. 우리 셋은 일사불란하게 세 발짝 문에서 떨어졌다.
 그리고 동시에, 화면이 화려하게 바뀌었다.

[첫 번째 게임]
 -제물 고르기

 "…!!"

 -하나의 직업을 제물로 삼아, 현관문을 열어라.
 결과 발표까지 : 3시간.

 뭐?

같은 시각 인터넷.

테스타가 촬영을 시작한 바로 그때, 그들의 회사 '오르빗 스타즈'의 계정에는 뜬금없는 글이 올라왔다.

[제물이 될 캐릭터를 골라주세요. (링크)]

-??
-이게 뭐야

해킹이라며 의심하는 사람도 많았지만, 어디든 선구자는 있는 법이다. 호기심 많은 사람들이 클릭하자, 모호한 검은 실루엣과 함께 목록이 나열된다.

============
의사
보안관
탐정
학자
장의사
변호사
광대
============

바로 희생양 공개 투표였다.
진정한 의미의 서바이벌 예능이 시작되는 순간이었다.

이사 전 숙소에 갇힌 테스타.
그리고… 마침내 중문을 열고 도달한 현관문에서 번뜩이는 패널.

-하나의 직업을 제물로 삼아, 현관문을 열어라.

그걸 읽는 순간 알았다. 여기서 탈락자가 나오는구나.
'이게 서바이벌 형식인가.'
그럼 우리끼리 투표로 직업 하나를 고르라는 거냐? 뇌가 짜릿해지도록 자극적이다. 나는 고개를 끄덕이며 류서린의 평가를 다시 상향했다.
'잠깐, 그런데 이렇게 나뉜 채로 투표하면….'
누가 어떤 직업을 가졌는지 모르고, 상대편과 통신도 불가능하다. 서로 직접 떠들고 속이고 웃기는 예능적인 자극 없이 이렇게 심심하게 대뜸 투표로 긴다고?
'그럴 리가 없….'
아! 나는 뒤를 돌며 외쳤다.
"형!"
"…! 왜?"

"무전기요!"

그리고 나는 현관문 밖으로도 소리쳤다. 반대편에 들릴 수 있도록.

"무전기 찾았어요? 무전기!"

[무전⋯ ⋯건가? ⋯대야?!]

[⋯⋯어!]

저쪽에서 급박히 우당탕탕 움직이는 소리가 희미하게 들렸다.

"⋯! 지금 무전기 써? 여기 누르고 말하면 되지?!"

"예, 대신 누른 상태에서는 응답을 못 들으니까 짧게요!"

"그래!"

배세진이 무전기를 들고 외치기 시작했다. 운이 좋으면 저쪽에서 통신 소리를 듣고 무전기 위치를 찾아낼 수도 있으니까. 그러면 여기서부터 무전기로 통신하면서 어떤 직업을 제물로 삼을지 토의해 보라는 건가?

거기까지 생각하는 순간, 갑자기 현관문의 패널이 갱신되었다.

[딩동]

[제물 선택 완료!]

뭐라고?

"어어?"

"문대 형? 호, 혹시 선택하셨습니까?"

"그럴 리가."

그러나 내가 다음 말을 하기도 전에… 문이 열렸다.

달칵.

"…!!"
현관문이 개방됐다.
그리고 눈앞에 보이는 건, 지금 막 무전기를 들고 달려온 건지 숨을 고르고 있는 녀석들. 다른 4명의 테스타 멤버였다. 녀석들의 눈이 휘둥 그레졌다.
"얘들아!"
"문대문대! 래빈이! 형님!"
"다, 다들 다행이야…!"
그 순간 게임이고 나발이고 잊고 다들 반가움에 펭귄 떼처럼 뭉치기 시작한다. 조난당했다가 가족 만난 것처럼 난리통이었다.
"형! 우리 구하러 왔어요!"
"그래."
나는 차유진의 포옹을 대충 받아주며 머릿수를 다시 셌다.
'7명 다 있군.'
그래. 역시 쪽수가 늘어나니까 안정감이 생기긴 한다. 그런데 말이다.
'왜 문이 열린 거지?'
가장 가능성이 높은 건 역시 이건가.
"혹시 제물이 될 직업을 그쪽에서 고른 건가요."
"Nooope! 문 갑자기 열렸어요!"

"…!"

류청우도 단호하게 고개를 저었다.

"너희가 고른 줄 알았어. 우린 아무래도 숙소에 갇혀 있는 팀이다 보니까 선택권이 없나 했는데…."

뭐?

"무, 무슨 소리야. 우리가 숙소에 갇혀 있었는데!"

"…? 세진아 무슨……."

'설마.'

나는 그제야 4명의 틈 사이를 파고들었다. 그렇게 트인 시야로 현관문의 밖, 반대편을 보았다.

그리고 경악했다.

'미친.'

반대편은… 반대편도 숙소였다!

"잠깐, 현관문 밖이…."

"여, 여기도, 숙소…?"

눈치챈 녀석들이 당황하면서 현관문을 사이에 두고 고개를 획획 돌리기 시작한다.

"Holy moly! 거실 있어요!"

"와~ 미쳤다, 진짜!"

어느새 차유진과 큰세진은 우리가 탈출한 거실까지 달려가서 소리를 지르고 있었다. 그리고 나도 반대편 중문 너머로 발을 내디뎠다.

"……."

"저, 정말, 똑같습니다…."

오.

'그러니까, 저쪽도 탈출하려고 했다는 거지?'

서로가 서로를 바깥 팀으로 오해하고 있었지만, 사실은 각자 숙소 A팀, 숙소 B팀이었던 것이다.

'여기 대체 뭐야?'

세트장인가? 아니, 세트장이 아니고서야 불가능한 일이다. 이전 숙소처럼 꾸며놓은 것은 소품뿐만이 아니라, 아예 이 집 자체였던 것이다.

"허."

제대로 뒤통수 맞았군. 나는 씩 웃으며 주변을 다시 살폈다.

분명 마지막에는 탈출 방법이 나올 것을 안다. 그래야 카타르시스가 있을 테니까. 그러나 현관 자체가 페이크였고 이렇게 거울처럼 마주 보는 구조로 되어 있다니, 공포심과 긴장감에 더 몰입되는 근사한 이중 밀실이다.

'그렇다면 탈출로는?'

아니, 그 전에 말이다.

나는 고개를 돌렸다. 멤버들이 움찔했다.

"일단⋯ 그럼 양쪽 팀 모두 저 패널에서 뭘 터치하거나 하진 않은 거죠."

"그래."

나는 손을 뻗어서, 패널을 가리켰다. 아직도 잘 떠 있는 문장을 향해서.

[제물 선택 완료!]

"그럼 왜 '선택 완료'라고 떴을까요."

"……."

큰세진이 곰곰이 생각하듯 미간을 찌푸리더니, 팔짱을 꼈다.

"혹시 직업 미션 중에 있는 거 아냐?"

"……!!"

"왜, 직업 중에 제물 고르는 역할이 있을 수도 있어. 음~ 보드게임 생각하면?"

일리 있군. 날카로운 생각이었다.

"그럼 일단 다들 직업 좀 물어볼까요."

"아~ 그거 말인데…."

큰세진이 뭐라 대답하려던 그때였다.

[참가자 여러분.]

"으윽!"

"What the…."

변조된 기계음이 들렸다. 현관문 패널에서 이제 목소리가 나오기 시작한 것이다.

'기능도 많이 박아놨군.'

우리는 당장 달려가서 패널 앞에 섰다. 그러자 패널 화면이 바뀌며 새로운 문장이 송출된다.

[제물 직업이 결정되었습니다.]
[지금, 운명의 징표가 내렸습니다.]

검은 화면, 흰 글씨가 불길하게 번뜩였다.

"이미, 끝났다고…?"

"이거 어떻게 되는 거지?"

혼란과 긴장감으로 공기가 서늘해졌다. 그러나 나는 다른 의미로도 긴장되긴 했다. 아니 분명 게임 제한 시간을 세 시간이라고 하지 않았는가. 그럼 남은 세 시간 동안 어떻게 때우라는 건데.

'긴장감 박살 나는 거 아니냐?'

그때였다.

달각 소리와 함께 현관 옆의 벽이 열렸다. 그리고 무언가가 쏟아졌다.

"…!"

"왁!"

호들갑 떠는 몇몇 녀석들 사이로, 나는 물건을 확인했다.

'카드?'

언뜻 보기엔 포커용 카드처럼 생긴 그것은 총 7장이었다. 그리고 각각의 뒷면에 각자의 이름이 적혀 있었다.

"뭐야?"

"이건 QR코드인가?"

"잠깐만."

나는 다른 놈들을 툭툭 쳤다. 패널의 문구는 아직 끝나지 않았다.

[7장의 카드 중, 제물로 선택된 직업을 가진 참가자의 카드가 있습니다.]

화면에 7장의 카드가 뒤집히는 연출이 뜨더니, 곧 하나가 확대되며 시뻘건 마크가 붙는다.

양의 해골.

[그것이 제물 징표입니다.]

"……."
본격적이군.

[여러분은 3시간 동안 이 '징표 카드'를 교환하실 수 있습니다.]
[그리고 게임 종료 시점에 '제물의 징표 카드'를 가진 캐릭터가, 최종 제물이 됩니다.]

화면에서는 카드가 뒤집힌 채 마치 야바위처럼 돌고 돌더니, 곧 차례대로 뒤집히며 뒷면을 보인다. 그리고 시뻘건 양 해골 마크가 그려진 카드가 깜박이더니….

[팍!]

폭발했다.

[02:59:59]

남은 건 검은 화면. 그 하단에서 깜박이는 하얀 카운트다운뿐.

"……."

즉시 내 카드를 다시 살폈다. 마찬가지로 한 면에는 포커 패턴과 이름, 그리고 다른 면에는 QR코드가 새겨진 카드였다. 나는 멈춘 패널을 툭툭 치며 물었다.

"어떻게 교환하는 건가요."

다른 내레이션은 없었다. 단지 검은 화면에서 새로운 문구가 떴다.

[QR코드를 보여주세요.]

음.

나는 카드 윗면을 QR코드 쪽으로 하고, 현관문 패널 옆을 살폈다.

'여기서 스캔하는 건가?'

"문대문대?"

"잠시만."

나는 기겁한 몇 녀석들이 어깨를 잡는 것을 말리며 카드의 QR을 스캔했다.

'이러면?'

화면이 다시 바뀌었다.

[필요 재화 : 1 골드]

"……."

골드?

"이거… 그냥 교환할 수 있는 게 아닌 것 같지?"

"네."

비용이 드는 것 같다.

'하기야 무작정 계속 교환하는 것도 뇌절이지.'

그리고 그 순간, 차유진이 번쩍 손을 들었다.

"저 알아요!"

"…!"

"Wait a second!"

그리고 녀석은 휙 달리더니, 순식간에 자기 쪽 화장실의 문을 박차고 무언가를 가져 나왔다.

"이거 골드예요!"

바로… QR코드가 붙어 있는 골드였다.

"…!!"

"와~ 어디 있었어?"

"선반 아래 있어요."

"유진아, 정말 대단해…!"

멤버들이 붙어서 차유진의 시야에 감탄을 늘어놓기 시작했다. 입 찢어지겠다, 이놈아.

그리고 결정적인 발언이 나온다.

"으음~ 이 두 숙소 안에 이런 게 더 숨겨져 있겠죠?"

"그렇겠지?"

그렇다면. 나는 즉시 스캔하던 QR 카드를 뗐다.

"그럼 일단 골드부터 찾아볼까요."
그렇게 보물찾기가 시작되었다.

"문대문대~ 우리 멤버들 너무 보고 싶지 않았어?"
"어, 그랬지."
반갑다며 호들갑을 떨던 큰세진은 옆에서 자신들이 겪은 일을 열심히 떠들어주었다. 나는 묵묵히 이놈들이 탈출(?)한 쪽 거실을 뒤집는 중이었고.
"아~ 근데 여기 더 있을까 모르겠다. 진짜 우리가 거의 갈아엎었거든."
그래, 거실 소파 밑까지 뜯어놓은 걸 보니 정말 샅샅이 뒤진 게 눈에 보인다. 나는 손을 털며 몸을 일으켰다.
그러고 보니 이놈한테 하려던 말이 있었다.
"네가 아까 말하려던 거 말인데."
"응?"
"너희는 직업 얘기 안 했냐."
바로 이 녀석들의 직업 말이다. 겪은 일을 떠드는 중에도 언급이 안 되었으니 한번 물어볼 타이밍이다. 큰세진이 어깨를 으쓱했다.
"으음~ 안 그래도 아까 내가 말하려던 게 그거였거든. 우리는 탐색하느라 바빠 가지고 직업 이야기 아예 못 했다니까?"
"……."
흠, 네가?
'의도적으로 안 한 게 아니라?'
예능을 제일 잘하는 놈이, 작가가 따로 당부까지 한 소개 파트를 이렇게 날렸다는 건 믿기 어려운데. 그러나 마치 내 마음을 읽은 듯이 큰 세진이 어깨를 으쓱했다.

"이렇게 다 같이 모였을 때 하면 더 그림이 좋을 것 같았는데… 음, 지금 보니까 거짓말할 것 같지?"

"아마도."

직업 중에 껄끄러운 게 걸린 놈은 알아서 거짓말을 할 것이다. 나는 고개를 끄덕이며 긍정했다. …이건 또 저놈다운 발상이긴 한데, 이 게임 종류상 누구 하나를 완전히 신뢰하기가 어렵단 말이지. 나는 속으로만 어깨를 으쓱하며 녀석과 대화를 끝냈다.

그리고 주방으로 가던 길이었다.

"…박문대."

배세진이 갑자기 다가오더니, 아주 작은 목소리로 말을 걸었다.

"너 진짜 이상한 직업 안 받았지? 확실하지?"

"네."

심상치 않군. 그런데 말이다.

"근데 이상한 직업 받은 사람도 이렇게 대답하지 않을까요."

"그렇긴 하지만… 너 아까 바로 거기에 카드 스캔했잖아. 직업 숨기려는 사람은 불안해서라도 그렇겐 못 했을 것 같아서."

"……"

날카로운데?

"그리고 넌 이런 걸 잘하니까, 일단 너한테 걸어보는 거야."

배세진이 침을 삼키며 말했다.

"내 직업, 그 '변호사' 말인데."

그래.

"특수 능력이 있어."

"……어떤?"

"…'다른 직업의 사정을 알 수 있다.'"

"…!"

"그렇게 적혀 있었고… 나는 그래서, 무슨 직업이 있는지 알고 있었거든."

배세진이 목소리를 더 낮췄다.

"래빈이가 기자라고 했지?"

"예."

녀석이 침을 삼켰다.

"기자는 없어…!"

"…!"

"직업 중에, 기자라는 직업은 없다고!"

상상도 못 한 뒤통수였다.

나는 당장 지금까지 김래빈의 태도를 복기했다. 하지만 딱히 양심에 찔리는 사람 특유의 어색함은 보이지 않았었다. …김래빈이 그렇게 거짓말을 잘한다고? 아무리 지난 예능들로 단련되었어도 그게 가능한가?

'배세진 쪽에 대한 의심도 좀 생기는데.'

그러나 티 내지 않고, 나는 놀란 듯이 눈을 크게 뜨다가 곧 비장한 표정을 지었다. 귀가 솔깃했다는 듯이 말이다. 배세진도 덩달아 비장한 표정이 되었다.

"형, 일단 아는 직업 좀 알려주실 수 있을까요. 래빈이 진짜 직업 후보 좀 세워보려고요."

"그래. 하지만 그 전에… 네 능력도 듣고 싶어."

제법 협상할 줄 아는군. 나는 곧바로 고개를 끄덕였다. 배세진이 침을 삼키는 가운데, 내가 밝힌 것은….

"제 능력은 물음표였어요."

"…?"

아니, 농담이 아니다.

[특수 능력]
-?? (진행 중 공개)

이렇게 프로필에 적혀 있었거든.

"아마 게임 진행상 스포일러가 돼서 안 알려준 것 같아요."

"아."

물론 여기서 끝내면 내가 신뢰를 못 얻겠지. 나는 내 추측까지 덧붙였다.

"이게 마피아 게임 종류라면, 의사 역할은 보통 희생자 방어거든요."

"…!"

"그러니까, 누가 제물이 될 때쯤엔 알려주시지 않을까 합니다."

"…말 되네."

그렇지.

나는 어쨌든 신뢰를 잃지는 않았는지, 배세진이 설명해 주는 직업 목록을 얻어들을 수 있었다.

'의사, 보안관, 탐정, 학자, 장의사, 변호사… 그리고 광대인가.'

근현대적인 직업군들이군. 어쨌든 아주 그럴싸하고 쓸 만한 정보였다.

'이득이야.'

사실이라면 말이다. 나는 기꺼이 감사 인사를 하며 고개를 숙였고, 배세진은 약간 뿌듯한 얼굴이 되었다.

"그런데 이러면 사실 형이 절 믿고 말한 의미가 부족하니까… 믿을 만한 사람 한 명 더 제가 섭외해 볼까요."

"어? 누굴…"

나는 손을 들어서 한 사람을 가리켰다. 우리 쪽 숙소의 주방을 열심히 살피고 있는 녀석, 바로 류청우다.

배세진이 다급해졌다.

"…저, 이건 평소 성격과는 상관없는 거 아니야? 직업이 중요하지. 예능이잖아."

"그렇죠."

아니, 그래서 하는 소린데 말이다. 나는 기꺼이 동의하듯 고개를 끄덕였다.

"생각해 보세요, 형."

"어어?"

"지난번에 저희 자체 컨텐츠에서 청우 형이 배신자였잖아요. 그 좀비."

"그, 그렇지."

"그럼 쿨타임 이론상 이번에는 청우 형은 아닐 거란 거죠."

"…?!"

"어때요."

같은 놈이 또 걸리면 식상하지 않겠는가. 아무리 제비뽑기라지만 제작진이 수를 써서라도 그렇게는 안 했을 것이란 판단이다.

'그럼 뭐 오류 있었다느니 하면서 다시 뽑게 시켰을 거야.'

그리고 내 이론이 제법 그럴싸하게 들렸는지, 배세진은 결국 주먹을 쥐고 동의했다.

"…큼, 좋아. 해보자."

그렇지. 나는 즉시 류청우 쪽으로 슬쩍 다가가서 숙덕였다.

"형."

"음?"

"잠시만 이쪽으로."

그리고 다른 놈들 눈에 띄지 않게, 마치 각자 비슷한 곳을 수색하는 것처럼 셋이 대화하기 시작했다.

"세진 형이 동맹하자시는데, 직업을 밝혀야 가능하대요."

"아."

"저희끼리는 이미 다 소개했어요."

너만 말하면 이대로 파티 맺는다는 뜻이다. 그러나 식탁 밑을 보던 류청우는 난감한 듯 작게 미소를 지었다.

"음… 말해줄 수 없어. 미안해."

"……!"

배세진의 표정이 변했다.

"너 설마…"

"잠깐만요, 형."

나는 녀석이 급발진하기 전에 얼른 끼어들었다.

"말해주기 싫으신 게 아니라, 못 말하시는 거죠?"

"……."

류청우는 애매한 미소를 지었다.

'역시.'

나는 고개를 끄덕인 뒤, 배세진에게 숙덕였다.

"청우 형은 자기 직업을 직접 말하지 못하는 직업을 가진 것 같아요."

"…아!"

"마피아였으면 오히려 속이려고 하지, 저렇게 솔직하게 대답 안 할 것 같은데요."

"으윽……."

배세진은 침음했으나, 곧 고개를 끄덕였다.

"그럼… 탐정일 수도 있겠다. 보통 추리소설에서 탐정은 마지막에 활약하잖아."

오. 제법 컨텐츠적으로 맥락 있는 추리였다.

"그럼?"

"…좋아! 이야기해 보자."

배세진은 고개를 끄덕였다. 나는 류청우가 배세진에게 설명을 듣도록 잠시 시간을 주었다.

그리고 류청우는 감탄했다.

"그런 능력도 있었구나. 대단히 세진아."

"크흠, 뭘."

"네 말대로면 래빈이가 확실히 수상하긴 한데… 지금 급한 건 당장 제물이 될 사람이 있다는 점이니까. 그 점에 대해서도 좀 더 이야기해 보고 싶거든."

음?

"…그렇죠."

"만약에 우리 중에 누군가가 직접 제물이 될 직업을 고를 수 있다고 치자. 그럼 어떤 직업이 됐을 것 같아?"

그건 쉽군. 나는 고민 없이 대답했다.

"탐정 아니면 광대."

같은 시각. 인터넷.

[다들 오르빗 투표 뭐 찍음?]
보기가 7개라 멤버 7인 테스타 컨텐츠라는 추측이 많던데 궁금하네ㅋㅋㅋ

아이돌 커뮤니티들마다 갑자기 뜬 오르빗 투표란으로 잡담이 성행하는 중이었다. 일단 '제물'이라는 어휘부터가 자극적이었고 투표할 수 있다는 점도 재밌었기 때문이다.

그리고 의견은 의외로 통일되는 모양새였다.

-누가 봐도 광머 찍는 게 답 아니냐
  ㄴㅋㅋㅋㅋㄹㅇ 직업명만 봐도 트롤 느낌 오졌음

광대. 왠지 범인, 혹은 흑막의 느낌이 나는 직업군 아닌가. 하지만 오히려 그래서 찍지 말자는 의견도 거셌다.

-다들 뭘 모르네 이런 건 원래 투표하는 쪽에서 트롤해야 웃긴 거임 딱 봐도 예능 자컨 같은데
-아 이거 무조건 의사지ㅋㅋㅋ
-탐정 죽이자 제발 그래야 멘붕하면서 웃기게 판 돌아간다고

탐정과 의사를 부르짖는 사람들도 소문이 퍼질수록 많아진 것이다. 그리고 얼마 뒤, 새 글이 오르빗 스타즈의 계정에 업로드되었다.

[투표가 완료되었습니다. ->결과 보기]

그리고 호기심과 기대에 찬 사람들이 결과 보기를 누르는 순간, 그 링크는 동영상으로 연결되는 것이었다.

[<LAMB> 지금부터 게임을 시작합니다 – 테스타(TeSTAR) coming soon]

바로 테스타의 예능 예고편이다.

-미미미미친
-테스타 예능!!!

-와 역시

-벌써 기대됨 어떡해

그것 보라며, 오랜만의 예능이라며 즐거워하는 사람들의 반응.
그리고 한편에서는 현실을 깨달은 한 팬의 댓글이 지나갔다.

-잠깐만... 그러면 우리가 투표한 멤버가 방금 탈락한 건가?
　ㄴ헐
　ㄴ잠깐만
　ㄴ안 돼ㅠㅠ

팬사이트와 커뮤니티가 다시 추측과 흥분으로 불타기 시작했다.
그리고 비슷한 시각, 테스타의 기묘한 촬영장도 다른 의미로 뜨겁게 불타오르고 있었다.

"저, 무, 문대야."
"음?"
"나랑… 카드 교환할래?"
"…!"
첫 트레이트 요청이 시작된 것이다.

나는 선아현을 쳐다보았다.

'카드를 교환하자고?'

게다가 자신의 방 외곽으로 나를 부른 녀석은 주머니에서 뭔가를 꺼내 들었다.

"…!"

QR코드가 붙은 골드. 카드 교환에 쓰는 재화다.

"어디서 찾았어?"

"으응, 사실……."

선아현은 조용히 속삭였다. 자신이 방에서 눈을 떴을 때, 프로필을 읽으면서 동시에 그 방을 수색했다고 말이다.

"그때, 침대 밑에서… 찾았어."

"……."

즉, 게임 시작할 때 찾았다는 뜻이다.

'그리고 지금까지 입을 다물고 있었다고?'

선아현이? 나는 저도 모르게 감탄했다.

'다들 예능 맛 좀 아는군.'

기특할 정도였다. 이게 류서린이 짜놓은 시나리오대로 편집을 거치면 어떻게 나올지 기대될 정도다.

"그런데 이렇게 써도 괜찮을지 모르겠다. 결정적인 순간에 쓸 수도 있을 텐데."

그러자 선아현은 각오한 것 같은 표정으로 고개를 끄덕였다.

"정보를 알아야 하니까, 내 골드는 써도 괜찮아…!"

"음."

원래 제대로 빡겜하려고 효율 따지자면 다른 놈이 할 때까지 안 하는 게 정답이지만…… 이건 예능이지. 첫 시도를 빨리 빼는 게 전개상 좋았다. 그래서 나는 고개를 끄덕였다.

"그러면 우리 서로 직업은 알고 하자. 그게 나을 것 같아서."

"으응, 나는… 학자야."

오. 나는 고개를 끄덕였다.

"문대는…?"

"나는 의사."

"아, 아하!"

좋은 직업이라며 선아현이 얼굴을 붉히고 고개를 끄덕였고, 그걸로 이야기는 끝났다.

"저희 카드 교환합니다."

"어어?"

"골드를 찾으셨습니까?"

나는 다른 멤버들을 불러 모아다가 현관문 앞에 섰다.

"일단 한 번 시험 삼아 해보는 거예요."

"오케이."

큰세진이 고개를 끄덕였다.

나는 다시 한번 게임 룰을 정리했다.

"우리 둘 중에 제물이 될 사람이 있으면, 이 카드 교환으로 제물이 바뀐다는 거지."

"으응, 맞아."

마치 카드 게임에서 조커 떠넘기기처럼 말이다.

'폭탄 떠넘기기인가.'

다만 이건 마피아 게임처럼 숨어 있는 범인, 즉 살인자가 있는 서바이벌 게임일 것 같았다. 하지만 마피아든 시민이든 간에 '학자'나 '의사' 같은 직업을 굳이 먼저 달 것 같지도 않지. 나는 아까 내가 류청우에게 했던 대답을 떠올렸다.

어떤 직업이 죽을 확률이 가장 높을 것 같냐고?

-탐정 아니면 광대.

제물 선택한 녀석이 마피아면 탐정, 시민이면 광대.

'이게 정석 루트지.'

학자나 의사 같은 직업은 저 둘보다 어그로가 끌릴 만한 직업이 아니다. 그래서 유일하게 아직도 등이 들어오지 않아 어두컴컴한 현관 앞, 오로지 패널에서 나오는 빛에 의지해서 우리는 카드를 들었다.

"한다."

"으응."

나와 선아현, 그리고 골드의 QR코드를 그대로 스캔했다.

"……."

그러자 현관문 패널의 화면이 소리 없이 검붉게 소용돌이치기 시작했다.

"우우!"

"어우씨, 생각보다 무서운데?"

긴장한 녀석들의 목소리를 들으며 패널에 시선을 고정했다.

소용돌이는 3~4초간 지속되더니⋯ 곧 사라졌다. 화면에 남은 것은 두 장의 카드 뒷면뿐.

[징표 교환 완료]
[박문대 ↔ 선아현]

"오."
"이렇게 하는 거구나."
멤버들이 작게 감탄하는 소리가 울렸다. 그리고 나는 내 카드를 매만졌다. 다른 정보는 없이 깔끔하게, 교환 기록만이 저 속에 저장되는 것 같았다.
"별건 없었네."
"으응. 그래도⋯ 신기했어!"
"그렇긴 해."
다른 군더더기는 없었다. 나와 선아현은 시범을 보인 것에 만족하는 듯, 그렇게 선선히 현관문에서 물러났다.
그 후로는 딤색의 연속이었다.
"문대문대~ 설마 이쪽 숙소는 화장실 문 못 열었어? 오, 이렇게 어려운 거면 이 안에도 골드 있을 것 같⋯."
"안에 귀신 있다."
"으허억."
그리고 콩트.
"냉장고에 치킨이 있어!"

"…!!"

"밥은 주시는구나, 정말 감동적이다."

또 콩트가 이어지면서 살짝 분위기가 느슨해지려는 순간이었다. 멤버들은 슬슬 환경에 무뎌졌는지 흩어져서 넓은 두 숙소를 여기저기 찌르고 다녔다.

'벌써 2시간이나 경과했나.'

그리고 잠시 후.

삐이이이익!

"…!"

현관에서 경보가 울렸다. 그리고 마치 긴급 안내문처럼 목소리가 사이렌 소리와 함께 반복되기 시작했다.

[경고, 시작의 방으로 들어가십시오.]
[경고, 시작의 방으로 들어가십시오.]
[경고, 시작의 방으로 들어가십시오.]

"뭐, 뭐야."

"시작의 방?"

흩어진 멤버들이 뛰쳐나왔다. 나는 사이렌 소리를 의식해 크게 소리쳤다.

"우리 각자 시작한 방 말하는 것 같은데요!"

"아!"

"다들 잠시 후에 뵙겠습니다!"

현관까지 달려왔던 녀석들은 곧 일사불란하게 흩어졌다. 과연 방송 짬밥을 먹은 놈들다웠다.

나도 내가 시작했던 방으로 돌아왔다. 이전 숙소의 내 방을 재현해 놓은 그 방, 그곳에 들어가서 문을 닫으며 사이렌 소리를 한 겹 차단한 순간이었다.

띵동!!

"…!!"

[중간 공지 시간입니다.]

…여기도 스피커가 있었군.

'…후.'

일부러 사람 놀리게 만들려고 이러는 거겠지.

나는 어느새 다시 형광등이 들어오지 않아 캄캄한 방 한구석의 침대에 걸터앉았다. 그러자 그 기괴한 기계음이 다시 스피커를 탔다.

[침대 머리맡 서랍을 확인하세요.]

오냐. 나는 손을 움직여 침대 머리맡, 그 안쪽 서랍을 더듬었다. 그곳에는 전자기기가 들어 있었다. 아까는 분명 없던 것이다.
'저기서 촬영 중인 스탭이 나와서 넣은 건가.'
고생하시는군. 구석에서 카메라만 삐죽 빠져나온 검은 박스를 보고 속으로 중얼거렸다. 그리고 조심스럽게 전자기기의 액정을 켰다. PPL로 받은 것인지 오성의 탭이었다.
삑. 불이 들어온 화면이 어두운 공기를 가르고 번뜩인다.

[직업 능력 공개]
[당신의 직업 능력은…….]

'호오.'
이것 때문에 멤버들을 갈라놨군. 나는 천천히 그 글을 다 읽었다.
"……."
'이걸… 여기다 쓰는 거였나.'
제법 흥미로웠다. 몇 가지 응용 방법을 떠올리며 턱을 문지르고 있으려니, 다시 알림 소리가 났다.
'음?'
패드의 화면이 또 바뀌었다.

[01:00:00]
[※징표 확인 가능※]

게임 종료까지 남은 시간, 그리고… 내 카드의 징표인가.

"……."
나는 손을 들어서 패드를 터치했다.

[꺄하하하!]

처음 들린 것은 어린아이의 웃음소리였다. 그 천진난만한 소리가 어딘가 위화감을 조성해 등골을 오싹하게 만드는 것이다. 그리고 예고 없이 거대한 빨간 원형 문양이 패드를 가득 채웠다.
어린 양 해골 무늬.

[당신의 카드는 '제물 징표'입니다.]
[현재 어린 양 : 박문대]

"……."
그렇군. 나는 잠시 패드 화면에서 눈을 떼고 숨을 골랐다.
제물 징표가 나에게 있다.
그러니까 이대로 가면, 내가 죽는다.

"으싸싸~ 다들 잘 보셨나요!"
"Yeah, bro!"
사이렌이 다시 울리고, 멤버들은 각자의 방에서 빠져나왔다.

그리고 남은 1시간은 순식간에 흘러갔다. 이제 더는 골드 탐색을 하기보다는 대화와 감시 위주로 돌아갔지만.

"어어? 거기 형님 두 분 어디 가세요~ 혹시 카드 교환?"

"…그, 치킨 데울 건데."

"……옙."

대외적으로는 별다른 사건 사고나 갈등 없이 부드럽게 1시간이 흘러갔으나 묘한 긴장감이 고조되고 있었다.

'곧.'

끝이다. 나는 시간을 재며 엔딩을 기다렸다.

그리고 잠시 후.

삐이이이익!!

"오우."

"시간이 끝났나 보다."

이번에는 그렇게 놀라지 않았다. 다만 다들 약간 긴장한 얼굴이었다.

'탈락자가 결정된 거지.'

몇 시간이나 이 안에 있다 보니, 몰입의 정도도 자연스럽게 강해지며 '제물'이라는 단어가 약간 공포스럽게 느껴지는 점도 있는 것 같았다. 놀이공원 귀신의 집에 들어간 것처럼 말이다.

"떴다."

그리고 현관문의 패널은 정말로, 카운트다운이 끝나 있었다.

[00:00:00]

그리고 그것을 덮듯이, 거대한 글자가 뜬다.

[교환 종료]

"……."
스피커에서 변조된 기계음이 다시 흘러나오기 시작했다.

[발표 전 알림 사항입니다.]
[여러분이 받은 첫 제물 징표는 후원자들의 투표로 결정된 것입니다.]

"후, 후원자…?"

[여러분을 사랑하는 팬분들의 투표 결과.]

'……팬?'
화면에서 시뻘건 그래프가 끝없이 올라가더니, 무려 20,374표라는 수치가 떴다. 저런 높은 수치와 설명을 종합하면….
"설마… 이거 팬분들 투표였어?"
"대체 언제 받으신 겁니까?"
'내 말이.'
경악한 멤버들이 놀라든 말든 패널은 묵묵히 내레이션을 뱉는다.

[가장 많은 득표수를 얻은 것은 20,374표의 한 직업이었습니다.]

이제 다들 숨도 참으며 패널을 보고 있다.

[그리고 제한 시간이 지난 지금, 이 제물 징표를 가진 직업은……]

꿀꺽. 음산한 긴장감에 침 삼키는 소리가 들린 찰나.
결과가 울렸다.

[학자입니다.]

"…!!"
"아."
나는 반사적으로 선아현을 힐끔 돌아보았다.
선아현은 창백한 얼굴이었다.
'……'

-으응, 나는… 학자야.

선아현은 분명 그렇게 말했었지. 그리고 멤버들은 당장 당사자를 찾기 위해 주변을 돌아보기 시작했다.
"학자?"

"학자 누구예요? 말씀해요!"

"……."

그러나 고요했다.

아무도 나서지 않았고, 선아현도 입을 다물고 있다.

"어?"

"…왜 아무도 안 나와?"

배세진이 눈을 가늘게 떴고, 김래빈은 당황한 표정으로 사방을 둘러보았다.

"지, 지금은 어차피 결과를 바꿀 수 없는 상황 아닙니까?"

"맞아!"

"그런데 왜…?"

다들 혼란스럽다는 표정으로 떠들 때였다.

[제물의 방이 열렸습니다.]

끼이익.

"헉."

현관문이 자동으로 열렸다. 그리고 그 뒤, 다른 문 하나도 자동으로 열리는 것이 눈에 보였다.

바로… 우리 쪽 숙소의 독방. 열리지 않았던 그 방이다.

"저곳이 제물의 방인 겁니까?"

"그런 것 같은데."

반사적으로 머리에 떠올랐다. 저 문 아래 떨어져 있다가 김래빈이 주워 든 쪽지를.

−나는 끝에서 열린다.

'그건 저 방이 이 게임이 끝날 때 열린다는 뜻이었나.'
혹은, 누가 죽을지, 끝장날지 확정됐을 때… 인가. 나는 일단 그렇게 짐작하며 녀석들을 따라갔다. 분위기상 이건 인터뷰에서 말해야겠다고 생각하면서.
그리고 열린 독방 문 앞.
"저 들어가요!"
차유진이 망설임 없이 발을 디뎠다. 하지만…….
"Oops!!"
"왜, 왜."
녀석은 미간을 찌푸리며 발을 뒤로 뺐다.
'뭐야?'
다들 그 반응에 놀라서 방 안을 들여다보았다.
"…!!"
방 안은… 엔 시이비 교단의 제단 같은 꼴이었다.
다 찢어진 검은 벽지와 타오르는 붉은 촛불들이 음산히 흔들렸다. 그리고 정 가운데 위치한 거대한 관 모양 제단. 그 위에는 시뻘건 양머리 해골 무늬가 새겨져 있었다.
'미쳤군.'

콰쾅!

"으악!"
천둥 치는 효과까지 있냐.
아트팀을 갈아 넣은 그 공간 앞에서 멤버들이 또 펭귄 떼가 됐다.
"문대문대, 나 이제 이 방에서 잠 못 잘 것 같아…."
"이사 가서 다행이지."
"응."
어쨌든, 우리는 조심스럽게 그 안으로 입장했다.
"…이름표가 있습니다."
"으윽."
그리고 곧 손님맞이 테이블처럼 표기된 이름에 따라 관 모양 제단을 쭉 둘러서는 모양새가 되었다. 그 직후.

[참가자 여러분.]

"저 이럴 줄 알았어요."
"나도."
기괴한 내레이션이 다시 스피커를 타고 흘러나오기 시작했다. 관에서 나온 카메라가 회전하며 우리의 얼굴을 잡는다.

[제물의 방에 오신 것을 환영합니다.]

"설마 여기서 정말로 멤버를 제물로 바쳐야 하는 겁니까?!"
"진정해 래빈아."

[참가자 여러분께서는 이곳에서 검은 양을 찾아내셔야 합니다.]

"……"
검은 양?

[바로 자신의 제물 운명을 다른 참가자에게 넘긴 참가자.]
[즉, 마지막 징표 교환을 통해 '학자'를 제물로 만든 범인이 '검은 양'입니다.]

"헐."
"와, 이거 점점 모르겠네."
나는 빠르게 정리했다.
'흠.'
그러니까, 결국 최종 제물이 된 '학자'에게 마지막으로 징표를 떠넘긴 놈을 찾으라는 뜻이군. 그 행위를 한 설 일송의 '마피아'나 '범인'으로 판단한 모양이다.
'그럼 학자랑 마지막으로 교환한 녀석을 찾으면 된다는 거지.'
너무 추리하기 편하지 않나 생각할 때, 다른 조건이 추가되었다.

[검은 양을 알맞게 추리할 경우, 그 범인은 제물과 함께 번제됩니다.]
[그러나 검은 양을 찾지 못할 경우,]

"…그러면?"

[검은 양과 제물을 제외한 모두가 번제됩니다.]

"으아아악."
"와 이거 완전 공포 게임이야!"
몰살이라는 소리에 여기저기서 비명과 격한 리액션이 나왔다. 오, 그러니까 이거 제물이 입 다물고 있으면 본인도 살 수 있는 구조군.
'이러면 누구랑 교환했는지 말 안 하지.'
나는 제작진의 악랄함에 감탄했다.

[그럼 행운을 빕니다.]

빕니다-, 빕니다, 빕니……. 음산하게 메아리치던 스피커는 곧 치직거리며 뚝 끊겼다. 그리고 관의 해골 문양에 붉은빛이 들어왔다.
"Oh!"
"시작하라는 것 같네."
끝내주는 방에 혀를 내두르면서도 곧 나름대로 분위기가 정리되었다. 멤버들은 지금까지의 생각을 정리하며 이야기할 거리를 떠올리는 것 같았다.

물론 1순위는 뻔하지만 말이다. 제물이 된 학자가 누구냐는 거겠지. 사실 그쪽을 어떻게든 추궁해서 마지막 교환을 한 사람을 잡아내면 끝이니까.

 하지만 제일 먼저 입을 연 것은,

 "잠깐! 먼저 말할 게 있는데."

 배세진이었다. 녀석이 침착하게 말을 이었다.

 "나는 무슨 직업이 있는지 다 알고 있었어."

 "예?"

 "난 변호사야."

 그리고 녀석은 내게 말했듯이, 자신이 알고 있는 정보를 다 말하기 시작했다.

 '막판이니까 이게 합리적이긴 한가.'

 나는 내심 고개를 끄덕였다. 직업이 뭐가 있는지 다 알면, 누가 어떤 직업을 가졌는지 소거법으로 추리하기 쉬우니까.

 "그런데, 딱 한 사람, 없는 직업을 댄 사람이 있어! 그 사람은…."

 그리고 배세진이 김래빈의 이름을 말하려던 순간이었다.

 "어어? 잠시만요."

 '…?'

 큰세진이 갑자기 끼어들었다. 당황해서 잠시 말을 멈춘 배세진에게 녀석이 곧장 묻는다.

 "형 직업이 어떻게 되신다고요?"

 "…변호사야. 변호사 직업 능력이 다른 직업들을 알 수 있는 거라…."

 "…? 아니 형이 변호사라고요?"

큰세진이 실소했다. 그리고 폭탄 발언을 했다.

"이상하다. 제가 변호사거든요?"

"……!!"

"어어어?"

"같은 직업이 둘일 리는 없잖아요. 맞죠?"

"……."

입을 떡 벌린 멤버들이 두 동명이인을 돌아보았다. 큰세진이 자신의 목뒤를 쓰다듬었다.

"으음. 반응 보니까 세진 형이 여기저기 본인이 변호사라고 많이 말씀하고 다니신 것 같은데요. 그, 변호사는 미션상 그러면 안 되거든요."

"…!!"

큰세진은 멤버들의 반응을 살핀 뒤, 눈살을 찌푸리며 쓴웃음을 지었다. 그리고 한숨을 쉬었다.

"아이고~ 형님한테 다 속으셨네. 다 속았어."

"……."

잠시 당혹스러운 침묵이 멤버들 사이를 갈랐다.

그 순간.

"잠깐만."

배세진이 하얗게 질린 얼굴로 단호하게 말했다.

"속이고 있는 건 너잖아!"

'맙소사.'

나는 침음을 삼켰다.

'둘 중 하나는 무조건 트롤링이다, 이거냐.'

숨도 못 쉬고 팝콘 씹는 시청자들이 벌써 눈에 보인다.

말 그대로, 난전의 시작이었다.

자신이 변호사라고 주장하는 동명이인. 배세진과 큰세진은 팽팽하게 설전을 벌이는 중이다.

"…이세진은 지금까지 조용히 있다가, 죽는 사람이 결정된 후에야 입을 열었어. 이건 누가 봐도 전략적이야. 일부러 사람들을 헷갈리게 만드는 거라고!"

"에이 형, 반대죠. 자기 직업이랑 능력을 초반부터 막 이야기하고 다니는 게 더 부자연스럽다니까요? 여러분 마피아 게임 한번 생각해 보세요~ 보통 선량한 시민은 마피아를 경계해서라도 잘 안 그래요."

둘 다 일리가 있다. 어쨌든 둘 다 변호사일 리는 없고 하나는 뻥카라는 건데… 대단하군. 나는 내심 감탄했다.

"Oh… 문대 형은 누구 의심해요?"

"지금 상황만 보면 가능성은 둘 다 있는 것 같다."

하나는 연기자고 하나는 예능을 잘한다. 천연덕스럽게 다른 직업인 척할 수 있겠지. 둘 다 마음만 먹으면 트롤링 직업으로 빡겜이 가능한 것이다. 당장도 아주 둘 다 누구 하나 논리적으로 어색하지가 않다.

"…! 궤변이야. 나는 수상한 사람을 일찍 발견해서 믿을 만한 사람들한테 공유한 거지!"

"그러니까 그 이유도 사실 형이 마피아면 다 거짓말이잖아요. 그럼 그냥 근거 없는 이야기가 된다니까요?"

'난리 났군.'

다른 녀석들의 동공이 빙빙 도는 게 보일 지경이다. 나는 내심 혀를 차며 손을 들었다.

"일단 두 사람 모두에게 질문 있는데요."

"어?"

"변호사라는 직업에 관해서 설명 좀 해주실 수 있을까요. 보통 거짓말하는 사람은 허점이 있으니까요."

"그렇네. 자세히 말하다 보면 분명 누군가는 모순점이 생길 것 같아."

류청우가 고개를 끄덕였다.

'그래. 아무리 그래도 계속 캐묻다 보면 준비 안 한 것까지 즉석으로 지어내서 대답하게 되지.'

그럼 앞뒤 말이 안 맞으면서 논리가 어색하게 무너지는 것이다.

"아."

속이야 어떨지 알 수 없다만, 동명이인 세진들은 겉으론 꽤 솔깃한 것처럼 반응했다.

"오 좋은 생각이다, 문대문대~"

"그럼 나부터 할게."

배세진이 선수를 뺏기지 않겠다는 것 같이 튀어나왔다.

"변호사는… 총 몇 개의 직업이 있는지, 그리고 그 직업이 무엇인지 알 수 있어."

그리고 배세진은 자신이 아는 직업을 설명했다. 다른 녀석들이 고개를 끄덕이며 직업을 되뇐다.

"의사, 보안관, 탐정, 학자, 장의사, 광대…"

"그리고 변호사구나."

"맞아."

배세진은 진지하게 고개를 끄덕였다.

"내가 가진 직업이 이 안에 없다면 손들어."

반박은 없었다.

'안색이 눈에 띄게 변하는 놈은 없다.'

자기가 가진 직업이 그중에 있다는 뜻이겠지.

'즉, 배세진의 이야기는 진실일 확률이 높다.'

그 기색을 눈치챘는지 배세진은 도전적으로 큰세진을 쳐다보았다. 하지만 녀석은 쓴웃음을 지었다.

"음, 직업이 뭐가 있는지 아신다…."

그리고 녀석은 어깨를 으쓱했다.

"근데 형님 말투 들으니까 진짜 아시는 건 맞는 것 같긴 한데요?"

"…!!"

"너, 지금 네가 변호사가 아닌데 거짓말했다고 인정하는…."

"아뇨, 아뇨."

큰세진은 고개를 저었다. 그리고 꽤 진지하게 말했다.

"아무래도 배세진 형님은 저 능력을 가진 다른 직업 같다는 거죠. 변호사라는 것만 거짓말이고."

"…!!"

그러니까, 큰세진의 말은….

'배세진은 다른 직업의 능력으로 저 사실을 알아냈는데, 변호사라고 사칭 중이다?'

확실히, 경우의 수는 가능하다!

"아니 그냥… 사실 딱 봐도 변호사라는 직업군이랑 별로 상관없는 능력처럼 보이고요."

"허억."

김래빈이 경악했다. 그리고 동시에 배세진은 발끈했다.

"변호사라는 직업은 원래 피고인에 대해서 잘 알고 있어야 하잖아. 이게 뭐가 어색해!"

"아니, 그런 능력은 그냥 봐도 범인이! 흑막이 가질 것처럼 보이는데요. 딱 판 짜기 좋아 보이잖아요~"

멤버들의 얼굴에 순간 '그런 것 같기도'라는 듯한 기색이 지나갔다. 그리고 배세진은 이제 싸늘한 얼굴로 눈을 가늘게 뜨고 있다.

'과몰입인지 연기인지.'

나는 어깨를 으쓱한 뒤, 큰세진을 돌아보며 물었다.

"그럼 원래 변호사 능력은 뭔데."

큰세진이 씩 웃으며 거침없이 말했다.

"한 사람을 지정해서, 그 사람이 무고한지 알 수 있는 능력이에요."

"…!!"

맙소사. 그리고 큰세진의 발언은 거기서 끝이 아니었다.

"참고로 저 이미 써봤습니다~"

"……?!"

그 순간 방의 분위기가 변했다. 조용히 입을 다물고 있던 선아현이 반사적으로 되물을 정도였다.

"누, 누가…?"

"여기 우리 멤버~"

큰세진이 바로 자신 바로 옆에 있는 멤버의 등을 툭툭 두들겼다. 그건 바로….

"김래빈?"

"그렇지!"

녀석이 씩 웃는다. 김래빈은 눈알이 튀어나올 것 같은 표정이다. 하지만 곧 주변을 둘러보며 혼란스러운 표정으로나마 고개를 끄덕이긴 했다.

"저, 물론 저는 범인이 아니긴 합니다. 저는 애초에 카드 교환을 한 적이 없기 때문에…….."

배세진이 주먹을 불끈 쥐고 끼어들었다.

"말도 안 돼!"

"…?!"

김래빈이 충격을 받았다.

"김래빈은 자기 직업이 기자라고 했어! 그런데… 직업 중에는 기자가 없잖아!"

"…!!"

"아, 확실히 그러고 보니."

김래빈의 눈이 핑글핑글 돌아가기 시작했다. 저런.

"그리고 내가 지금 이 사실을 밝히려고 할 때마다 쟤가 막았어."

"예?"

"이세진!!"

배세진이 가열 차게 외치더니, 손깍지를 끼며 중얼거렸다.

"…그리고, 직업 중에 이상한 게 있었잖아."

"예?"

"광대."

"……."

호오.

"그, 우리 지난번에 했던 카드 게임 기억나? 조커, 그러니까 광대 카드를 마지막에 들고 있으면 지는…"

도둑잡기 말이군. 배세진이 침을 삼키는 것이 보였다.

"그러니까, 김래빈도 그런 직업 아닐까? 우리가 망하는 게 미션인 거지."

"예!?"

김래빈이 더 경악했다. 저게 연기면 저놈도 연기를 시켜야겠는데.

그러나 배세진은 마침 논리가 연결된 것처럼 점점 확신 어린 어조로 말을 이었다.

"그리고 이세진이 학자인 거야."

"네??"

"이세진이 제물이고, 내가 김래빈을 지목하지 못하게 만들어서 둘이 이기려는 거지!"

"…!!"

그런 룰이 있긴 했다.

—여러분이 검은 양을 알맞게 추리할 경우, 그 범인은 제물과 함께 번제됩니다.

—그러나 검은 양을 찾지 못할 경우, 검은 양과 제물을 제외한 모두가 번제됩니다.

즉, 제물이 된 사람이 살아 나갈 유일한 방법은, 사람들이 범인을 못 맞추게 만드는 것이다.

"어때."

"……."

심증은 제법 괜찮았다. 그러나… 이세진이 웃음을 터뜨렸다.

"아~ 알겠다."

"…?"

이세진은 폭탄처럼 선언했다.

"아니, 형이 광대죠?"

"…!!"

"원래 블러핑하려는 사람들이 먼저 말하거든요. 판 깔려고."

"뭐? 잠깐, 지금 애가 하는 건 자기가 몰리니까 나를 물고 늘어지는 그런… 뻔한 행동이야! 내 말을 답습하는 것뿐이잖아!"

"아니죠! 형이 제 발 저린 거죠."

"야…!"

과몰입이 점점 심화되고 있었다. 이젠 자막으로 '정말로 싸우는 중입니다^^' 같은 걸 넣어도 될 것 같군. 결국 류청우가 황급히 중재에 나섰다.

"음… 세진아, 그러니까 이세진."

"예엡!"

"그럼 네 추리도 한번 논리를 들어볼 수 있을까?"

"그럼요~"

큰세진이 씩 웃었다.

"제 생각에는 세진 형이 광대고요. 검은 양, 그러니까 저희가 잡아야 하는 마피아일 확률이 높다고 생각합니다!"

"뭐?!"

"세진아, 진정하고 일단 듣자."

류청우가 배세진을 진정시키는 사이, 큰세진이 나를 쳐다보더니 눈을 찡긋한다.

"……."

"그리고 제가 여기 들어오기 전에 문대한테 들은 게 있거든요?"

"…!?"

그렇다. 이런 게임에서 제일 발언권 좋을 만한 놈에게, 여기 들어오기 전에 공유한 정보가 있다.

―사실…

"말해도 되지?"

"그래."

나는 고개를 끄덕였다. 큰세진이 흔쾌히 입을 열었다.

"아현이가 학자라고 했대요."

"…!!"

바로 이거다.

'수상하잖아.'

'학자', 즉, 이번 게임에서 최종 제물로 선정된 직업이다.

"팬분들이 제물로 투표해 주신 첫 직업이 뭔지는 몰라도, 어쨌든 지금 최종 제물은 학자죠."

나는 덤덤하게 말을 이었다.

"그리고 학자라고 말한 사람이 바로 있고요. 아현이요."

"……."

"그러니까 일단 어찌 됐든 선아현에게 질문을…."

"저, 저기."

선아현이 창백한 얼굴로 입을 열었다.

"나는… 그런 말을 한 적이, 없는데."

"…!!"

뭐?

어두컴컴한 사이비 교단의 재단. 그 주변을 둘러싸고 선 사람들은 끝없는 폭로 속에 허우적대는 중이다.

"저는, 다른 직업이에요."

"예??"

대체 이 게임에서 진실된 자신의 직업을 밝힌 참가자가 있기는 하단 말인가?!

김래빈은 또 한 번 경악했다. 아현 형까지 이런 일이 발생하다니!

'배세진과 이세진 형께서 변호사라고 주장하시고 있다.'

'문대 형은 의사라고 하셨고.'

그는 빠르게 머릿속으로 현 상황을 정리했다. 그러니까….

====================

테스타의 직업 (주장)

류청우 - ?
배세진 - 변호사
선아현 - 학자
이세진 - 변호사
박문대 - 의사
김래빈 - 기자
차유진 - ?

====================

각자 이렇게 주장하는 상태인 것이다.

그리고 서로서로 저격이 난무하고 있었다. 당장, 새롭게 폭로된 선아현마저도 자신이 '학자'가 아니라고 말하고 있으니까!

"그럼 형께선 어떤 직업을 보유하고 계십니까?"

"으응, 나는 다른 사람의 직업을 알 수 있는, 능력이 있어."

"헉."

"그리고… 그걸로 문대를 확인했는데… 알아낸 게 있어."

선아현이 결심이 선 듯한 표정으로 말했다.

"문대는, 의사가 아니에요."

"……!!"

"직업을, 속였어요…!"

또? 김래빈은 목이 부러질 듯이 고개를 돌렸다.
'문대 형님께서는 분명…'

-우선 저는 의사입니다.

배세진도 비슷한 표정이었다.
"…박문대?"
"……"
박문대는 대답하지 않았다. 그리고 선아현이 계속 말을 이었다.
"문대는 의사, 라고 했지만… 아니었어요."
"나 의사 맞는데."
"아, 아니…!"
선아현이 금방이라도 눈물이 그렁그렁해질 것 같은 표정이면서도 단호하게 말했다.
"문대는, 장의사잖아."
"…!!"
"뭐!?"
순간, 충격이 다시 한번 방 안 분위기를 강타했다.

-장의사?

김래빈은 고개를 돌렸다.
침착해야 했다. 확실히 확인하자!

'문대 형의 반응이······.'

"······."

굉장히 태연하시다? 약간··· 쑥스러워하신다?

박문대는 머리를 긁적였다.

"음··· 장의사도 끝은 의사로 끝나잖아요. 그러니까 의사는 맞지 않을까요."

"······."

모두 할 말을 잃었다.

"야!"

"아니··· 딱 봐도 마피아 게임 같은 거 같아서, 초반에 너무 솔직하게 말하는 것도 이상하겠다 싶어서요."

박문대가 볼을 긁적였다. 순식간에 긴장감이 무너졌다.

"무슨 소리야 대체!"

"악법도 법이라는 말이 있잖아요. 그러니까 장의사도 의사."

"미치겠다···."

"형 바보예요!"

박문대는 '암튼 난 거짓말은 안 했음' 같은 표정으로 뻔뻔히 중얼거렸고, 사람들은 뒤집어졌다. 배세진은 이제 거의 절규 중이다.

"아무튼 그럼 인정하는 거지? 장의사는 뭔데?! 뭐 하는 직업인데 대체! 사람 속여야 하는 거야?!"

"아뇨 그런 건 아니고 그냥··· 죽은 사람과 연락할 수 있다는데요. 아직 죽은 사람은 없다 보니까 어떻게 쓰는 건지는 모르겠습니다."

"으윽."

"그것도 사실 중간 점검 때 알았어요. 형한테 말했잖아요. 저 능력 모른다고."

"으으……."

박문대는 제 발 저린 것 같은 모습은 아니었다. 그냥 초반에 충동적으로 전략 좀 써봤다 이거다. 배세진은 끙끙거리다가 소리쳤다.

"그, 그럼 이거 시작할 때는 말했어야지!"

"하려고 했는데, 지금 변호사가 둘이나 나오고 아현이도 직업 속이고 난리라서 제가 밝혀봤자 묻힐 것 같아서요."

"……."

그건 그래.

그런 표정으로 배세진은 납득해 버렸고, 김래빈도 반쯤 납득했다.

"그리고."

박문대는 고개를 돌렸다. 그리고 김래빈을 똑바로 쳐다보았다.

"……!"

"세진 형이 말한 직업군들이 전 상당히 설득력 있다고 보거든요."

"그, 그렇지."

"그게 변호사 능력인지는 잘 모르겠지만."

"야!"

배세진 형의 반박을 자연스럽게 흘리며 박문대 형은 순식간에 쏘아들어왔다. 김래빈, 자신에게.

"그래서 래빈아. 너 기자가 확실하냐."

"……."

침묵이 흘렀다. 그는 입술을 깨물었다.

'여기까진가.'

그리고 김래빈이 입을 열려던 순간….

"Wait! 우리 목적 잃어버렸어요!"

"…!"

이번에는 잠잠하던 차유진이 끼어들었다!

"우리 목적은 제물과 범인 누군지 알아내는 거예요. 그러니까 중요한 건 다른 거예요."

"어?"

"그게 뭔데?"

차유진은 거침없이 물었다.

"카드 교환 어떻게 했어요?"

"…!"

"중요한 건 그 순서를 맞추는 거죠! 그러니까, 모든 사람의 정보 필요해요. 수상한 사람을 미리 생각하면 안 돼요. 그럼 편견 생겨요."

"으음……."

박문대가 정리했다.

"그럼 네 말은 카드 교환 내역부터 쭉 정리하자는 거지."

"Yes!"

"…일리 있네."

"음, 확실히."

꽤 많은 멤버가 고개를 끄덕였으나, 박문대는 덤덤히 덧붙였다.

"하지만 의심을 버리진 않는 게 좋을 것 같은데요. 제가 보기엔 유진이가 래빈이를 감싼 것 같았거든요."

"Ha?"

"나도 동의~"

"그래. 일단 교환 내역을 정리하고, 래빈이에겐 반드시 다시 물어보는 걸로 하자."

"…알겠습니다!"

김래빈은 씩씩하게 대답했다. 그래도, 그는 할 수 있는 곳까지는 최선을 다하여 갈 생각이었다.

—정체를 숨기는 것이 좋습니다.

김래빈은 자신이 받은 직업 프로필에 적힌 조언을 잊지 않았기 때문이다.

"자, 그럼 정리하자."

그사이에, 멤버들은 하나씩 현관에서 카드를 교환하던 장면을 목격한 것을 시간순으로 정리하기 시작했다.

"처음은… 문대랑 아현이가 교환했지?"

"그래."

"그다음으로 차유진이 청우 형과 교환했습니다."

그런 뒤에 알람이 울렸고, 사람들은 각자 시작한 방으로 돌아가서 카드를 확인했다….

그 후.

"후반에는 이게 끝?"

"그런 것 같은데."

정리하자면 이렇다.

===================
1. 선아현 〈-〉 박문대
2. 차유진 〈-〉 류청우
[중간 점검]
3. 류청우 〈-〉 배세진
4. 차유진 〈-〉 박문대
===================

딱 4번.
"코인을 가진 사람을 앞에다가 뒀습니다. 그러니까, 권유한 사람."
"알겠습니다!"
김래빈은 고개를 끄덕였다.
"형님들~ 치킨 데우러 가는 거라고 그렇게 말씀하시더니만 결국 교환하셨네요! 설마 수상하게 몰래 하신 겁니까~?"
"네가 하도 난리니까! 너 화장실 갔을 때 얼른 했어. 다른 애들은 다 봤고."
"세상에."
옆에선 또 말싸움 같은 만담이 일어나고 있었지만, 그는 열심히 생각했다.
'그렇다면, 용의자는 이 안에 있다… 사람들에겐 그렇게 보이는 건가?'
물론 그렇게 하더라도 5명이었다. 제외되는 소수에 직업을 속인 자신이 포함되는 이 기묘한 상황에 김래빈은 눈이 핑글핑글 돌아갈 것 같았다.

"음, 지금 말한 것 외에 또 교환하셨던 분?"

이세진의 질문에 침묵이 흘렀다. 그의 얼굴의 미소가 진해졌다.

"그러면… 중간 점검 때 자기가 꽝 카드를 가지고 있었다 하시는 분? 그 제물 표식이요!"

"……"

여전히 대답은 없었다.

그 순간이었다.

"저 알았어요."

"…!"

차유진이 안광을 빛내며 손을 들었다.

"중간 점검 때 제물? 카드 가졌던 사람 마피아예요."

"…!"

"왜냐하면, 그 사람이 지금 나타나지 않아요. 그건 자기 교환 기록 알려주고 싶지 않다는 뜻이에요."

범인이 아니라면, 분명 협조해서 누구에게 갔는지 교환 순서를 캐냈을 거란 뜻이었다.

"아…!"

멤버들이 순간 감탄했다. 하지만.

"그건 반대일 수도 있어. 차유진!"

"Umm?"

김래빈이 신중한 목소리로 대응했다.

"그때 제물 카드를 가졌던 분께서 교환을 안 하셔서, 지금도 그대로 제물일 수도 있어."

"Oh."

제물은 범인 추리가 실패해야 범인과 함께 살아남는다. 제물도 입을 다물고 있을 이유는 확실했다!

"아, 근데 지금 제물이 학자잖아~"

이세진이 문득 생각난 것처럼 말했다.

"시청자분 투표면 여기서 죽일 직업으로 학자를 고르시진 않았을 것 같지 않아? 좀 더 눈에 띄는 직업 고르게 되잖아. 그렇지 문대문대?"

"그건 그렇지."

박문대는 가볍게 고개를 끄덕였다. 그리고 배세진도 호응했다.

"그래, 박문대가 그랬지…! 탐정 아니면 광대로 첫 투표가 나왔을 것 같다고."

"음, 예."

그러니까 분명 교환한 사람 중에 있다는 뜻이었다.

"아~ 그래도 이럴 수는 있겠다."

이세진이 씩 웃었다.

"중간 점검 전에 일찍 교환했던 사람이 그대로 가져갔을 수도 있겠어요."

"…!"

"그럼 래빈이 말대로 제물이지!"

그 순간이었다.

"아…!"

"…?"

선아현이 입을 틀어막았다.

'무슨 일이 일어나신 건가?'

김래빈이 선아현을 들여다보며 걱정하려던 찰나였다.

"나야."

"…??"

"내가… 문대에게, 제물을 넘긴 것 같아."

선아현이 허옇게 질린 얼굴로 말했다.

"나, 탐정이야……."

"……!!"

그리고 선아현은 몸을 곧게 폈다.

"그, 그런데, 문대는 학자가 아니야. 그러니까… 문대가 학자인 사람에게 제물 징표를, 넘겼다는 거야."

"……."

김래빈은 교환 목록을 확인했다. 중간 점검 이후, 박문대의 교환 건….

4. 차유진 ⟨→⟩ 박문대

"……!"

이게 진실이라면.

'설마.'

차유진이 제물이었다.

'문대 형님이 범인이고, 차유진이 제물, 학자다…!'

그러고 보니 차유진의 직업을 모른다는 걸 깨달은 김래빈은 주먹을 쥐며 생각했다.

'이게 맞으면… 행동해야 하는 건가?'
그는 아직도 '직업 능력'을 쓸 기회를 노리고 있었다!

―올바른 '범인'을 저격 시, 제물 대신 죽일 수 있습니다.

범인 저격.
그렇다. 김래빈의 직업은 '보안관'이었다. 게임이 끝나기 전에 범인을 찾아내면, 그는 범인을 저격할 수 있었다…!
'그러면 범인만 잡고, 제물이 된 멤버는 살릴 수 있어!'
본래 이 게임의 룰은 간단하다.

―참가자들은 카드 교환을 통해 서로 제물 징표를 넘길 수 있다.
―마지막으로 제물 징표를 넘긴 범인, 일명 검은 양이 누군지 올바르게 추리해 내면, 그 범인과 제물이 죽는다.
―추리해 내지 못하면 범인과 제물을 제외한 모두가 죽는다.

데스매치 팀전. 즉, 자동으로 범인과 제물 2명이 한 팀, 나머지 5명의 멤버들이 한 팀이 된다. 한쪽만 살아남을 수 있는 것이다.
하지만 보안관이 범인 저격에 성공한다면 이야기가 달라진다. 범인과 제물, 둘 모두가 죽는 것이 아니라 범인만이 대신 제물로 바쳐지며 게임이 끝났다. 즉, 제물도 살 수 있다!
최소한의 사망! 최고의 루트라고 볼 수 있었다.
단, 조건이 있긴 했다.

―보안관이 잘못된 '범인'을 저격 시, 그 무고한 사람은 즉시 번제됩니다.

만일 김래빈이 실수로 범인이 아닌 사람을 저격해도 저격당한 그 사람은 죽었다. 번제(燔祭), 즉, 저 관 모양 제단 위에서 불타 죽는 것이다. 그러니까, 한 번에 올바른 범인을 잡아내야만 했다.

'최선을 다하자!'

김래빈은 내심 주먹을 쥐었다. 그리고 그사이, 방 안의 상황은 충격과 혼란 속으로 더욱 빠져들고 있었다.

선아현의 폭로!

"네, 네가 탐정이라고?"

"…그리고 문대랑 카드 교환을 했을 때, 제물 징표가 넘어간 것 같다는 거지?"

"으응."

동명이인 세진이들은 추리 시작 후 처음으로 싸우지 않고 선아현에게 일제히 되묻기 시작했다. 그리고 둘 다 오묘한 표정이 되었다.

"그럼, 네 말이 맞다면…."

====================
1. 선아현 ⟨→⟩ 박문대
2. 차유진 ⟨→⟩ 류청우
[중간 점검]
3. 류청우 ⟨→⟩ 배세진

4. 차유진 ⟨─⟩ 박문대
====================

이 순서에 근거했을 때, 선아현과 교환한 이후, 박문대가 교환한 사람은… 마지막 4번.

4. 차유진 ⟨─⟩ 박문대

모두가 고개를 돌렸다.
"차유진."
카드 교환 종료 1시간 전. 현관 근처에서 코인을 새롭게 찾아냈던 차유진은 박문대와 몇 마디 대화를 나누더니 순식간에 그 자리에서 교환을 마쳤었다!
김래빈도 침을 삼켰다.
'정말로…?'
그러나 당사자, 차유진은…… 심드렁한 표정이었다.
"저 제물 아니에요. 왜냐하면 저 학자 아니에요."
"…!?"
"맹세할 수 있어요. I swear."
대단히 멀쩡했다. 멤버들은 약간 당황했다.
"그, 그럼 무슨 직업인데?"
"저는 의사예요."
"…?!"

거침없는 차유진의 말에 멤버들이 웅성거리기 시작했다.

"음, 문대가 의사가 아니라 장의사인 게 밝혀지자마자? 이거 타이밍이 좀 묘한데요~"

"문대 형 의사인지 몰랐어요! 저 그냥 조용하고 있었어요. 멤버들 말 관찰하고 답 알아내려고 했어요."

배세진이 신중히 물었다.

"증명할 수 있어?"

"아무도 자기 직업 증명할 수 있는 사람 없어요. 하지만 전 의사 맞아요! 혹시 여기서 의사인 사람 있다면 나와서 말해요."

"……."

"아무도 안 말해요. 이유 알아요. 왜냐하면, 의사는 저예요!"

차유진이 어깨를 으쓱했다. 그 당당함은 확실히 진짜 같았다…….

'정말인가?'

그렇다면 다시 추리해야 했다. 대체 누가 학자이며, 누가 범인이란 말인가. 김래빈이 어떻게든 다시 생각하려 했다. 그때, 박문대가 잠시 생각에 잠긴 것처럼 침묵하다가 곧 턱에 손을 대며 입을 열었다.

"…아현이 네가 탐정이라고 했잖아."

"……으응."

"그러면… 네가 탐정인 게 맞다고 봐도 다른 가능성도 있는데."

"어떤, 게…?"

"시청자 투표로 첫 제물이 된 게. 탐정이 아니라 광대일 수도 있지."

"…!!"

그렇다. 빙글빙글 돌아가는 제물 징표의 첫 스타트 지점이, 탐정이 아니라 광대라면?

"그렇다면…, 이런 생각이 든단 말이지."

박문대가 고개를 돌렸다.

"아직도 직업으로 거짓말하는 것 같은 수상한 사람 후보 중에, 카드 교환 기록이 있는 사람이 하나뿐이야."

그리고 그는 자연스럽게 해당 사람을 쳐다보았다. 배세진.

"…!!"

"형. 중간 점검 이후에 청우 형과 교환했었죠."

배세진이 눈을 크게 떴다.

"그리고 직업 중에 기자가 없는데, 김래빈이 기자라고 주장한다고 했죠? 하지만 김래빈은 카드 교환 기록이 없어요."

"……."

"형이 이세진은 변호사가 아니라 광대라고 주장했지만, 그 이세진도 교환 기록이 없기는 마찬가지고요."

그러니까, 지금 직업을 속 시원히 선점하지 못하고 논란이 있는 사람 중 카드를 교환한 기록이 있는 것은, 배세진뿐이었다!

'그럴 수가!'

김래빈이 입을 벌리며 배세진을 보았다.

"잠깐."

배세진은 최대한 침착한 어조로 대응했다.

"차유진이 자신감 있게 말할 뿐이지, 증거가 있는 건 아니잖아. 다른 사람이 의사인데 직업 미션 때문에 침묵 중일 수도 있어."

"으음."

"그리고… 그래! 차유진은 박문대 전에 류청우랑도 한번 카드를 교환했어. 그, 만약에 청우가 광대였고, 네 말대로 시청자 투표로 처음에 광대가 제물이었다면…."

류청우가 난감하단 표정으로 손을 들고 대답했다.

"음… 그래도 결국 마지막에 유진이가 문대와 카드를 교환했잖아. 그럼 제물 징표가 유진이에서 문대로 옮겨지는데?"

정확했다.

"그럼 문대가 제물이어야 하지만, 문대 직업은 학자가 아니라 장의사니까 불가능해."

"아."

결국 모순이었다. 최종 직업에서 불일치하니까.

'불가능해.'

김래빈이 침을 삼켰다.

"만약에 유진이가 광대라 처음에 제물 카드를 가지고 있었다고 해도 이상해. 카드 교환을 한 나를 거쳐서, 너에게 징표가 넘어가거든."

"……."

"세진아, 네가 학자야? 최종 제물인."

류청우의 물음에 배세진이 얼굴을 굳혔다.

"그럴 리가! 그리고 그 말대로면 네가 범인이라는 뜻이잖아! 마지막에 교환한 게 너니까!"

"응. 그러니까 그건 아니라는 거야. 그럼 같은 팀이니까, 우리가 서로를 이렇게 캐묻고 있을 리도 없지."

류청우가 침착하게 계속 말했다.

"그리고 세진아. 아까는 이세진이가 광대라고 계속 주장하지 않았어?"

"……."

맞는 말이었다. 배세진은 지금까지 변호사라는 직업을 두고, 서로가 광대라며 이세진과 박 터지게 싸우고 있었다…. 이제 와서 다른 사람을 광대라고 의심하긴 좀 그렇긴 했다.

결국 배세진은 침음했다.

"정말이지… 야 이세진! 직업을 솔직하게 밝혀! 추리가 안 되잖아!"

"…후! 형님 정말 연기 잘하시네요! 와~ 형이야말로 솔직히 말씀하시죠?"

"으이익!"

이세진 역시 이마에 핏줄이라도 솟을 것 같은 표정이었다. 그는 웃는 얼굴로 살벌하게 설명했다.

"애초에 형, 제가 광대라도 중간에 제물 징표를 넘기는 게 불가능하다니까요~ 저는 교환을 안 했잖아요."

"……."

그렇다. 카드 기록을 교환한 표에 없는 유이한 이름 중 하나가 바로 이세진이었다!

'나머지 하나는 나….'

김래빈이 침을 삼켰다. 이세진의 친절한 설명은 계속되었다.

"근데 지금 최종 제물 직업이 '학자'잖아요?"

투표로 뽑힐 가능성이 높은 탐정도 광대도 아니었다.

최종 제물의 직업은, 학자!

"시청자들이 탐정을 투표했든 광대를 투표했든 간에, 그 직업 가진 사람은 지금 제물이 아니죠? 카드 교환으로 증표를 넘기긴 했다는 뜻이에요."

"……"

"어떻게 돌고 돈 건지는 모르지만… 최종적으로 학자한테 가도록요."

이세진의 말은 논리적 허점이 하나도 없었다. 김래빈도 무심코 고개를 끄덕일 정도였다.

'그렇구나.'

그렇다면 정말로, 교환 기록이 없는 이세진 형과 자신은 무고한 것이다!

"그럼… 차유진이 학자고, 박문대가 차유진한테 넘긴 게 맞다는 거잖아!"

"저 학자 아니에요. 분명히 다른 가능성 있어요."

"그러니까 나도 범인 아니라고…"

"……"

침묵이 흘렀다. 누구도 거짓말을 하는 것 같지는 않았다.

심지어 박문대까지도 이렇게 말했다.

"……설마 처음부터 시청자분들이 학자를 뽑으셨나."

"제작진들이 뭔가 수를 썼다?"

"으음."

침음하는 멤버들은 이제 골이 다 아프다는 표정이었다. 직업이 엇갈려서 어떻게 해도 경우의 수가 들어맞지 않았기 때문이다. 하지만 김래빈은 직업에 대한 정보를 하나 더 확실히 알고 있었다.

누구도 모르는 하나의 정보. 바로 자신.

'내가 보안관이다!'

거기서부터 공백을 채우기 시작했다.

김래빈은 두 손을 모아쥐었다. 한 직업을 두고 싸운 동명이인, 그 두 사람은 각자 서로가 광대이며, 자신은 변호사라고 주장했다.

'어느 분이든 올바른 추리와 진실을 말씀하신 거라고 가정해 보자.'

그렇다면, 표는 간단히 완성할 수 있다. 그는 천천히, 모두의 증언을 기억해 내며 사람과 직업을 매치시켰다. 그렇게 소거법으로 지워가다 보면…

"……"

남은 것은 한 칸. 그는 깨달았다.

"…!"

김래빈은 심호흡을 했다. 그리고 한 사람의 이름을 불렀다.

남은 사람을.

"청우 형님."

"응?"

김래빈은 그에게로 고개를 돌리며, 자신이 만든 표를 떠올렸다.

멤버와 직업을 매치한 것이다.

```
====================
```
1. 류청우 – ?
2. 배세진 – 변호사 (or 광대)
3. 선아현 – 탐정
4. 이세진 – 변호사 (or 광대)
5. 박문대 – 장의사
6. 김래빈 – 보안관
7. 차유진 – 의사
```
====================
```

이렇게 채우면 결국 물음표는 하나. 그리고… 남는 직업도 하나.
거기에 넣으면, 이렇게 된다.

====================
1. 류청우 – 학자
====================

'아.'
이러면, 직업 증언에 모순이 없다!
처음으로 나온 모순 없는 직업 정보.
'여기서부터 추리를 시작해야 해!'
이제는 말해야 한다. 김래빈은 단호하게 입을 열었다.
"제가 보안관입니다."
"……."
"그러니까, 형께서 학자이십니다!"
"…!!"
"모든 직업 증언을 매치했습니다. 그리고… 남은 것은 형님뿐입니다."
김래빈은 자신이 만든 표를 열심히 설명했다. 멤버들이 대단히 집중해서 자신의 말을 듣는다는 것이 느껴졌다.
"…여기까지입니다!"
"……."
김래빈은 숨을 골랐다.

'믿어주실까?'

그가 간절한 눈으로 주변을 둘러보았다. 그리고… 박문대는 손을 들었다.

"잠깐, 배세진 형이나 이세진이 광대가 아닐 확률은?"

"그건……."

"나한테는 좀 부정확하게 느껴지는데. 증거가 없으니까."

그럴 수가. 김래빈이 충격을 받아 침울해지려던 찰나였다.

"잠깐."

"…!"

배세진이 눈을 가늘게 뜨며 끼어들었다.

"박문대, 너… 류청우를 감싸는 거 아니야? 그렇게 느껴지는데."

"예? 무슨 말씀인지……."

"마, 맞아."

"…!"

선아현도 침착하게 끼어들었다.

"원래 문대라면, 그래도 한번 생각해 보자고… 말했을 것 같아. 래빈이가 용기를 내서, 한 말이니까."

"음. 속이려는 걸 수도 있으니까."

"래빈이가…?"

"……."

모두가 침묵했다.

'어?'

김래빈은 약간 당황했지만, 배세진은 크게 고개를 끄덕였다.

"그래. 래빈이가 보안관이면, 무슨 미션이나 능력 때문에 직업을 기자로 속이려고 했던 거겠지. 오히려 이쪽이 나도 이해하기 편해."

"세진 형…."

"보안관은 그냥 듣기에도 좋은 직업 같잖아. 아마 경찰 같은 역할이라 숨기려고 했을 거야."

김래빈은 크게 감동을 받았다!

하지만 박문대는 덤덤했다.

"예. 저도 그래서 이게 맞으면 좋겠는데… 청우 형이 학자면, 교환 기록으로 봤을 때 범인은 바로 나오는데요."

"뭐…?"

"형이요."

"…!!"

3. 류청우 〈→〉 배세진

"청우 형 마지막 교환 기록이 배세진 형이거든요."

배세진의 얼굴이 창백하게 질렸다. 그리고 김래빈도 깨달았다.

'그러면 배세진 형께서 광대라고 가정한다면…'

광대 배세진이 처음에 제물이 됐고, 그것을 학자 류청우에게 넘겼다! 모든 것이 정확히 들어맞았다!

'마, 맙소사.'

그가 당혹스러움에 저격을 준비해야 할지 고민하던 순간이었다.

누군가 손을 들고 외쳤다.

"그거 이상해요!"

"…!"

차유진이었다. 녀석이 또박또박 말했다.

"그러면 배세진 형이 김래빈 이야기 반대했을 거예요. 들키면 안 되니까."

"……."

"그런데 세진 형은 믿자고 먼저 말했어요. 하지만 문대 형이 반대했어요. 그러니까 문대 형 더 수상해요."

"……."

"혹시 문대 형이 비밀로 카드 교환한 거 아니에요?"

"…!!"

아아!

'그래, 알리지 않고 몰래 숨어서 카드를 교환했다면…'

그렇게 생각해 보려던 김래빈은 곧 현실을 깨달았다.

'…어?'

그리고 작은 웃음소리가 들렸다. 박문대였다.

"불가능해."

"…!!"

"다들 아시겠지만, 현관문은 두 숙소의 정가운데에 있습니다. 교환하려는 사람들이 안 들키면서 접근하는 건 불가능하다는 뜻인데요."

그렇다. 현관문은 딱 정중앙에 있었다. 거기에 둘 이상의 사람이 접근한다면 어떻게든 목격된다! 차유진을 돌아보며, 박문대는 친절히 말을 덧붙였다.

"거기서 교환을 시도하려고 하면 눈에 띄어. 실제로 둘 이상 움직이면 다들 감시했잖아."

"…Umm."

거기에 박문대는 결정적인 증언을 했다.

"게다가 전 아예 현관문 쪽으로 간 적이 없는데요."

"뭐…?"

"중간 점검 이후로는 계속 제가 시작했던 숙소 쪽에 있었어요. 세진 형도 보셨잖아요."

그것 역시 맞다. 중간 점검 당시 각자 시작한 방에서 홀로 카드에 제물 징표가 있는지 확인한 이후.

−배세진, 박문대, 김래빈.

이 셋이 깨어났던 숙소. 박문대는 거기서 벗어나지 않고 계속 탐색을 진행한 것이다.

"…음, 왜 그랬는데?"

"혹시 화장실 귀신 없애는 방법 있나 해서."

죽은 사람과 소통할 수 있다는 장의사 능력이 혹시 거기 쓰는 건가, 싶었다는 박문대의 설명은 매끄러웠다.

"내 직업이 장의사니까 혹시 귀신이랑 대화할 수 있나 했어."

"헐."

그러니까 결론은 이렇다.

−박문대는 중간 점검 이후 현관문에 접근한 적이 없으며, 코인도 없다.

그러니까….

'문대 형님께서는, 교환을 시도한 적이 없다…!'

"결론적으로, 정황상 나는 카드 교환이 불가능한 사람이야."

"……."

"이걸로 제 결백은 다들 납득하셨을 거라고 생각합니다."

애초에 심증뿐이었지만요. 박문대는 그렇게 덧붙이며 어깨를 으쓱했다.

'…반박할 수 없다.'

김래빈은 옆을 쳐다보았다. 자신의 직업이 탐정이라고 밝힌 사람이 서 있었다. 충격을 받은 것처럼 눈을 크게 뜬 채였다.

'이럴 수가.'

김래빈은 일부러 격려하기 위해 허둥지둥 말을 걸었다.

"저, 아현 형. 그렇다면 역시 교환을 시도한 다른 사람들을 의심해야 하는 건…."

"아, 아니."

"…!!"

"가능해. 문대도…!"

선아현이 창백한 얼굴로 단호하게 중얼거렸다.

박문대는 동요 없이 되물었다.

"무슨 수로?"

"……."

"설마 무전기를 썼다, 뭐 그런 이야기할 건 아니겠지. 제작진이 바보도 아니고, 그렇게 불공정한 걸 추리하는 예능에 넣었을 리가 있냐."

선아현은 조용히 고개를 저었다. 그리고 발언했다.

"문대는… 현관에 갈 필요가 없어."

"…?"

"문대의 카드만 현관에 가면 돼…!"

"…아!!"

배세진이 순간 탄성을 내질렀다. 무슨 뜻인지 알아들은 것이다. 그리고 선아현은 또박또박 설명했다.

"교환하려는 사람이, 박문대의 카드도 들고 현관으로 가면 되는 거야…!"

"…!!"

"그래! 그리고 현관을 지나가는 척하면서 혼자 두 카드를 다 사용해서 빨리 교환하면 되는 거잖아!"

"아아아!"

순식간에 분위기가 달아올랐다. 김래빈도 얼굴을 붉히며 엄지를 치켜들었다.

"정확하신 말씀입니다!"

"고, 고마워…!"

두 사람이 직접 갈 필요가 없다, 그 허점을 찾아낸 선아현은 작게 미소 지었다.

그러나 박문대는… 고개를 끄덕였다.

"…?"

"그럴 수도 있겠다."

'이렇게 시인을 하신다고?'

물론 그럴 리는 없었다.

"그럼 누구든 다 그럴 수 있었겠어요."

"…!!"

"저 말고 아무나 상대에게 카드만 넘겨주면 가능한 방법 같은데요."

맞았다.

"……."

다시 침묵이 흘렀다. 이세진이 한숨을 참으며 물었다.

"…혹시 현관 근처에서 어슬렁거렸던 멤버들 누구인지 기억나는 분?"

"……."

여기서부터는 다시 오리무중이었다. 그리고 사실 누군가의 증언이 나온다고 하더라도 마찬가지였다.

누구나 거짓 증언을 할 수 있었다. 다들 심정적으로는 박문대가 범인이라고 의심하면서도, 더 이야기할 거리가 없다는 것을 인정하게 되는 것이다. 박문대는 반박에 아주 능했다.

'그랬구나.'

그래서 김래빈은 깨달았다.

'물적 증거가 없을 때는 더욱 보안관의 능력을 써야 해.'

그래야지만 범인 추리 중에 '나머지 5명 전멸'이라는, 혹시 모를 가장 큰 리스크를 피할 수 있는 것이다.

'보안관의 능력으로 한번 검증하는 거야.'

물론 리스크가 크긴 했다. 잘못된 범인을 저격하면 무고한 사람이 죽을 수도 있으니까. 그리고 사실…….

김래빈은 룰 설명 다음 줄을 기억해 냈다.

―보안관이 잘못된 '범인'을 저격 시, 그 무고한 사람은 즉시 번제됩니다.
―그리고 보안관도 함께 번제됩니다.

오인 사격을 한 경우, 보안관도 죽는다.
즉, 보안관의 탄환은… 자신의 목숨을 걸고 쏘는 것이었으나, 그래도 잘못된 범인을 지목해서 모두 다 죽는 것보다는 그편이 나을 것이다!
'이제 시도해 볼 때야.'
김래빈은 마음을 굳게 먹은 채, 손을 들었다.
"…?"
"김래빈?"
그는 외쳤다.
"보안관은 참가자 박문대를 저격합니다!"
"…!!"
그 직후.

지잉!

가운데 놓인 거대한 관에서 눈부신 빛 효과가 튀어나왔다.
"왁!"
"뭐, 뭐야?!"
플래시가 터지듯이 불빛이 터졌다. 그 빛은 마치 손전등이나 스포트라이트처럼 빙글빙글 멤버들을 따라 돌며 긴장감을 조성했다.
우우웅―

그러다가, 이윽고 룰렛처럼 한 사람에게 멈췄다.

-보안관은 참가자 박문대를 저격합니다!

박문대. 바로 자신이 저격한 당사자에게!
"……."
김래빈은 침을 삼켰다.
박문대는 무표정하게 관에서 쏘아져 나온 빛을 보았다.
숨 막히는 침묵이 방 안을 채웠다. 그리고.

[탕!]

"헉!"
거친 총소리가 울리고 몇몇 멤버들이 움찔거렸다.
스피커가 터지며, 기계음이 선고한다.

[성납.]
[범인은 장의사.]

"…!!"
"와아악!!"
박문대를 쏘던 불빛이 빨갛게 물들었다.

[보안관은 범인을 쏘았습니다.]

숨 쉬는 것도 잊어버렸다. 성공이었다…!
'그러니까…….'
박문대 형은 범인이 맞았다!
"허억."
김래빈은 발에 힘이 풀려서 넘어질 뻔했다.
"김래빈!"
"래빈아 방금 뭐 한 거야? 보안관 능력이야?"
"예……."
"대, 대단해…!"
순식간에 분위기가 흥분으로 밝아졌다.
"그! 이런 게 있었으면 그냥 게임 시작할 때 하나씩 쏴버리지!"
'그러다 실패하면 두 사람이 죽습니다만….'
얼굴이 벌게진 배세진에게 김래빈이 그렇게 설명하려던 찰나였다. 그보다 먼저 박문대가 피식 웃으며 어깨를 으쓱했다.
"예. 졌습니다. 래빈이 대단하네요."
"…!!"
"우리 중에 누구나 혼자서 카드 두 장 가지고 현관 가는 트릭 쓸 수 있는 건 맞는데요. 그걸 청우 형한테 부탁한 게 바로 저라서요. 추리 다 맞아요."
"허어어억!"
"저 형도 학자 맞을 거고요."

"이야, 대박!"

맙소사. 김래빈은 류청우를 돌아보았다. 그는 빙긋 웃고 있었다.

'대체 언제?'

그때, 박문대가 손을 들어서 래빈이의 뒷머리 근처를 툭툭 도닥였다.

"증거도 없었는데 용케 알았다, 잘했어."

"가, 감사합니다…."

"그러게, 이거 증거가 없어서 래빈이 직업 역할이 중요했네~ 대박이다."

몇몇 멤버는 일어난 일을 복기해 보다가 혀를 내둘렀다. 그러니까, 박문대는 사실상 아무 직업 능력을 쓰지 않고 머리만을 써서 증명 못 할 트릭을 만든 것이다. 그걸 정확히 잡아낸 선아현도 놀라울 뿐이었다.

"아현이가 탐정 역할을 잘했죠."

"아, 아냐…."

선아현은 칭찬에 잠시 기쁜 표정이 될 듯했으나, 곧 얼굴이 가라앉았다.

"저기, 문대야. 미안해… 내가, 문대에게 제물 징표를 넘겨서."

"너도 몰랐을 텐데 뭐."

"그렇지만. 이유는 있었어…."

"…?"

선아현은 잠시 머뭇거리다가 대답했다.

"탐정은… 카드를 교환하면, 상대의 직업을 알 수 있거든."

"…!"

"그래서, 문대에게 내 직업을 알려주기 전에, 어떤 직업을 가졌는지 확인해 보려고 했어……."

'아아!'

그렇구나! 아현 형께서는 문대 형과 동맹을 맺고 싶은 마음에 사전 점검을 하셨던 것이다. 김래빈은 깨달음에 고개를 끄덕였다.

그리고 당사자, 박문대도 고개를 끄덕였다.

"그런데 갑자기 장의사가 떴구나."

"……."

"……으응."

거기서부터 난장판이 됐던 것이다. 박문대는 짧게 논평했다.

"나라도 나부터 의심했겠어."

"으하하!"

멤버들이 빵 터졌다.

분위기가 한결 더 가벼워졌다. 마치 게임이 끝나기라도 한 듯이 이래 저래 말이 오갔다.

"형 멋졌어요!"

"그런데 너희… 대체 언제 교환한 건데??"

"그건 방송으로 확인해 주세요."

"하하."

류청우가 겸연쩍게 웃었다. 배세진의 얼굴이 붉으락푸르락해졌다.

"아니, 그리고 넌 대체 왜 박문대랑 교환을 한 거야! 몰래 해달라니, 누가 봐도 수상쩍은 요구였는데!"

"그것도 방송으로 부탁할게."

"윽."

"저희도 형이랑 이세진 중에 누가 변호사가 맞는지 방송으로 볼게요."

"아니, 뭘 기다려… 나야!"

"이야~ 형님, 끝까지 버티시는 거예요?"

"야!"

배세진은 씩씩거렸지만, 그렇게 기분이 나쁜 것 같지는 않았다. 결국 헛웃음을 지었기 때문이다.

"그래, 어쨌든… 성공했으니까!"

"예."

잡은 범인 앞에서 그런 말 해도 되는지 모르겠지만 말이다.

어쨌든 분위기가 더욱 부드러워지며, 긴장감이 누그러지는 순간이었다.

갑자기 방의 조명이 꺼졌다.

"…!"

그리고 촛불들이 하나둘 다시 켜졌다.

검붉은색 불빛. 그리고 사정없이 깜빡이기 시작했다.

"이건 또 뭐야?!"

"아 분위기 정말!"

스피커에서 음산한 목소리가 흘러나오기 시작했다.

[범인, 검은 양인 상의사를 변세하세요.]

"……!"

검붉게 변한 LED 촛불의 불빛이 오싹한 분위기를 조성하는 가운데, 스피커에서도 음질 낮은 현악기 합주 소리가 흘러나오기 시작했다. 놀이공원의 테마곡 같은 오케스트라 소리.

[범인, 검은 양인 장의사를 번제하세요.]
[범인, 검은 양인 장의사를 번제하세요.]
[100초 남았습니다.]

김래빈은 심장이 덜컥했다.

이야, 분위기 한번 죽인다.
'아트팀 고생했겠어.'
자본 맛이 느껴졌다. 나는 제대로 공포 분위기 조성하는 방 안을 둘러봤다. 다들 표정이 별로군.
'난 퇴근한다.'
다들 고생하시고.
"그럼 저는 가보겠습니다. 여러분, 끝까지 잘 살아남으시고요."
"그, 그게······."
류청우가 손을 들었다.
"아, 그럼 나도?"
"아, 아닙니다!"
"…?"
왜 아니냐?
"제가 문대 형을 저격한 이유는 제물이신 분을 살리려는 의도도 있었습니다!"

김래빈은 보안관이 범인을 맞추면 제물은 살아난다는 소리를 열심히 말하기 시작했다.

'한마디로 제물 대신 범인을 이 사이비 제단에다 때려 넣는 거네.'

보안관, 정말 가성비가 죽여주는 직업이었다. 밸런스 붕괴 아닌가 싶었는데, 설명 계속 들어보니 이거 범인 잘못 지목하면 김래빈도 터질 뻔했더라. 뭐, 양심적으로는 그 꼴 안 나서 다행이긴 했다만….

'추리 실패해서 다른 놈 쏴도 재밌었겠는데.'

아니, 예능으론 그렇다. 게임 초반에 갑자기 영문도 모르고 둘 다 죽은 걸 발견하면 그런 꿀잼이 없었을 것이다. 물론 그럼 추리고 나발이고 완전 대혼란 개판 예능이 됐긴 했겠다만, 그것도 대중적인 수요가 있지.

'더 과감한 놈을 줘도 됐겠는데.'

나는 배세진에게 보안관이 가도록 조작하지 않은 제작진에게 혀를 찼다. 뭐, 덕분에 이렇게 되긴 했지만 말이다.

'흐음.'

나는 붉은 불빛이 불길하게 흐르는 관짝을 손으로 몇 번 두드렸다. 탕탕!

"그럼 저 어떻게 제물이 되는 건가요."

"어우 섬뜩해."

그러자 그 추임새에 맞추듯이… 관이 자동으로 열렸다.

끼이이익.

"악!"

안은….

"엄마야."

"아니… 여기에 사람을 넣으라고?"
피가 말라붙은 것처럼 처참한 몰골의 목재다.

[60초 남았습니다.]

그 소리와 함께 BGM이 더 기괴해졌다. 원래 둘이 들어가야 하니 시시덕거리며 별로 무서울 것도 없었겠다만, 일이 이렇게 돼서 나 혼자 들어가게 됐군. 그래서인지 주변 반응이 좀 달라졌다.
"아… 이거 생각보다 너무 리얼한데요?"
"으응, 문대, 무서운 거 힘들어할 텐데…."
"됐어. 이거 가지고 무슨."
진짜 시체가 있는 것도 아닌데 뭘 호들갑을 떠냐.
'식용 색소 몸에 다 묻겠군.'
"들어가 보겠습니다."
나는 관 안으로 들어갔다. 생각보다 그렇게 찐득거리진 않았다.
'저기 적외선 카메라도 보이고.'
뭐, 이 정도라면야.
"이거 이제 닫힐 것 같은데… 문대문대 진짜 괜찮겠어?"
"오냐."
대체 사람을 무슨 쫄보로 보는 거냐. 이 좁은 공간에서 뭐가 튀어나올 리도 없다. 눈 뜨고 그냥 있어도 되겠지. 나는 주먹을 쥔 채로 고개를 끄덕였고 곧 관 뚜껑이 닫혔다.
투툭- 쿵. 묵직한 소리와 함께 주변이 어두워졌다. 하지만 밖의 소리는 잘만 들렸다.

'방음 안 되는 건 차라리 좋군.'

나는 꼭 그 자리에서 눈만 감고 있는 것처럼 바깥의 상황을 파악했다. 일단 스피커에서 나오는 그 괴상한 기계음.

[제단 위에 촛불을 올리십시오.]

"뭐??"
"여기 촛불들을 가져가면 되는 것 같습니다! 앗!"
우왕좌왕하는 소리와 함께, 관이 살짝 울렸다. 아무래도 멤버들이 그 괴상하고 시뻘건 LED 촛불들을 관 뚜껑 위에 올리는 모양이었다.
'가지가지 시키는군.'
나는 팔짱을 꼈다.
"뭐야. 그냥 올리면 되는 거야?"
"아, 여기 동그라미 무늬들이 촛불 받침대 모양이랑 똑같은데요?"
"음, 그럼 거기다가 올려보자."
"OK! 우리 촛불 7개 필요해요!"
곧 몇 번의 진동과 옮기는 소리, 발소리가 관 밖에서 들렸다.
"이렇게 하는 게 맞는 건가?"
그리고 짧은 정적 후.

[번제!]

"으악."

갑자기 스피커에서 여러 사람이 함께 말하는 것 같은 음울한 외침이 들리고, 바람 소리가 휘몰아치기 시작했다.

그리고 주변이 더 소란스러워졌다.

"악!"

"Oh my…! What the!"

'화장실 귀신이 탈출이라도 했냐.'

차라리 이 관짝에 들어온 게 꿀이었군. 내가 고개를 끄덕일 순간이었다.

위잉-

"…?"

가까운 곳에서 진동과 함께 작은 소리가 울렸다. 흡사 엔진이나 장치가 작동하는 소리. ……바로 내 머리맡이다.

"……."

뭐야. 나는 고개를 돌렸다. 하지만 새카만 어둠 속에서 보이는 것은 없었다.

'그렇다면.'

나는 손을 뻗어서, 소리가 들리는 곳으로 향했다. 손끝에서 진득한 색소와 목재의 느낌이 더듬더듬 느껴지고, 옆으로 슬슬 이동하는 그때.

달칵.

"…!!"

'잠깐. 버튼 같은 걸 누른 것 같…'

그 순간이었다.

"으아아악!"

"이거 뭐야!?"

밖에서 또 격한 반응이 들리기 시작했다. 그리고 나도 이를 악물었다.

'이 미친 제작진이!'

관이 흔들리고 있었다!

'뭐야.'

그리고, 2초 후. 내가 누워 있던 관짝의 바닥이 엘리베이터처럼 아래로 움직이기 시작했다.

"…?!"

어디로 가는 거지?

테스타의 데스 서바이벌 게임.

-돌았다

예고편이 나오자마자 팬들은 흥분했다. 무차별 추리 생존 예능! 누가 봐도 공포 분위기가 서늘해서 더욱 사람들의 상상력을 부추기는 것이다.

-와 무슨 내용이지 사이비 종교? 느낌인데

-응응 아직 날씨 개더움 무서운 거 보기 딱 좋아ㅋㅋㅋㅋ

-투표 결과 본방에서야 볼 수 있는 거야?ㅠㅠ 2주 어떻게 기다려...

그리고 그 반응에 호응하듯, 한나절이 채 지나기도 전에 새로운 영상이 떴다.

-새 예고편 떴다 (링크)

바로 멤버들의 놀란 표정과 당황한 리액션, 그리고 미친 듯이 난무하는 온갖 효과가 짧은 컷 신들로 지나가는 예고편이었다.
컨셉이 확실한 흥미진진함, 스릴!

[여러분이 받은 첫 제물 징표는 후원자들의 투표로 결정된 것입니다.]
[배세진 : 후원자…?]
[여러분을 사랑하는 팬분들의 투표 결과,]

게다가 바로 한나절 전에 자신들이 투표한 내용이 예고편에 나오기까지 하는 것 아닌가!

-아 미치겠어
-진짜 우리가 투표한 애가 죽나 봐 헐ㅠㅠ

그렇게 몰입한 사람들이 손에 땀을 쥐었고, 급하게 초과 근무를 하며 만든 짧은 예고편은 거대한 자막과 함께 끝났다.

[Coming soon]

본방송 시간 알림과 함께 뜬 그 자막에 팬들은 다시 비명을 질렀다.

[본격 데스 서바이벌]
[테스타 멤버들은 과연 몇 명이나 살아남을 것인가!]

-아악
-와 스케일 봐
-애들 표정 진짜 찐으로 과몰입한 듯 벌써 꿀잼임

이런 것을 좋아하는 팬들은 도파민 자극에 어쩔 줄 몰라 하며 댓글을 미친 듯이 달았다.
그리고 일주일 후.

-문대 선공개 왔어!!

테스타 멤버별로 하나씩 공개되던 티저가 드디어 박문대의 차례까지 왔다.

-아 나 이 비지엠 외우겠음
-심장 뛴다

-ㅠㅠㅠㅠ문대 머리 쓰는 거 보고 싶었어 아 너무 좋아

지금까지 긴장감 넘치는 장르 예능의 모습을 소개하는 전략적 이미지의 티저가 나왔기에, 박문대의 팬들 역시 그런 모습을 기대하며 영상을 클릭했으나…… 3초 만에 갑자기 웅장한 영상 BGM이 사라지며 화면이 뿅 바뀐다.

-??

어딘가 뚱땅거리는, 어설퍼서 웃기지만 소울풀한 단독 리코더 BGM과 함께 등장한 인물. 바로 침대에서 자신의 프로필을 열어보는 박문대였다. 내레이션이 깔렸다.

[박문대 : 의사는 좋은 직업이죠.]
[박문대 : 멤버들을 살릴 수 있을 것 같아요.]

-아 문대 의사인가보다
-어 잠깐만 유진이도 의사라며?
  ㄴ?? 뭐임? 찐임?

사람들은 어리둥절했다!
하지만 진지한 얼굴로 프로필을 정독하던 박문대는, 다다음쯤으로 페이지를 넘기는 순간 멈칫했다.

[?]

그는 뒷장을 보다가, 곧 맨 앞장으로 다시 훌쩍 넘기며 서류를 다급히 획획 앞뒤로 확인했다. 그리고 헛웃음을 터뜨렸다.

[허…….]

그 박문대의 위로 어마어마한 크기의 느낌표가 뜨더니, 프로필의 맨 앞장을 비춰준다.

[당신의 직업은 의사입니다.]

그리고 뒷장.

[이제 앞에 수식어를 하나 붙여주세요.]
[장]

-???

[당신은 장의사입니다.]

갑작스러운 개드립이었다. 화면 속 박문대가 이마를 짚었다.

-ㅋㅋㅋㅋㅋㅋㅋㅋㅋㅋㅋㅋㅋㅋㅋ
-왜 박문대만 확신의 예능임
-아니 문댕댕ㅋㅋㅋㅋ또 티벳됨ㅋㅋ
-사기 아님 테스타도 스타니까 장의사도 의사네 말 되네
 └미친놈ㅋㅋㅋㅋㅋㅋㅋㅋㅋ

[박문대 : 그때 알았습니다.]
[박문대 : 믿었는데, 내가 이렇게 또 속았구나.]

 인터뷰 컷이 삽입되었다. 허공을 보는 박문대의 뒤로 지금까지 테스타 자체 예능에서 속은 박문대의 모습이 반투명하게 지나갔다….

-ㅋㅋㅋㅋㅋㅋㅋㅋㅋㅋ

 지능 캐릭터라서 더 웃겼다. 애절한 리코더가 심금을 울렸다.
 그리고.

[박문대 : 이렇게 또 낚이다니.]
[박문대 : 억울해서 안 되겠어요.]
[박문대 : 저도 낚아야겠습니다.]

 박문대는 급발진을 선택했다.

-….???
-이게 뭐임

그리고 첫 소개의 장면. 박문대는 당당히 말했다.

[저는 의사입니다.]
[박문대 : 그렇게 됐습니다.]

-???ㅋㅋㅋㅋㅋㅋㅋㅋㅋ
-미친놈아

그렇게 박문대의 대환장 의사 트롤이 시작되었다. 적어도 사람들 눈에는, 그렇게 보였다.
혼자 확신의 개그 캐릭터로 포지셔닝한 박문대가 막판에 범인으로 밝혀지며 시청자들이 배신감에 비명을 지르기까지 딱 일주일이 남은 때였다.

테스타의 데스 게임 서바이벌, 〈LAMB〉.
대망의 본방송.

[본 프로그램에 등장하는 인물, 제품 및 단체는 실제와 무관한 것으로 허구임을 밝힙니다.]

굉장히 의미심장한 문구로 일단 분위기를 조성하며 프로그램이 시작되었다. 그리고.

[배세진 : 여긴 대체… 우리 숙소 맞아?]

테스타의 이전 숙소와 똑같은 게임장에서 멤버들이 하나씩 눈을 떴다. 당연하지만, 비록 세트장이 스산하긴 해도 1군 아이돌의 숙소를 지극히 유사하게 재현했다는 것 또한 셀링 포인트다.

-오
-미친 진짜 테스타 숙소임?
-신기하다
-공포 예능으로 집 공개 실화냐ㅋㅋ

이미 테스타가 다른 곳으로 이사를 간 상태여서 사생활 침해의 부담도 없는 만큼 팬들의 흥미는 거리낌 없이 치솟았다. 그리고 이 배경은 멤버들의 입장이 되어 몰입하기도 좋은 장치였다.

[김래빈 : …불이 들어오지 않습니다.]

-아 벌써 무서워

-갑자기 이전 숙소에서 눈 뜨면 진짜 놀라긴 할 듯

-애들 찐으로 섬뜩해하는 것 같은데?

메인 작가인 류서린의 계획이었다.

'이런 프로그램은 사람들이 프로그램 등장인물들의 심정을 딱 알게 만들면서 시작해야 해.'

이토록 서사와 몰입할 인물 시점을 중요시하는 류서린이 메인 작가인 만큼, 편집점도 비슷했다. 우선 세 사람의 사정을 대놓고 보여준 것이다.

'여기에 몰입하라는 신호야.'

첫 번째는 변호사가 걸린 배세진.

[배세진 : '당신의 직업은 변호사입니다.']

[배세진 : 그리고 직업 미션… '3인 이상이 내 직업과 능력을 믿게 만든다.']

여기서 배세진은 주인공의 역할처럼 나왔다. 애초에 변호사라는 캐릭터가 어떤 직업이 있는지 다 알고 있는 만큼, 시청자들도 배세진만큼의 정보량을 알고 있었기 때문이다.

[배세진 : 나는 변호사고… 어떤 직업이 있는지 알고 있어.]
[선아현 : !!]

시청자들은 미션을 수행하는 배세진의 입장에서 멤버들을 믿거나 의심했다.

-헐 김래빈 왜 기자라고 해? 직업 목록에 기자 없잖아
-찜찜하다;
-지금 몇 명한테 말했지? 문대 다음에 아현이하고 지금 청우?
 ㄴ아현이는 좀 쎄하다...

그렇게 시청자들의 의심 방향을 자연스럽게 조정하는 것이다.
그리고 배세진의 시점 사이, 지루할 때쯤 두 번째 인물의 시점이 등장한다. 바로 의사, 차유진이다.

[배세진 : 얘들아!]

다른 숙소 팀과 현관에서 극적으로 조우한 직후, 그 숙소에서 4명이 어떻게 진행했는지를 차유진을 통해 서술했다.

-와 현관 여니까 탈출이 아니라 똑같은 숙소 나오는 거 개무서움...이라고 쓰고 있는데 잠깐 이쪽 숙소 폭격 맞음? 왜 이랰ㅋㅋㅋ
-아주 숙소를 갈아 엎어놨네
-유진이 의사라는 게 혹시 적을 분쇄해서 환자를 안 만든다는 뜻임?
 ㄴㅋㅋㅋㅋㅋ쿼터백 유진 차의 진기명기 문 부수기!

-야 어떻게 팀을 짜도 이렇게 나누냐 배문랩을 묶어놓고 얘네 넷을 묶으면 밸붕이자나 탐색력 실화냐곸ㅋㅋㅋ

그리고 차유진의 역할은 하나 더 있었다.

-유진이 가짜 의사 만났을 때 반응 궁금ㅋㅋㅋ

그렇다. 제작진이 시청자들에게 그의 직업을 처음부터 알려준 마지막 멤버.

[박문대(장의사) ← 의사 사칭 중]

…장의사가 걸렸으면서 의사로 사기 치고 다니는 박문대. 의사 차유진을 대놓고 드러냄으로써 가짜와 진짜의 관계성도 한번 선명히 조명한 것이다.

물론 철저히 유머 편집을 받았다.

-ㅋㅋㅋㅋㅋㅋㅋㅋㅋㅋ
-트롤링 미쳤냐

박문대가 온갖 사람들에게 의사 드립을 쳐놓고는, 진짜 의사인 차유진이 운도 좋게 절묘히 말 안 하고 넘어가는 것은 사람들의 폭소를 불러일으켰다. 마치 무겁고 집요한 분위기를 훅 환기하는 역할처럼 보였다.

[박문대 : 저는 의사인데요.]
[류청우 : 음, 그렇구나.]
[차유진 ← 못 들었다!]

대화를 나누는 둘의 옆을 쓱 지나가는 차유진에게 '← 못 들었다!' 자막이 붙어서 둥둥 떠다니는 것은 긴장감 넘치는 장르 예능의 한 줄기 개그였다.

-ㅋㅋㅋㅋㅋㅋㅋㅋㅋㅋㅋ
-야 차유진한테 언제 걸릴지 궁금ㅋㅋ
-아 이걸 피하네ㅋㅋㅋ

'문대 귀여워!'
여기, 동시 공개된 1, 2화를 시청하지 못하고 위튜브로 간신히 진도를 따라잡는 중인 대학원생도 그렇게 보고 있었다. 물론 본방을 못 본 것은, 척척석사가 아닌 척척박사가 되기 위해 열심히 랩실에서 썩고 있었기 때문이다…….
'후, 내년에는 논문 심사 통과해서 꼭 취직해야지!'
그래서 그 돈으로 테스타의 월드 투어를 따라다니며 세계 여행을 해 보는 것이 그녀의 목표였다. 하지만 일단은 지금 이 꿈 같은 주말에 테스타의 컨텐츠를 시청하는 것만으로도 기분이 좋았다. 그녀는 침대를 한 번 뒹굴었다.

'이런 장르…? 예능은 또 처음 보긴 하는데.'

그나마 제작진이 직업과 교환을 딱딱 그림으로 표기해 줘서 이해하기가 좀 수월했다. …시뻘건 양 두개골이 뜨는 게 좀 무섭긴 했지만 말이다.

[※현관문 기기로 '카드 교환' 시※]
[※각자의 직업은 그대로, 제물 징표만 상대에게 이동※]

'아, 그러니까 시청자가 뽑은 사람이 바로 탈락하는 게 아니라, 카드 교환? 저걸 통해서 서로 넘길 수 있는 거네.'

그녀는 대충 깨닫고 고개를 끄덕였다. 결국 교환하면서 제물이 막 바뀌다가 마지막에 걸리는 사람이 죽는 거였다.

물론 궁금한 건 이거였다.

'그래서 대체 시청자들은 어떤 직업을 뽑은 걸까?'

놀랍게도 그 질문을 하기가 무섭게, 컷이 삽입되었다.

[여기서 잠깐]

"…??"

[시청자분들에게만 특별 사전 공개!]
[여러분이 사전 투표한 제물의 직업은 바로……]

"어어어?"

화면에 거대한 글씨가 쿵 떴다.

[탐정 – 20,347표]

"헉!"
대학원생은 순간 당황했다.
'이렇게 알려줘도 되나?'
아니, 그보다 탐정이 대체 누구지?
"어, 일단 문대는 장의사, 유진이는 의사, 배세진이는 변호사니까 제외하면…"
다른 네 멤버 중에 하나였다!

[탐정 후보 : 류청우, 선아현, 이세진, 김래빈]
[과연 누가 탐정인가?]

거기까지 아예 사분할 얼굴 컷을 만들어서 보여준 제작진에게 고개를 끄덕이는 순간이었다.
"…?"
화면은 또 전환되었다.

[※정답 발표※]

어어?

[류청우 : 그렇구나. 아현이가 탐정이네.]
[류청우 : 그리고 시청자분들은 탐정을 뽑았고.]

"…??"
바로 중간 점검 시기.
자신의 태블릿을 읽고 있는 류청우의 장면으로.

[탐정 : 선아현 / ※투표 1위※]

그리고 류청우의 프로필 서류가 교차 편집으로 들어온다.
"…!"

[학자]
[학자는 제물로 뽑힌 첫 직업과 그 직업을 가진 참가자의 정보를 알 수 있습니다.]
[단, 학자는 자신의 직업과 능력에 대하여 말할 수 없습니다.]

그렇다. 학자 류청우. 그는 직업 능력으로 중간 점검 때 이미 선아현이 탐정인 것과 그가 제물로 뽑힌 것을 알고 있던 것이다.

[류청우 : 그럼 아현이랑 카드 교환한 문대가 지금 제물이구나.]

그리고 박문대에게 그 제물 징표가 넘어간 것까지! 류청우는 전부 아는 것이다. 그 화끈한 루트에 사람들이 흥분했다!

-와 미쳤다.
-류청우 다아는데 말을 못 하네 와씨ㅋㅋㅋ
-이러면 청우가 무조건 재판에서 캐리해야하는데 청우 말을 애들이 믿어줄지가 관건이다
　└그치 어떻게 알았는지는 말 못하니까ㅋㅋ
-아무튼 추리임 내가 추리해냄 무조건 내가 맞음 이러고 우겨야 하나?
　└ㅋㅋㅋㅋㅋㅋㅋㅋㅋㅋㅋㅋㅋ

사람들은 류청우의 고난과 하드 캐리를 예상하며 흥미진진하게 팝콘을 씹었다. 그리고 중간 점검이 끝난 이후.

[박문대 : 유진아 너 골드 또 찾았냐.]
[차유진 : Yeap!]
[박문대 : 음… 종료까지 얼마 안 남았는데, 혹시 안 쓰면 없어지는 건가.]
[차유진 : 우우….]

박문대가 나오며 또 묘한 개그 분위기를 자아냈다. 그는 차유진을 '골드 지금 안 쓰면 없어질 듯'이라는 추측을 기정사실화 하여 살살 구슬려, 그에게서 카드 교환 제안을 이끌어낸 것이다.

[차유진 : 그럼 형 저랑 교환해요?]
[박문대 : 음… 너 아닌 거 확실하냐.]
[차유진 : Yes!]
[박문대 : …좋아. 그럼 믿고 하는 거야.]
[ㅋㅋㅋㅋㅋㅋㅋㅋㅋㅋㅋㅋ]

가짜 의사가 진짜 의사를 낚았다! 폭탄 떠넘기기 성공!

-ㅋㅋㅋㅋㅋ
-잘 가라 차유진!
-장의사가 진짜 의사한테까지 사기를 치고 있네
-아 박문대 이 치사한 댕댕이가 카드 교환에 차유진 돈까지 썼엌ㅋㅋㅋㅋ

그러나.

[교환 종료]
[현재 제물 징표를 가진 직업]
[※학자※]

-???
-뭐임 이게
-왜 청우가 제물;;;

학자, 류청우가 제물인 것이 밝혀지고 다시 시청자 불판은 아수라장이 되었다.

-뭐냐고
-잠깐 마지막에 청우랑 교환한 거 누구였지?
  ㄴ배세진
  ㄴ...? 배세진 변호사잖아 뭐야
  ㄴㅇㅇ청우랑만 교환했을텐데;;;

그리고 그 대혼란 속에서 멤버들은 제물을 마지막으로 떠넘긴 사람, '검은 양'을 찾아내기 위해 서로를 의심하며 본격적인 추리 양상에 접어들었다.
시청자들도 추리 중이긴 마찬가지였다.

-그럼 배세진이 검은 양인가? 마지막에 청우가 배세진이랑 교환했잖아
  ㄴ확신ㄴㄴ 그냥 교환 몇 개 우리 안 보여준 걸 수도 있음 테스타 예능에서 반전 한두 번 보나
-아니 애초에 박문대가 차유진한테 넘겼는데 왜 그게 갑자기 류청우한테 있냐고 뭐야

그때였다.

[배세진 : 잠깐! 먼저 말할 게 있는데.]

제단을 둘러싸고 추리를 시작하려던 멤버들 사이, 배세진이 자신의 직업을 밝히며 열심히 서론을 풀기 시작했다.

-그렇지 지금 다 알려주자
-미션 잘하네ㅋㅋ
-세진이 변호사 직업 미션 추리에 도움 됨ㅇㅇ 굿보이 굿보이

시청자들도 몇 번이나 봤던 일이기에, 확 조이던 긴장감을 약간 풀며 마음을 가다듬을 때였다.
이세진이 난입했다.

[이세진 : 이상하다. 제가 변호사거든요?]

-예??
-이제 나도 모르겠다 테스타 놈들아
-박문대만 속이는 게 아니네 이세진도 속이네
-세진아ㅋㅋㅋㅋㅋㅋㅋ

이세진의 트롤링이라고 믿은 사람들이 다 뒤집어졌을 때였다. 진지한 얼굴의 배세진이 돌연 클로즈업되었다.
그리고 인터뷰가 삽입된다.

[배세진 : 이세진이 자기가 변호사라고 했을 때.]
[배세진 : 그때 알았어요.]

-?
-뭐뭘 알아
-세진아?

[배세진 : 제가 제 직업을 착각했을 수도 있겠구나.]

-??

[배세진 : 제가 직업별로 어떤 특징이 있는지도 약간 알고 있었거든요. 근데….]

자신 프로필 서류를 유심히 읽는 배세진의 모습이 회상 처리된다. 그리고 서류가 클로즈업되었다. 직업별 정보 파트에서, 한 직업에 스포트라이트 편집.

─광대 : 타인의 직업을 흉내 냄

[배세진 : 이거 나다.]

"…!"

[배세진 : 이세진 이야기를 들어보면서 생각하니까, 제 능력이 변호사라기엔… 좀 과한 것 같아서.]
[배세진 : 내가… 지금 변호사라고 착각하고 있는 것 같다.]
[배세진 : 그러면, 착각했으니까 자동으로 변호사를 흉내 내는 거죠.]

현장에서는 배세진이 이세진에게 발끈해서 반박하며 '자신이 변호사라고 답답해하는 컷이 자연스럽게 지나갔지만… 그 뒤로 내레이션이 겹쳤다.

[배세진 : 증거는 없지만, 예. 제가 광대인 것 같긴 했어요.]

-미미미미친
-으악

사람들은 모두 경악했다.

-이게 바로 천재 아역 배우 출신의 연기력ㅋㅋㅋ
-지렸다 진짜
-아 미친 거 아니야?? 배세진 미쳤나 봐

그 와중에도 배세진은 화면 속에서 신들린 듯이 결백한 변호사임을 주장하고 있었다.

-그럼 이세진이 찐 변호사임?
ㄴ일단 배세진은 그렇게 믿으면서도 저러고 있는 거임ㅋㅋㅋ
ㄴ돌았네
-와 다 아는 데도 배세진 진짜 억울해 보여ㅋㅋ

연기자의 저력이었다. 그 충격 속에서 방송은 새로운 동력을 얻고 쭉쭉 나갔다. '또 누가 뒤통수를 때릴지도 모른다!'라는 심리!
그리고 추리와 추리 끝에, 마침내 범인의 트릭이 드러나는 순간이 시청자들의 뒤통수를 제일 아프게 만들었다. 바로… 그게 박문대였기 때문이다.

[예. 졌습니다. 래빈이 대단하네요.]

시종일관 유머성 트롤링을 하는 것 같던 장의사가!

-미치겠다…
-이러려고 웃겼구나
-우릴 방심시키고 이런 극악무도한 짓을

기력을 다 소모한 시청자들은 이제 웃지도 못했다.

-막판에 문대가 유진하고 교환한 것도 페이크였나봐 추리할 때 제물 왔다 갔다 하는 동선 더 헷갈리게 하려고
　└ㅋㅋ대박이다 진짜
-와 그럼 류청우도 일부러 헷갈리게 하려고 배세진이랑 먼저 교환하고, 그다음에 박문대한테 제물 폭탄 받은 건가?
　└아니뭐하러자기가제물이되려고하겠어ㅋㅋㅋㅋ이쪽은그냥속은거아닐까?
　└어떻게 속으면 자기가 직접 혼자서 카드 두 장 다 가져간다는 트릭까지 해주냐 협조한 건 맞는 것 같은데...

그리고 과몰입한 팬들은 미친 듯이 또 장문의 추측을 쏟아내기 시작했다.
그때였다. 내레이션이 깔렸다.

[박문대 : 잘 된 것 같아요.]

-??
-들컸는데 무슨 소리임

박문대의 인터뷰가 삽입되더니 갑자기 장면이 멈췄다. 그리고, 필름이 돌아가는 효과와 함께 갑자기 화면이 바뀐다.

[◀◀◀]
[촬영 시작 시점, 박문대의 방]

되돌아간 장면에서는 자신의 프로필을 읽고 있는 박문대의 모습이 보였다. 박문대는 고개를 갸웃했다.

[박문대 : 범인?]

그리고, 시청자에게 보여주지 않은 프로필의 장의사 백스토리가 클로즈업되었다.

[장의사는 이 사건의 '범인'입니다.]

-범인?
-범인이 그 검은 양 아님? 마지막에 제물 폭탄 넘긴 사람?
　ㄴ그건 게임하면서 정해지는 거잖아 왜 시작할 때 장의사가 범인이라고 하는 거야

시청자의 멘붕 속에서 또 컷이 바뀐다. 이번에는 중간 점검 당시.

[당신의 카드는 '제물 징표'입니다.]
[현재 어린 양 : 박문대]

자신이 선아현으로부터 제물 폭탄을 받았다는 것을 깨달은 박문대에게, 태블릿은 새로운 설명문을 더 보여줬었다. 더 원활한 게임을 위해 중

간 점검 당시에 제물 폭탄을 떠맡고 있는 직업에게만 보여주는 경고문.

 [주의점]
 [무고한 사람을 제물로 만든 자는 '검은 양'이 된다.]
 [검은 양은 죗값을 치를 수도 있다.]

 인터뷰가 교차했다.

 [박문대 : 그때 깨달았죠.]
 [박문대 : 제물을 폭탄 돌리기 하다가 마지막에는… 그거 받은 사람이 아니라 준 사람이 망할 수도 있구나.]
 [박문대 : 그리고 하나 더.]

 인터뷰하는 박문대의 내레이션이 그가 태블릿을 넘기는 촬영분 위에 겹쳐진다. 화면 속 박문대가 작게 웃었다.

 [박문내 : 아 이거 범인이랑 검은 양이랑 따로따로 있네.]

 그렇다. 그러니까 보안관이 쏘아야 하는 범인과, 검은 양은 원래 별개의 인물이었다…!

 [박문대 : 그런데 이 둘이 같은 사람이면… 그 사람만 죽으면 되는 거잖아요.]

[박문대 : 추리도 쉽고.]

-헐

그래서 박문대의 작전이 시작되었다.

[박문대 : 내가 검은 양이 돼야겠다.]

미친 공리주의 사상이었다. 대학원생은 입을 틀어막았다.
'내가 범인과 검은 양, 둘 다 해 먹겠다!'
노선을 정한 박문대는 거침없이 움직였다. 자신이 제물 폭탄을 받았다는 사실을 확인한 중간 점검 이후, 그가 맨 처음 취한 행동은… 바로 류청우 섭외였다.

[박문대 : 형, 제가 골드를 하나 찾았는데요.]

물론 이때 류청우는 이미 박문대가 탐정인 선아현으로부터 제물 폭탄을 떠넘겨 받았다는 사실을 알고 있었다. 즉, 속이는 건 불가능했다!

-아니 왜 하필
-이야 다 아는 사람 찍는 것도 재주ㅋㅋㅋ
-어떻게 꼬셨냐

박문대의 인터뷰가 삽입되었다.

[박문대 : 자기 직업 이야기 못 하는 걸 보니까 그쪽도 뭔가 켕기는 직업이겠거니 해서 섭외하려고 했어요.]
[박문대 : 근데 아니더라고요.]

그 내레이션 뒤로 온화하게 웃으며 제안에 답변하는 류청우의 답변이 돌아왔다.

[류청우 : 문대야. 혹시 중간 점검 때 네 카드에 제물 징표가 떠서 교환하려고 하는 거야?]
[박문대 : 예? 그게 무슨….]
[류청우 : 반응 보니까 맞구나.]

-아무 반응도 안 했는데요
-응 답은 정해졌고 대답만 해 무조건 네가 제물이야~ㅋㅋㅋㅋ

낄낄대는 시청자 반응과 화면 속에서 눈을 가늘게 뜨는 박문대가 엇갈렸다.

[박문대 : 형.]
[류청우 : 응?]
[박문대 : 왜 그렇게 확신해요.]

[류청우 : 그냥 추측한 거야.]

박문대도 이쯤에서 눈치를 챘다.

[박문대 : 형 직업 능력이 이건가요. 어쩐지 직업을 못 밝히더니.]
[류청우 : …….]

거기서 인터뷰가 또 삽입되었다. 고개를 끄덕이는 박문대의 얼굴에는 동요가 없었다.

[박문대 : 거기서 노선을 변경했죠.]
[박문대 : 역시 중요한 건 진심이다. 진심으로 말을 해보자.]

-예?
-무슨 소리세요
-언제부터 사기가 진심이 됨

그리고 돌아온 화면 속, 박문대는 정말 '진심'으로 들이받았다.

[박문대 : 근데 형, 사실 저한테 지든 이기든 이득 볼 수 있는 제안이 있는데요.]
[류청우 : 음?]
[박문대 : 들어보세요.]

박문대는 자신이 꾸민 계획의 개괄을 화끈하게 털어놓았다. 범인과 검은 양에 대한 설명, 그리고 둘이 같은 인물일 때의 이득까지!

[박문대 : 그 뒤로는 쉽죠.]

박문대와 류청우가 들키지 않을 시, 어마어마한 트릭 덕에 장르 예능의 재미가 살아난다. 그리고 만일 박문대가 들킨다면?
'최소 희생으로 게임클리어가 가능하다.'
어느 쪽이든 신선했다.

[박문대 : (류청우 형이) 은근히 이런 거 잘 넘어와 주거든요.]

박문대의 인터뷰가 내레이션처럼 깔린 후. 화면의 류청우가 마치 그 내레이션을 듣기라도 한 것처럼 고개를 끄덕였다.

[류청우 : 취지도 좋고 재밌겠네. 좋아.]

그렇게 류청우가 동료로 들어왔다!

-아니
-이 즐겜러들이 정말

그리고 둘은 동선을 꼬기 시작했다. 일부러 자신들의 교환 앞뒤로 각자 대놓고 교환을 한 번 더 한 것이다.

류청우는 배세진과 먼저 교환하고, 박문대는 종료 직전에 차유진과 교환했다. 그리고 자신들의 교환은 들키지 않도록 손 빠른 류청우가 혼자 현관에 다가갔다. 거기서 문을 끝까지 개방해 주변 시야에 닿지 않을 외곽으로 빼고 2, 3초 만에 카드 두 장과 골드를 연달아 대며 끝냈다.

아무도 보지 못했다.

[류청우 : 음, 아마 문대가 그냥 자기가 혼자 죽겠다고 했으면 안 들어줬을 텐데.]
[류청우 : 그렇게 편하게 포기하는 게 아니라 정말 작정하고 트릭을 쓰려고 하더라고요. 그 점이 좋았죠.]

그건 류청우의 말처럼, 심증을 제외하면 목격담 하나 나오지 않고 누구나 용의선상에 오를 수 있는 완벽한 트릭이었다.

-이거 선아현 추리랑 김래빈 행동력 없었으면 전멸이었다
-이걸 어떻게 알아
-아이돌 자컨에서 두뇌싸움 수준 실화냐ㅋㅋㅋㅋㅋㅋ

그리고 박문대가 흘린 약한 심증만 남은 채로, 극적으로 선아현의 추리와 보안관 김래빈의 결단력이 맞물려 결국 걸린 것이다!

[박문대 : (보안관인 래빈이) 덕분에 청우 형도 살았죠.]
[박문대 : 고맙다. 진짜 최소 인원 탈락 됐네.]

씩 웃으며 인터뷰하는 박문대는 탈락자답지 않게 시원하고 당당한 얼굴이었다.

-암튼 나는 승리함ㅋㅋㅊㅋㅊㅋ
-우와 져도 이겨도 이득!
-응 무전기 몰라~ 화장실 귀신 몰라~ 범인잡고 클리어했어 제작진들 수고ㅋㅋ
-얘들아 나 퇴근한다~ 아 분량 다 뽑았다고ㅋㅋㅋㅋ

그 짜릿함에 이입한 댓글로 페이지가 계속 갱신되었다.
그리고 화면에서도 비록 스피커에서 괴상한 BGM이 흘러나오며 번제를 외쳐댔지만, 전보다 유쾌한 분위기로 박문대가 작별인사를 하고선 상쾌하게 퇴근하듯이 가볍게 관 모양 제단 안으로 들어갔다.
그 위로 다른 멤버들이 7개의 촛불을 기괴한 문양에 따라 올리는 순간이었다.

[우-우-우-]

휘몰아치는 소리와 함께, 폭음이 터졌다!

-헐

-?
-개무섭
-효과 뭐야;;;

 어두컴컴하고 섬뜩한 방 안. 박문대가 들어간 공포스러운 핏물 관 위로 진짜 불이 타오른 것이다…!

[배세진 : 박문대!]
[류청우 : 문대야 괜찮아?!]

 효과만 요란한 마술용 저온 불꽃이라는 건 눈에 보이지 않았다. 팬들은 입을 틀어막으며 그 과격하고 충격적인 컷을 보았다.
 그리고 불이 꺼진 후, 멤버들이 허겁지겁 제단의 관을 열었을 때에는….

-헐…

관 안은 비어 있었다.
남은 것은, 마치 노잣돈처럼 보이는 골드 대여섯 개뿐.

-ㅠㅠㅠ
-아 이거 너무 리얼하다.
-무서워

순식간에 분위기가 다시 싸늘하게 다 잡혔다.

멤버들은 충격을 받은 것 같았으나 게임은 끝나지 않았다. 어둡고 낮은 종소리가 느리게 울리며 내레이션이 읊조린다.

[장의사 번제]
[장의사 번제]

그리고 계속된다.

[제물 징표가 새롭게 내려왔습니다.]
[카드 교환을 통해 제물의 운명을 바꿀 수 있습니다.]
[또한, 이번 게임부터는 상대의 카드가 없어도 교환이 가능합니다. 화면에서 직업을 선택하여 넘길 수 있습니다.]

분란을 유도하는 새로운 규칙과 함께, 새로운 게임이 시작된 것이다.

-이거 설마 정해진 인원 죽을 때까지 계속 해야하는 거야...?
-헐 개무서워
-애들 표정 다 굳음;;

그렇게 과몰입을 유도하며, 동시 방송된 1, 2화는 마무리되었다.
'미쳤다, 정말…'
숨도 못 쉬고 정주행을 마친 대학원생은 침을 삼키며 문대의 활약을 되새겼다. 문대가 이 에피소드에서 가장 인상 깊었던 건 자신이 팬이어서만은 아닐 것이다!

'아, 근데 문대가 이렇게 빨리 탈락해서 아쉽긴 하다.'

설마 계속 안 나오는 걸까? 본래 이런 장르 예능에 별 취미가 없었기에, 자신이 보는 이유인 문대가 안 나온다면 재미가 반으로 줄어들 것 같았다. 대학원생이 약간 아쉬워하면서 크레딧이 다 올라가는 것을 아무 생각 없이 보고 있을 때….

[??? : 아무나 빨리 좀 죽어봐.]

갑자기 예고편이 나왔다.
"…?"
무전기. 지금까지 쓰임새가 나오지 않았던 피 묻은 무전기에서, 지직거리며 소리가 나오는 컷으로!

[김래빈 : 아아악!]
[배세진 : 뭐야?!]

-ㅅㅂㅅㅂㅅㅂ
-드디어 귀신 나옴?

사람들이 난리를 쳤다.
화면에서는 무전기를 드는 하얗고 뼈대 곧은 손이 나타난다…. 그리고.

[선아현 : 문대야…?]

무전기 목소리의 정체를 추측하며, 예고편은 끝났다!

-??
-헐
-박문대라고?
-귀신 아니야?

"……."
대학원생은 당장 동영상을 돌려서 예고편을 한 번 더 주의 깊게 들었다. 그리고 곧바로 자신의 구독용 SNS에 들어갔다.
'문대 맞는 것 같아!'
누군가 음질 보정을 해줬을 거라는 굳은 신뢰를 가지고!
몇 분 후, 그녀는 만 번이 넘게 공유된 한 게시글을 통해 자신의 믿음을 보답받게 되었다.

-미친 이거 문대 맞는 듯 (보정 영상)

그리고 며칠 뒤 방영된 3화, 무전기의 용도를 궁금해하면서 흥미진진하게 판을 깔고 앉은 사람들은….

-???
-이거 문대 들어간 관이다
-헐헐

관에 들어간 박문대를 비춘 적외선 카메라의 시야를 적나라하게 보게 되었다.

-문대 무서워하는 것 같은데
-아 이거 은근 쫄리네ㅠㅠ

박문대가 유심히 소리를 듣고 머리 위 버튼을 누르는 장면에 사람들이 손에 땀을 쥐었으며, 이어서 아예 관이 아래로 이동하는 장면에서는 댓글이 난무했다.

-헐
-내려간다
-뭐야
-어디로 데려가는데?

박문대가 끌려가듯 내려가 도착한 곳. 그곳은….

[박문대 : …….]
[박문대 : 숙소?]

바로 테스타의 이전 숙소.

즉 위층과 똑같은 구조였으나, 사이비 종교의 제단처럼 되어 있던 방이 아니라 이세진의 방 중앙에 대뜸 관처럼 생긴 제단이 솟아 있었다. 게다가 방은 관 속처럼 어두컴컴했다….

거기까지는 그러려니 할 수 있었겠으나, 결정적인 차이점이 있었다. 바로.

[박문대 : 피…….]

관에서부터 질질 끌린 듯한 굵고 거대한 핏자국이 문까지 연결되어 있었다.

-엄마야
-으아아아아악

그리고 그 피 칠갑은 문으로 이어져, 시뻘건 양 두개골 문양으로 완성되었다.

[박문대 : …….]

몇 초의 정적이 흘렀다.

그 후에야 박문대가 그 문을 향해 조심스럽게 발을 내딛는 순간이었다.

쾅-!

[박문대 : !!]

방 한가운데 있던 관이 다시 올라가며, 굉음과 함께 불빛이 잠깐 깜박거렸다. 그리고 방문이 자동으로 열렸다.
끼이이익-

-살려줘
-아니 문대 어떡핵ㅋㅋㅋㅋㅠㅠㅠ
-이게 찐이었네ㅅㅂ

문이 열리고 드러난 거실 바닥으로… 질질 끌려간 듯한 핏자국이 그대로 이어졌다. 문에 손을 뻗었던 박문대는 그 자세 그대로 멈췄다.

[박문대 : …….]
[↑선 채로 기절한 듯…]

웃긴 자막이어야 하는데 팬들은 웃으면서도 절규했다. 급기야 보안관에게 빌기 시작했다.

-래빈아 청우 살려주지 말자 취소하자 같이 불태워

-무전기가 맞았네 제발 누구 빨리 좀 죽어줘 아현이나 청우 중에 하나만 제물로 바치자
 -아 ㅅㅂㅅㅂ 어떡해 여기 사후 세계 같은 거야? 뭐야??ㅠㅠㅠ
 -왤케 다들 호들갑인가요
 ㄴ쟤가 테스타 중에 제일 쫄보예요ㅠㅠ

박문대가 공포에 약하다는 걸 이미 아는 팬들은 안절부절못했으나 그래도 화면 속 박문대는 나름대로 묵묵히 발걸음을 옮겼다. 그리고 거실 복도의 핏자국이 지이익 그인 바닥 바로 옆에서 한 물건을 발견한 것이다.

 [박문대 : …무전기?]

 -설마
 -헐헐
 -여기서 이거 쓰는 건가?

박문대는 손을 느릿하게 뻗어서 무전기를 주워 들었다.
 거기서 그의 능력이 구두가 아니라 정식 프로필로서는 처음으로 방송을 탔다.

 [장의사 직업 능력: 산 자와 죽은 자를 소통하게 만들 수 있습니다.]

박문대는 무전기를 눌렀다. 삐리리릭, 신호가 갔다. 그렇게 무전기를 입에 댄 순간….

[박문대 : 거기 누구 들리면]
[박문대 : 아무나 빨리 좀 죽어봐.]

-?????
-?
-ㅋㅋㅋㅋㅋㅋㅋㅋㅋㅋㅋㅋㅋㅋㅋ

절절한 진심에 순간 분위기가 풀렸다. 박문대야 '상황이 변했지 않은가. 빠른 수사를 위해서 그랬다'라고 변명했겠지만, 이미 잡힌 쫄보 이미지는 그저 솔직한 돌직구처럼 보이게 만들 뿐이었다.

[박문대 : 농담이고요]

-농담 아니었잖앜ㅋㅋ
-누가 봐도 진담

시청자들은 시시덕댔다.
하지만 직후, 분위기가 일변한다.

[박문대 : …기억하세요.]

웃긴 효과음과 자막이 싹 사라졌다. 박문대는 무전기를 꽉 잡은 채로, 낮은 목소리로 고저 없이 빠르게 전달했다.

[박문대 : 자물쇠 잠가놓은 화장실, 들어가지 마세요.]

바람 소리처럼 음울한 바이올린 소리와 섬뜩한 북소리가 BGM으로 깔렸다. 고조되는 음악.

-어
-잠깐만요

박문대는 고개를 들었다. 그 움직임에 따라 카메라도 함께 돌아가듯 장면이 바뀐다. 바닥의 핏자국, 점점 진해지며 피 칠갑으로 변한 그것은 화장실로 이어졌다⋯.
그리고 화장실 문을 뒤덮고 있었다.

-끄아아악
-열지마 문대야 열지마
-아 미친ㅠㅠㅠ
-빨리 열어봐라ㅋㅋ
-이거 빼박 귀신 각이다

호기심과 공포와 걱정이 뒤범벅되어서 기대 심리로 난리가 난 실시간 채팅창. 화면 속에서는 다시 박문대를 카메라가 비추었다.

[박문대 : 그리고 관에 버튼…….]
[박문대 : …끊겼네.]

그는 버튼을 눌러도 신호가 잡히지 않는 무전기를 천천히 내렸다. 그리고 심호흡을 하며 다시 고개를 드는 것으로, 그의 컷이 끝났다.

[LAMB]

강렬한 연주와 함께 프로그램 오프닝이 시작되었으나, 시청자들은 아직도 충격 속에서 뒹굴고 있었다.

-우리 애 어떡하냐
-문댕댕 저날 악몽 꿨을 것 같아ㅠㅠ
-불살 루트 뚫고 혼자 죽었더니 개꿀잼 공포 체험을 돈 받고 하네
　└ㅅㅂㅋㅋㅋㅋㅋㅋㅋㅋㅋㅋ
-문대 파티원 구합니다. 조건 : 죽어야 됨

사후 세계(?)의 존재로 충격을 받은 사람들은 쭉 몰입되어 다시 프로그램을 시청하기 시작했다.
'다른 멤버들이 박문대 무전 제대로 받았을까?'

그리고 다행히 구원의 손길은 그렇게 늦지 않게 찾아왔다. 프로그램 30분 뒤.

[소리가…?]

관이 새롭게 움직였다. 그리고….

[이세진 : 문대야?]
[배세진 : 야 박문대!]

다음 타자로 제단을 타고 내려온 것은… 바로 동명이인 세진이들이었다!

[박문대 : …!!]

프로그램이 클라이맥스로 치닫는 신호탄이 터진 순간이었다.

박문대가 핏자국이 낭자한 사후 세계(?) 숙소에서 고통받고 있을 무렵, 그 위에서는 다시 게임이 한창이었다.

[참가자들의 카드 중 하나에 제물 징표가 내렸습니다.]

그러나 이번에는 분위기가 좀 바뀌었다.

'같은 걸 또 하면 지루해한다고.'

그렇다고 포맷을 바꾸면 또 시청자가 처음부터 이해해야 하지 않은가! 그래서 작가, 류서린이 바꾼 것은 템포였다.

바로 스피드런.

[제한 시간 30분]
[1회 이상 카드를 교환하지 않은 참가자는 즉시 번제됩니다.]

"헐."

제물 폭탄 돌리기에 참여 안 하면 자동 탈락!

결국 눈치 보며 몰래 기동작전처럼 카드를 교환하던 첫 게임과는 달리, 다들 적극적으로 대놓고 권모술수를 부렸다. 심지어 자신의 카드만 현관문 기계에 찍으면 바로 교환할 직업을 선택할 수 있었으니까, 더는 상대의 동의도 필요 없던 것이다.

그 결과.

[현재 제물 징표를 가진 직업은······.]
['변호사'입니다.]
[!!!!]

서로 자신이 변호사라며 머리를 쥐어뜯고 싸우던 동명이인이 사이

좋게 걸렸다. 그리고 추리 파트에서 개그가 폭발한다.

[배세진 : 그래, 사실 내가 광대…….]
[이세진 : 형, 그렇게 말씀하시기엔 광대라고 몰렸을 때 너무 열 받아하셨는데요.]
[배세진 : …?]
[이세진 : 넵, 사실 제가 광대였습니다, 여러분!]
[배세진 : 야!]

제물로 변호사가 뜬 시점에서 둘이 태세를 전환해 자신이 광대라고 주장하기 시작한 것이다! 그리고 이번에는 반대로 서로가 변호사일 것이라며 싸우다가 자폭했다.

[배세진 : 그러니까, 내가 카드 교환에서 변호사를 골랐다니까! 세 번째 기록이 나야. 애초에 내가 변호사였다면 자기 자신을 고를 리가…….]
[선아현 : 앗.]
[배세진 : 왜?!]
[류청우 : 세진아, 방금 네가 변호사와 교환했다고 자백한 것 같은데…]
[배세진 : ……!?]
[이세진 : 끝내주네요.]

그렇게 변호사와 광대는 사이좋게 관에 들어갔다.

[이세진 : 형님, 열 받으시면 너무 많은 걸 이야기하시네요.]
[배세진 : 다물어.]

-이게 바로 트롤의 맛이냐
-ㅋㅋㅋㅋ개웃기네
-문대 : 구하려 와줬구나!
세진이즈 : 아니 우리끼리 싸웠어
　└ㅋㅋㅋㅋㅋㅋㅋㅋㅋㅋㅋㅋㅋㅋㅋ

그리고 무전기의 조언을 잊지 않은 이세진의 활약으로, 관 머리맡 버튼을 누른 그들은 산지직송으로 사후 세계(?)로 떨어진 것이다!

[박문대 : …….]

관이 내려오자 반갑게 헐레벌떡 달려와서는 이 어처구니없는 예능형 이야기를 모든 전달받은 박문대는….

[박문대 : (티벳 표정)]
[박문대 : 그래서 둘 중에 누가 광대였나요. 어차피 죽었으니까 편하게 말씀해 보세요.]

결국 모두의 궁금증을 풀어줄 그 질문을 던지게 되었다.
그리고 둘은 드디어 진지한 표정으로 입을 열었다.

[배세진 : 내가 광대긴 한데…]
[이세진 : 내가 광대였…]
[배세진 : ?]
[이세진 : ??]
[박문대 : ???]

-어
-님들 뭐임
-광머가 둘?

시청자까지 한마음으로 당황했다.
자막까지도.

[이게 무슨 상황…?]
[◀◀◀]

그래서 설명을 위해 이세진의 회상이 들어갔다. 바로 게임 초반.

[배세진 : 이건 내가 변호사라 아는 건데…]
[이세진 : (아닌 척 듣는 중)]

사실 이세진은 배세진이 자신의 직업 능력을 열심히 말하고 다니던 그때, 이미 이야기를 몰래 들으며 다 숙지했다.

그리고 이런 생각을 했던 것이다!

[이세진 : 어쩐지 프로필 서류에서 변호사라고 함부로 말하고 다니지 말라더니! 나 광대였구나! 내가 가짜네~]
[↑ 자칭 광대 (2)]

-????
-세세진아

그렇다. 두 사람은 각자 본인이 광대라고 생각하면서, 상대를 광대로 몰아갔던 것이다…!

[이세진 : 야~ 형 진짜 연기 잘하시네요! (※연기 맞음)]
[배세진 : 뭐? 누가 봐도 수상한 건 너잖아! (※수상한 거 맞음)]

혼을 불사른 예능형 연기였다.

-미쳤나봐ㅋㅋㅋㅋ
-자신이 광대라고 생각한 두 변호사의 자강두천
　└ㅋㅋㅋㅋㅋㅋㅋㅋㅋㅋㅋ
-천방지축 어리둥절 빙글빙글 돌아가는 광머의 하루

그리고 사이좋게 검은 양과 제물이 되어서 불탔다는 이야기다.
결국 사후 세계에서 대화를 하며, 이 결론을 깨달은 당사자들은….

[박문대 : …….]
[배세진 : …….]
[이세진 : …….]
[박문대 : 움직일까요.]
[이세진 : 넵]
[ㅋㅋㅋㅋㅋㅋㅋㅋㅋㅋㅋㅋㅋㅋ]

아찔한 침묵 끝에 숙연해 하며 박문대를 따라 움직이기 시작했다….

-ㅋㅋㅋㅋ어떡해
-너무 웃어서 배 아픔
-이건 테스타도 본방 보면서 웃었다
-광대 파티ㅋㅋㅋㅋ

하지만 이 폭소를 부르던 분위기는 오래가지 못했다.
이곳의 정체가 곧 드러났으니까.

　[이세진 : 문대문대~ 그 무전기 말인데, 혹시 문대가 여기서 연락했었어?]
　[박문대 : 맞아.]

[이세진 : 오오.]
[배세진 : …그런데 너, 그때 화장실에 들어가지 말라고 했잖아. 그런 말은 왜 한 거야?]

박문대가 방문 너머를 손전등으로 비추었다. 거실 맞은편 화장실.

[박문대 : 화장실이 저 꼴이라.]
[배세진 : 허억.]

콰과광! 벼락이 치는 이미지가 편집으로 지나갔다. 피가 낭자한 화장실 문이 쿵쿵쿵 클로즈업되며 백그라운드로 멤버들이 비명이 들린다.

[배세진 : 피, 피?!]
[이세진 : 으아악 저거 뭐야? 저거 뭐야 문대?!]
[박문대 : (알면 내가 여기서 이러고 있겠냐는 표정입니다)]

-30분간 내성 생겼다고 쫄보문댕 고인물인 척 함
-ㅋㅋㅋㅋㅋㅋ귀여웤ㅋㅋ
-겨우 손전등 하나 거실 구석에서 찾았으면서 호달달 안 떤 척하긴!

그리고 아니나 다를까 지적이 들어왔다.

[이세진 : 아니 우리가 그래도 위에서 30분이 넘게 게임을 했는데~

저거 열어보지도 않았어? 역시 문대가 우리 중에 제일…….]
[박문대 : 그럼 너 혼자 열어봐.]
[이세진 : 죄송합니다.]

-ㅋㅋㅋㅋㅋㅋ
-이 귀여운 쫄보들

하필 강심장이거나 궁리보다 행동이 먼저 앞서는 멤버들은 아무도 탈락하지 않아서 더 웃겼다. 그래서 여기서 연장자가 나선 것이다!

[배세진 : …가자. 내가 열어볼게.]
[이세진 : …!!]
[박문대 : 감사합니다.]
[이세진 : …?!]

-냉큼ㅋㅋㅋㅋㅋㅋ
-큰세의 **말문**이 막히는 진귀한 광경
-전직 애기무당 힘차게 입장~

그리하여 세 사람은 다다닥 붙어서 각자 손전등, 무전기, 몸(?)을 지참하고 화장실에 접근했다. 키가 큰 이세진이 손전등, 무전기를 작동시켜 본 박문대가 무전기, 그리고 행동대장을 맡아준 배세진은 예우 차원에서 몸을 가볍게 해준 것이다. 그리고….

끼이익.

배세진이 화장실 문고리를, 주방에서 찾은 고무장갑까지 낀 채로 열었다.

그 순간 보였다.

-헉

쿵.
쿠쿠쿠구구구구구,
쿵!!
긴장감 넘치는 음산한 BGM과 함께, 화장실 안이 모습을 드러낸다. 피 칠갑된 바닥, 그 위에 앉은 것.

[피해자]

화장실의 캐비닛 앞. 앉은 채 쓰러진 시체가 있었다.

-히이이이익
-엄마야
-??
-헐 뭐야

멤버들은 다 얼어붙었다.

[박문대 : …안 움직이는데요. 네. 좀 살펴봐도 괜찮을 것 같습니다.]

-그러면서 본인은 다가가지 못하는 그 태도
-이번에는 이해함
-나라도 못 움직였음ㅅㅂ

쥐 죽은 듯이 조용한 숙소. 그리고 어두컴컴한 곳에 있는 시체 모양 인형. 멤버들은 조심스럽게 다가갔다. 이세진이 손전등을 천천히 움직였다.

[이세진 : …일단, 남자분 같고요. 복장이… 특이하시네.]

인형은 손에 칼을 쥔 채 쓰러져 있었다. 게다가 과연 사이비 교단 컨셉인지 검은 로브 같은 것을 둘러쓰고 있는데, 심지어 얼굴도 가려져 있었다.
'가면?'
어린 양 두개골이 그려진 괴상한 문양은 이제 멤버들도 눈에 익은 것이다.

[박문대 : 아까 방문에 있던 그거 같은데.]
[이세진 : 어. 그리고 우리 그… 제물 카드? 그거 표시도 저거잖아.]

-개섬뜩해

-ㅠㅠㅠㅠㅠ

분장한 배우가 아닌 인형이라는 것을 확인한 멤버들은 천천히 손을 뻗어서 그것을 뒤집어보기도 했다. 그리고 그 틈에 배세진은 한 가지 결정적인 것도 확인했다.

[배세진 : …여기 상처가 없어.]
[이세진 : 예?]
[배세진 : 이것 봐, 피가 이렇게 많은데 상처가 없다고. 옷도 찢어진 곳이 없고. ……오히려 이 시체가 칼을 들고 있어.]

분위기가 싸늘하게 가라앉았다.

[그럼 이 피의 정체는…?]

-살려줘
-와 개무섭다
-ㅠㅠㅠㅠㅠㅠㅠㅠㅠ장의사가 범인이라며 장의사가 죽인 거 맞아? 뭐야ㅠㅠㅠ

그때였다. 묵묵히 손전등 불빛을 따라 고개를 돌리던 박문대가 손에 무전기를 잡은 채로 몸을 일으킨 것이다.
'어?'
박문대는 무전기를 돌리며 물었다.

[박문대 : 아까 관에 들어오시기 전에요. 무전기랑 연락되셨을 때 누가 어디서 무전기 들고 있었나요.]

[배세진 : 어? 그게…]

[이세진 : 거실! 그거 거실에서 울렸고 제일 먼저 확인한 건 래빈이야.]

[박문대 : …….]

[이세진 : 왜?]

박문대가 잠시 말이 없었다. 하지만 곧 다시 질문했다.

[박문대 : 래빈이가 그 후에 무전기를 들고 다른 사람 있는 곳으로 뛰어갔지.]

[배세진 : …! 맞아! 주방 쪽으로 왔어.]

그 대답에 박문대가 고개를 끄덕였다. 무언가 깨달았다는 듯이.

-??
-뭐임?
-어떻게 안 거야

[박문대 : 잠시만.]

박문대는 화장실 밖으로 뛰어나가더니, 곧 무전기를 들고 뛰어다니며 외치기 시작했다.

  [박문대 : 들리십니까?]
  [박문대 : 들려요?]

  공포도 잊어버린 듯이 박문대는 방문을 열며 아예 숙소의 모든 방에 말을 들이기 시작했다. 그리고 그 과정의 반복 끝에, 관이 설치되어 위아래로 이동하는 그곳으로 돌아갔을 때였다.
  치지직.
  "헐!"
  무전기가 켜지며 응답이 돌아왔다.

  [무전기 : 문대? 문대니??]
  [!!]

  멤버들도 화장실에서 뛰쳐나왔다.

  [배세진 : 어떻게 한 거야?]
  [박문대 : 위치를 찾았어요.]
  [배세진 : 어?]
  [박문대 : 아무래도 이 무전기랑… 탈락 안 한 사람들 쪽 무전기가 숙소 같은 장소에 있으면 작동하는 것 같습니다.]

숨죽인 채 방송을 보던 대학원생은 허벅지를 쳤다.

"아아아!"

저 무전기는 아직 죽지 않은 위층과 죽어서 관을 타고 내려온 아래층의 서로가 같은 방 안에 있을 때만 작동하는 것이다.

'대박!!'

이러니까 마치 둘이 물리적으로 같은 공간인데 시간이나 차원으로 나눠진 것 같은 묘한 느낌까지 들었다. 저기가 사후 세계라서 이런 식으로 표현한 걸까?

'이제 어떻게 되는 거지?'

대학원생은 흥미진진하게 화면을 보았다. 아마도 문대는 화장실의 시체에 대해서 말하고, 조심하라고 다시 한번 조언하지 않을까? 마침 박문대가 입을 열고 있었다.

[박문대 : 아까 화장실 들어가지 말라고 말씀드렸는데, 말 바꿀게요.]
[박문대 : 꼭 들어가 보세요. 귀신이나 사람이 있을 겁니다.]

"...??"

그리고 박문대는 더 청천벽력 같은 소리를 했다.

[박문대 : 그 귀신을 아무래도 제가… '장의사'가 죽인 것 같긴 한데. 죽이는 게 맞았나 봐요.]

"…?!"
화면 속 박문대가 덤덤하게 말했다.

[박문대 : 귀신, 관으로 유인해서 탈락한 저희처럼 태워 버리세요.]
[박문대 : 그래야 그쪽이 살아요.]

그 순간, 화면의 BGM이 바뀌었다.

[박문대 : 그 귀신이 사이비 교단 교주 같아요.]

깔끔한 무채색의 거실.
생활감이라고는 몇 가지 반려견 용품뿐인 그곳엔 모니터링용의 거대한 TV가 설치되어 있었다.

[류청우 : 잠깐만!]

그리고 지금 그 화면에서는 관 앞에서 무전기로 대화 중인 테스타의 모습이 한창 방영 중이었다. 스스로 배정한 휴식 시간, 경쟁자들을 모니터링 중이던 아이돌은 턱을 톡톡 두드렸다.
"특이한 시도를 했네."
왈!

허벅지 근처에서 부드럽게 짖는 소리가 들렸다. 자신의 혼잣말에 반응하는 개의 머리를 가볍게 쓰다듬어 준 남자는 스마트폰을 들었다.

"착하다."

우웅. 청려의 반려견, 콩이는 즐겁게 목을 울린 뒤 애착 담요에 파묻혔다. 그리고 비슷한 타이밍에 청려의 스마트폰도 울렸다.

[장 실장님 : 넵 PD님 답장 왔습니다. 당연히 테스타 그분 출연 가능하다고 하십니다!]

당연한 일이었다.

"음."

청려는 웃으며, TV 속 '테스타 그분'이 열정적으로 무전을 보내는 모습을 보았다. 박문대와의 콜라보 7일 전 일이었다.

영상에선 화려한 추리 성공 BGM이 깔리며, 박문대의 내레이션이 시작됐다.

[박문대 : 처음부터 이상했어요.]

프로필을 읽는 박문대.

[박문대 : 장의사가 이 사건의 범인이라고 했는데, 무슨 사건인지는 설명이 안 되어 있었거든요. 이상하죠.]

프로필 서류의 '당신은 이 사건의 범인입니다.' 문구 위로는, 빨갛게 엑스 자가 쳐진 사진이 있었다. 검은 로브와 괴상한 두개골 가면. 탈락자들이 핏자국이 낭자한 사후 세계의 화장실에서 본, 그 시체와 인상착의가 똑같았다!

그리고 그것을 유심히 보던 박문대는 다음 페이지에서는 고개를 기웃거렸다.

[박문대 : 근데 또 미션은 너무 쉽더라고요.]

장의사의 미션. 문장 하나로 끝났다.

[번제된다.]

탈락해서 죽으라는 뜻이다. 게임을 진행하며 '번제'가 무슨 뜻인지 알게 된다면 아주 심플하고 무서운 이야기였다.

[박문대 : 사실 범인인 걸 걸리기만 하면 장의사는 죽잖아요. 그게 아니라도 탈락하는 건 방법도 많고.]
[박문대 : 제물을 추리하는 파트에서 '번제'가 무슨 뜻인지 알고 나니까, 너무 쉬워서 이상하다고 생각했습니다.]

그러다가 이렇게 생각해 보게 되었다는 것이다.

[박문대: 꼭 장의사가 죽어야 하는 거구나.]

"…!!"

[박문대 : 장의사가 죽어야만 이야기가 진행되고 누군가 탈출할 수 있구나 싶은 거죠.]
[박문대: 그러니까, 내가 여기서 무전기를 써서 꼭 전달해야 하는 정보가 있다.]

장의사의 능력, 무전기를 통해 두 세계가 소통하며 정보를 주고받는 능력이 필요하다는 것이다. 그렇다면 이 괴상한 사후 세계에서 가장 인상적인 정보는?

[박문대 : 화장실 시체죠.]

상처가 없는데 피에 절어 있는 그 괴상하고 오싹한 시체.

[박문대 : 거기 뭔가 있을 거라고 생각했어요.]

그리고 화면이 교차한다. 바로 잠근 화장실의 자물쇠를 풀고 있는 생존자 팀.

[김래빈 : 이 번호가 맞습니다.]
[류청우 : 좋아.]

달칵. 짧은 소리와 함께 자물쇠가 떨어지고 멤버들은 조용히 화장실 안으로 접근했다. 선아현이 무전기에 대고 속삭인다.

[선아현 : 우리, 들어왔어.]

화장실 안은 초반에 박문대 쪽 숙소 인원들이 세면대에서 막 무전기를 발견했을 때처럼 깔끔했다. 그리고 더없이 조용했으나, 그들은 속지 않았다.

[박문대 : 캐비닛 안에 있는 것 같았어요.]

생존 멤버들은 무전기를 통해 전해진 박문대의 조언을 생각하며, 빠르게 진형을 갖추고 세면대 앞까지 밀고 들어갔다. 그리고.

[류청우 : 내가 열게.]

대기하고 있는 세 사람에게 고개를 끄덕인 뒤, 류청우가 재빨리 캐비닛을 열었다.
깜박.
깜박깜박깜박깜박깜박깜박깜박깜박깜박깜박깜박-

[김래빈 : 흐읍.]
[차유진 : OK.]

미친 듯이 화장실 불이 다시 깜박이기 시작했다. 그러나 유독 심장이 단단한 인원이 과반수인 이 파티는 물러서지 않고, 곧장 캐비닛 안을 들여다보았다. 그리고 보았다.

[차유진 : Oh my…….]

어두컴컴한 캐비닛 안에서 밖을 쳐다보고 있는, 칼을 든 귀신을.
"악!"
아래층 시체랑 인상착의가 똑같았다!
대학원생은 자기도 모르게 소리를 지르며 베개를 쥐어뜯었다. 설마 저게 문대랑 애들이 화장실에서 도망 나올 때 뒤에 서 있었단 말이야?
'너무 무서워!'
인간적으로 당연한 반응이었다.
긴장감 넘치는 오싹한 BGM이 흘렀다. 이게 공포 영화든 스릴러 영화든 등장인물들이 당장 튀어 나가며 도망가야 할 것 같은 상황! 멤버들도 당연히, 이 귀신을 보고 도망가며 흩어지고 손에 땀을 쥐는 추격전을 펼쳐야 마땅했으나….

[류청우 : 잡아!]

Chapter 38

[????]

피지컬로 밀어붙이기로 했다!

[차유진 : Got it.]

다짜고짜 캐비닛으로 뛰어든 차유진이 허리를 잡자, 귀신 역할의 배우는 당황해서 굳어버렸다!
시청자도 같이 굳었으나, 곧 폭소했다.

-??
-ㅋㅋㅋㅋㅋㅋㅋㅋ
-가면 쓰고 있는데도 표정 보이는 듯
-저희가 죄송합니다 우리 애들이 서바이벌로 커서 물불을 안 가려요
-귀신 칼 떨어트렸다 어쩌냐

심지어 류청우가 차유진이 붙잡는 사이에 얼른 흉기를 빼앗기까지 했다. 방송이니 정말 귀신이 멤버들을 찌를 수도 없었겠지만, 만약에 찌를 수 있었다고 해도 반격할 수 없을 만큼 준비된 빠른 움직임이었다. 그리고,

[류청우 : 들자!]
[????]

네 사람은 커튼으로 결박한 귀신을 번쩍 들어 올려 척척 발맞추어 달리기 시작했다.

-?ㅋㅋㅋㅋㅋ
-무슨 짐짝임?
-짐짝을 관짝으로ㅋㅋㅋ얼ㅋㅋㅋ

흡사 통나무로 유격 훈련하는 듯한 모습이 떠올랐다.

[선아현 : 문, 열려 있어!]

그리고 미리 다 열어둔 방문 너머로 달려가, 관 속에 귀신을 넣는다!

-와 미친
-웃긴데 스릴 넘치네

멤버들이 워낙 진지한 탓에 코믹함은 곁들임 수준으로, 그보다 귀신을 놓칠 수 있다는 박진감과 아슬아슬한 스릴이 빠른 편집에서 살아났다. 그리고 몸부림치는 귀신을 보다가 질겁하며 열심히 수동으로 관 뚜껑을 닫아버리는 막내들까지.
쾅! 쾅!

-엄마야
-와 살벌하네;

게다가 귀신이 안에서 치는지 관 뚜껑이 덜컹거렸다. 그러나 멤버들은 침착하게 관 뚜껑을 누르며 프로토콜처럼 귀신과 대화를 시도했다.

[류청우 : 저희 대화 좀 하실까요? 선생님, 차림새로 봐서는 이 제단을 만든 분이 선생님 같은데요.]
[??? : ······.]
[차유진 : 이 사람 미국 귀신인 가능성 있어요. Hey, can you hear me?]

놀라울 만큼 아무런 반응도 들리지 않았다.
차유진은 어깨를 으쓱했다. 시청자들은 헛웃음을 지었다.

-미국 귀신이겠냐ㅋㅋㅋㅋ
-아니 물리로 잡았으면서 귀신 취급 뭔데욬ㅋㅋㅠㅠ
-완급 조절 귀신 같네
-나 웃다가 비명 지르다 난리임 우리 고양이가 이상한 눈으로 봄ㅜ
　└ㅋㅋㅋㅋㅋㅋㅋㅋㅋㅋ

이게 맞는 건지, 아니 애초에 이 발상을 어떻게 해낸 건지 기가 막혀 하는 시청자들과 대비되게 멤버들은 진지했다.

[선아현 : 이대로, 촛불… 올릴까요?]
[류청우 : 잠깐만.]

곰곰이 생각하는 듯 몇 초간 말이 없던 류청우는 곧 팀을 둘로 나누었다. 자신과 선아현. 그리고 차유진과 김래빈.

[류청우 : 우리가 이걸 잡고 있을 테니까, 둘이 아까 귀신이 나온 캐비닛 좀 보고 왔으면 좋겠다. 뒤에 뭐가 있던 것 같아서.]
[김래빈 : 예!]

그리하여 더 침착한 프로 예체능 선수 출신 형들이 관을 지키고 있을 동안 두 막내가 화장실로 열심히 뛰어갔다는 것이다. 그 둘이 투닥거리는 것도 잊은 채 가짜 피범벅이 연출된 캐비닛 안을 샅샅이 수색한 결과…….

[차유진 : 김래빈! 이거 봐!]
[김래빈 : 맙소사!]

캐비닛 안쪽 판이 회전문처럼 돌아간다는 것을 알아냈다. 그리고 그 뒤에 있는 것은… 아래로 향하는 어두운 콘크리트 계단이었다.

[차유진 : That's… looks like the way to hell.]
[지옥으로 가는 길…?]

지옥으로 가는 길 같다.

차유진의 이야기와 함께, 어두운 계단의 통로가 카메라에 비추어졌다. 그리고 무전기를 통해 온 질문.

[박문대 : 거기 글귀 없어?]
[김래빈 : !! 있습니다!]

계단 옆, 콘크리트 벽에는 검붉은 글씨가 쓰여 있었다. 그리고 드디어 사건의 전말이 대충 밝혀진다.

-사이비 제단 맞네
-미친 유명인 공물로 부활하려고 했다고? 돌았;;
-헐...

요약하자면, 사이비 재단의 교주였던 사람이 무슨 괴상한 의식 중에 '장의사'에게 살해당했다. 그래서 다시 살아나기 위해, 자신이 죽은 살인 사건을 재현해서 테스타 멤버를 차례대로 인신 공양해 버리려고 했던 것!

-갑분 오컬트 소름 돋는다
-이대로 갔으면 생존자 2명만 남았겠네...

그리고 이 무서운 상황을 멈출 방법은 사후 세계에서 알아냈다.

[이세진 : 이쪽 화장실 캐비닛에도 뭐가 적혀 있었어. 뭐 어떻게 해야 부활한다~ 주의사항은 뭐다, 뭐 그런 거 있잖아.]
[김래빈 : 과연! 그렇군요.]

귀신을 제단에서 번제해 버리면 이 괴상한 의식의 장소에서 벗어날 수 있다고 한다. '비상구'가 열린다고 하는데, 무슨 뜻인지 시청자들도 의견이 분분했다.
그때였다.

[배세진 : 그리고 말이야.]
[배세진 : 여기 캐비닛도… 열리는 것 같은데.]

-헉?
-그럼?

순간, 방송 화면이 사후 세계의 모습으로 컷이 바뀌었다. 박문대가 침착하게 무전기를 들고 캐비닛 안쪽에 시선을 고정한 채 말했다.

[박문대 : 우리는 위아래로 다 계단이 있어.]
[김래빈 : !!]

그렇다. 사후 세계의 캐비닛 뒤는 위아래 두 방향으로 계단이 나 있었다.

[박문대 : 우리가 관을 타고 내려와서 여기 도착했으니까. 아마 위는 너희 쪽이겠지.]

화면에서 두 캐비닛의 계단이 컷으로 연결되었다.

[박문대 : 그러면 아래는… 탈출구라는 것에 걸어보고 싶은데.]
[김래빈 : 예?]

손전등이 아래쪽 계단으로 향했다. 그러자 계단 천장에 불은 꺼졌지만 형태는 보이는 한 표지판의 윤곽이 보였다.

[박문대 : 비상구 표시가 있어.]
[차유진 : Oh!]

-대박

그렇게, 막판으로 아찔한 시간제한이 걸린 탈출기가 시작되었다.

[류청우 : 빨리!]

촛불을 올려 제단의 관을 불태우자마자 숙소는 무너질 듯이 흔들리기 시작했고, 생존한 테스타는 재빨리 캐비닛 통로를 통해 사후 세계로 내려갔다. 관이 사후 세계로 내려오며 귀신이 관에서 나오려고 할지도 모르는 상황.

[배세진 : 이쪽이야!]

다행히 생존자들은 미리 계단에서 대기 중이던 탈락자들과 만나, 얼른 다시 계단을 내려갔다.
그리고 보았다.

[박문대 : 비상구!]

계단을 타고 주르륵 비상구에 불이 들어오며 비상문을 비추었다!
멤버들은 비상문을 열고 차례로 뛰쳐나갔다.

[차유진 : 오오오!]

밖은 야외였다.
해가 진 세트장 밖, 촬영용 조명 속에서 스탭들이 박수를 쳤다.

[전원 탈출 성공!]

환호 소리와 함께, 해방감이 넘쳐흘렀다!

그리고 곧바로 이어진 비하인드.

[제작진 : 말씀드렸던 대로 이 게임을 통해 테스타분들이 새롭게 이사하신 숙소의 룸메이트가 결정될 거였는데요.]
[제작진 : 바로 미션 성공과 탈출 순서로 점수를 매겨서, 고득점하신 분부터 방을 고르실 수 있습니다!]

미션을 성공적으로 완료하고 상위권으로 탈출한 멤버들은 열심히 방을 고르기 시작했다. 물론 그중에는 박문대도 있었다. 그의 인터뷰가 삽입되었다.

[박문대: 대충 멤버들이 좋아하는 방을 사전 조사해서.]
[박문대 : 조용한 멤버가 있을 만한 방으로 가야겠다, 그렇게 생각하는데요.]

아마도 게임이 끝난 직후에 딴 것으로 보이는 인터뷰. 그때까지만 해도 그는 꽤 자신만만해 보였다. 그러나 곧 이런 현실을 직면했다.

[제작진 : 안타깝지만 문대 씨는 미션을 클리어하지 못했습니다.]
[박문대 : ?]

-엥?

-문대 번제 됐잖아 왜

시청자의 의문을 화면 속 박문대도 말했다.

[박문대 : 저는 미션 클리어했는데요. 번제 됐으니까요.]

이때까지만 해도 박문대는 뭔가 착오가 있겠거니 하는 표정이었다. 그러나 제작진은 웃음을 참으며 이렇게 말했다.

[제작진 : 아, 그게요.]
[제작진 : 의사분께서 박문대 씨를 살려주셨습니다. 짝짝짝!]
[박문대 : ?!!!]

박문대가 고개를 돌렸다.
'의사' 차유진이 해맑게 웃으며 손을 흔들었다.

-잠깐
-야 설마ㅋㅋㅋㅋㅋ

그렇다. 차유진의 직업은 의사!
그는 의사의 능력으로, 게임이 시작되기 전에 한 사람을 무조건 살릴 수 있었다! 그리고 미션도 그와 일맥상통한다. 지목한 그 사람이 정말로 죽음의 위기에 빠져서 살아나면, 미션 성공! 그래서 당시 프로필을 보자마자 차유진은 이렇게 추리했다.

[차유진 : 모든 범인은 똑똑한 사람 먼저 죽여요.]
[차유진 : 그러니까 저는 문대 형 살려요!]

그리고 공교롭게도 차유진의 추리는 완벽했다.
박문대는 처음으로 번제당했다. 즉… 대성공!

[차유진 : 문대 형 번제? 없어요!]
[박문대 : …….]

원래는 게임 막판에 위로 올라와서 사후 세계와 연결된 캐비닛 통로의 존재를 알려주는 역할을 해줘야 했다. 하지만 물리력으로 모든 것을 커버한 테스타의 플레이 방식 때문에 그럴 기회가 없었다!
그 결과.

[제작진 : 그래서 어떻게 됐냐면….]

차유진 1등.
박문대… 꼴찌.

-ㅋㅋㅋㅋㅋㅋㅋㅋㅋㅋㅋㅋㅋㅋㅋ
-박문대 하드 캐리 후 희생

-눈물겹다 문대야!
-잊지 않을게! 잊지 않을게!

그렇게 박문대는 방 선택권을 잃어버렸다….
'불쌍한데 너무 귀여워!'
대학원생은 안타까워하면서도 폭소를 참지 못했다.
하지만 박문대에게도 나름의 해피엔딩이 기다리고 있긴 했다. 사건의 전말을 들은 프로그램 속 박문대는 모든 것을 포기한 채, 마지막으로 터덜터덜 남는 방으로 향했으나…….

[김래빈 : 문대 형! 앞으로 잘 부탁드립…….]
[박문대 : 됐다.]
[김래빈 : ??]
[박문대 : 고맙다.]

운빨로 최고의 룸메이트를 만나는 멋진 결과를 받으며 해피엔딩에 도착한 것이다.

-ㅊㅋㅊㅋ
-ㅋㅋㅋㅋㅋㅋㅋ개웃기네
-토끼랑 화목하게 잘 지내렴 문댕댕

'아이고 귀여워….'

대학원생도 웃으며 고개를 끄덕였다. 참고로 1등을 한 차유진의 방엔 류청우가 들어오며 빠르게 매진되었다.

[차유진 : Welcome bro!]
[류청우 : 하하! 그래, 잘 부탁해.]

두 번째로는 선아현과 이세진이 만나며 테스타의 유구한 동갑 라인 친목을 과시했다.

[선아현 : 세진아…!]
[이세진 : 헐 아현아현~! 우리 드디어 룸메이트 됐네!]

그리고 이쯤 되자 시청자들은 자연스럽게 눈치챘다.

-헐 잠만
-이렇게 되면 독방일ㅋㅋㅋ

그렇다. 마지막, 대망의 독방은….

[배세진 : 하…….]

6년간의 존버 끝에 드디어 독방에서 살게 된 배세진이 차지했다!

[염원 성취 세리머니]

배세진은 침대 위에서 행복한 얼굴로 홀로 독방에서 승리의 제스처를 작게 표출하기 시작했다. 굉장히 드문 광경이었다. 무인 카메라를 깜박했기 때문이다.

-ㅋㅋㅋㅋㅋㅋㅋㅋㅋㅋㅋㅋㅋㅋㅋ
-햄찌야....
-1햄 1케이지 오케이 알았음

시청자들은 내향형 인간인 배세진에게 아낌없는 폭소와 축하를 보냈다.

[테스타는 새로운 스위트홈에 입주했습니다.]

자막도 쾌활하게 바뀌며, 호쾌하고 즐겁게 해피엔딩으로 영상이 끝났다. 대학원생은 자기도 모르게 박수를 치며 미소를 지었다.
'괜찮았…'
그 순간이었다. 갑자기 영상이 다시 밝아졌다.
"…??"
잡히는 것은 뚱한 얼굴의 후드 차림 차유진.
그는 입술을 삐죽거리며, 들고 있던 카드를 던졌다.

-어어?

-???
-뭐야

[차유진 : 이번 게임 재미없었어. 컬트 교단? 귀신? 너무 유치해요.]
[김래빈 : 또 제일 몰입해서 해놓고선 무슨.]
[차유진 : 헤이!]

둘이 투닥거리는 사이, 카메라의 시야는 점점 넓게 뒤로 빠지며 그들이 있는 장소를 보여줬다.
"…!"
대학원생도 눈에 익은 장소였다.
'헉!'
바로 다락방. 지난 앨범 타이틀곡 MV, 〈Roll the Dice〉에 나왔던 바로 그 장소였다! 보드게임을 하다가 막 끝낸 테스타의 모습도 여전했다.
다만 이번에는 보드게임 판에 적힌 글자가 전과 달랐다. 〈LAMB〉, 바로… 이번 예능의 제목!
그 순간 팬들은 깨달았다.

-미미미친
-설마 지금 자컨이 쟤들이 하던 보드겜임?
-나 소름 돋았어
-와

채팅이 갱신되는 가운데, 카드를 다 정리한 테스타 속에서 이번에도 게임 마스터 역할을 수행 중이던 멤버가 입을 열었다.

[선아현 : 저기, 그럼… 다른 게임을 해볼까?]

선아현.

[선아현 : 이번 건, 더 재밌을 거야. ……오래 준비했거든.]

부드럽게, 조용히 미소 짓는 그의 얼굴이 클로즈업되며, 예능은 끝났다.

[To be continued…?]

검은 바탕, 의미심장한 자막을 남기고.

-잠깐
-??
-저기요
-다음 앨범 떡밥임?

곧 팬들은 상황을 파악했다.
'그래, 이거 컴백 떡밥이다!'

-미친 나 처음부터 다시 볼래

-하ㅠㅠ

앞으로 일주일은 이 자체 컨텐츠의 새로운 해석으로 풍족한 떡밥 공급이 예정된 것이나 다름없었다.

'와, 올해 내로 또 컴백하는 거야?'

대학원생도 얼른 소문에 빠른 자신의 홈마 친구를 찾아 톡을 보냈다. 그렇게 기대도 안 했던 세계관 연결에 테스타의 팬들이 소리를 지르고 있을 무렵.

다른 그룹의 팬들도 소리를 지르고 있었다.

[<원테이크 4K> 청려(CHR) 'Ash' 뮤직밤 MusicBOMB]

-헐

-ㅠㅠ미쳤다 진짜

바로 청려의 솔로 앨범 컴백 첫 주 음악방송 활동이 진행 중이었기 때문이다.

그리고 그로부터 며칠 전, 박문대는 문자를 수신했다.

[VTIC 신청려 선배님 : 9/13 (수) 17시 촬영 진행 예정]

"……."

[VTIC 신청려 선배님 : 정각에 봐요^^]

피처링.

활동기도 끝난 시점, 뒤늦은 박문대 개인 활동의 시작이었다.

2주 전 박문대가 막 테스타 자체 컨텐츠 촬영을 마쳤을 무렵, 청려는 한창 컴백 준비를 마무리하는 중이었다.

"다음은 인터뷰죠?"

"네!"

준비는 순조로웠다. LeTi의 관계자들은 청려의 모든 활동이 오차 없이 진행되는 것이 최우선 미덕인 것처럼 움직였다.

"아까부터 대기 중이시거든요. 되도록 빠르게 좀…."

"아아! 예."

청려가 워낙 자기 관리가 투철한 연예인이기 때문이다. 그가 비록 사무적일지라도 온화하며 변덕스러운 짜증이 일절 없는 타입이었으나, 결코 주변에서 대하기 쉽게 느껴지지 않는 것도 사실이었다.

'음.'

청려도 그것을 알았으나 굳이 사람들이 안심할 수 있도록 태도를 바꾸진 않았다.

'편한 사람보단 어려운 사람의 말을 잘 듣지.'

수많은 시도 끝, 귀납적 통계에 의해 완성된 문법이었다. 어차피 청려는 일상을 공유해야만 편안함과 소속감을 느끼는 부류도 아니었다. 그나마 반려견-콩이에 대한 이야기나 문득 입 밖에 내고 싶어졌으나, 그것도 상대가 있으니 상관없었다.

청려는 시간을 확인한 뒤, 그 '상대'에게 전화를 걸었다. 다만 이번에는 간혹 보내는 문자처럼 콩이 사진을 보내주려는 것은 아니었다.

"……."

짧은 통화 연결음 끝에 상대가 받았다.

"자체 컨텐츠 촬영은 잘 끝났어요?"

-예. 선배님.

바로 박문대다. 재밌는 점은 이 후배님이 전화나 문자가 오갈 때마다 되도록 꼬박꼬박 존댓말을 쓴다는 점이다. 지금까지 반말로 통화한 내역이 없는 것도 아닌데 말이다. 습관적인 치밀함이다.

'그 점도 나쁘진 않지.'

방심하지 않는 태도는 어디서든 손해 보지 않을 테니까. 청려는 약간 유쾌하게 생각했다. 그러니까, 이런 검증된 자원과 함께 일하는 것은 기꺼운 일이다.

곧 박문대의 무덤덤한 축하의 말이 들렸다.

-선배님 솔로 앨범 컴백 축하드립니다.

"고마워요."

지난 며칠간 수많은 사람에게도 들었던 소리에 가볍게 대응한 청려는 곧장 본론으로 들어갔다.

"그때 합의한 일을 슬슬 준비할 시기가 다가와서요."

-…….

"지난번에도 말했지만, 후배님이 내 앨범 수록곡을 피처링할 건 아니고."

-예.

청려는 당시 당황했던 박문대를 떠올리며 무심코 웃을 뻔했으나, 내색하지 않고 말을 계속했다. 자신이 고른 피처링 방식.

"내가 이번에 나갈 프로그램이 하나 있는데, 같이 나가죠."

—…!

"아마 후배님 마음에도 들 거예요."

청려는 계산을 끝냈다.

"프로그램명은……."

〈처음 뵙겠습니다〉

토요일 오후 5시 40분에 방영하는 MBS 예능.

공중파에서 가수들이 출연할 만한, 얼마 안 되는 장수 경연 프로그램이다. 타이틀만 봐서는 실력 좋은 무명 가수나 가요가 아닌 다른 장르에서 활동 중인 명인을 소개하는 전형적인 공중파식 프로그램인 것 같다고?

'정답이다.'

맞다. 공중파가 좋아하는 그 스타일. 그런데 반만 정답이기도 하다.

'그것만 해서는 시청률이 안 나오니까.'

팔아먹으려면 뭘 해야 하는가. 답은 간단하다.

'끼워팔기지.'

대중적이지 않은 분야의 예술인들뿐만 아니라, 앨범이나 공연 홍보 효과를 노리는 유명한 기성 가수들도 출연진으로 나오는 것이다. 그리고 출연진 둘이 페어를 이루어 무대를 하게 만들면 다양한 그림을 뽑을 수 있다.

이걸로 시즌 7이 되도록 장수 중인 프로그램이다. 아직도 섭외 라인업은 제법 화려했으나, 중장년층이 주 시청자로 정착해서 조금 올드한 맛이 있는데…….

'그런데 여기에 이놈이 나온다고?'

나는 힐끗 청려를 쳐다보았다.

VTIC이 나오기엔 지나치게 출연진이 많고 번잡한 프로그램이었다. 저놈 정도 네임드면 본인 특집을 꾸려도 모자랄 마당에, 그냥 나온다?

'흠.'

물론 당연히 노림수가 있겠지. 나는 '왜 이 프로그램을 골랐냐'라는 내 단도직입적인 질문에 대한 놈의 대답을 떠올렸다.

—보여주고 싶은 게 있어서.

뭐, 그래서 오늘은 이 프로그램 사전 미팅을 왔다.

참고로 여기 메인 PD가 시즌 3에 밀고 들어와서는 7이 넘었는데도 후배 PD에게 프로그램을 넘기기는커녕, 새 프로그램도 제작하지 않고 이것만 계속하는 중이라는데… 대화해 보니 왜 그러는지 알 것 같다.

"아이고 반가워요. 문대 씨. 내 조카가 팬이라는데 앨범에 사인 좀 해서 줘요. 주고 남은 거 말고, 새로 해서."

"그럼요."

꼰대네. 뭐 사명 의식이 있어서 계속하는 게 아니라 그냥 가성비 각 보고 눌러앉았다는 데 걸겠다.

그래도 아이돌로 이름값을 최정상인 여기까지 올려놔도 방송국 PD가

갑이라는 게 새삼 재밌긴 했다. 최소한 함부로 대하지 않는 게 어디냐 싶긴 하다만, 해외 인지도가 정신 나간 급인 VTIC한테는 또 태도가 다르단 말이지.

"그리고 우리 한류 스타 VTIC이! 이렇게 출연해 줘서 또 영광입니다. 잘 부탁드립니다."

"하하, 저야말로 잘 부탁드립니다."

'역시 답은 국뽕인가.'

이런 전형적인 꼰대형 연장자에겐 그게 최고였다. 나는 PD를 보며 내심 고개를 끄덕였다.

'다음 앨범 내고 보자.'

마침 문화훈장 사냥하려고 국뽕 치사량이 목표다.

어쨌든 사인해 달라던 팬한테는 죄가 없었다. PD 가족 찬스로 대기실로 들어오지 않는 게 어디냐. 나는 혹시 몰라서 가져온 여벌 앨범에 정성 들여서 사인을 끝냈고, PD는 냉큼 그것을 가져가더니 그제야 프로그램 이야기로 들어갔다.

"그래서 음, 두 분이 같이 무대를 하신다…. 그런데 어떻게 이렇게 둘이 친해지셨어요?"

"아, 문대 데뷔할 때 예능을 같이 했었거든요. 그 프로그램도 MBS였는데."

"…아아~ 기억난다! 그랬네요."

'기억 안 나는구만.'

사회생활 한번 잘하시는군. 역시 공중파에서 뜬 프로그램에 엉덩이 깔고 앉을 정도로 출세하려면 저래야 하나 보다.

"어쨌든 간에 이렇게 두 분 모시게 돼서 우리 프로그램이 참 기뻐요, 기뻐."

그리고 역시나 PD는 구체적으로 해당 예능을 언급하는 대신 말을 흐리다가, 스윽 자기가 하고 싶은 말을 꺼냈다.

"그런데 그 둘이 직업도 같고 이미지도 비슷해서 어? 분량에 그 오도시, 그러니까 클라이맥스 넣기 애매할까 봐 걱정도 되긴 하는데, 괜찮으신가?"

어. 괜찮다. 그냥… 타 그룹 1군 아이돌 둘이 한 팀 하는 시점에서 이미 화제성은 폭발이다. 클라이맥스는 무슨 얼어 죽을.

'수 쓰네.'

기왕 유명 아이돌이 둘이나 나올 거면 회차를 쪼개서 따로따로 분산시키고 시청률 띄우기 연장시키고 싶다는 뜻이지.

'응, 안 돼.'

그리고 내가 말할 것도 없이 당사자인 청려가 즉각 대답했다.

"네. 그 부분은 걱정 안 하셔도 괜찮습니다."

"…아, 오케이."

자신 있는 것 같군. 내가 입 열 필요가 없다는 점은 편하기 했다. 짬 찬 놈과 일하니 이건 괜찮다.

"그리고 저희 실장님이 미리 전달하셨다고 들었는데요. 이게…."

"아아, 예예."

그 후로는 쓸데없는 미끼질은 없었다. 프로그램 작가와 서브 PD와 대화하며 순조롭게 미팅이 흘러갔다. 나는 열심히 듣는 척 고개를 끄덕이며 생각했다.

'그래서 이놈, 대체 날 써서 무슨 무대를 하고 싶다는 거지.'

그리고 이 의문은 곧 풀린다.

미팅이 끝난 직후, 방송국에서 20분 거리인 LeTi 사옥의 회의실.

"우선 뮤직비디오부터 보여줄게요."

프로젝터를 켠 청려는 당장 무대 구성부터 토의하기 시작했다. 원래는 프로그램 촬영분에 이런 컨셉을 짜는 장면도 들어가야 하나, 연습 시간 문제상 그건 다 재연 수준인 경우도 많다.

'짜고 치는 대본이지.'

그래서 그건 이해하겠는데 말이다.

"가편집본이긴 하지만 인트로랑 크레딧만 없는 수준이라서. 후배님이 앨범 컨셉을 이해하는 데에 문제가 있을 린 없고…."

"잠깐만."

흐름이 좀 이상한데.

"무대 개요가 아니라 갑자기 네 뮤직비디오는 왜."

"음?"

우리가 할 무대가 앨범에 수록된 곡도 아니라면서 왜 뜬금없이 곧 공개될 네 MV를 자랑하고 앉아 있냐는 말이다. 그러나 청려는 뭐 그런 당연한 질문을 하냐는 표정으로 태연히 대답했다.

"앨범 홍보로 목적으로 나오는 프로그램 무대인데, 당연히 보자마자 내 이번 타이틀이 떠오르게 만들어야지."

"……."

"이 타이틀 자체가 우리 무대의 베이스가 될 컨셉이니까, 지금 잘 보고 숙지해 둬요. 공개 전 뮤직비디오 파일을 보내줄 순 없으니까."

오냐.

'머리 잘 돌아가는군.'

나는 한숨을 참으며 고개를 까닥거렸다. 이놈 무대에 잡소리 말고 협조하기로 괜히 합의했나, 생각하면서 말이다. 내 이미지에 손상이 가지 않는 차원에서는 이놈이 만든 무대 구성을 일방적으로 따라주겠다고 이야기를 해뒀기 때문이다. 그런데 이렇게 비전이 뚜렷하다면야.

'고음 셔틀이나 하는 건 아닌지 모르겠군.'

아니, 쓸데없이 안 어울리는 컨셉 하느니 그게 나을 것도 같다. 나는 혀를 차며 놈이 재생하는 MV의 화면을 응시했다.

잿더미가 된 대리석 바닥. 폐허가 된 그 고풍스러운 미술관 바닥 한가운데, 물감이 어지럽게 터지듯 뒤섞인 자리가 있다.

그 위에 홀로 누워 있는 것이 바로 청려다.

[……]

그 대비되는 이미지가 천천히 상공의 시점으로 지나갔다.
바람 소리가 들렸다. 그리고….

[The devil is in the details]

의미심장한 문구가 뜨며, 곧 노래가 시작된다.

[Ash]

청려의 이번 솔로 앨범 타이틀.

-Oh maybe we're just in pain

아련한 단조의 미디엄 템포. 재즈풍 반주.

-Ashes to ashes, dust to dust.
타다 남은 잿더미 속에
똑같은 Story
And love is dead

도입부터 아주 중독적인 후렴을 던진다.
벌스로 가기 전 천천히 낮아지는 허밍. 그리고 엇박의 안무. 맨발에 터틀넥, 그리고 검은 슬랙스 차림새로 재 위에서 추는 안무는 마치 그 자체로 힘이 있어서 카메라를 당기고 밀며 각도를 바꾸도록 만드는 것처럼 보인다.
비율과 체격이 최상급인 놈이 극한까지 체형을 관리해 둬서 그런지 미니멀한 게 제일 인상적이다.
'망할.'
폼이 안 죽네. 혀 씹을 뻔했다. 곡만 들어도 좋은 이지리스닝에, 인상적인 안무를 섞는 까다로운 작업을 제대로 했다. 게다가 말이다.
이 안무.

'동작만 따라 하긴 오히려 쉬운데, 느낌을 내는 게 힘든 안무다.'

챌린지를 시도하는 사람은 많고, 평가하는 사람들이 줄 세우기도 좋다는 뜻이다. 벌써 눈에 선했다.

-이분 청려랑 진짜 비슷함 대박ㄷㄷ
 ㄴ선생님 알바 그만 쓰십쇼
 ㄴㅋㅋㅋㅋㅋㅋ일침
-이 사람도 잘 추긴 하는데 원곡 바이브 살리는 사람 진짜 별로 없네ㅋㅋ
-왜 이렇게 악플 많아요 열심히 추신 것 같은데ㅠ

이런 댓글과 반응이 우수수 달릴 챌린지 영상들이.
'춤에 자신 있는 솔로가 하기에 최적의 선택이다.'

만들 수만 있다면 가장 이상적인 결과물이었다. 테스타도 아무리 군대를 미뤄도 몇 년 내로는 몇 놈은 군대에 갈 테고, 차유진, 류청우는 무조건 솔로나 유닛을 해야 할 텐데, 이만큼 정제된 결과물을 기획할 수 있을지 경쟁심리까지 들 판이다.

"……."

나는 입을 다물고 뮤직비디오를 끝까지 시청했다. 점점 배경과 의상이 화려해지다가, 마지막에 다시 잿더미가 잡히며 미니멀하게 끝나는 게 아주 템포 조절이 대단했다.

-And love is the end.

화면은 어두운 공간, 검은 물 위에 선 청려로 갑작스럽게 끝났다.

그리고 장본인인 청려는 뮤직비디오 가편집본이 끝난 후에야 미소 지은 그대로 입을 열었다.

"마음에 들어요?"

객관적인 의견은 물어보지도 않고 바로 주관적 질문으로 건너뛰었다.

'자신 있다 이거지.'

그러냐? 나는 선선히 고개를 끄덕였다.

"어."

"……."

"잘 만들었는데."

왜 놀라고 그러냐. 인정할 건 인정해야지. 어차피 지금은 같이 일해야 할 판에 자존심 싸움 해봤자 의미 없다. 컴백 시기가 겹친 것도 아니고.

하지만 말이다.

"이 안무 느낌을 내가 살리기는 힘들다."

"음?"

"혹시 해서 말해두는 거지만, 나더러 이런 비슷한 안무 느낌을 2주 만에 구현해 달라고 요구할 생각은 안 하는 게 좋겠다고."

무대 퀄리티를 위한 조언이다.

'이건 춤 A등급 이상이나 겨우 비빌 수 있는 완성도다.'

게다가 이 프로그램은 기성 가수들이 나오는 프로그램이다. 데뷔 서바이벌처럼 일단 노력해서 성장세만 보여줘도 사람들이 이해해 주는 그런 서사는 웃길 뿐이란 뜻이다. 내가 이것과 비슷한 안무를 한다면 무조건 이놈 컨셉을 깨지 않을 만큼 나도 잘해야 한다.

근데 그게 현실적으로 가성비가 별로였다.

'그냥 고음 셔틀로 써 새끼야.'

그러나 청려는 웃음을 터뜨렸다.

"하하, 이번 무대는 내가 하고 싶은 대로 하기로 한 것 같은데요, 아닌가?"

"……."

진심이냐?

"농담이에요."

놈은 실실 쪼개며 탁자를 손가락으로 계산하듯 두드렸다.

"각자가 잘하는 걸 해야… 후배님과 합의한 게 가치가 있겠죠."

그래.

"그래도 기본은 해야 하니까."

"…?"

청려가 가볍게 물었다.

"하루 연습을 몇 시간까지 해봤어요?"

그리고 〈아주사〉급의 연습량이 대가리에 떨어졌다.

"괜찮죠?"

죽이겠… 아니, 죽일 힘도 없다.

'개X끼야.'

나는 LeTi의 VTIC 전용 연습실에 뻗어 있다.

7시간. 청려 놈과 안무 연습을 한 시간이다.

'미친놈 아니냐.'

컴백 막바지라 시간도 없을 텐데, 출연 무대 하나에 7시간을 통을 빼? 오늘 하루로 안 끝날 것 같다는 게 제일 끝내주는군. 그것도 무슨 극한 PT라도 하는 것처럼 교묘하게 사람을 한계까지 밀었다가 아주 숨만 트게 해주는 게 예술이다.

'이 새끼는 강사를 하면 떼돈 벌었을 텐데.'

잠깐, 이미 떼돈 번 놈한테 이런 말도 의미 없겠군.

'뇌가 안 돌아가나….'

나는 숨을 골랐다.

테스타도 어디 가서 연습량으로 그리 빠지는 그룹은 아니다. 이런 식으로 연습 시간을 물량 공세하는 경우가 적지 않다는 뜻이다. 그런데 아예 춤 선이 생소한 안무를 이렇게 단기간에 주입식으로 욱여넣는 건 또 다르단 말이지. 그 나이 먹고 난생처음 각 잡고 춤을 배우던 〈아주사〉 생각이 안 날 수가 없다.

나는 묵묵히 대자로 뻗은 그대로 천장을 보았다. 낯선 형광등이 빛나고 있었다.

'음?'

무심코 입을 열었다.

"조명 리모델링 했냐."

"음?"

곡을 돌리던 청려가 의아하다는 듯이 대답했다.

"하긴 했죠. 3년 전이지만."

"아."

그리고 깨달았다. 내 기억 속에 있는, 1년 가까이 연습했던 LeTi의 연습실은 이곳이 아니다.

'그건 현실이 아니었지.'

'위시즈'라는, VTIC과 테스타 멤버를 섞은 혼종 그룹으로 대상을 타려 할 때 봤던 천장이다. 시스템이 만든 가상 세계에서 류건우의 몸으로 VTIC 놈들과 함께 데뷔했을 때의 경험 말이다.

'아무 생각 없이 말이 튀어나왔군.'

그리고 청려도 그 부분을 눈치챈 것 같았다.

"후배님과 데뷔했을 때와 비슷한가? 그럴 수도 있겠네요. 그것도 내가 고쳤거든."

'여러 번 만들다 보면 표준 규격이 생기고 정형화되기 마련이기 때문'이라는 웃기는 설명이 이어졌다. 나는 실소했다.

"연습실에도 효율이 있냐."

"그럼요."

그것까지 알아낸 놈이라면 얼마나 고인물인지 모르겠군. 새삼스럽지만, 경험과 정보력의 측면에서는 누굴 가져다 대도 저놈에게 비비긴 힘들 것이다. 음, 역시.

'VTIC도 군대 공백기 끝나면 어느 정도 하락세 탈 줄 알았는데.'

좀 더 빡세게 준비해야겠다. 우릴 벤치마킹해서 자본빨로 데뷔한 신인부터 폼 안 죽은 VTIC까지, 테스타도 아주 샌드위치 신세다.

'대상 탔다고 방심할 수가 없겠군.'

나는 물을 마시며 다음 앨범 구상을 빠르게 정리했다. 청려가 옆에 앉은 것은 그때였다.

"후배님, 안무 습득력은 괜찮네요."

그렇겠지.

"이 연차에 습득력 없으면 관둬야지."

"하하."

웃겨서 웃는 건 아닌 것 같군. 아마 이 연차에 습득력 없는 놈도 멤버로 써본 경험이 있나 보다.

'성에 안 차서 돌아버리려고 했겠군.'

저놈 스탯창을 보면 알 수 있다. 이미 극한까지, 한계 스탯까지 자신의 재능을 갈아서 완성한 놈이다. 자기 루틴에 확신이 있겠지. 그러니 그런 본인이 배정한 연습량을 못 따라오는 새끼는 사람 취급을 안 했을 것이다.

'…흠.'

그런데 말이다. 나는 문득 드는 의문에 한 녀석을 호출했다.

이런 대화를 할 건 이 녀석뿐이지.

'큰달.'

[넵?]

"……."

순식간에 튀어나오냐. 근무 중이라 답변이 늦을 수도 있겠다고 생각했는데 이렇게 칼같이 답변이 올 줄이야.

어쨌든 나는 녀석과 근황 이야기를 몇 가지 떠든 후, 운을 뗐다.

'…상태창에 뜨는 잠재 스탯 말인데.'

[…?? 아, 형의 잠재력 무한 특성이요? 그건 시스템이 준 게 아니라 형이 원래 가진 게 맞는데…….]

아니, 그 이야기가 아니다.

[네?]

'나 말고 다른 사람 상태창에 뜨는 거 말이지.'

스탯 옆에 괄호로 표기되는 한계 스탯들 말이다. 그 사람의 한계치를 말해주는 지표.

하나 예시를 들어볼까.

[춤 : C- (B)]

여기서 괄호 안 'B'가 한계치다. 예체능으로 밥 벌어 먹고사는 게 될 놈만 되는 가장 큰 이유기도 했다. 재능빨.

그리고 내가 궁금한 건 이거다.

'무슨 짓을 해도 저걸 극복하는 건 불가능하다는 거지.'

저 한계 스탯 이상으로 사람이 성장하는 건 불가능한가?

"……."

잠시 침묵이 이어진 후, 소심하게 팝업이 떴다.

[아마도요…?]

그 뒤로 '사실 저는 시스템의 판단을 형이 보실 수 있게 바꾼 것뿐이라서……'라는 설명이 이어졌다. 결국, 시스템이 산출해 낸 값이라는 뜻이다.

'흠.'

나는 미간을 찌푸렸다. 그 순간이었다.

[설문조사 가능!]

"…!"

큰달의 채팅 팝업 옆. 갑자기 상태창 팝업이 튀어 올랐다.

'뭐야.'

[도움말 : 설문조사를 통한 피드백으로 〈System〉의 기능을 커스텀할 수 있습니다.]

"……."

그러니까… 자기 이야기가 나와서 영업하려고 튀어나온 거냐? 네가 가능한지 알려줄 수 있다고? 나는 상태창 팝업을 쳐다보았다. 제발 자기를 클릭해 달라는 듯이 광고 배너처럼 빛나고 있다.

근데 말이다.

'하겠냐?'

너 같으면 낚이겠냐고. 나는 망설임 없이 팝업을 없앴다.

'넌 저놈한테 있는 시스템 파편 수거하는 대로 폐기행이다.'

이게 정답이지. 그리고 내심 고개를 끄덕일 때.

"충분히 쉬었죠? 일어나요."

"……."

참고로 딱 5분 누워 있었다.

'후.'

나는 쌍욕을 참으며 몸을 일으켰다. 그래, 한계 스탯이고 나발이고… 당장 내 춤 스탯은 여전히 B+다.

뭐, 좋다. 이 짬에 못 하겠다고 징징댈 수는 없지.

'갈 수 있는 데까지는 갈아볼까.'

해보자고.

그날 밤, 테스타의 새 숙소 문이 힘없이 열렸다.

삐리릭- 달칵.

그리고 묵묵한 목소리가 들렸다.

"…다녀왔습니다."

후드를 뒤집어쓴 박문대였다.

"오 문대……??"

"……."

애 꼴이 왜 그래? 냉장고에서 팩을 꺼내다가 반갑게 맞아주려던 이세진은 당황했다. 하지만 박문대는 이렇게 대답했을 뿐이다.

"연습했다."

무슨 놈의 연습을 하면 저 박문대가 저렇게 된단 말인가. 밤샘 연습에도 아득바득 따라오고 잠도 안 자고 모니터링하던 친구다. 그런 박문대가 물 먹은 빨래처럼 축축 늘어진 모습은 낯설고 약간 숙연하기까지 했…….

'잠깐만.'

이세진은 순간, 박문대가 무엇을 하고 왔는지 다시 깨달았다.

"청려 피처링 연습이지?"

"어."

아니 누가 피처링을 부탁하면서 사람을 자기 회사 연습생처럼 굴린단 말인가.

'선을 모르나?'

지난 사건들로 청려에 대한 평가가 약간 완화되긴 했지만, 어쨌든 타 그룹이고 경계 대상이었다. 그렇기 때문에 이세진은 더 탐탁지 않았다.

'좀 적극적으로 반대할 걸 그랬나.'

그래서 그는 일부러 쾌활하게 박문대에게 어깨동무하며 외쳤다.

"문대문대~ 너무 남 좋은 일 해주는 거 아니야? 뭘 그렇게 죽기 살기로 해줘!"

그때였다.

"…나도 동감이야."

"…!"

독방 생활을 만끽하던 배세진이 슬그머니 거실로 나와서 자신의 말을 거든 것이다.

이세진은 약간 당황스러울 정도였다. 저 형이 웬일로?

"꼭 안 해도 되는데 해주는 거잖아."

배세진은 꿋꿋이 말을 이었다.

그렇다. 그는 VTIC 청려가 껄끄러웠다. 데뷔 초, 박문대를 갑자기 습격했다는 기함할 사실이 결정적인 요인이긴 했으나 비단 그것뿐만은 아니었다.

'…이상했어.'

청려라는 사람 특유의 분위기가 그랬다.

사실 직접 대화를 나눠 본 적도 드물다. 하지만 관찰만 하는 데도 느껴졌다. 감정적 맥락이 없는, 그러니까 공감 능력이 없는 사람처럼 느껴지는 순간순간이 있었다. 마치 배세진 본인이 연기했던 사이코패

스들이 떠오르도록 말이다.

본래 타인의 태도에 예민하고 기민한 그이기에 더 잘 느꼈다. 그건 시스템의 가상 세계에서, 혹은 건물 붕괴 사태에서 도움을 받았다는 객관적인 사실로도 잘 사라지지 않는 인상이었다. 그게 지극히 오랜 시간 반복된 재시작 때문에 생긴 간극이라는 걸 모르는 이상 어쩔 수 없는 일이었다.

'음.'

어쨌든 이세진은 정색해 버린 배세진을 보다가, 다시 분위기를 바꿨다.

'아이고, 문대는 여기서 정색해 봤자 말 더 안 듣는데.'

더 가볍게.

"맞아. 우리 앨범을 위해 체력 비축해 줘 문대~"

"그래야지."

그렇지! 이세진은 선선히 고개를 끄덕이는 박문대를 보며 쾌재를 불렀다.

하지만 박문대의 말은 끝나지 않았다.

"할 건 제대로 하고."

"……"

'야 그러면 네가… 밤새워서 작업하는 김래빈이랑 다를 게 있냐?'

룸메이트인 김래빈에게 뭐라고 하기 전에 본인을 돌아보라는 말이 목까지 차올랐다. 다행히 이세진 옆에는 그 대신 화낼 배세진이 있었다.

"그러니까, 무리하지 않는 선에서 하라고!"

"예. 뭐… 건강에 지장이 없는 선에서 연습하긴 했는데요."

박문대는 덤덤하게 대답하다가, 작게 중얼거렸다.

"그게 더 꼴 받긴 한데."

"……?"

"아무것도 아닙니다."

박문대는 절묘하게 혹사당한 자신의 몸 상태를 돌아보며 침묵했다. 하지만 곧 어깨를 으쓱했다.

"그리고 도움이 되긴 합니다. 이런 장르 안무는 처음이라서. 그리고… 끝나면 받아낼 것도 있어서요."

"받아?"

"예. 좀 얻어낼 게 있어서."

박문대는 고개를 끄덕이며 씩 웃었다. 의외로 보람 차 보이는 미소였다.

"이번에 저희 자체 컨텐츠가 재밌게 뽑히긴 한 것 같은데, 이전보다 좀 덜 대중적일 것 같거든요."

"음?"

류서린이 자극적으로 흥미진진하도록 밸런스를 맞춰서 뽑긴 하겠지만, 이건 마니아층용이라고 박문대도 결론을 내렸다.

'추리는 머리를 써야 해서 가볍게 보기 힘들지.'

하지만 다음 앨범 떡밥과 연결하려면 어느 정도 상징적이고 의미심장하기까지 할 수밖에 없는데, 그러면 라이트한 맛과는 더 멀어지는 것이다. 그나마 공포 요소를 살려서 대중성 밸런스를 맞추긴 했으나, 그것도 늦여름, 초가을이라 가능한 것이었다.

그러니까 말이다.

"다음 앨범에서 대중성도 제대로 챙겨야죠."

국뽕과 대중성을 다 챙기겠다! 박문대는 씩 웃었다.

"거기에 도움이 될 걸 받아낼 겁니다."

큰 그림이 그 머릿속에서 그려지고 있었다.

곧 '알았으니까 쉬기나 하라'며 타박하는 동명이인에 의해 침실로 기어들어 가는 엔딩을 맞긴 했지만… 말이다.

그렇게 며칠이 흘러갔다.

마침내 테스타의 자체 컨텐츠, 〈LAMB〉이 화려하게 공개된 이후, 문대가 피처링한 청려의 무대 경연 첫 촬영 날이 다가왔다.

VTIC, 그중에서도 청려의 팬 커뮤니티는 솔로 앨범 활동기를 맞아 대단히 활력이 넘쳤다. 특히 청려가 이번 앨범 프로모션용으로 방송 출연을 꽤 많이 잡았기 때문에 떡밥은 더욱 풍족했다.

　-재현아 스케줄 미쳤냐 고맙다
　-ㅠㅠㅠ채율이가 재현이 무대 챙겨본대 진짜 브이틱이 케이팝 관계성 근본이다…
　-이 연차에 소처럼 일하는데 커리어하이 갱신하는 갓돌 신청려 어떻게 안 좋아하지요?
　-신재현 팬싸 대응 돌았고 (영상)

그리고 이 분위기에서 청려의 〈처음 뵙겠습니다〉 프로그램 출연 소식은 처음엔 그저 앨범 프로모션용 활동 중 하나였을 뿐이다. '급 떨어지니까 굳이 안 나와도 괜찮다'라는, 다소 냉정한 평가까지 있을 정도였으니까.

그래도 대부분은 일단 스케줄 자체에 반가워했고, 청려의 무대를 볼 시간이 늘었다는 것에 좋아했다. 〈처음 뵙겠습니다〉의 방청객 신청이 역대 최고 수치를 갱신했다는 기사에 즐거워하기도 했고 말이다.

그리고 당연히 커뮤니티 이용자 중에도 당첨자도 나왔다.

-내가 첨봄을 방청할 줄이야... 엄마 모시고 다녀온다 후기 가져오겠음ㅋㅋ
└츠크츠크
└부럽다
└어케 붙었냐

하지만 그날 오후.

-헐
-야 신재연
-ㅋㅋ
-와

방청 후기 올리기로 했던 사람들이 실시간으로 외마디 감상만 남기기 시작했다. 방청객 후기를 보려 그 시간 커뮤니티에 죽치고 있던 팬들은 모두 당황했다.

'재현아??'

-????
-뭐야
-반응 뭐임 지금

몇 분 후, 드디어 제대로 된 문장을 구사하는 방청 후기가 올라왔다. 그리고.

-미친!!

청려의 팬사이트가 비명과 혼란으로 가득 차기까지는 얼마 걸리지 않았다.

〈처음 뵙겠습니다〉 무대 경연 현장.

[주말 오후의 즐거움! 스타들의 만남, 세기의 콜라보레이션, 〈처음 뵙겠습니다〉의 무대가 곧 시작됩니다!]

MC가 다년간의 경험으로 정형화된 대본을 물 흐르듯이 읽었다. 그리고 방청 객석에서는 방청객다운 호응과 박수가 쏟아졌다.

[이번 경연의 주제는 '밀레니얼 2000'! 2000년대를 테마로 무대를 꾸몄습니다.]

[출연진들이 함께하고 싶은 장르의 아티스트를 선택해 합을 이루어 콜라보가 성사되었는데요, 과연 어떤 무대가 탄생했을지 기대해 주시기 바랍니다.]

그리고 MC는 빠르게 투표 룰도 요약 설명했다.

간단하다. 공연이 마음에 들었다면 버튼을 눌러달라! 매번 녹화마다 하는 상투적인 이야기였으나, 이번에는 처음 듣는 방청객도 꽤 있었다.

'내가 이런 데도 오네.'

'재현아, 고맙다. 뒷걸음치다 효도해 본다.'

다 청려의 출연 소식을 듣고 신청한 사람들이다. 즉, 기존 시청자가 아니었던 VTIC의 팬이 많았다.

그리고 그것이 이 경연에서 양날의 검이기도 했다. 만일 청려가 1위를 할 만한 무대를 선보이지 못했는데 방청객 투표로 1위를 한다면, 그것만으로도 논란이 되기 때문에.

하지만 거기 앉은 팬들은 그런 걱정은 거의 하지 않았다.

'재현인데 뭐.'

팬으로 지낸 기간이 길수록 견고해지는 믿음이었다. VTIC, 특히 청려는 절대 실망스러운 활동을 하지 않았으니까.

[지금, 그 특별한 무대의 막이 오릅니다.]

그리고 드디어 시즌 7의 3번째 테마 경연이 시작되었다.

예의 바른 환호와 함께, 가수들과 명인들이 나와서 공연을 펼쳤다. 여기서 가수란 대부분 중장년층의 선호도가 높은 기성 가수들이다. VTIC 같은 남자 아이돌은 없었다는 뜻이다.

'오.'

그렇게 분야가 다르다 보니 청려의 팬들도 견제 심리 없이 꽤 호의적으로 그것을 보았다.

'괜찮다.'

'다들 잘하시네.'

순수한 평가가 선선히 이루어진다.

제법 파격적인 무대도 많았다. 성악가와 왕년의 래퍼가 부른 2000년대 유행 뮤지컬 대표곡은 올드함을 힙하게 느끼도록 하는 맛이 있었고, 곡예사 명인과 댄스 가수의 협연도 조금 부조화스러웠을지언정 꽤 인상 깊었다.

'와!'

특히 연령대가 어린 VTIC 팬들에게는 더욱 와닿았다. 이 프로그램을 그다지 시청하지 않아, 프로그램 특유의 정형화된 '관객에게 먹히는' 무대 구성을 몰라서 신선하기까지 했기 때문이다.

그리고 청려의 무대를 나름대로 상상해 보는 것이다.

'재현이는 누구랑 했을까?'

'막 오페라 가수랑 했으면 진짜 멋있었겠다.'

가끔 명인 섭외가 부족하거나 짝이 맞지 않아 가수끼리 하는 무대도 있었으나, 설마 청려가 그랬으리라고는 아무도 생각하지 않았다.

'음, 이 사람들보다 잘하려면⋯⋯.'

재현이가 혹시라도 실수하면 안 된다는 걱정까지 슬며시 들 정도의 무대도 한두 번 있었다.

그리고 시간이 지나 6번째 무대, 마지막 바로 직전의 순서에야 MC가 드디어 기다리던 포문을 열었다.

[이번 무대의 출연자는⋯ 대한민국을 대표하는 글로벌 KPOP 아티스트죠. VTIC의 청려 씨입니다!]

으아아!!
와악!

'글로벌' 단어가 나올 때부터 낌새를 눈치챈 팬들은 이미 열렬히 환호 중이었다.

그리고 굳이 팬이 아닌 중장년층도 반응이 좋았다. 다들 뉴스에서든 위튜브에서든 VTIC의 이름은 들어본 적 있기 때문이다. 유명 연예인에 대한 기대! 얼마나 잘할지 가늠해 보는 그 시선들. 넘치는 아드레날린 속에서 MC는 템포를 조절하며 진행을 계속했다.

[그리고 청려 씨가 지목한 콜라보 상대는⋯.]

짧은 뜸 들이기. 그리고 관객의 궁금증이 최대가 됐을 때, 청천벽력 같은 소리가 떨어졌다.

[국민 아이돌! 바로 테스타의 메인보컬, 박문대 씨입니다.]

"…??"
"…?!"
예?
'젊은 아이돌 애들끼리 하네~'같은 여상스러운 중장년 관객층의 반응과 달리, 객석의 청려 팬들은 귀를 의심하며 내적 기함했다.
여기서 테스타가 왜 나와…?
'청려야?'
'야 신재현!'
차라리 리코더 영재 유치원생이 낫겠다고 비명을 지르는 팬도 있었으나.

[그럼 지금 만나보시겠습니다! 콜라보레이션 스타트!]

마음을 추스를 겨를도 없이, MC의 외침과 함께 무대가 시작되었다!
어두운 무대에 조명이 들어온다.
"……!"
팬들은 반사적으로 숨을 죽이고 무대로 시선을 모았다.
하지만… 가수는 없었다. 외곽에서 스탠딩 마이크 하나가 홀로 스포트라이트를 받으며 서 있을 뿐이다.
후우우우-

짧게 바람 소리가 울렸다. 그 공백 속에서, 피아노로 연주되는 낯익은 리프 멜로디가 공기를 채웠다. 귀에 익은 반주.

그리고 그 고요한 배경음을 가르고 들어오는… 단조의 코러스.

-내 겨울에 눈이 와
두 볼을 감싸는
차갑고 포근한 온기
그리고 너

〈Winter love〉.

2000년대 중반 유행했던 감성적인 힙합 그룹의 유행곡이었다. 중독적인 코러스를 유명한 여성 솔로가 피처링하는 공식을 따라 했던 곡. 그 피처링 파트가 근사한 남성의 목소리를 타고 재현된다.

-Um, umm- Um, umm-
Um, umm-

쓸쓸한 허밍. 이별 후, 사랑의 달콤쌉싸름함을 회상하며 노래하는 오리지널에 한없이 가까운 감성.

"……."

노래를 부르는 건 청려는 아니었다.

'박문대… 인가?'

하지만 단조인데도 청량하도록 맑은 목소리에 순간 관객들이 귀를 기울였다. 은은한 피아노 반주와 허밍이 부드럽게 관객석에 울렸다.

-Yes

그리고 장조로 반주가 돌아가며, 본래는 밴드 사운드와 함께 좀 더 밝은 분위기에서 빠른 랩이 들어가야 하는 순간.

-No

"…!"
음이 더욱 무겁게 떨어졌다.
쿵.
유려하고 음울한 피아노 반주가 무겁게 깔렸다. 그 묵직한 단조의 음 위로, 반주의 템포가 떨어지며… 더 느릿해진다. 약간 위험하게 느껴질 정도로 느긋하고 어둡게.
그리고 등장하는 인영.

-불 꺼진 밤
애타는 우리의 마음

"…!!"
청려!
헤드 마이크를 장착한 가수가 외곽에서부터 걸어 나왔다. 그것만으로도 무대가 꽉 차는 것 같은 움직임. 검은 슬랙스에 군청색 무대용 셔츠가 근사하게 어울렸다.

'으아!'

하지만 관객들의 억눌린 환호가 여기저기서 터지는 와중에도, 몇몇 사람들은 의아했다.

'어?'

청려가 부른 노래. 귀에 익은 멜로디는 맞았다.

하지만… 아까 전개되던 곡, 〈Winter love〉가 아니었다.

─사랑의 목소리가 들려

〈여름밤의 열기〉.

앞 곡과 마찬가지로 2000년대의 곡은 맞았으나, 섹시 컨셉으로 유명한 여성 솔로 가수의 곡이다. 게다가 빠른 템포의 테크노 댄스 곡이던 원곡과 달리, 느릿한 템포 속 무거운 반주를 타고 안무와 곡이 전개된다.

─여름밤
뜨겁고 황홀한 순간을

현대 무용, 혹은 왁킹의 느낌이 약간 묻어나는 동작이 단단한 체격을 따라 펼쳐졌다. 댄서가 나와서 같은 동작을 하며 무대를 채웠으나 그건 화려함을 더할 뿐이었다.

조명의 움직임, 흔들림 없는 라이브 보컬, 그리고 디테일 하나하나가 확실하며 강약점이 완벽해 카타르시스가 느껴지는 춤. 그것만으로도 꽉 조인 듯 무대가 완성됐다.

오랜 기간 무대에 섰던 사람 특유의 자연스러움이 시선을 쭉 잡아 끈다.

-기다렸어, 알지

원곡의 화려함과 섹시함을 응축해 담으면서도, 훨씬 느릿하고 정적, 묵직한 템포의 야성미가 예술성을 가미했다. 자칫 경박하게 들릴 수도 있는 옛날 유행가 특유의 촌스러움은 자취도 없이 눌려 사라진 채.

'미쳤다.'

'혼자 해도 됐잖아!'

'앞에 박문대는 왜…?'

팬들이 정신없이 의식의 흐름대로 생각하며 무대에 몰입했다.

-순간이 영원으로

사랑의 불꽃을 태워

Summer night

그 사이 여유로운 듯 무게감 있는 퍼포먼스는 유려하게 무대를 끌고 가, 눈 깜짝할 사이에 1절 후렴이 끝났다.

그리고 잠깐 멈춘 음악. 청려는 구두 소리를 내며 외곽의 스탠딩 마이크로 걸어갔다.

"……."

관객들이 다시 숨을 죽이고 그 모습을 지켜보며, 다음 카타르시스를 기다리는 순간… 갑자기 반대편에서 다른 누군가가 스포트라이트 아래로 모습을 드러낸다.

"…!"

박문대. 부드러운 금발을 말끔하게 정리한 가수가 반대편 외곽의 스탠딩 마이크를 잡았다.

그리고 다시 반주가 흐른다.

-My love is in winter
봄이 와도 내 가슴 속엔

"…?"

청려가 부른 〈여름밤의 열기〉에 사용된 이전 반주가 위화감 없이 그대로 이어졌다. 그리고 박문대의 멜로디가 기가 막히게, 자연스럽게 어우러졌다.

'어라…?'

같은 시대에 나온, 비슷한 작곡 문법을 사용한 두 곡을 연결했기 때문이었다. 하지만 분위기와 노랫말은 정반대이기에 아주 묘한 분위기가 형성되었다.

서사점이 생긴 것이다. 여름밤의 짧은 사랑과 영원한 겨울의 이별.

-눈더미, 녹지 않는

영원한 겨울의 온기
우-

쓸쓸하던 목소리에 또렷하고 단단한 힘이 실리고, 반주와 함께 올라갔다. 보컬 애드립이 기교 없이 듣기 좋게 클라이맥스로 치달았다.

-내 겨울에 눈이 와
두 볼을 감싸는
차갑고 포근한 온기

고음으로 치닫는 소리가 아무렇지 않게 초고음으로 우아하고 아름답게 뻗었다.

-Yes, you

그리고 거기서, 또 음과 가사가 이어진다.

-You and me
in summer night

치고 들어온 청려의 곡.
두 사람은 마치 한 곡의 파트를 나눠 부르듯이, 자신이 부르던 곡을 번갈아가며 계속 불렀다.

―기회를 놓치면 안 돼

고조되는 음의 끝, 무대 중앙에 두 점의 스포트라이트가 거대하게 들어온다. 그리고 무대 위 두 사람은 걷기 시작했다.
"…!"
중앙으로 온 둘은 빌드업되는 반주에 맞추어 움직인다.
거울 안무.

―여름밤
뜨겁고 황홀한
(목소리가 들려)

동작이 섞이고, 서로 가사가 뒤섞인다.

―My love is in winter
(in summer night)

어느새 둘은 곡을 바꿔 부르고, 다시 자연스럽게 받아서 이어 불렀다.

―순간이 영원으로
(영원한 겨울의 온기)

그리고 마지막 구절.

-그리고 너.

퍼포머는 마주 보고 안무를 멈췄다.
화음을 맞춰 곡을 끌어올린다.

-Yes, you!
You, you, u- uu, umm, umumm,

현악기가 벅차게 울렸다.
그리고 안무도 클라이맥스에 다다랐다.

-Um, umumm, Um, umumm, um, Umm…

두 곡의 멜로디가 섞인 허밍이 절묘하게 화음을 만들고 떨어진다.
그리고 두 움직임은 거울처럼 맞아 들어가며 복잡한 페어 안무를 구사한다. 발이 엇갈리고, 상체를 꺾고, 서로의 어깨를 잡고 한 치의 오차도 없이 곡예처럼 빈자리를 채우는 퍼포먼스. 일견 부드러워 보이는 그 모든 동작은 사지를 완벽히 통제할 힘이 있어야 우아하게 보일 수 있었다.
즉, 이 동작을 하면서 고음을 내지르는 것도 아닌 '허밍'을 완벽한 피치의 라이브로 소화하는 것은 거의 비현실적으로 보이는 광경이었다는 뜻이다.

'와.'

"……."

시선이 빨려들 듯이 고정된다. 댄스 무대, 즉, KPOP 무대에 대한 이해와 숙련도가 지극히 높은 퍼포머만 할 수 있는 구성.

'아…….'

그래서 소수의 몇몇 팬들은, 청려가 왜 박문대를 선택했는지 이해했다.

'그랬구나.'

'이런 걸 하고 싶었다면 아이돌을 골랐겠지.'

다만 오해도 있긴 했다. 사실 박문대가 이 클라이맥스 파트의 안무를 홀로 구현하는 것은 현재 능력치로는 불가능했다.

하지만 연습량으로, 30초 정도의 짧은 안무를 '상대와 똑같이' 카피해서 출 수 있도록 커버한 것이다. 하물며 몇십 년간 멤버들에게 효과적으로 안무를 각인시키는 방법을 개발해 온 당사자가 직접 한 동작 한 동작을 욱여넣었다면, 잠깐은 말도 안 되는 재현이 가능하다.

그리고 그 '말도 안 되는' 싱크로율의 끝에서 찍는, 화려하게 빌드업된 반주 위로 솟아오른… 짧고 확실한 고음역대의 화음.

-뜨겁고 황홀한 순간을
기다렸어, 알지

카타르시스!

-Wh-whewhewhewhe!

금관 반주에 맞춰 등을 맞대고 관객석을 바라보며, 겨울로 시작한 무대는 여름밤으로 엔딩을 맞는다.

쿵!

"……"
그렇게 무대는 끝났다.
아이돌다운 무대 틀에, 이 프로그램에 맞는 예술성을 쏟아 넣은 구성, 그 분위기! 그리고 절묘한 편곡과 라이브, 묘기 같은 안무까지.
퍼포먼스의 정수였다.
'찢었다.'
'미친.'
와아아악!!
비명 같은 환호가 객석을 채웠다. 팬이라서 보내는 환호가 아니라 무대에 대한 리액션이었다.

[정말 대단한 무대였습니다!]

MC의 멘트마저 진심으로 들렸다.
곧 무대 위의 두 사람은 작게 웃으며 정중히 몇 번 객석을 향해 인사한 뒤 점잖게 자리로 복귀했다. 투표를 위해서였지만 사실 결과는 나온 것이나 다름없었다.

이미 팬들은 알았다.

'이건 무조건 찍어도 돼.'

방영되어도 절대로 청려가 1등 했다고 욕먹지 않을 것이다. 그 확신이 자리의 팬들을 벅차게 만들었다. 하지만 그래도 방청을 온 팬 대다수의 머릿속에는 혼란과 물음표가 남았다.

'어떻게 박문대랑 한 건데??'

'미친 저 선곡 뭐야?'

그리고 그 궁금증들도 곧 충족될 예정이었다. 주말, 본방송에서 둘이 팀을 짜는 과정이 분량을 받았기 때문이다.

내가 청려의 무대를 피처링한 방송 프로그램, 〈처음 뵙겠습니다〉의 회차는 지연 없이 빠르게 편성되었다.

그리고 본방송 당일. 당연하지만, 무대가 아니라 그걸 준비할 가수들을 소개하는 파트부터 TV에 나왔다.

[롬제이 : 이전부터 (판소리에) 관심이 많아서…]

[MC : 오, 이 프로그램에서 판소리에 관심이 있으시단 래퍼분은 처음인데요. 과연 판소리 명인이 출연해 주셨을지 결과 보시죠!]

자기소개하고 무슨 장르에 관심 있는지 떠들면서 콜라보 팀이 결성되는 그거 말이다. 그 파트에서도 거의 마지막 부분에, 드디어 무대를 같이 했던 놈이 등장하는 것이다.

[차에서 내리는 이 인영은…?]
[청려 : 안녕하세요.]

여기에 인위적인 환호성이 백그라운드로 들어가며 아주 사방에 응원봉 효과까지 넣었다. 그리고 거대한 자막까지.

[이 남자… 잘생겼다!]

"……."
'실화냐.'
자막 만든 인간이 10년 전에서 타임머신을 타고 왔다고 해도 믿겠군.
'무대 재미없었으면 진작 망했을 프로그램이네.'
나는 떨떠름한 얼굴로 자리에서 일어났다.
"어? 문대 어디가?"
"마실 것 좀 가지러."
참고로 나 혼자 모니터링하던 건 아니다. 지금 시즌이 딱 새 앨범을 준비하며 투어 중인 상황인데, 오늘이 일주일에 한 번 있는 멤버 단체 합숙 날이었던 것이다. 그래서 스위트룸 하나 빌려서 다 모여 있었다.
그리고 나는 내 스마트폰으로 이 프로그램을 보고 있었는데….

−문대문대 뭐해? 어, 이야~ 이게 오늘 본방송이구나?

―…그렇지.
―아! 이 호텔의 TV는 인터넷을 통해 한국 공중파 시청이 가능하다고 합니다! 큰 화면으로 보실 수 있도록 TV를 이용하는 건 어떻습니까? 다른 형들께서 괜찮으시다면….
―에이, 당연히 괜찮지~
―아, 문대 방송이 오늘이야? 그럼 우리도 좀 볼까.
―OK!

…이 과정을 거쳐서 다 같이 앉아서 이 올드한 프로그램을 보고 있는 것이다.

[KPOP의 제왕, VTIC!]
[리더 청려]

"…대놓고 띄워주네."
"그러게."
그렇게까지 불만스러운 표정으로 볼 거면 뭐 허러 TV 틀었냐.
'뭐, 나도 비슷한 생각을 하긴 했다만.'
어쨌든 누구 하나 반박하지 않고 프로그램 내용이 전개된다. 청려의 휘황찬란한 커리어가 소개되더니 이윽고 청려가 '콜라보레이션 희망 장르'를 이야기하는 장면이 나왔다. 물론 보통은 이거 다 대본이다. 이미 작가가 섭외한 명인들을 짬과 인기순에 따라서 고르고 매치해 주는 게 보통이지.

다만 이번에 청려는 정말로 '자기가 고른 장르'의 사람과 콜라보를 하긴 했다. 정확히는 본인이 직접 이 방송에 꽂은 거지만.

[청려 : 저… 아이돌분과 해보고 싶은데요.]
[!!!!]
[MC : 청려 씨, 저, 본인이 아이돌이신 거 기억하시죠…?]
[청려 : 그럼요. (웃음) 그런데 오히려 다른 분야의 아티스트 분과는 함께 무대를 할 기회가 제법 있었는데, 같은 아이돌끼리 해본 적은 거의 없거든요.]

당황한 척하는 MC가 묻는다.

[MC : 그럼 혹시… 여자 아이돌분과?]
[청려 : 그럴 리가요. 저 같은 입장의 남자 아이돌분으로.]

청려는 웃으면서 MC의 질문을 아무렇지 않게 쓱 넘기더니 다른 포인트를 살렸다.

[청려 : 그리고 지금 멤버들이 없어서 음… 혼자서만 무대를 하려니 좀 쓸쓸하기도 하네요. 그런 이유입니다.]

VTIC 팬들이 감격하는 소리가 들리는군.
'이미지 메이킹 죽이는군.'

짬이 보인다.

나는 자막에서 눈을 떼고, 호텔 룸 현관 근처의 냉장고로 다시 걸어갔다. 그리고 그 안에서 비치된 생수를 꺼내 들려다가… 보았다.

흑맥주.

"……."

그러고 보니 알콜을 입에 안 댄 지도 벌써 몇 년쯤 된 것 같다.

"……."

그러고 보니 내일은 콘서트도 없다.

'한 캔 정도는 괜찮지 않…'

"박문대."

"네."

뭐, 이럴 줄 알았지만.

날 부른 건 어느새 현관으로 따라온 배세진이었다. 무슨 알콜 중독자 센서라도 있냐. 나는 맥주에서 시선을 떼고 라벨 없는 물병이나 집어 들었다. 어차피 모니터링도 해야 하니 냉수나 마시자.

그렇게 생각하는 순간, 갑자기 배세진이 물었다.

"혹시 너 지금 기분이 나쁘거나 속이 답답해?"

"…? 아뇨."

술 마시는 걸 말렸기 때문에 박문대 컨디션이 박살 났다, 뭐 그런 발상은 아니겠지.

"그래. ……그게 아니면, 가끔 한 캔 정도는… 편하게 마셔도 괜찮을 것 같아서."

"…?!"

'진심이냐.'

전 숙소부터 지금까지 알콜이란 알콜은 다 폐기 처분했던 놈이? 고개를 들자, 배세진이 좀 민망하다는 얼굴로 말을 이었다.

"애초에 내가 너무 이래라저래라하는 것도 이상했단 거 알아. 그런데 그냥… 알콜에 중독되는 안 좋은 습관 같아서 말리려고 했던 거야."

그렇겠지.

"그런데 이제 그런 습관이 있는 게 아니면, 내가 괜히 참견하는 게 되잖아."

"……."

"물론! 스트레스 때문에 마시고 싶은 건 아니라고 네가 확신할 때의 이야기야."

나는 잠깐 생수병에서 손을 떼고, 회상했다.

'그러고 보니…'

어느 순간부터 짜증을 풀기 위해 술이 당기던 습관이 많이 사라지긴 했다. 그걸 냉장고나 편의점 근처 갈 때마다 저놈이 몇 번 떠봤던 것 같기도 하고. 그리고 지금은… 확실히 스트레스 해소용으로 마시고 싶은 건 아니고 말이지.

나는 피식 웃으며 고개를 끄덕였다.

"예."

"그래. 알았어."

배세진은 인정이라도 하는 것처럼 깔끔히 고개를 끄덕였다. 나 참, 무슨 중독 치료 인증이라도 받은 기분이다.

'그래, 저 녀석 덕에 알콜로 기분 푸는 가성비를 버리긴 했지.'

나도 인정했다.

"형이 괜히 참견한 건 아니고, 도움받은 거죠."

"……큼, 그래."

좀 뿌듯하다는 기색을 못 숨기는군. 뭐, 좋다.

'얼마 만이냐.'

나는 손을 뻗었다. 그리고 드디어 냉장고에서 몇 년 전에 마시던 익숙한 브랜드의 흑맥주 캔을 잡아, 꺼냈다.

'디자인 바꿨네.'

그리고 바로 따서 들이켰다. 꿀꺽. 짜릿한 탄산과 함께, 아주 간만에 마시는… 차가운 보리 맥주가 목을 타고 넘어갔다.

시원했다.

'오.'

나는 맥주 캔을 든 채로 다시 자리에 복귀했다.

"너 이상하다 싶으면 다시 말릴 거야."

"아, 예."

나는 다시 맥주 캔을 털었다. 배세진은 내가 마시는 꼴을 보며 또 무슨 할 말이 생긴 것 같은 표정이었지만, 굳이 말하지 않고 고개를 돌렸다.

'잘 생각했다.'

나는 상쾌하게 자리에 앉았다.

TV 화면에서는 뺀질뺀질한 놈이 입을 열고 있었다.

[롬제이 : 그런데 진짜 콜라보레이션 아티스트도 같은 장르로 하신 건… 아이돌 외길 정말 리스펙트합니다.]

[청려 : 하하… 네. 감사합니다. 제가 목숨 걸고 아이돌을 했거든요.]
[아이돌에 진심인 VTIC 청려! 그와 콜라보레이션할 아티스트는 과연?]

"……."
출연진들이 꺄르르 웃는 리액션이 전파를 탔다. 저게 비유법이 아니라 말 그대로의 사실이라는 걸 알 리가 없겠지.
'사기 치는 재주가 일품이군.'
나는 너그럽게 받아들이며 묵묵히 맥주를 들이켰다.
"Popcorn?"
오냐. 차유진이 내미는 팝콘도 안주로 좀 씹어 먹었는데….
"……."
"더 먹어요! 괜찮아요."
안 괜찮다.
'달아.'
대체 이놈은 이런 걸 먹고 어떻게 폼이 안 죽는 건지 모르겠다. 이게 바로 근수저가 하는 그거냐? 하지만 오히려 차유진이 팝콘을 잡는 내 팔을 유심히 보더니, 눈을 빛내며 말했다.
"Oh! 형 근육 생겼어요."
"…? 그러냐."
"뭐 먹어요?"
"아니."
따로 먹은 건 없다. 아무리 생각해도 변수는 하나뿐이지.
나는 화면을 향해 턱짓했다.

"저거 연습하면서 붙은 것 같은데."
"오우."
마침 드디어 내가 등장했거든.

[VTIC 청려의 콜라보레이션 아티스트!]
[??? : 안녕하세요.]

이윽고 화면에 없는 의욕을 박박 긁어서 끌어올린 내 모습이 보였다.

[박문대 : 테스타의 메인보컬, 박문대입니다.]
[TeSTAR!]

 온갖 휘황찬란한 효과가 다시 들어가며 테스타 커리어가 쭉 소개된다. 그리고 나와 청려가 서로에게 놀라는 척하며, 악수도 한 번 해주면서 친근히 무대 준비를 시작하는 것이다.

[청려 : 이렇게 보네요. 정말 반가워요.]
[박문대 : 네, 선배님. 잘 부탁드립니다.]
[청려 : 하하. 아, 그냥 편하게 해도 될 것 같지? 분위기가.]
[박문대 : 그러면 편하게 말씀 놓으세요.]
[본래도 친분이 있던 두 사람…?]

 이렇게 보니 좀 가증스럽지만 그래도 화면에서는 제법 훈훈하게 나오는군. 물론 인터넷 댓글은 비명을 지르고 있지만 말이다. '멸망', '미쳤나', '찐이었다니' 따위로 도배 중인 댓글창의 비명은… 감수해야 하는 것이라고 생각하자.
'이득을 보고 만다.'
나는 팝콘을 이 사이로 갈며 TV를 응시했다.

[청려 : 문대가 데뷔할 때 즈음에 좀 안면이 생겼었거든요. 이렇게 보니까 무대가 기대되네요.]

그리고 훈훈하게 안무를 지도받는 내 모습과, 화음을 맞추고 만족스러워하는 청려의 모습이 편집으로 지나갔다.
'좋은 선배 이미지 싹 긁어가네.'
실제로는 남의 대가리에 안무를 때려 박았으면서 말이지. 아무리 생각해도 저기서 근육이 생긴 것이 분명하다. 저놈이 욱여넣은 안무 동작은 몸을 제어할 파워가 중요했다. 꽉꽉 압축해서 힘을 썼다는 뜻이다.
비록 화면에는 화기애애하게 나오지만.

[청려 : 문대가 춤 습득력도 좋아서 순조롭게 진행 중입니다.]

"정말 저거 이유 맞아요?"
"속지 마라. 매일 7시간 했다."
"오."

[박문대 : 문대에…? 아니, 무대에 많은 기대 부탁드립니다.]
[자연스러운 아이돌 애교??]

"으하학!"

"……."

'이것도 살렸냐.'

그리고 체력이 바닥나서 벌어진 내 말실수까지 살린 인터뷰 영상을 끝으로, 드디어 무대가 방송을 탔다.

[지금 시작합니다!]

"저기, 문대가 지금… 나오는 거야?"

"그래."

"오~ 보자보자."

테스타 놈들도 3초마다 코멘트를 붙일 것 같은 편한 자세로 TV에 더 집중했다.

하지만 무대가 끝난 후.

"……."

"……."

-돌았다

-왤케 잘함

-이게 바로 케이팝 1군의 맛인가 쏘굿

-아… 애들 제대할 때까지 기다려 줄 순 없었냐 재현아… 이런 무대를..ㅠㅠ
-ㅠㅠㅠㅠ

주변과 인터넷 양측에서 다 정색했다.
"박문대, 너 이래서 연습을 그렇게…."
"예."
그리고 나도 청려가 무슨 효과를 노린 것인지 깨달았다.
'세련미가 말도 안 되게 돋보인다.'
이 프로그램은 오래된 만큼 주 시청자의 입맛에 맞춰서 클래식한 중장년층에게 감성적으로 어필하기 좋은 무대 도식이 있었다. 그게 나쁜 건 아니다만 모두가 그 방법을 쓰고 있다는 게 바로 파고들 점이다.
'이 무대가 혼자 튀어.'
그래서 2000년대 초반 가요를 최신 KPOP의 정수처럼 만든 청려와 박문대의 무대의 인상이 배가 된 것이다. 다 비슷한 계통의 색에 완전히 다른 색 하나를 끼워놓으면 눈에 확 튀지 않겠는가.
'물론 못 하면 위화감만 더 조성하지.'
그 부분을 어마어마한 무대 구성력과 짬으로 누른 것이다. 그리고 날 고른 건… 일단 이미 군대 간 놈들 외에 자기 지시에 맞춰서 이 악물고 퀄리티 뽑을 상대가 필요했던 거겠고.
'회사 키우기용 여론도 챙겨 가려던 거겠지.'
지난번에 본인이 시인했듯이 말이다. 나는 벌써 시작된 LeTi 측의 운 띄우기 바이럴 기미를 보았다.

-아 이번 테스타가 독립하면서 LeTi쪽에서 투자 많이 했대 같은 라인이라 이제 회사 선에서 안 쳐내고 엮이는 듯ㅋㅋ
　└헐
　└뭐임 그럼 한솥밥?
　└한솥밥은 아니고 걍 옆집 수준?ㅋㅋ
　└아 그래도 신기하다

아마 오늘 밤 내내 간 보다가 내일쯤에는 기사도 내면서 '테스타가 LeTi 라인 탔다'를 공고히 할 것이다. 그렇게 테스타가 차후 LeTi의 플랫폼에 나오는 것에 대한 의아함, 거부감을 낮추며 순조롭게 자체 플랫폼 영향력을 키운다. 중장기적인 기획사 체급 키우기 플랜을 성공적으로 진행 중인 것이다.

'내가 먹을 게 없었으면, 솔직히 썩 달가운 상황은 아니지만……'

"저기, 문대는 재밌었어…?"

"……."

선아현의 질문에, 나는 어깨를 으쓱했다. 뭐, 이래저래 상대가 좀 얼어간 게 많아 보이긴 해도 말이다.

"보람은 있었지."

그건 맞다.

"이런 안무 스타일도 한번 습득해 두면 좋잖아."

선아현은 내 대답에 미소 지었다.

"으응. 다행이야. 아! 무대, 굉장히 멋있었어…."

"그렇습니다! 편곡과 구성도 흥미롭지만 무엇보다 화음에서의 안정감과 안무에서의 숙련도가 굉장히 인상 깊은 무대였습니다."

"고맙다."

제법 훈훈한 분위기에 나는 고개를 끄덕였다.

"그, 이런 안무, 더 해보고 싶으면… 내가 가르쳐 줄 수 있어…!"

그건 좀.

"고맙다. 언젠가 시간이 나면 하자."

지금은 마음만 받으마. 솔직히 더 하면 춤 스탯이 오르지 않을까 하는 기대는 있다만 가성비가 영…. 스탯을 못 찍는 시점에서 지금 댄스 스탯을 올리려는 몸부림은 시간 대비 효율이 별로다. 춤 잘 추는 다른 놈들이 팀에 한둘도 아니니 그룹 활동을 하는 입장에서는 오히려 다른 쪽이 더 매력적으로 보인다.

이미 내가 핵심인 능력치를 정점까지 올리는 것. 그러니까….

'차라리 가창이라면 모를까.'

가창력을 'EX' 찍으면 어떻게 될지 좀 궁금하단 말이지. …스티어 차유진의 끼 스탯처럼.

'……'

나는 워터밤 당시 날아다니던 놈을 떠올리며 팝콘을 통째로 입에 털어 넣는 옆자리 차유진을 보았다.

"Hmm? 잘못된 뭔가 있어요?"

"아니."

"OK. 오, 형 무대 멋져요."

오냐. 나는 도로 고개를 돌리며 떠올렸다.

…사실, 차유진의 끼 스탯은 도로 S+로 돌아와 있다. 스티어 당시의

기억이 많이 흐려져서 그런 건지, 아니면 무대에 오를 때 특정 조건이 충족되면 다시 EX로 발현할지 모르겠다만… 좀 신경 쓰이긴 한다.

'목격한 장면도 있고.'

—…후.

야밤에 거실에서 스마트폰으로 스티어 차유진의 워터밤 무대를 보고 있는 저 녀석을 말이다. 눈살을 찌푸린 차유진은, 분석하는 건지 분한 건지 모를 표정이었다.

'알아서 잘하는 놈이긴 하다만.'

뭐, 힌트라도 있으면 어떨까 하는 생각이 들기는 한….

[설문조사 가능!]
[도움말 : 설문조사를 통한 피드백으로 〈System〉의 기능을 커스텀할 수 있습니다.]

너 말고. 안 한다고.

'이 새끼 끈질기네.'

스탯 올리는 기능이라도 추가해 주겠다는 절규냐? 나는 손을 휘젓지도 않고 상태창을 없앴다.

"근데 문대문대야."

왜.

"너 손에 맥주 들고 있다?"

"어, 이제 마셔도 된대."

"누가?"

"세진 형이."

"오."

나는 자연스럽게 맥주 캔을 얼른 비우고 내려놓으며, 다시 생각했다.

어쨌든 얻을 것도 얻었고 준비도 순조롭다. 이 피처링 무대를 딜로 걸어서 내가 얻어낸 것을 떠올리면, 사실 맥주를 하나 기념으로 더 까고 싶은 기분이다. 얼른 실행에 옮기고 싶지만….

'그 전에 판을 좀 깔아둘 게 있지.'

이테르. 테스타를 '벤치마킹'한 그 신인 그룹 말이다. 그 신인 그룹이 더 이상 테스타에 못 비비게 처리해 놓고 가는 게 좋겠다.

'겸사겸사, 회사 재정도 좀 더 튼튼하게 하면 좋고.'

나는 스마트폰 화면을 바꾸며 피식 웃었다. 오늘 아침 도착한 문자가 보였다.

[스페이서 권희승 : 형님 저희 연습 끝났습니다ㅋㅋ]

스페이서 컴백 준비가 끝났다.

대리전의 시작이다.

박문대가 진두지휘한 스페이서의 컴백.

청려의 컴백 활동이 딱 끝날 시즌, 테스타의 컴백 활동은 아직 계획만 있을 타이밍을 치고 들어왔기에, 처음에는 그저 체급이 천상계인 남자 아이돌들의 공백기를 절묘하게 노리고 진행되는 것 같았다. 그렇기에 몇 달 전, 기사로 '스페이서 컴백 예고' 이야기가 나왔을 때는 큰 반향이 없었다.

당연하니까.

[스페이서, 올가을 가요계 출격… "강렬한 컴백 준비 中"]

-드디어ㅠㅠ
-기대됩니다 화이팅~
-얘넨 누구임?ㅋ
-강렬ㅋㅋ

무작위 악플을 제외하면 기존 스페이서 팬들의 반응이 절대다수였다. 정확한 공고가 뜬 것도 아니니 일반 대중의 기대치는 거의 없었다는 뜻이다. 그땐 그게 끝이었다.

그리고 시간이 흘러가며 스페이서의 컴백 예정은 팬들만 기억하는 일이 됐을 때, 한 그룹이 내내직인 컴백 홍보를 시작했다.

[이테르(īter), 10월 컴백 예고! 괴물 신인의 진격]

바로 이테르. 데뷔 활동으로 화려한 인상을 남겼으니 기세를 이어가기 위해 올해 내로 한 번 더 활동하는 것이다. 이것도 당연한 일이었다.

'신인상 굳히기지.'

곡과 컨셉에 자신이 있다는 뜻이기도 했다. 아마 예전에 이미 데뷔곡과 같이 준비하지 않았을까, 박문대는 추측했다.

'연말까지 시간 좀 있어야 성적이 반영될 테니, 가을에 나올 줄도 알았다.'

여기서 이테르가 출연한 썸머풀이 테스타의 워터밤에 완전히 묻혔다는 것도 어떤 의미로는 호재였다. 처절히 비교당할 것도 없이 이테르의 팬들도 눈치껏 거의 언급하지 않고 조용히 넘어갔기 때문이다.

그래서 대형 신인의 위상을 그대로 간직한 채로, 이테르의 소속사 원더홀은 그들의 컴백 날짜를 점 찍고 예약 판매 예고까지 언론에 공표했다. 바로 10월 셋째 주!

'좋아.'

박문대는 만족스럽게 그것을 체크했다.

그리고 얼마 후, 기다렸다는 듯이 갑작스럽게 기사가 연달아 떴다.

[오르빗 스타즈 엔터테인먼트, "스페이서 컴백은 10월 초"]
[10월 가요계, 남자 아이돌 대전이 온다... "스페이서부터 이테르까지"]
['월드투어 KPOP' 스페이서 컴백, 10월 가요계 남자 아이돌 매치 성사되나]

스페이서의 구체적인 컴백 일정이 발표된 것이다. 그리고 이테르가 비슷한 시기에 컴백한다는 사실이 은근히 강조되어 있었다.

시기는 단 2주 차이! 그것도 스페이서가 먼저였다.

즉, 고점을 찍고 하락하는 이테르의 후반 성적을 치고 들어가서 이기는 이미지 전략도 통하지 않았다. 도리어 이테르가 스페이서를 손쉽게 누르기 딱 좋은 상황.

-2군 대격돌임?
-이테르가 제대로 도장 깨기 할듯 존잼 팝콘각
-ㅋㅋㅋ오르빗 무슨 배짱이지 중소라서 그런가
　└테스타 키우다 감 없어진 듯ㅉㅉ

물론 아이돌에 관심 있는 네티즌의 다수는 이테르에 훨씬 더 관심 있었다.

스페이서는 이미 신인이 아닌 연차였다. 게다가 출신과 능력치 면에서 완벽한 상위 호환인 테스타의 존재는 스페이서가 결성되는 순간부터 그들의 버즈량과 이미지에 악영향을 줬었다.

어쩔 수 없는 일이었다.

-이테르 또 무슨 갓컨셉 가져올지 벌써 기대됨 케팝 외길 이런 신인을 기다렸다
-오 이테르 이번에 곡만 잘 뽑으면 1군 확정일 듯ㅋ 퇴물 전담 일진ㅋㅋ
-ㅋㅋ스페이서도 허겁지겁 컨셉충 노선 디려다가 이테르한테 밀리면 진짜 웃기겠다 나름 테스타 후밴데

저급한 어그로 수준의 관심이 버즈량을 유지해 줄 뿐이었다.

게다가 이쯤 아이돌에 관심 있는 커뮤니티와 SNS들은 이미 다른 화제로 핫하기도 했다. 바로 청려와 박문대의 콜라보 무대! 1군 남자 아이돌 둘의 예상치 못한 콜라보레이션에 대한 팬들의 반응!

참고로 이런 느낌이었다.

-개같다
-머글 개새끼들 비교질 오지게 해대네 이게 다 브이틱으로 번 돈 섐별 회사에 투자랍시고 꼴박한 김태인 미친 새끼 때문임 죽어
-엮지마 ㅅㅂ

"……."
무겁게 핫했다…….
그래도 대중 반응 자체는 좋았다. 청려와 박문대 모두를 칭찬하며 의외의 친목이라면서 재밌어하는 통에, 가뜩이나 잘 뽑은 무대는 큰 흥미를 끌며 대단히 흥행했다.
특히 다른 그룹의 두 사람이 완전히 다른 컨셉의 두 곡을 조화롭게 부른다는 점에서 메타적으로 더 인상 깊게, 재밌게 다가온 것이다. 오죽하면 해외 위튜브 인기 동영상 순위에도 오를 정도였다.

-내가 원하는지도 몰랐던 소원이 이루어진 순간
-마아아압소사 그들은 너무 멋져! (눈 하트 이모티콘)
-신이시여 대체 언제 이런 무대를 한 거지? 맞아, 내가 이유를 알 필요는 없어. 난 그저 이런 무대를 더 보고 싶어! (불타는 이모티콘)
-브이티스타. 그게 나의 꿈의 그룹이야 ☺

그러나 그럴수록 양측의 골수팬들 기분이 나락으로 치닫는 것도

어쩔 수 없는 일이었다……. 몇 년이나 온갖 사건 때문에 적대시하던 사이다. 감정의 골이 깊은 경쟁 그룹과 하하호호하는 내 그룹 멤버라니!

-제발 여기까지만 하자 뭐 합동 여행 이딴 거 기획하면 죽일 거임
-오르빗 그렇게 안 봤는데 역시 좆소는 좆소다 왜 하필 레티한테 투자를 받아 돌았어?

물론 물 위에서 대놓고 이런 이야기를 할 순 없었다. 어쨌든 무대 반응이 좋다는 것은 틀림없는 사실이었으니까. 그래서 서로서로 한 명의 무대만을 크롭한 버전의 GIF와 동영상만 SNS에 돌며, 어떻게든 이 상황을 합리화하며 좋게 좋게 넘기려는 시도가 대세였다.
한마디로 자극과 파란의 시기!
그 마당에 이테르와 스페이서의 컴백? 테스타 팬덤에겐 좀 짜증스럽고, 대중에겐 그렇게 큰일은 아니던 것이다.

-카피캣 때문에 위통이 올 것 같다면 워터밤 보고 부양하자
-또 언플로 애들 존나 후려치겠지 빡치긴 함
-섬별만 보고 간다ㅇㅇ

이번 앨범 〈Roll the Dice〉의 대흥행과 워터밤에서 빵 터진 대중성 덕에 팬들도 그리 불안해하진 않았다. 모두가 그렇게 그저 그런 밋밋한 분위기 속에서 스페이서와 이테르가 컴백할 줄만 알았다.

스페이서의 티저가 뜨기 전까지는 말이다.

[스페이서(Spacer) '안녕' Teaser]

티저 자체는 엄청난 파란을 불러일으키진 않았다. 그냥 좋은 노래 위에 기분 좋게 일상생활을 하는 스페이서 멤버들의 모습이 짧은 컷으로 지나갔을 뿐이다.

-잘생겼어ㅠㅠ
-Their voise... OMG
-THIS SONG WILL BE AMAZING

곡은 한 번 스치듯 듣기에도 중독적이었다. 스페이서의 작곡 멤버가 탑노트를 만들고, 김래빈이 편곡에 참여하며 박문대가 자신의 특성 '잡아채는 귀'로 검증한 덕에 매끈하게 잘 빠진 것이다.
야심찬 기획!
하지만 굳이 관심 없는 남자 아이돌의 티저까지 들어와서 곡을 듣는 대중은 없었고, 언제나처럼 국내외 팬들이 댓글을 다는 평범한 광경이 펼쳐졌다.
하지만 스페이서의 이번 타이틀은 티저에서만 먼저 접할 수 있는 게 아니었다.

-이거 우리 애들 곡임?;; (링크)

며칠 후, 팬들의 SNS에 한 링크가 올라왔다.

'뭐야?'

아무 생각 없이 해당 링크를 클릭해 본 사람들은 곧 경악한다.

"…!"

이미 티저로 들어본 멜로디와 낯익은 스페이서 멤버들의 목소리가 들렸다. 하지만 그건 그들의 기획사인 오르빗 스타즈가 올린 영상이 아니었다.

[나만의 수분 충전, 꿀맛 스포츠 드링크!]
[허니쉐이크워터]

여러 사람이 번갈아 나와서 힘든 하루를 보낸 후 특정 음료를 시원하게 마시는 광경. 15초로 편집된 그것은 바로… 신상 음료를 광고하는 위튜브 광고용 영상이었다.

스페이서의 타이틀은 그 백그라운드 음악으로 쓰인 것이다.

-??
-이거 뭐임?

바로 CM송이다. 스페이서는 자신들의 타이틀곡에서 가사만 살짝 변형한 곡을, 아주 공격적으로 마케팅하는 모 회사의 제품 CM에 쓸 수 있도록 제공했다. 무료로!

당연하지만 비공개 합의였다. 스페이서의 컴백 예정 때와 비슷한 시기에 광고 예정이 있으며, 공격적 마케팅을 하는 이 회사를 찾아내느라 박문대는 하마터면 시스템을 도로 쓸 뻔했다.

'망할 정보력.'

어쨌든 수당이 걸린 실무진들의 노력은 빛을 발했고 결국 성공적으로 계약은 체결되었다. 사실상 오르빗 스타즈 엔터테인먼트 측의 일방적인 기부나 다름없는 형태로 말이다. 그래도 곡에 대한 기대치가 없었다면 체결하지 못했을지도 모르지만, 편곡자에 적힌 김래빈의 이름값은 대단했다.

'이미 OST로 성공한 곡을 작곡한 녀석이니까.'

이번 워터밤 공연에서도 울려 퍼진 〈Black hole〉의 작곡자가 편곡에 메인으로 참여했다는 말에 상대 회사는 결국 도장을 찍었다.

그렇게 지금.

[Hi, Hi, Hello
이 목소리가 들리니
들린다면 이젠 대답해 줘]

스페이서의 노래는 전국의 스마트폰 이용자들에게 노출되고 있는 것이다. 박문대는 일부러 위튜브 계정에서 로그아웃해서 그 광고의 노출 빈도까지 확인했다.

'상당하군.'

거의 일주일은 이렇게 송출된다는 것이 아주 만족스러웠다.

'어차피 지금 우리 회사가 공격적으로 TV 노출을 늘릴 수 있는 상황이 아니지.'

이 소속사는 T1과 척을 지며 방송이 많이 끊긴 상태다. 작년 대상 아이돌인 테스타, 그리고 대중성 좋은 여자 아이돌인 미리내까지는 그렇다 쳐도 스페이서가 당장 나갈 수 있는 프로그램은 정말로 적었다.

'그렇다면, 다른 쪽으로 대중에게 노출시킨다.'

그렇게 위튜브에는 해당 회사의 음료 광고가 온갖 버전으로 송출되었다. 즉 스페이서의 이번 타이틀에서 가장 대중적이며 캐치한, 머리에 꽉 박히는 후렴구 파트가 이용자들의 머릿속을 떠다니게 되었다는 것이다.

-이거 무슨 곡이에요?
　└찾았다 이거임 (링크)
　└ㄱㅅㄱㅅ

1군은 못 쓰는 전략이었다. 자신의 타이틀을 발매와 동시에 광고 음악으로 넘겨주는 것은 자칫하면 앨범 이미지, 혹은 이름값과 결부될 문제였기 때문이다.

하지만 효과는 확실했다. 곡만 좋다면, 노출도를 늘리는 것만큼 확실한 프로모션도 없었다. 게다가 편견 없는 노출이다.

'남자 아이돌 곡은 일단 거르는 사람들도 일단 CM송이라는 이미지로 박고 들어가면 좀 다르지.'

스페이서 멤버들도 이야기를 듣자마자 무조건 시도하자고 합의한 사항이었다.

특히 이번 앨범은 멤버들이 지금까지 중에 가장 많이 참여한 앨범이라고 한다. 그렇기에, 단적으로 정리하자면 스페이서 멤버들도 이런 상태였다.

[스페이서 권희승 : 한 분이라도 더 많이 들어주시면 좋겠어요 정말ㅠㅠ]

그러니 거칠 것이 없었다.
대중성. 무조건 그것에 맞춰서 모든 것이 세팅된 상태!
게다가 여기서 결정적인 작업이 있다.

-보기 편하네ㅋㅋ
-노래 좋네요 잘 보고 갑니다

스페이서는 MV를 담백하게 뺐다.
과한 컨셉, 세계관, 픽션적인 요소 없이 깔끔한 스토리. 날 좋은 날 야외 농구 코트에서 찍은 스포티한 안무 신과 자신의 SNS에 그 영상을 올리는 소년들의 이야기가 깔끔히 빠진 MV는 부담이 없었다. 영상미와 기분 좋음만을 극대화한 것이다.

진입 장벽을 최소화했기에 뮤직비디오에서 튕겨 나가는 사람이 적었다. 그렇게 스페이서의 이번 곡은 입소문을 타기 시작했다.

[내가 선정한 올해의 광고 CM (주관적, 내가 틀렸을 수도 있음, 반박 시 님

이 맞음)]
　[이거 스페이서 곡인 거 알았어?]
　[허니쉑? 이거 광고 노래 뭐라고 검색하면 나오냐]

　그리고 닷새 후.
　스페이서의 곡은 슬금슬금 음원 차트를 올라가더니, 40위 안으로 들어갔다. 〈아주사〉를 막 끝낸 직후 데뷔 앨범을 뺀다면 최고 등수!

　[스페이서 권희승 : 으아아아악]
　[스페이서 권희승 : ㅠㅠㅠㅠㅠ더 올라갈까요? 아니 더 못 올라가도 만족하지만 아니 그래도 욕심을 가져야 하나? 어떻게 생각하세요?]
　[진정해라]

　권희승이 보낸 괴성 카톡을 보며 박문대는 피식 웃었으나, 사실 이 전략의 한계를 떠올리고 있었다.
　'이대로 가면 음원이 더 오르긴 힘들지.'
　CM송으로 민드는 것에 단점이 하나 더 있기 때문이다. 바로 피로도가 쌓인다는 것. 게다가 강제 노출되는 광고를 계속 보다 보면 반감도 생기기 마련이다.
　'슬슬 아이돌 곡인 걸 아는 시점부터 효과가 떨어지기도 하고.'
　이제 음원 차트 역주행은 반쯤 운이나 다름없었으며, 그것을 상대 소속사도 다 알고 있다.
　'원더홀.'

이테르의 소속사는 지난번 차유진 사태 때도 실시간으로 가출 소식을 알아내서 일을 꾸몄던 놈들이었다. 이 회사 안에 그쪽으로 말을 흘리는 사람이 있다는 걸 박문대도 알았다. 하지만 일부러 지금은 잡지 않았다.

'역으로 한 번만 이용하자.'

그는 공을 들여서 함정을 만들었다.

스페이서의 컴백도 일부러 이테르 2주 전으로 잡았다. 먹음직스러워 보이도록. 그리고 일부러 이 프로모션의 단점도 감추지 않았다. 원더홀이 관련 정보를 얻어갈 수 있도록 일부러 방치한 것이다. 약점이 분명해 보이도록.

"그렇지."

[이테르 티저 공개 임박... 괴물 신인의 가요계 접수]

그래서 결과적으로, 이테르는 컴백 일정을 굳이 조절하지 않게 된다.

'스페이서 정도는 이길 게 보인다 이거야.'

단점이 분명해 보였고, 어차피 컴백하면 자신들의 화제성으로 밀 수 있을 거란 계산이 선 것이다.

'어차피 남자 아이돌은 대중성보다 팬덤 구축이 우선이다. 이거지.'

오히려 스페이서가 적당히 주목을 받아서 먹어 치우기 딱이라고 생각했을지도 몰랐으나…… 여기서 이테르 측이 간과한 점이 있었다. 박문대 쪽에서 몇 달 전부터 이 시나리오를 이를 갈며 구상했다는 것.

"좋아."

그리고 그날 밤, 인터넷 커뮤니티에서 슬그머니 이런 글이 올라왔다.

[스페이서 음원 잘 나가네]
근데 이번 타이틀 컨셉도 그렇고 괜히 티홀릭 생각나는 건 나뿐인가ㅋㅋ

-헐 나만 그런 줄!ㅋㅋ 약간 티홀릭 초기? 한참 고정 예능 나올 때 곡들 ㅋㅋ
ㄴ맞아 좀 상쾌하고 안 복잡하고.. 후드티 무대 의상 같은 거 하진태 갈발일 때 괜히 떠오르고ㅠㅠ
-무슨 소린진 알겠음ㅋㅋ
-엥 전혀 안 비슷한데 모를
ㄴ아 막 외모가 비슷하고 이런 게 아니라 느낌이 비슷하다는 뜻이었음 부담 없고 이런 점이

스페이서 뮤직비디오가 티홀릭 전성기 모습들과 은근히 겹쳐 보인다는 이야기였다.

이 의견은 큰 거부감이나 비아냥을 듣진 않았다. 티홀릭은 그룹 전성기가 지난 지 꽤 되었고 스페이서가 대단히 견제받을 만한 이미지도 아니었기 때문이다. 그냥 마니아의 안목을 자랑하는 논조였을 뿐이다.

-근데 좀 재밌네 이테르는 컨셉충 테스타 라인이고 이번 스페이서는 또 반대로 티홀릭 라인 같은 게ㅋㅋ

┗ㅋㅋㅋ케이팝 흥미진진

 그렇게 소소하게 커뮤니티에서 관심을 받으며 몇몇 골수 아이돌 팬들이 이야기하는 식으로 하루이틀이 지났을 때, 기사가 뜨기 시작했다.

 [티홀릭을 닮은 스페이서, 테스타를 닮은 이테르… 엇갈린 소속사의 전경]
 [스페이서는 제2의 티홀릭이 될까]

 하지만 이번에는 이테르 측에서 낸 게 아니었다.
 '너희만 언플할 줄 아냐.'
 박문대, 오르빗 스타즈 엔터테인먼트에서 스페이서를 티홀릭과, 이테르와 테스타를 엮는 기사를 내기 시작한 것이다.
 바로 프레이밍이다. 구도와 서사 짜맞추기!
 그렇게 박문대는 데뷔 때 이테르가 했던 그룹 포지셔닝을 역으로 이용하기 시작했다.
 티홀릭처럼 편안한 컨셉의 스페이서, 테스타처럼 강렬한 컨셉의 이테르. 기획사가 엇갈린 닮은 꼴 후배 그룹들에 관한 기사는 우후죽순 올라왔고, 그대로 SNS와 커뮤니티에서 장작으로 이용되었다.
 반박할 지점이 눈에 보이면서도 자극적인 기사였다.
 그러니 그만큼 한마디 얹고 싶은 사람이 많아 어그로가 끌린 것이다.

 [기자 선 넘네… (링크)]
 [스페이서 이번에 티홀릭 닮았다는 거 어떻게 생각해?]

[그사세 남돌 가지고 격돌 이지랄ㅋㅋㅋ 걍 컨셉충 인하트충 자강두천 같은 건 나뿐이냐]

언뜻 보기에는 두 후배 그룹 모두 같은 선상에 선 것 같이 보일 수 있으나 실상은 결정적인 차이점이 있었다. 격렬한 반감을 가지는 층이 존재하냐, 존재하지 않느냐의 문제다.
참고로 후자가 스페이서다.

-얘네가 구오빠들을 닮았다고? 보고 올게
-ㅎㅎㅠ좀 그립다

이번 스페이서의 포지션과 닮은 것은 티홀릭의 데뷔 초중반 컨셉이었다. 즉, 이미 10년도 더 훌쩍 넘은 옛날이야기라는 뜻이다. 게다가 티홀릭은 이미 전성기가 지나며 포지셔닝을 새롭게 바꿨기 때문에 직접적으로 동시대로서 비교될 일이 없었다. 오히려 퀄리티가 괜찮은 만큼 묘한 향수를 불러일으키며 홍보 효과를 누리는 것이다.
하지만 이테르는?

-ㅋㅋㅋ또 시작
-ㅅㅂ지겹지도 않나 이제 테스타 비켜 같은 기사도 뜨겠네ㅋㅋㅋ

기사에서 그들이 계승했다는 선배 아이돌은 테스타. 작년 대상 아이돌, 바로 한두 달 전에 앨범 판매량 커리어 하이를 찍은 전성기의 아이돌, 지금 살아 숨 쉬는 현재진행형의 강자를 반 토막도 안 되는 화제성으로 계승한다는 건 어불성설이었다.

박문대는 웃으며 스마트폰을 넘겼다.

'게다가 이테르는 이미 테스타랑 비슷하다는 이야기가 팬들 사이에서 한 번 나온 상태지.'

이제 '스페이서'라는 정상적인 비교군이 등장하자 대중들까지 그것을 알게 되는 것이다.

-그러게 이 신인 아이돌이 테스타 의식하는 것 같긴 하네요~

물론 기사 내용이 대놓고 이테르가 테스타의 컨셉을 벤치마킹해서 베꼈다는 논조로 진행되진 않았다. 단지 깔끔하게, 두 그룹이 각자 이런 선배 아이돌 그룹의 노선을 따라가고 있다는 말뿐이었다.

'너무 노골적이어도 안 돼.'

'테스타, 스페이서 측에서 여론을 몰아간다'라는 뉘앙스를 주지 않기 위해 당연한 선택이었다. 하지만 이렇게까지 해도 원래 벌어질 비웃음과 논란을 잠재울 수는 없는 법이다.

-스페이서 성적이 돌판 올타임 레전드에 비빌 정도였냐
-개그가 따로 없네 양심 어디감ㅋㅋ
-걍 같이 컴백하는 후배돌들이니까 호들갑 떠는 기사인 듯 예민ㄴㄴ
-아 제발 그냥 컨셉 비슷하다는 거잖아 성적이 비슷하다는 게 아니고ㅜㅜ 제발 문맥 파악 좀 해줘

└이쯤 되면 그냥 욕하고 싶어서 문맥을 안 보시는 듯

　스페이서, 이테르 어느 쪽이든, 거론되는 선배 아이돌들과 성적으론 감히 비교할 수 없었으니까.
　그리고 여기서 살짝 여론의 흐름이 바뀐다. 바로 비슷한 포지션이 된 스페이서와 이테르를 비교하는 사람들이 출몰하는 것이다.
　'그래도 그나마 어느 한쪽이 더 낫다고 줄 세워 보는 거지.'
　어느 쪽이 더 장래가 기대되는 라이징인지 비교 우위를 매기고 서열을 정하고 싶은 심리! VS 놀이는 유구하게 재밌는 상상이었다. 그리고 당연하지만, 지금까지 성적 평균만으로는 이테르의 판정승이었다.

　-스페이서는 이번 거 좀 얻어걸린 것 같고 원더홀 신인은 이 갈고 나왔으니까 솔직히 이테르?
　-그나마 이테르가 가능성 있잖아 지금 데뷔한 애들이 성적 좀 봐ㅋㅋ

　문제는 각자의 주장이 오가면서 이야기가 점점 극단적으로, 관심을 끌기 좋게, 과격하게 변하기 쉬워진다는 것이다. 가령 이렇게!

　-솔직히 스페이서한테 대중성 들이대는 건 좀 에바 아니야?ㅋㅋ CF곡으로 이러는 거 부끄럽지도 않나
　　└이테르 같은 갓기랑 비교하니까 더 숙연...
　　└이테르는 데뷔곡으로 성적 낸 거 보면 테스타 잡을 가능성 있지ㅇㅇ

논리가 한 단계 뛰어넘어 비약되는 순간.
도리어 먹잇감이 되는 것이다.

    └?ㅋㅋㅋㅋㅋ
    └뭐래 솔직히 지금 이테르는 테스타 하위호환임 자본도 실력도
    └현직 대상 아이돌 따라한 그룹이 벌써 그런 소리를ㅋㅋㅋㅋ 팬 아닌데도 웃기네
    └혹시 저랑 다른 대한민국을 살고 있는지
    └이테르 빠들은 진짜 주제파악을 못해

조롱이 쏟아졌다.
데뷔 때처럼 테스타와 같이 언급되면서 라이벌로, 다크호스인 라이징으로 포지셔닝하는 것과는 달랐다. 이건 '테스타와 한 판 붙었는가'가 아니라 '테스타를 계승했는가'였다. 그렇게 따지고 들자면 평가척도가 아주 엄격해진다.
왜냐하면, 테스타만큼 해내야 하는 게 기준점이 되어버리니까! 앨범을 몇백 만장 팔고, 음원차트 최상위권에 들고, 올해의 아이돌 투표에서 1위를 하는 미친 인지도의 1군!

    -이거 혹시 원더홀쪽 언플이면 실패임ㅋㅋ

결국 이테르를 옹호하려는 쪽은 태세를 전환하는 수밖에 없다.

-이테르 팬은 그렇게 생각하지 않습니다 어그로입니다...휴
-선배돌 언급에 먹이 금지 다 어그로입니다~
-이테르 아직 앨범 하나 낸 신인이야 벌써부터 계승이니 뭐니 이야기하지 마세요 진짜

이테르 팬들이 앞장서서 '테스타와 이테르는 다르다'라고 주장하고 다니게 된 것이다. 무조건 선을 그을 수밖에 없다.
물론 물밑은 이런 상태였지만.

-퇴물 쉑들 진짜 짜증나네ㅠ
-컨셉충 아이돌 한둘도 아니고 그냥 섬1별이 대표주자였던 거잖아 ㅅㅂ 이건 예민도 아니고 발작이세요 진짜

어쨌든 그렇게 여론 관리가 먹히며 사태는 진정되는 것 같았다. 며칠이 지나며 다른 논란이 또 터지고 시간의 흐름에 따라 이 화제도 천천히 잠잠해지는 듯했다.
그러나 그다음 주, 이테르의 신곡 MV가 공개되며 다시 한번 장작에 휘발유가 콸콸 떨어졌다.

-???
-ㅋㅋㅋㅋㅋㅋㅋ

이제 사람들의 눈에도 노골적인 레퍼런스가 보였기 때문이다.

테스타!

1차 투어가 끝나며 한국으로 돌아온 날 밤. 나는 숙소의 식탁에 앉아서 위튜브에 접속했다. 이테르의 이번 신곡, 〈발포(Shut out)〉의 MV가 프로모션 광고를 타고 재생 중이다.

[거칠게 쏘아 Yes BAMM
날 잡진 못해]

근사한 동양풍에 안무도 멋지고 영상미도 좋은 게 이번에도 그럴싸하게 잘 뽑았다. 그렇지만 말이다.

-ㅋㅋㅋㅋㅋㅋㅋ
-행차네
-행차랑 세이버 섞은 듯
-ㅅㅂ 이렇게까지 노골적으로?ㅋㅋㅋ

'뽀록 다 났다 새끼들아.'
한 번 유사하다는 프레임이 잡히면 일부러라도 비슷한 점을 찾아내는 법인데 이놈들은 정말로 테스타를 벤치마킹했으니 뻔히 눈에 보일 수밖에 없다. 사방신 컨셉, 카메라 워크, 앨범 포토, 의상과 안무까지 유사점이 넘쳤다.

이러다 보니 렉카들이 총출동했다.

[레전드 티홀릭 놔두고 엉뚱한 다른 소속사 아이돌 따라 하는 원더홀]
[밑천 다 들통난 대형 기획사 신인 남돌]

유명인이 한 번 욕 먹기 시작하면 과거에 문제 안 됐던 별 사실까지 새롭게 조명받으며 욕먹는 거 보지 않았나? 이것도 비슷한 현상이었다. 지난 앨범까지 샅샅이 분석되고 있더라고.

-이제 보니까 곡 코드 진행도 복붙 수준이네
-김래빈 없었으면 못 나왔을 곡
-별의별곡이 참여한 거 아니죠?ㅋㅋ

그렇지. 그건 잡아줘야지.
나는 고개를 끄덕이며 들고 있던 캔을 땄다. 달칵, 하는 경쾌한 소리와 함께 시원한 기포가 올라온다. 근 일주일 만에 마시는 맥주였다. 사유가 축배니 마실 만하지 않은가. 꿀꺽꿀꺽 목구멍을 타고 탄산이 넘어갔다. 사이다가 따로 없군.
'이거지.'
나는 밀맥주 캔을 내려놓으며 씩 웃었다.
참고로 이 판에 스페이서도 반사이익을 봤다.

[티홀릭을 계승? 스페이서 이번 곡이 뭐길래 이 난리인지 5분 정리 해 봤습니다.]

렉카가 붙어서 논란이 되니 바이럴마케팅이 또 되더라고. 그래서 음원 순위가 더 올랐다.

[스페이서 권희승 : 형...]
[스페이서 권희승 : 19위 했어요ㅜㅜㅜㅜ]

이때 스페이서는 욕 좀 먹든 말든 자기들끼리 아주 눈물 콧물 다 빼며 기뻐했다고 한다. 음악 방송에서도 1위하고 울긴 하더라.
사실 이쯤에서 만족했다.
'원더홀에 한 방 먹였으니 됐어.'
예정대로 착착 흘러가서 스페이서 흥행으로 회사 재정도 챙겼으니 손 뗄 생각이었다는 뜻이다. 솔직히 원더홀 신인이야 그냥 열심히 연습해서 데뷔한 것뿐이지 않은가. 시간 좀 지나면 붙어서 욕하던 사람들도 그 점을 의식할 것이다.

-사람들 부끄럽지도 않나.. 솔직히 그냥 열심히 연습한 이테르는 잘못 없음 표절도 아니고 너무 하네

이런 식으로 말이다. 그러니 이렇게 귀책 사유 있는 소속사가 중점으로 욕먹을 때 끝내야 했다.

'사실 맞는 말이긴 하지. 막 데뷔한 놈들이 뭘 알았겠냐 싶기도 하고.'
 테스타랑 더 안 엮이게 소속사가 대가리 맞고 노선을 고치는 선이라면, 그걸로 됐다.

[축하한다]

 나는 권희승 문자에 답장이나 보내면서 그렇게 끝내려고 했다. 정말이다.
 근데⋯ 갑자기 예기치 못한 지원사격까지 오더라고.
 "⋯후."
 이 위튜브 동영상 좀 봐라.

[이 친구들이 우리 MZ 버전이라고...? 우리도 MZ 세대야! (불타는 이모티콘) <티홀릭의 쇼 비즈니스> Clip]

 그렇다. 무려 티홀릭 본인들이 스페이서를 자기들 예능에서 언급한 것이다⋯. 그것도 매우 긍정적인 뉘앙스로 말이다.
 '미친놈들인가 했지.'
 하지만 곧 상식적인 원인이 생각나서 확인해 봤다.

[혹시 티홀릭 선배님들 재계약 안 하실 예정인가요.]
[VTIC 신청려 선배님 : 알고 싶어요?]

맞다는 뜻이구만.

마침 티홀릭 재계약이 딱 3개월 남았더라. 한마디로, 퇴사하는 마당에 사소한 엿 좀 먹인 것이다.

'어지간히 X 같았나 보군…'

하긴 이테르에 떼돈 투자해서 전담 기획팀까지 만들어 노선 바꾼 걸 보면 티홀릭이 하락세일 때 속 터질 일이 제법 많았을 것 같다. 그리고 티홀릭 멤버 놈들 스케줄이 개인 활동 위주로 돌아간 지는 꽤 됐다. 이제 각자 원하는 곳과 계약한 뒤 그룹 활동만 뭉쳐서 하는 쪽으로 가겠지.

'그것도 나쁜 엔딩은 아니야.'

나는 고개를 끄덕였다.

사실, 이놈들은 심지어 우리한테도 연락했었다.

[티홀릭 하진태 선배님 : 문대 씨 우리 예능 한 번 더 나올래요?ㅋㅋ 소속사 아티스트들 단체 출연도 가능해!]

"……."

솔직히 저렇게까지 막 나가도 되는지는 모르겠다.

'원더홀에서 너희 죽이려고 들지 않겠냐.'

몸값 죽이기용, 혹은 보복용으로 열애설이나 클럽 이야기 풀어버리면 어쩌려고 이러는지 모르겠다. 믿는 구석이 있는가 본데… 아무튼 간에.

"사양한다."

소속사 단체 출연이라니 무슨 판을 만들려고… 여긴 안 그래도 할

게 많아서 말이다.

'이건 그냥 사전 작업이 끝난 거지.'

이테르를 눌러놓는 건 그냥 첫 단계일 뿐이었다.

이제 이 녀석들은 테스타와 동시 발매 같은 짓을 해도, 어느 한 부분에서라도 우리를 이기지 못하는 이상 '기대치에 못 미친다'로 귀결될 것이다. 'vs 테스타' 프레임이 없어지고 '테스타 계승' 프레임이 붙어 버렸으니까.

대신 '얼마나 선배 아이돌만큼 성공했는지'를 기준으로, 우리가 아니라 스페이서와 비교될 것이다. 우리한테서 레퍼런스 노골적으로 따오는 벤치마킹은 더 이상 못 쓰면서 말이지.

'잘해봐라.'

일 잘하는 원더홀 새끼들이 이 헬 난이도를 당장 어떻게 헤쳐나올 건지 나도 궁금해지는군.

뭐, 당장은 아니더라도 시간이 지나면 자연스럽게 탈출로가 나오긴 할 테지만 말이다. 인정하긴 그렇지만, 원더홀이 워낙 일 잘하는 소속사니 안 놓치겠지. 그리고 이렇게 욕먹던 순간까지 그룹의 서사로 써먹을 수도… 있다만.

'자연스럽게 하려면 1년은 걸릴걸.'

그때쯤이면 너희가 더 못 비빌 수준으로 올라가 있을 예정이다. 게다가 티홀릭이 이렇게 나왔으니 뭐…… 여론 반등에 시간이 더 걸릴지도 모르겠다. 나는 어깨를 으쓱했다.

어쨌든, 그래서 이테르를 치운 후 테스타가 하려는 게 무엇이었냐 하면… 일단 이 이야기부터 해야겠군.

다들 알겠지만, 원래 테스타가 불리던 별명이 하나 있었다.

-T1의 아들.

비꼬는 의미긴 했으나 담백한 사실 비유기도 했다. T1에서 밀어주는 서바이벌 프로그램으로 데뷔해서 그쪽 계열 방송은 전폭적으로 지원받았으니까.

하지만 지금은 의절한 것이나 다름없는 상태다. 이제 아들이고 나발이고 국물도 없다는 뜻이다. 오히려 어느 방송 플랫폼에도 못 붙고 애매한 상태지. LeTi 플랫폼? 거기는 아직 초기 단계인 데다가 이미 직계 아들이 있지 않은가. VTIC 말이다.

'그러니까… 우리도 새 가족을 찾을 때가 됐지.'

나는 소속사의 매니지먼트 직원에게 온 메시지를 확인했다.

[넵. 내일 MBS에서 미팅 있습니다. (인사하는 이모티콘)]

내가 괜히 청려와 MBS의 올드한 프로그램에 출연한 것이 아니다.

'다 인맥 만들려고 한 거지.'

놈한테 딜로 건 게 그거였다.

-우리 쪽에 소개 좀 해줬으면 하는 PD가 있어.

이제 걸리는 것도 없다.

'공중파의 아들.'

그거 한번 해보자고.

여기 오래된 공중파 프로그램이 하나 있다. 이미 고점을 지나 명맥만 이어오다가 초라하게 종영한 프로그램. 그렇지만 전성기 덕에 이름은 유명하다. 한마디로 웬만한 국민 대다수들이 이 프로그램을 알긴 하지만 더 이상 볼 마음은 없었다, 이거다.

화제성과 재미 단물을 다 빨아먹고 끝장난 예능. 만일 이 프로그램이 인맥빨로 선심성 기회를 받아, 간신히 리뉴얼 시즌을 시작한다면… 과연 기대치가 있을까? 오래전 전성기에 얻은 이름값에 어울릴 만한 섭외가 가능할까? 답은 뻔하다.

'안 되겠지.'

연예인과 소속사들이 바보도 아니고, 잘나가는 사람들은 요새 잘나가는 프로그램에 나갈 것이다. 안 그래도 섭외가 들어올 테니까. 뭐 하러 위험하게 그런 걸 고르겠냐. 더 좋은 대안이 있는 시점에서 탈락이다.

'그리고… 프로그램 성격을 생각해도 무리지.'

이 예능은 순위가 매겨지는 경연 프로그램이기 때문이다.

〈진성 승부〉.

혹시 이 이름이 기억나는 사람도 있을지 모르겠다. 당장 첫 회의 날, 서류를 다 읽은 김래빈도 손을 들고 외쳤기 때문이다.

"저희가 위시즈로 데뷔했을 때 나갔던 그 프로그램이로군요!"

"맞아."

시스템이 만든 가상 세계에서, LeTi에서 데뷔한 테스타와 VTIC 합동 그룹이 나갔던 프로그램이다.

"오우, 저 기억 나요. 그 프로그램 유명했어요. 근데 지금 왜 망해요?"

"그게 벌써 몇 년 전 시점이니까."

"Oh…"

거기서는 시즌 7까지도 성공하며 승승장구하는 경연 프로그램이었지만, 시간이 더 흐른 여기서는 좀 다른 현실을 맞았다. 시간이 더 흐르며 시즌 15, 16까지 가면서 점점 화제성이 줄어들고 원조 PD도 다시 떠나면서 망한 것이다. 나는 덤덤히, 숙연한 사실을 선고했다.

"그리고 이번에 나오는 리뉴얼판도 아마 망할 것 같다… 는 게 업계의 정설이다."

"……"

'어쩔 수 없지.'

기대치가 낮다는 게 이렇게까지 소문이 났으니 유명한 출연진을 섭외하긴 힘들다. 하지만 이름값이 있으니, 유명한 출연진 섭외가 실패하면 반등이고 나발이고 꿈도 못 꾼다. 그냥… 관심 못 받고 나락행이다. 한마디로 실패가 예정된 망한 프로그램.

서류를 들추던 큰세진까지 혀를 찼다.

"와~ 심지어 서바이벌 룰까지 넣으셨네."

"음, 섭외가 확실히 힘드시겠어."

그 와중에 나름대로 좀 더 자극적으로 하겠답시고 아예 경연을 넘어 서바이벌 형식도 채용했다고 하는데, 그러면 네임드 섭외가 더 어렵다.

'나와서 손해 볼 확률이 더 높은데 이미 뜬 사람이 뭐 하러 나오냐.'

괜히 기존 서바이벌 프로그램들이 원래 데뷔 전인 아마추어들, 혹은 데뷔는 했으나 대중적으로 안 유명한 사람들을 데리고 하는 게 아니다. 잃을 것보다 얻을 것이 많아야 탈락과 비웃음 같은 상황도 감수할 거 아닌가.

'PD도 골 아프겠지.'

그래서 이 상황을 타개하려면, 현실적으로 루트는 하나뿐이었다.

─하나라도 아주 이름값이 드높은 스타가 출연 확정되는 것.

거기서부터 섭외 물꼬를 틀 수 있다. 그걸 기초로 판을 키우고, 혹시 지더라도 '잘 싸웠다', '어쩔 수 없지'라며 대중에게 인정받을 수 있는 게 확정되는 순간, 개개인이 처한 상황에 따라 출연하겠다는 네임드들도 충분히 나올 수 있는 것이다.

하지만 프로그램 편성을 목전에 둔 시기까지도 그런 대스타 출연진을 (당연히) 구할 수 없었는데…….

"…그런데, 우리가 굳이 나가겠다는 거지."

"예."

배세진이 할 말이 굉장히 많다는 표정으로 눈을 가늘게 떴다. 류청우가 어색하게 웃었다.

"제작진분들 반응은 괜찮더라."

"당연히 그렇겠지!"

그래. 아니나 다를까, 프로그램 측에서 테스타가 미끼를 흔드니까 바로 물더라.

―타 방송사에서 이런 적은 처음인 것 같은데요…. 굉장히 적극적이십니다.

소속사 직원 말로도 공중파 제작진 측에서 이렇게까지 정중하고 간절한 미팅 요청을 하는 건 들어본 적이 없는 수준이라고 한다. 그렇다. 이놈들, 잘나가는 연예인 토템 하나가 간절했던 것이다. 이때 테스타가 바로 그 토템이 되어준다면?
"그만큼, 우리 덕에 프로그램 섭외 난항이 풀리면 편집을 잘해줄 것 같잖아요. 그리고…"
"그리고?"
"이 프로그램을 통해서, MBS에 좋은 인상을 남길 수 있을 것 같아서요."
"…!"
리뉴얼판 개국 공신이 되는 거지. 〈재상장! 아이돌 주식회사〉 때와 똑같은 포지션을 먹을 수 있었다. 비록 이젠 OTT 프로그램에게 화제성도 밀린다는 공중파지만, 그래도 연말 가요제부터 음악 방송, 주말 예능까지 빼먹을 구석은 많다.
'그리고 우리를 데뷔시켜 줬다고 빚 지운 것처럼 부려 먹지도 못해.'
동등한 입장에서 협력 관계를 구축할 수 있는 것이다. 말만 공중파의 아들이고, 실제로는 동맹쯤으로. 게다가 장점이 하나 더 있다.
"PD님 직급이 높으시더라고요. 효과가 더 좋을 것 같습니다."
"오오… 그렇네."
아무래도 갓 부임한 초짜보다는 연차도 묵고 인맥도 좋아서 승진한 사람이 더 사내 영향력이 있을 것이다.

하지만 큰세진은 곧장 핵심을 찔렀다.

"그런데 직급보단 영향력이 중요하지 않을까? 이 프로그램을 맡으신 걸 보니까, 출세보다 자기 개성대로 일하시는 타입이시지 않을까~ 해서."

망할 프로그램 맡은 걸 보면 저거 사내 정치에서 팽 당하고 끝장난 깡통 직급 아니냐는 뜻이다. 나는 피식 웃었다.

"이 프로그램을 맡으신 이유가 따로 있더라고."

"그래?"

"어. 이 프로그램 시즌 3로 처음 방송사에서 PD 생활을 시작하셨대."

"아."

아마 그 미련 때문에 리뉴얼하겠다고 맡았지만, 그 직급으로도 예산을 많이 못 당겨올 만큼 방송국 사내에서 이 프로그램에 기대가 없다는 뜻이다. 이 PD가 그간 맡아온 프로그램들을 보면 재미 타율이 상당했는데도 말이다.

"그럼 이번에 잘되면… 오, 굉장히 방송국에서도 의외겠다. 그리고 그 PD님도 인정받으시고~"

"으응, 모두에게 좋은 결과네…!"

큰세진은 그 모든 게 시너지를 이루어 우리가 먹을 게 많겠다는 뜻이었겠지만, 어쨌든 선아현은 우리뿐만 아니라 제작진들에게도 큰 도움이 될 거라는 것에 좀 기쁜 모양이었다.

'뭐, 둘 다 맞는 말이군.'

하지만 이런 것들이 다 이루어지려면 전제가 하나 있다.

"그러려면 무조건 우리가 이겨야 해요."

시청자의 절대다수가 인정하는, 압도적인 승리.

무대.

그게 없다면 이 모든 짓은 모조리 마이너스다. 조금이라도 실수하는 순간 테스타가 지금까지 1군으로 쌓아온 이름값을 왕창 깎아 먹는 미친 짓이라는 뜻이다.

하지만 말이다.

"이기기만 한다면, 이게 최고고요."

공중파를 한번 뚫어놓으면 다른 플랫폼과도 협상하기 쉬웠다. 허들이 내려가니까. 잘하면 T1도 계열사 예능 정도는 나올 수 있을지 모른다…

그렇게만 된다면 이제 국내 프로모션 걱정은 끝인 것이다.

"음… 우리가 계속 한국에서 대중성과 화제성을 유지해야지, 해외를 겨냥해도 음원을 들어주시겠구나."

"예."

"잠깐만."

배세진이 끼어들었다.

"좀 무모하지 않아? 이 제작진들이 꼭 그렇게 해줄 거란 보장도 없잖아. 우리가 잘해도, 다른 요인 때문에… 망할 수 있는 게 이쪽 일이야."

"……."

"…분위기 망치고 싶어서 한 소리는 아니야. 그냥…… 한번은 말해야 할 것 같아서."

안다.

"네. 형 말씀도 맞죠."

"…!"

"그리고 사실, 여기 안 나와도 저희가 갑자기 망하거나 하진 않을걸요."

테스타가 이 정도 위치에 만족하고 완만한 하락세를 맞고 싶다면, 사실 이런 짓은 안 해도 괜찮다. 대상도 타봤고, 월드 투어도 해봤고, 적어도 2년은 너끈하게 테스타의 이름값이 생생할 것이다.

하지만.

"하지만 연차가 더 차도 계속 올라가려면 어떻게든 플랫폼을 잡아야 해요."

현재 VTIC처럼 말이다. 지금이, 가장 중요한 시기였다.

"……."

배세진은 약간 무거운 표정으로 고개를 끄덕였다. 그리고 다른 녀석들의 얼굴에도 약간 비장한 기색이 스친다.

"OK, I'm totally ready for that! 우리 빨리 거기 나가요!"

저놈 빼고.

다른 녀석들은 약속이라도 한 듯이 차유진의 외침을 무시하며 고개를 끄덕였다.

"다수결로 하죠."

"좋아."

그리고 시작된 표결. 김래빈이 자신의 노트북을 가져와서 익명 투표 프로그램을 돌렸다.

결과는….

"만장일치네."

모조리 찬성표.

"이야, 익명 의미가 없는데요?"

"그러게."

멤버들이 서로를 돌아보며 피식피식 웃었다. 그렇게 우리는 리스크를 짊어지고, 얼핏 보기엔 무모해 보이는 도약을 시작하기로 마음먹었다.

그리고 이 소식은 얼마 지나지 않아 MBS 측의 적극적 주도에 따라 엠바고가 풀렸다.

['돌아온 전설' <진성 승부>, 국민 아이돌 테스타 참전하나]

팬들의 반응이 터져 나왔다.

처음엔 아무도 안 믿었다.

-???
-테스타가 여길 왜 나와
-굳이?; 절대 아닐 듯 바보도 아니고

1군 아이돌이 뜬금없이 다 망해서 리뉴얼하는 서바이벌 프로그램에 출연할 확률은 사실 없다고 봐야 했다. 자칫하면 손해만 왕창 볼 텐데, 차라리 그 시간에 투어를 돌지 뭐하러 그 위험성을 무릅쓰는가.

하지만 기사는 또 떴고, 기어코 테스타의 회사에 전화까지 건 기자들에 의해서 사실이 확인되었다.

[테스타 MBS <진성 승부> 출연 확인… "강렬한 무대를 보여 드리겠다"]

그 순간 팬 반응은… 우선 인정사정없는 개인 팬이 즐비한 물밑으로 예시를 들어주겠다.

-또바이벌 장난하나
-음습댕이새끼타그룹이랑 경연 무대했다고 팼더니 애들 다 끌고 출연 실화냐
　└ㅋㅋㅋㅋㅋㅋㅋ
　└곰머야 미안하다 퇴물틱이랑 친목질 안 말릴게 ㅅㅂ 살려줘

……청려 놈에게 피처링했던 무대에 이어서 또 사람들 위통을 유발한 것 같긴 했지만.
'이겨서 갚을게.'
이 상태에서 저 프로그램으로 테스타가 화려하게 이득 보면 오히려 뽕맛이 죽여줄 것이다. 기대하지 않았을 테니까. 그리고 이 그룹 구성원으로 무대에서 진다고?
'질 자신이 오히려 없다.'
사람들이 얼마나 높은 기대치를 가지든 간에, 단순히 무대만 꾸미는 거라면 밀릴 것 같다는 생각이 들지 않는다. 사실 지금도 정보전만 어떻게 한다면 우리에게 약점은….

[설문조사 가능!]

[도움말 : 설문조사를 통한 피드백으로 〈System〉의 기능을 커스텀할 수 있습니다.]

응, 안 써. 지금 그렇게 정보가 급한 상황으로 보이냐? 이게 대체 몇 번째인지 모르겠다. 징글징글한 새끼가 포기를 안 하는군.

뭐, 상관없긴 했다. 나는 팝업을 보며 내심 웃었다.

'스페이서 이번 컴백도 성공했고, 곧 배세진이 출연한 드라마도 공개다.'

이제 이 프로그램에서 우리가 제대로 활약한 뒤 컴백하면? 회사 등급이 올라가는 건 예정된 사항이나 다름없다는 뜻이다. 그리고 지난번 권희승 사례로 봤을 때, 회사 등급을 올리면 그놈의 '■■■ 파편' 흡수가 추가로 가능하지.

'그럼 청려가 가진 것도 흡수할 수 있다는 뜻이야.'

이 '회사 System'이라는 것의 내부 알고리즘도 큰달이 열심히 뜯어 봐 주는 중이다. 잘하면 청려가 군 복무하러 들어가기 전에 다 끝날 수도 있었다. 그러니까.

'넌 필요 없어.'

나는 미련 없이 손짓도 하지 않고 팝업을 없앴다. 그리고 다시 무대 구상에 집중하려던 찰나였다.

"...?"

갑자기, 시야에 반투명한 푸른색이 씌었다. 선글라스라도 쓴 것처럼.

'뭐?'

순간 무엇인지 알아차리지 못했으나, 눈의 초점을 그 푸른색에 맞추는 순간 그 정체를 알았다.

그건… 거대한 팝업이었다. 내 코앞에 뜬.

[소유자의 불만족 감지!]

"…!"
시위하듯이. 그리고….

['회사용 〈System〉' 자동 재업데이트 시작]

잠깐. 시스템 자동 재업데이트?
미친 소리를 하는 팝업을 본 순간, 머리가 맹렬히 돌아갔다. 지난번 업데이트 때 일어났던 사건 사고를 생각하자면, 당장 우선시해야 하는 건….
'중지!'

[자동 업데이트 강제중지 시 오류가 발생할 수 있습니다.]

개X끼야.
이러면 어떤 지랄 맞은 사태가 날 줄 모르니 함부로 중지시킬 수도 없었다. 일단 상황을 확인한 뒤에 움직여야 했다.
'그리고… 저번 업데이트 때는 스티어 차유진이 깨어났지.'
그렇다면.
나는 당장 자리를 박차고 일어나서, 각방을 둘러보기 시작했다.
"무, 문대야?"

"문대문대 왜 그렇게 뛰어다니… 어?"
"형 운동해요?"
그리고 발견했다.
노트북으로 작업을 하다가 머리 박고 쓰러진 녀석이 하나.
침대에서 E북을 읽다가 그대로 정신을 잃은 녀석이 하나.
그리고… 책상 앞에서 프로그램 소개서를 보다가 책장에 머리를 기댄 채 눈을 감고 있는 녀석이 하나.
"……."
김래빈, 배세진, 류청우, 세 명. 혀를 깨물 뻔했다.
상식적으로 생각해 보자.
'세 명이 동시에 갑자기 잠들 수 있나?'
그것도 지난번 시스템 업데이트 때 '잠깐 현기증을 느꼈다'라고 진술했던 녀석들만?
그리고 비슷한 생각을 한 건 나 혼자만이 아니었다. 내게 상황을 브리핑받자마자 깨어 있는 녀석들의 안색이 변했다.
"잠깐, 이거 설마…"
"Seriously? 또 이래요?"
나는 '응급실로 가야 하는가'에 대하여 다급한 토의를 시작한 녀석들을 두고, 다시 머리를 굴렸다. 이 꼴이 난 원인이 뭐지?
그리고 아까 떴던 팝업의 내용을 되새김질했다.
'소유자 불만족을 감지해서… 재업데이트?'
그 순간, 머리를 치고 지나가는 발상이 있었다. …설마 내가 시스템은 건들지도 않고 그놈의 설문조사를 계속 무시했다고, '불만족 상태'라고 판단해서 이런 짓을 했다는 거냐.

'빌어먹을.'

한마디로, 내가 자기를 쓸 때까지 계속 시스템을 조정해 보겠다는 소리 같지 않은가.

'무슨 고객 만족 CS인 줄 아나.'

섬뜩하기까지 했다.

상태창 없이 미션 실패 사태를 직면해야 할 VTIC 리더 놈의 목숨줄 때문에 계속 회사 시스템이라는 걸 살려두고 있지만, 지나치게 변수가 많았다.

'…자아가 있는 것처럼, 말이지.'

박살 내기 전, 대화가 가능하던 시스템의 인간 형상이 떠올랐다. 등골이 약간 서늘해졌다.

하지만 이쪽도 이 사태에 대비가 안 되어 있는 건 아니다. 업데이트 사태가 또 일어날 걸 가정해 본 적은 당연히 있다. 겪어본 당사자와 말이다.

"……"

나는 차유진과 눈을 마주쳤다. 녀석이 살짝 고개를 끄덕였다.

'이미 스니어 딩시의 기억이 있는 녀석이 있어.'

저 셋이 한꺼번에 그때로 롤백된다고 해도… 망할, 그 공중파 서바이벌 프로그램 하나만 날리면 전보다는 안정적으로 버텨볼 수 있는 것이다. 아니, 오히려 이게 저 녀석들 입장에서는 혼자인 것보다 나을 수도 있다. 여럿에게 이런 증상이 발생하면 하나 확실히 예방되는 문제점이 있기 때문이다.

고립감. 갑자기 낯선 환경에 처박혀서 내가 제정신인가 의심하게 되는 상황 말이다. 차유진 때도 그랬지만, 그게 사람을 힘들게 하는 법이다.

'하지만 부작용은…'

"…지금 이러면 우리 멤버 중에 거의 절반이, 자기가 무슨 일을 하고 있었는지 잊어버릴 수도 있는 거지?"

"……"

나는 이를 악물었다가 뗐다. 원상복구될 때까지 그룹 활동은 꿈도 못 꾸겠군.

"미안하다."

"…!"

큰세진이 순식간에 안면을 바꾸더니, 희미하게 웃으며 어깨를 쳤다.

"문대 넌 또 왜 없는 책임을 만들고 있냐. 그냥 상황 정리하는 거야~"

아니, 내 책임이 맞긴 하다.

하지만 억지로 분위기 풀려는 놈한테 빠득빠득 내 책임이라고 말해봤자 분위기만 X 되는 것이니 속 시원하자고 그런 짓을 하진 않기로 했다.

그래서 대신, 우리는 대책을 세웠다.

"저 병원 반대예요. 기억을 잃고 병실 침대에서 일어난다? 너무 전형적이잖아요. 놀리는 거라고 오해할걸요."

"그래도… 혹시 모르니까, 연락은 필요하다고, 생각해."

"그렇지. 아, 그리고 멤버들 깨어나면 잘 설명할 준비를 하는 게 최우선이잖아. 그렇지?"

결론은 이렇게 나왔다. 일단 숙소에서 대기. 다만 빠른 설명이 가능하도록 사진과 데이터, 위튜브, 포털 사이트로 증거물을 모아둔 채로 이야기를 정리하기로 했다.

"문제 생기면, 바로 응급실로 갈 수 있게… 매니저분께 연락드렸어!"

"오케이."

마지막으로 이 녀석들이 30분 내로 안 깨어나면 깨우는 걸 시도하고, 그래도 안 일어나면 병원으로 가는 것으로 극적 합의가 끝났다. 우리는 각자 방을 하나씩 감시하며 진을 치고 앉았다. 식은땀이 흐를 것처럼 긴장감이 숙소에 꽉 찼다.

이윽고, 몇 분이 지났을까. 신호가 왔다.

"…! 여, 여기…!"

"…!!"

외친 건, 선아현이었다. 우리는 당장 녀석이 보초를 서고 있던 곳으로 뛰어갔다. 선아현이 있던 곳은….

'배세진.'

녀석의 독방이었다. 이미 방 안에 들어가서 침대 옆에 서 있던 선아현이 고개를 돌리며 외쳤다.

"깨어나실 것, 같아…!"

확실히, 배세진은 얼굴 근육을 꿈틀거리고 있었다.

'후.'

긴장된 순간.

"으음…."

"……."

배세진이 인상을 찌푸린 채로, 눈을 누르며 몸을 일으켰다. 그리고 나는 더 바짝 대가리에 기합을 넣었다. 스티어 배세진? 그 녀석은 데뷔 초에 마약 누명 쓰고 그룹에서 퇴출당한 뒤에 아마도 감옥까지 간 인간이다.

'아이돌이고 나발이고, 아주 연예계 생활에 질려 버렸을 가능성이 높다.'

심하면 인간 불신일 확률도 상당히 높고.

다 떠나서 일단 〈아주사〉 때의 비협조적인 모습이 나아지기는커녕 악화했겠지 않은가. 그러니까 더 조심스럽게 접근하자… 까지 생각할 무렵이었다.

배세진이 멀뚱히 입을 열었다. 잠깐, …멀뚱히?

"…너희 뭐 하는 건데?"

"…??"

"…?!"

멀쩡하잖아. 배세진은 도리어 자기 방 안에서 잠든 자신을 내려다보던 멀대같은 놈들을 보고 기겁한 모양이었다.

"Oh!! 형 제정신이에요?!"

"당연히 제정신이지! 아니, 책 읽다가 졸았다고 지금 나한테…"

그리고 주변을 둘러보다가, 사진첩까지 바리바리 싸 들고 온 녀석들의 상태를 확인하고 당황했다.

"그건 또 뭐야?"

"…그게요."

알겠다. 아무래도… 이놈은 아닌가 보다.

빠른 상황 요약 설명 후, 곧 배세진도 이 흐름에 합류하게 되었다. 복도로 나온 녀석은 심란한 표정으로 김래빈의 방과 류청우의 방을 번갈아 보면서 중얼거렸다.

"……그러니까, 지난번 차유진 같은 꼴이 됐을 수도 있다는 거지?"

"형 말 심해요."

"네가 할 말이야?"

'제정신이냐' 드립을 들어서 공격력이 오른 배세진이 차유진에게 으르렁댔다. X망할 것까지 생각한 것치고는 대단히 평화로운 그림이었다.

그러나 나는 이 틈을 타서 해야 할 일을 떠올렸다. 일단 배세진에게 스티어 당시의 기억이 돌아오지 않은 것은 알겠지만… 혹시 남은 두 녀석은 어떨지 모른다. 그러니까 말이다.

'말해야 하나.'

이전 삶에서 네가 상당히 고초를 겪었다고 말이다. …매도 미리 맞는 게 마음의 준비를 할 수 있을지도 모르지. 결국 나는 E북 리더기를 쥔 채 심란한 표정을 짓고 있는 배세진을 불렀다.

"형, 잠깐…"

"어?"

그때였다.

"허억!"

외곽 방에서 소리가 터졌다. 김래빈의 방이었다.

"래빈아!"

이놈이고 저놈이고 할 것 없이 다 허겁지겁 복도를 질주해 방 안으로 뛰어 들어갔다. 그리고, 이번에야말로 우리가 당면한 사태는….

"아무래도 에너지 드링크 부작용 같습니다! 이번 달에 새롭게 출시된 P사의 제품을 시음했는데…"

"잠깐만."

야.

"래빈아, 너 지금 상태가 어때."

눈을 꿈벅이던 김래빈은 선선히 대답했다.

"…? 낮잠 덕에 개운합니다…?"

"……."

멀쩡 그 자체다. 2연타 세이프에 멤버들이 나자빠졌다.

"후."

"아, 이거 그냥 우연히 다들 잠든 거 아니야?"

"…요새 다들 무리하긴 했지."

"으응, 그, 프로그램 출연 이야기로, 어제도 다들 늦게까지 회의했으니까요…."

"병원 안 가는 게 정답 맞았어요. 저 똑똑해요."

이젠 다들 그냥 우연 아닌지 의심하고 있다.

'…과연.'

나는 어리둥절한 김래빈에게 다시 한번 물었다.

"갑자기 없었던 기억이 떠오르거나 하진 않냐."

"특별히 없습니다만… 아, 혹시 제가 반드시 떠올려야 하는 기억이 있는 겁니까?"

"아니."

오히려 잘 됐다. 나는 녀석의 머리를 툭툭 쓰다듬은 뒤 방에서 나왔다. 다른 녀석들이 김래빈에게 붙어서 사태를 설명해 주는 것 같았다.

'그럼 이제 남은 건 류청우뿐인데.'

이쪽도 별일 없을 수도 있지만, 그래도 긴장을 늦추지 말자. 스티어 때로 자아가 돌아가 버리는 게 아니더라도 별 괴상한 일이 터질 수 있으니까.

"이제 이 앞에서 대기하자."

"으음."

그래서 멤버들이 다들 류청우의 방에서 대기하게 되었다는 것이다. 다만….

"…너무 좁은데."

"……."

성인 7명이 방에 우르르 들어앉아 있으니 상당히 껄끄럽다.

'흠.'

이대로 가만히만 있는 것도 좀 그런가. 앞에 두 번이 멀쩡했으니, 이젠 조금 과감한 시도도 해볼 때다. 나는 시험 삼아 몸을 일으킨 후, 책장에 기대어 있는 류청우를 불러보았다. 혹시 정말 잠들어 있는 거라면 이걸로 깰 수도 있을까 해서.

"형."

"……."

응답은 없었다.

'역시 아니었나.'

나는 기대를 더 버리며, 부르는 방법을 바꾸었다. 정확히 이 녀석을 지칭하는 것으로.

"류청우."

그 순간이었다.

"…!"

류청우가 번쩍 눈을 떴다.

"엄마야!"

"애가 원래 이렇게 깼었어?"

"지금 Cult 영화 같아요."

저마다 한 마디씩 보태는 녀석들 사이로, 나도 내심 안도의 한숨을 참았다. 이름 불렀다고 눈 떴으면 뭐 뻔하다.

'이놈은 그냥 잠든 거였나.'

하긴, 쓰러진 게 아니라 책장에 기댄 상태였던 걸 생각하면 그럴 수도 있겠지. 이럴 줄 알았으면 조심해서 기다리지 말고 진작 다 그냥 깨울 걸 그랬군.

'호들갑 좀 떨었다고 설명해야겠⋯.'

"⋯누구시죠?"

"⋯⋯."

"⋯⋯."

잠깐.

나는 류청우의 얼굴을 확인했다. 녀석의 얼굴에는 온화함 대신 경계심이 깔린 의아함이 옅게 드러나 있었다. 그리고 그 기색은 내 뒤를 보는 순간 더 진해졌다.

"차유진? 그리고 김래빈⋯⋯."

"⋯⋯."

이 녀석은 박문대를 몰랐다. 그런데 저 두 놈만 굳이 알아보면서 불렀다는 것은⋯ 그렇군.

나는 안 떨어지는 입을 열었다.

"혹시 소속 그룹명이 스티어신가요."
"예? 예, 그랬죠. 그런데 지금 상황은 대체…"
"……"
X 됐다….

데뷔 못 하면
죽는 병 걸림

류청우가 스티어 시절로 돌아갔다.

"감사합니다."

혹시 경계할까 봐 따지도 않은 생수병 하나를 건네주었으나, 녀석은 마시지 않고 쥔 채로 미소 짓고 있는 상태다. 그나마 표정에는 평소 같은 온화함이 좀 보였다.

"그런데 우선 상황 설명을 듣고 싶습니다."

"…예."

아무래도 이게 뭔 개판인가 싶겠지.

나는 차유진과 했던 대화를 빠르게 대가리 굴려 복기했다. 녀석이 비록 스티어 시절의 기억에서 디테일을 많이 잊어버렸으나, 아예 까먹은 건 아니었거든. 그러니 당시 류청우에 대해 차유진이 기억하고 있는 인상을 들을 수 있었다는 말이다.

-그때 청우 형 좀 무서웠어요. 우리 다 조심해요.

-어떤 의미로 그랬는데.

-[그러니까 제 말은, 음… 전형적인 번아웃, 그리고 특별히 뒤틀린 강인함?]

'뭐라는 거야.'

차유진 본인도 썩 좋은 예시를 들지 못했다. 하지만 일단 폭탄처럼 섬세하게 취급해야 한다는 건 잘 알아들었다.

'어쩌면 차유진보다도 더.'

지난번 스티어 차유진이 가출까지 할 정도로 관계를 말아먹었던 기억도 있지 않은가. 그것 반면교사 삼아, 우리는 대단히 진지하고 거의 비장하기까지 한 자세로 류청우에게 설명을 시작했다.

"…그래서, 지금은 저희가 테스타라는 그룹이거든요."

"음."

시각 자료와 인터넷 접속까지 곁들인 증거설명, 그리고 증인들이 속속들이 등장했다. 자료가 부족하진 않았다고 자부한다. 하지만 설명을 다 듣고도 스티어 류청우는 한동안 말이 없었다. 그냥 제공된 자료를 몇 번이나 더 확인할 뿐이었다.

"……."

'이번에도 글렀나.'

역시 곧바로 믿기는 힘들 것이다. 아무래도 이런 비현실적인 일에 관심 있던 놈도 아니니….

"그렇군요."

"……."

음?

갑자기 깔끔한 긍정문이 나왔다. 차유진까지 당황해서 되물었다.

"형 우리 믿어요?"

"음… 믿기 힘들긴 하지만, 못 믿기도 힘든 상황이야. 포털 사이트를 조작할 수는 없잖아."

 류청우가 뒷머리를 만지더니, 여러 멤버가 우르르 내민 스마트폰으로 몇 번이나 접속한 포털 사이트의 화면을 보며 쓴웃음을 지었다. 그러고는 내가 내민 앨범들로 시선을 돌리더니, 웃는 건지 찡그리는 건지 알 수 없는 표정으로 나를 돌아보았다.

 "이런 것도 전부 조작할 수는 없겠죠."

 "……."

 "그래서 말인데, 지금 스케줄이 있는 상황이죠? 그건 최대한 빨리 공유해 주시는 편이 좋겠습니다."

 음?

 "예?"

 김래빈의 되물음에, 류청우가 아무렇지 않게 대답했다.

 "음, 갑자기 그룹 활동을 쉬는 것보다는, 내가 어느 정도 소화하는 게 나을 것 같아서."

 "…!"

 류청우는 낯선 멤버들을 돌아보며 약간 쑥스러운 듯이 웃었다.

 "일단, 실력과 끈기로는 자신 있는 편이고요."

 잠깐만.

 'X 된 게… 아니었다?'

 그리고 상황은 예상하지 못한 국면에 접어들기 시작했다.

스티어 류청우가 깨어난 직후. 무대 연습은…… 더없이 순조롭게 진행되었다.

"그럼 이 곡부터 시작해 보겠습니다. 괜찮을까요?"

"저희야 감사하죠…."

류청우는 멤버들이 고심 끝에 추린 테스타의 최신곡과 히트곡을 군말 없이 빠르게 습득했다. 노래와 안무를 알려주는 것 이상으로 적극적으로 배우는 통에 큰세진이 당황했을 정도였다.

"아이고, 형님. 좀 쉬면서 템포 늦춰도 저희 문제없습니다~ 어차피 지금 입국하면서 투어도 휴식기거든요!"

"그렇군요."

하지만 류청우는 자신의 태도를 고수했다. 녀석은 특별히 불필요하게 경계하거나 자존심을 세우지도 않았다. 필요한 것을 딱딱 물어봐 가면서 우직하면서도 속도감 있게 연습을 진행했다.

'흠.'

심지어 거기서 그치지 않았다. 녀석은 심지어 본래 테스타 류청우의 무대 영상과, 각종 테스타 영상들을 모니터링하기 시작한 것이다.

"그, 필요하시면, 좀 더 자세히… 알려드릴 수 있는데…!"

"아. 괜찮습니다."

안절부절못하던 선아현의 제안에도 놈은 담백하게 모니터링을 계속했다. 이유는 간단했다.

"제 기억에선 처음 해보는 곡이니까, 부족한 무대 경험은 이렇게라도 채워야죠."

"……"

"필요하면 염치 불고하고 좀 여쭤보겠습니다."

"아, 아뇨…! 언제라도, 편하게 말씀해 주세요…!"

그리고 스티어 류청우는, 기어코 최신곡에서 본래 류청우가 하던 느낌을 굉장히 유사하게 구현하기 시작했다는 것이다….

"…거의 똑같지?"

"그래."

여기까지 딱 사흘 걸렸다. 극한의 재활 운동이라도 보는 것 같았다. 그래서 이 말이 안 나올 수가 없군.

그날 저녁.

[Just roll the dice-]

나는 자신의 방에서 아예 대형 모니터로 무대 영상을 다시 보는 류청우를 방문 너머로 확인했다. 그리고 고개를 돌려, 주방을 털던 중인 차유진에게 물었다.

"왜 저러는지 잡히는 거 있냐."

협조적이니까 좋지 않냐고? 물론 일하기엔 좋다. X 될 줄 알았는데 이게 무슨 떡이냐고 안도할 수도 있겠지.

하지만 이게 과연 정상인지는 또 다른 문제다.

'깨어보니 세상이 달라졌는데 저렇게 빠르게 받아들인다고?'

난 박문대 몸으로 깨어났을 때 침대에서 굴러떨어졌다. 상태창이 떠서야 정신 못 차리면 뒤지겠다 싶어서 현실을 받아들였단 말이다. 그런데 주변에서 입 좀 턴다고 사람이 저렇게 침착할 수 있다니. 심지어 본래 스티어 멤버였던 멤버들이나, 전 멤버였을 배세진에게도 별 동요 없이 잘 대한다.

인간이 저럴 수 있나?

'아무리 양궁 금메달리스트라도 그렇지.'

이건 좀 이상하지 않은가. 내가 이 판에 처했으면 꾸밈없는 진실을 캐내기 위해서 누구 한 놈 붙잡고 인질극이라도 했을지 모른다. 차라리 가출한 차유진 쪽이 일반적인 반응이라고 느껴질 정도니, 경험해 봤던 당사자에게 물어본 것이다.

그리고 이런 답변이 돌아왔다.

"Umm… yeah. 이상해요. 그런데 확신 못 해요."

"……."

차유진 본인도 스티어 당시의 기억은 디테일이 아니라 큼직큼직한 사건과 느낌 위주로 기억하기 때문에 행동 원리 같은 구체적인 분석은 불가능했다. 다만 녀석은 어깨를 으쓱하며 제법 진지한 얼굴로 말했다.

"확실한 건, 저는 저 불가사의한 형이 이 팀에 협조하는 '척'을 하는 것처럼 느껴지진 않는다는 거죠."

흠.

'그건… 나도 동감이긴 한데 말이다.'

속으로는 뒤통수 갈길 생각하면서 협조하는 시늉만 한다면, 체력 고갈 나도록 연습하면서 은연중에 티가 나기 마련이다. 원래 사람의 여유란 게 체력에서 나오는 것 아닌가.

'우선순위가 다르면 읽힌단 말이지.'

하지만 저 스티어 류청우는 한결같았다. 정말로 '정성껏' 자신의 무대 파트를 준비하고 있었다. 나도 그건 의심하진 않는다.

'그렇다면.'

내가 직접 물어봐도 되겠지. 스티어 차유진만큼 대화가 안 되는 상태는 아니었다. 게다가 주변을 관찰하는 것 같았으니, 상대도 내가 별 악의가 없다는 건 느낄 수 있을 것이다.

"하나 줘봐."

"우우."

그래서 나는 차유진이 사놓은 팝콘이나 하나 뺏어 튀긴 후, 녀석의 방으로 같이 향했다. 마침 룸메이트가 타깃이라 편하군.

"형."

"아."

스티어 류청우는 모니터에서 눈을 떼고 고개를 돌리더니, 버릇처럼 서글서글한 미소를 지었다.

"전달 사항이라도 있나요?"

"아니요. 그런 건 아니고요."

나는 옆에 걸터앉으며 팝콘을 내밀었다. 녀석은 좀 놀란 것 같았으나, 군말 없이 팝콘을 집어 갔다. 그리고 나도 팝콘을 입에 던져 넣으며 말을 골랐다.

너무 진지하지 않게 간다.

"혹시 저희가 너무 부담을 드렸나 해서요. 그룹 활동 좀 쉬어도 갑자기 문제가 생기진 않으니까, 형 적응하실 때까지 편하게 계셔도 괜찮습니다."

"……."

"이러고 급하면 매달릴 수도 있긴 한데요."

"음."

류청우가 바람 빠지는 것처럼 피식 웃었다. 그래, 웃기려고 한 소리다.

'진담이지만.'

입 좀 열어봐라. 다행히 녀석은 목뒤를 푸는 것처럼 주무르더니, 곧 희미한 미소와 함께 입을 열었다.

"예, 부담을 느끼는 건 아닙니다. 잘되고 있는 그룹인 것 같아서 그만큼 구성원 하나하나가 잘해야겠다고 생각했던 거죠."

"……."

"일단은, 제가 구성원이 된 상태니까요."

나는 그 말투에서 묘한 감상 같은 것을 느꼈다.

'…자기 그룹과 겹쳐 보는 건가.'

본래 이 녀석이 소속되어 있던 스티어는 공중 분해되었다. 하지만 여기, 현재 테스타는 재계약까지 하며 잘나가고 있는 상태. 차유진의 경우엔 이 차이에서 괴리감을 느꼈는데, 이놈은 현 상태에서도 일종의… 책임감을 느끼는 것 같다.

현상 유지에 대한.

'흠.'

뭐, 이래저래 다 추측이다만, 어쨌든 이 팀에 악의를 가지고 하는 행동은 아니라는 건 확실히 알겠다. 나는 내심 고개를 끄덕였다.

'하지만 말한 것 외의 꿍꿍이는 있을 수 있지.'

게다가 여전히 이놈이 무슨 생각인지는 모르겠으니 이제부터는 긴장을 풀어주는 방향으로 대화를 끌고 가본다.

"감사합니다. 그리고 말 놓으세요. 연상이시잖아요."

"음… 하하, 그럴까?"

스티어 류청우는 짧게 고민하는 것 같았으나, 곧 시원하게 말을 놓았다. 이런 부분은 달라지지 않았군.

'그렇지.'

이대로 다른 이야기도 슬슬 꺼내며 이 녀석의 남은 경계심을 확인해 보려던 순간….

"문대 형 사실 나이 더 많아요."

팝콘 던질 뻔했다.

'언제 왔냐.'

뒤를 돌아보자 차유진이 멀뚱한 얼굴로 내 팝콘을 뚫어지게 쳐다보고 있었다.

'알아서 튀겨 먹어라.'

박스 가득 있는 놈이 왜 이미 뺏긴 거에 미련을 가지냐. 하지만 일단 내밀어주니 좋다고 퍼먹는 꼴을 보니까 뭐라 하기도 그렇군. 그리고 차유진에게 순간 시선을 돌린 사이, 류청우가 의아한 목소리로 되묻는 소리가 들렸다.

"나이가 많다고?"

"문대 형 원래 어른이었어요."

"너도 어른이다."

"You know What I mean! 문대 형 정신적? 나이 청우 형보다 많아요. yep!"

"……."

오냐.

내 파란만장한 초자연적인 경험에 대해서도 요약본을 떠들어놓긴 했기에 류청우는 경악하진 않았다. 그렇다고 하하호호 웃으면서 납득해 줬다는 뜻은 아니다. 저건 빼박 당황한 거다.

'아니 차유진 저놈은 왜 이 이야기를 꺼내서… 뭐, 알겠다.'

차라리 기회라고 생각하고 이야기해 볼까.

"엄밀히 말하자면, 맞긴 한데요."

자연스럽게 경계심을 확 죽일 수도 있는 기회 말이다. 나는 목뒤를 문지르며 입을 열었다.

"뭐, 말이 나와서 말씀드리는 거지만… 원래 제가 형 친척인 게 더 중요한 사실 같은데요."

"응?"

원래 세상은 학연, 지연, 혈연 아닌가. 혈연 메타 가자.

"음, 예전 제 이름이 류건우였습니다. 들으면 알겠지만, 풍산 류씨 같은 항렬인데."

스티어 류청우는 머리를 한 대 맞은 것처럼 멍한 표정을 지었다.

"어릴 때 가족여행 몇 번 같이 가본 게 전부라서요. 아마 기억은 안 나실 겁니다. 전에도 기억은 못 하셨고, 가족여행… 비디오만 있더라고요."

"……."

대답이 없군. 꽝이었나?

'거짓말이라고 생각하면 말아먹는 건데.'

그 순간이었다. 류청우가 천천히 입을 열었다.

"나보다 연상이면… 혹시 안경 쓰고, 책 많이 읽는?"

"…!"

설마.

"기억해?"

스티어 류청우가 살짝 눈썹을 찡그렸다.

"음… 사실 어떻게 생기셨는지는 모르겠고, 이름도 몰랐어. 떠올리려고 해보니까 그런 친척 형이 있었다는 정도만 어렴풋이 생각나는 정도지만."

녀석의 얼굴이 약간 밝아졌다.

"그 반응을 보니까 내 묘사가 맞나 보네."

"Oh!"

차유진이 대신 감탄했고, 나는… 좀 얼이 빠졌다. 이것까지는 기대 안 했기 때문이다.

'날 기억한다고?'

그러고 보니, 테스타 류청우는 이렇게 구체적인 상황 조건을 듣고 거기에 맞춰 '류건우'가 누구인지 머릿속에서 기억해 내려고 했던 적은 없었다. 그전에 다짜고짜 내가 가족여행 비디오부터 틀어버렸으니까.

어쨌든 간에, 정신 차리고 대답하자면.

"네. 그게 제가 맞는 것 같은데요."

네 말이 맞다.

"오우!"

넌 그만 감탄해도 된다.

어쨌든 류청우의 얼굴에도 희미한 미소가 번졌다.

"신기하다. 이렇게 친척을 만나게 될 줄은 몰랐는데."

"저도요."

"하하."

그리고 나는, 지금까지 스티어 류청우가 제법 긴장하고 있었다는 사실을 새삼 깨달았다.

'태도가 바뀌었군.'

온화한 건 똑같지만, 제스처 같은 게 한결 편안해 보였다. 역시 경계는 하고 있었나 보다.

'안 할 수 없지.'

이제야 이놈이 좀 사람다워 보인다. 그리고 낯선 사람들, 혹은 알던 사람들이 낯설게 변한 이 상황에서, 그냥 친척을 만나니 이놈도 좀 풀어진 것 같았다. 간단하고 복잡하지 않은 관계니까.

"그럼 앞으로 음, 제 쪽에서 말을 높여야 할까요? 원래는 어떻게 하셨죠?"

"그냥 편한 대로 대충 섞어서 썼습니다."

"아하하! 좋아, 그렇게 할게."

그렇게 혈연 메타는 성공적으로 먹혔다고 생각한다.

"여기서부터 해보자."

"넵!"

류청우는 그 후로는 더 누그러진 상태로 멤버들을 대했고, 얼마 지나지 않아 모든 멤버와 말을 놓은 것 같았다. 그리고.

"이 프로그램도 스케줄을 미룰 필요는 없을 것 같아. 충분히 할 수 있겠어."

본인의 단호한 의사에 따라서 서바이벌 프로그램 참여는 미뤄지지 않고 예정대로 진행되었다.

그렇게 첫 무대 촬영이 시작되었다.

다행인 것은, 첫 무대부터 서바이벌은 아니라는 점이다.

바로 프로그램 홍보용 선공개. 자기소개 무대다.

〈진성 승부〉의 리뉴얼인 〈진성 승부 Final〉은 유치할 만큼 비장한 이름치고는 인터넷에서도 꽤 괜찮은 화제성을 불러일으켰다.

라인업 덕이었다.

[다시 태어난 〈진성 승부〉, 화려한 출연진 대공개... 대상 아이돌부터 전설의 보컬리스트까지.]

이미 쇠락한 프로그램의 리뉴얼판이라고 믿기 어려울 만큼 네임드의 출연이 다수였던 것이다. 테스타를 붙잡고 열심히 이름을 판 제작진의 섭외력이 폭발했다.

-공중파의 기대작 예능답게 가수 라인업이 좋네요 실력파ㄷㄷㄷ 기대합니다
-말랑달콤 재결합? 본방사수 필수!
-꿀성대 뮤디 여신님~ 무대 빨리 보고 싶습니당^^♡
-MBS가 사활을 걸었나봄 놀랍다!

이렇게 댓글 알바의 반응이 기사와 홍보 동영상 초기에 쏟아졌는데도, 그에 대해 별 비웃음도 없이 진짜 놀란 댓글 반응들에 밀렸을 정도였다.

물론, 이 라인업에서 가장 관심을 받는 이름은 하나였다.

'테스타!'

-테스타 ㄹㅇ 나오는 거였냐고 이게 찐이라니

보통, 대상을 받을 정도로 큰 그룹이 서바이벌에 나오는 것은 전성기가 한참 지났을 때뿐이다. 그마저도 고심 끝에 간신히 출연하는 정도다.

이미 위상이 오를 대로 오른 그룹에겐 프로그램이 아무리 전망이 좋아도 자기들 이름값을 깎아 먹을 확률이 더 높은 이상 독이 든 성배나 다름없었다. 화제성 땔감, 혹은 '그 유명한 그룹을 누른 신인'이라는, 새로운 이름값을 위한 제물이 되기 십상이기 때문이다.

프로그램 제작자 입장에서도 마찬가지다. 이미 유명한 그룹이 이기는 건 의외성이 떨어지고 재미가 없다. 게다가 테스타는 타 방송사 서바이벌 출신으로 데뷔한 그룹! 테스타보다, 아니, 테스타와 견줄 만한 무대를 뽑는 출연진이 있다면, 그쪽을 우대할 것이다!

-여기서 테스타 이기면 티넷>공중파 공식 나오는데 절대 못 이기게 할 듯ㅋㅋ
-테스타 팬들 벌써 망할 때 대비해서 밑밥 까는 거 보면 너무 숙연ㅠ 안쓰러움
-대체 왜 나온 거지

PD와 테스타 사이에 오간 모종의 합의를 모르는 인터넷에서는 기대

가 차오르고 있었다. 그것의 절반이 테스타가 망하는 꼴을 볼 수 있을지 모른다는 기대일지라도 말이다.

하지만 며칠 후, 위튜브로 〈진성 승부〉의 오프닝 무대가 공개된 순간.

[낮처럼 파란 꿈을 꿔]

사람들은 정신이 번쩍 드는 듯한 감상을 느꼈다.

-아ㅋㅋ
-무대로 떴는데 아무렴요
-또 씹어먹겠구나 ㅇㅋㅇㅋ 자신 있다 이거지

각 출연진이 1분씩 퍼포먼스를 하며 바통을 터치하는 구성.
거기서 마지막 직전에 등장한, 데뷔곡과 최신곡을 절묘하게 리믹스해 놓은 테스타의 자기소개 스테이지는 짧은 만큼 강렬했다.

[Yeah!]

1분만 주어진 시간답게, 서론을 쫙 빼고 본론만 요약 편집해 코어만을 남긴 듯한 센 무대! 마치 줄거리 요약 소개 영상으로 접하는 영화는 뭐든 재밌게 느껴지는 것처럼, 빠른 전개와 와우 포인트만 남겨둔 무대는 현대인의 입맛에 딱이었다.

-이거지
-크으 서바이벌 그룹답다
-테스타 진짜 너무 기대됨; 미친

물론 좋은 점만 있었던 것은 아니다. 테스타는 원래도 이 프로그램에서 '잘해야 본전' 수준으로 인지도와 인기가 극히 좋은 그룹이었다. 거기에 오프닝 무대까지 인상적으로 선보였으니, 안 그래도 크던 기대치를 더 키운 것이다.

박문대와 이세진, 둘을 찍는 트윈 홈마도 냉정히 이런 평가를 내렸다.

'차라리 적당히 애매하게 잘하는 편이 나았을 텐데.'

하지만 이미 주사위는 던져졌고, 테스타는 이 조건 속에서 1차 서바이벌 경연을 시작해야 했다. 그리고 활로가 없는 것도 아니었다.

'다음 경연 무대까지, 이미 하늘을 찌르는 기대치를 충족할 만큼 아주 잘해 버리면…'

누구도 반박할 수 없는 이미지가 완성된다. 서바이벌에서 가장 중요한, 임팩트 있는 첫인상. 테스타는 좋은 의미에서의 선입견을 팍 박아 놓고 시작할 수 있는 것이다.

그리고 그것을 테스타 본인들도 알고 있었다.

오프닝 무대가 끝난 직후.

"후우."

"고생 많으셨습니다~"

〈진성 승부〉 촬영장의 백스테이지에서, 나는 직감했다.

'잘했다.'

이건 반응을 안 봐도 확실했다. 사실 걱정도 안 했다. 변수라고 해봤자 스티어 류청우 정도인데, 며칠간 연습량과 리허설 무대만 봐도 각이 나왔다.

'절대 실수 안 할 놈이다.'

그리고 정말로 녀석은 합이 딱 맞는 무대를 해냈다. 원래 류청우라고 순간 착각할 정도로. 다만….

'넋 나간 것 같은데.'

문제는 무대에서 내려온 직후, 이 녀석 상태가 좀 이상하다는 점이다.

"……"

스티어 류청우는 말없이 숨을 몰아쉬면서 우두커니 서 있었다. 스탭도 쳐다볼 정도로, 충격이라도 받은 듯이.

'너무 오랜만이었나.'

스티어 해체 이후로 처음 하는 무대였을 테니까. 차유진 때도 비슷한 증싱이 있었던 것 같기도 하나.

"괜찮으신가요."

나는 녀석에게 다가가서 들고 있던 물을 내밀었다. 류청우는 멍하니 그것을 받아 들다가, 정신을 차린 것처럼 고개를 퍼뜩 들었다. 그리고 시원하게 물병을 열어서, 마셨다. 꿀꺽꿀꺽…. 그렇게 물병 하나를 거의 다 비운 후.

"고마워. …이런 건 오랜만이었어."

류청우는 제법 밝게 웃으며, 모니터링하는 멤버들 뒤에서 자신도 모니터링에 집중했다.

'괜찮아 보이는군.'

나는 피식 웃었다.

모든 게 잘 흘러갈 것 같았다. 그때까지는.

〈진성 승부〉 첫 단체 녹화 당일, 신인 없이 네임드와 기성으로 꽉 찬 출연진들 속에서 인사가 오고 갔다. 테스타도 예외는 없었다.

"세상에, 너무 오랜만이다 얘들아!"

"뮤디 선배님!"

우선은 뮤디. 〈아주사〉에서 보컬 트레이너이자 심사위원이었던 이 가수 대기실로 인사를 가자, 상당히 반갑게 우리를 맞이했다.

"와, 그게 벌써 몇 년 전이지? 다들 너무 잘돼서 이제 내가 너희한테 사인 받아야겠어, 정말!"

"에이~ 무슨 말씀이세요! 저희 지금 선배님 사인 앨범 받으러 온 건데~ 이렇게 간절히 부탁드립니다, 사인해 주세요 선배님!"

"아하하! 뭐야 정말!"

이세진 저놈은 정말 사람 듣고 싶은 말만 싹싹 골라서 해주는군.

―일단 제가 최대한 이야기 잡아볼 테니까 다들 차분하게 갑시다~

참고로 저놈은 테스타 기억이 싹 날아간 리더 류청우의 빈자리를 채우기 위해 거의 일일 토크쇼를 벌이고 있는 중이다. 덕분에 분위기는 더없이 화기애애해졌다.

"아현이는 여전히 꽃사슴이고~ 문대는 이제 명절에 홍삼 그만 보내도 괜찮아! 매번 받아서 내가 라디오에서 이야기도 했어!"

"하하하!"

뮤디는 기분 좋게 멤버 하나 하나에게 덕담과 농담을 하더니 마지막으로 테스타의 리더에게 시선을 돌렸다. 정확히는, 본인이 리더라고 생각하는 사람에게로.

"청우도 오랜만이다. 리더로 고생 많지?"

"하하, 저야 멤버들이 워낙 잘해줘서 잘 지내고 있습니다."

하지만 〈아주사〉에 참가해 보컬 트레이너 뮤디를 만났던 것은 이 스티어 청우도 마찬가지였기 때문에 대응에는 문제없었다. 나는 녀석이 미소를 지으며 뮤디와 잡담을 나누는 것을 체크했다.

'괜찮군.'

아무튼, 뮤디가 섭외된 것은 우연은 아닐 것이다. 분명 초반엔 테스나랑 엮을 게 있는 네임드들한테 섭외 요청이 많이 갔을 거다. 상대가 '편집에서 이득을 볼 수 있다'는 계산이 서리면 이렇게 대중이 다 아는 친목도 중요한 법이다.

'테스타가 딱 출연 계약하자마자 1차로 그걸 강조해서 섭외 돌렸겠지 뭐.'

그 후에 서넛쯤 출연진 라인이 완성되면 거기서부터 또 섭외 컨택 지평을 더 넓히는 거지. 그래서인지 우리와 연관이 있는 출연진은 뮤디로 끝나지 않았다.

"문대 씨! 아이고 세상에!"

다음 대기실에 찾아가자마자 열렬히 손을 흔드는 것은… 말랑달콤 멤버들이다.

그렇다. VTIC과 같은 LeTi 소속사의 전설적인 병맛 컨셉곡 〈POP☆CON〉을 남긴 여자 아이돌 그룹, 여기 말랑달콤도 출연진이었다. 심지어 이미 배우로 성공한 멤버 하나까지 포섭되어 나왔다.

"안녕하세요, 소현 선배님."

"아니~ 와, 이렇게 또 만나네요!"

원년 멤버가 완전히 재결합해서 서바이벌에 나오는, 아주 독특한 케이스였다. 다만 멍청한 선택은 절대 아니다.

'영리하긴 하군.'

어차피 전성기가 지난 그룹이니 출연진 중 네임드가 많은 여기서 성적이 안 나와도 딱히 손해 볼 건 없었다. 그리고 지금 잘나가는 한 사람도 배우로 성공했으니 분야가 다르기 때문에 이미지 악영향은 없을 것이다.

인성 논란만 피하면 되는데, 그거야 방송 하루이틀 해보는 아이돌도 아니고 알아서 잘 피해 가겠지. 병맛 컨셉 때도 살아남은 사람들 아닌가. 그렇게 내심 고개를 끄덕이고 있을 때였다.

"저희 사실 문대 씨 나오신다고 해서 나온 것도 있는 거 알죠? 잘 부탁드려요!"

"……?"

"아하핫 문대 씨 표정 봐!"

뭔 소리냐.

그때, 호탕하게 웃는 말랑달콤 멤버의 어깨를 쓰다듬은 소현이 흐뭇하게 말했다.

"문대 씨가 우리 팬이잖아요! 진지하게 봐주실 분이 하나라도 계시면 용기가 나죠."

음. 이제 와서 팬 아니라고 해명하기엔 〈아주사〉에서 팝콘을 춘 시점으로부터 몇 년이나 지났다. 결국 나는 뻔뻔하게 고개를 끄덕였다. 인터뷰에서 언급이나 좀 하자.

"영광입니다."

"헐, 우리가 영광인데요!"

그리고 다시 화기애애한 마무리용 대화가 이어지던 찰나였다. 질문이 장난스럽게 튀었다.

"리더로서 보시기엔 어때요? 문대 씨 여전히 저희 팬이신 게 맞나요?"

'…!'

류청우에게. 아마 질문 성격상 리더에게 자연스럽게 돌아간 것 같았으나….

'안 돼.'

이 스티어 류청우는 내가 〈아주사〉에서 팝콘을 췄는지 팝핀을 췄는지 알 리가 없다. 자연스럽게, 내가 이 사람들 팬이라는 밈이 있는지도 모를 거고. 나는 주먹을 쥐었다.

'커버 간다.'

오늘 리더 대행쯤으로 활약 중이던 큰세진도 슬쩍 눈을 까닥거린 뒤 끼어들려던 참이었다.

"그럼요."

스티어 류청우가 그보다 먼저 깔끔히 답변했다.

"문대가 저희 라이브 방송에서도 선배님들 곡 틀어놓기도 하고요."

"…!!"

"헐! 진짜요? 대박이다…."

"고마워요, 문대 씨!"

그리고 대화는 자연스럽게 흘러갔다.

스티어 류청우는 별문제 없이 지난 테스타의 활동들을 언급해 가며 쓱 인사말을 마무리했다. 이세진은 분위기를 보더니, 더 끼어들지 않고 입을 다문 채로 웃었다. 나나 다른 녀석들도 그 흐름에 편승해서 대화를 잘 끝냈으나 대가리 속은 혼란했다.

"……."

설마.

"조금 있다가 봬요~"

"옙, 선배님들!"

탁.

말랑달콤의 대기실을 나오며, 나는 류청우를 돌아보았다.

"방금 그건…"

어떻게 대답했냐.

녀석은 약간 쑥스러운 것처럼 얼굴을 긁더니, 싱긋 웃었다.

"음, 무대를 보다 보니까 알고리즘에 동영상들이 떠서… 팬분들이 테스타 활동을 잘 정리해 놓으셨더라."

"……."

"그걸, 다 보셨다니… 감사해요. 대단하세요 정말…!"

"하하, 그럴 건 아니지만… 고마워."

아니. 이건 '대단하다'로 끝날 게 아니다.

'무대 영상으로 끝난 게 아니라 테스타 활동을 다 봤다고?'

말투로는 대충 알고리즘 타고 얼결에 봤다는 것처럼 들리지만, 아까 대답한 내용을 봐서는 거의 팬 위키를 통째로 외운 수준이었다. 더군다나 류청우는 그런 검색을 잘 안 하는 타입이었는데, 스티어 류청우라고 특별히 다를 것 같지는 않다. 분명 일부러 따로 알아본 것이다.

'대체 언제냐.'

이놈 잠은 잔 건가? 애초에 부탁하지도 않았는데 그런 걸 자진해서 다 공부했다는 게 경악스러울 지경이다.

그 와중에 태평한 질문이 돌아왔다.

"혹시 내가 아까 실수한 점 있을까?"

"아뇨. 깔끔했습니다."

"하하, 고마워."

아니, 지금 내가 질문을 받는 게 아니라 물어보고 싶다. 무슨 멘탈이면 상태창도 없이 낯선 세상에 떨어졌는데 아웃풋이 이렇게 나오냐?

'소실 주인공도 아니고.'

하지만 스티어 류청우는 담담하게 말을 이었을 뿐이다.

"그래도 내가 오해하는 게 있다면 말해줘. 아무래도 팬분들께는 실제 일어난 일보다 좀 더 부드럽게 이야기하게 되니까."

"…예."

오냐. 이젠 나도 모르겠다 X발.

'이 멘탈 때문에 차유진이 무섭다고 한 건가.'
상당히 설득력 있었다.

이후 이어진 촬영도 순조롭게 진행되었다. MBS의 아나운서가 나와서 웅장하게 출연진 하나하나 입장마다 소개해 주더니, 1시간 만에 본론에 들어가긴 했지만.
'거의 마지막 순서라 우린 개꿀이었으니 됐지.'
다만 MC는 목소리가 벌써 약간 갈라졌다. 안됐군.
"첫 번째 경연의 주제를 발표하겠습니다."
전광판에 드디어 거대한 폰트로 주제가 떴다.

[곡 바꿔 부르기]

출연진들이 서로의 곡을 돌려서 바꿔 부르는 테마.
전통적이고 잔인하고, 흥미롭다. 괜찮네.
"그리고 경연인 만큼, 오프닝 무대와 다르게 관객들이 출연진 여러분의 무대에 순위를 매기게 됩니다."
당연한 말이 밑밥으로 하나 들어간다. 그리고 마찬가지로 당연하지만, 자극적인 말이 다음이다.
"그리고 최하위 한 분은 안타깝지만 탈락하게 되십니다."
"……!"

다들 알면서도 한 번씩 놀란 표정도 지어주고, 아주 방송들 잘하신다. 그렇게 일부러 조성한 긴장감이 도는 가운데, 출연진들은 공 뽑기로 커버할 상대의 곡을 골랐고….

"헉, 잘 부탁드립니다."

테스타는 뮤디의 공을 뽑았다.

'좋아.'

서로 겹치는 요소가 하나도 없는 참가자다. 이러면 감정 나빠지게 대놓고 비교할 기준점이 애매하고 다른 맛으로 무대 뽑기도 쉽지.

'아는 사이니까 편집 각도 좋겠어.'

그래도 인터뷰에서는 말랑달콤 곡도 살짝 바랐다고 립서비스라도 해야겠군.

"허어억?"

마침 말랑달콤이 테스타 공을 뽑고 비명을 지르고 있더라.

'축하드립니다.'

짝짝짝. 나는 인터뷰에서 최대한 이상한 편집점이 잡히지 않을 단어를 생각하며, 정중한 리액션들과 함께 첫 촬영을 마쳤다.

그리고 회사로 복귀하자마자 즉시 돌입하는 연습.

"으음, 편곡은, 완전히 다른 반주를 넣어도, 좋을 것 같아…!"

"그러게, 분위기를 확 바꾸는 게 매력 있긴 하겠다~ 그럼 멜로디만 남기기?"

"중독성 있는 멜로디, 탑노트가 장점인 만큼 그 요소는 가져가는 것이군요! 훌륭한 판단이십니다."

"그러면 컨셉은… 그래, 문대문대가 할 말 있을 줄 벌써 알았지~ 얼른 말해봐. …오오? 유진이도?"

"히히!"

곡을 고르고, 컨셉을 뽑는다. 쓸데없는 사설을 빼고 빠르게 토의가 이루어져 결과를 도출했다.

-뮤디의 10년 전 히트곡을 완전히 테스타 버전으로!

그리고 토의 결과를 숙지한 김래빈이 1시간 만에 가편집된 편곡 데모를 내밀고, 그걸 안무 능력이 좋은 녀석들 중점으로 토스 받아서 그림을 짠다. 몇 년의 경험으로 철저히 역할 분담 및 진행 구조가 자리 잡혔기 때문에 가능한 일이었다.

그리고 스티어 류청우는 이 모든 진행 과정을 열심히 관찰하며 흡수했다. 무슨 경력직 신입이라도 된 것처럼 말이다.

"여기서 회사에 중간보고 겸 연락해야 하는 거구나."

"예. 아무래도 제작진들이 연습 과정도 찍으러 올 테니까, 그걸 조율해야 해서요."

"그렇겠지. 알았어."

이 속도면 얼마 안 가서 리더 역할도 해먹을 수 있겠다 싶을 정도다. 업데이트 끝나면 어차피 기억 돌아올 텐데, 버티기만 하면 되는 일에 이렇게까지 해주니 좀 미안할 정도로 녀석은 잘했다.

게다가 이런 일도 벌어졌다.

"…류청우."

"…!"

회의 직후, 배세진이 목이 말라서 물이라도 가져오려던 스티어 류청우에게 선수 쳐서 음료수 하나를 내민 것이다.

"괜찮으면 마셔."

"……."

사실, 스티어 시절 배세진과의 괴리를 어떻게 다루냐에 관해서는 더 대가리 박살 나게 고민할 필요가 없어진 상태였다. 이미 며칠 전에 대화가 끝났기 때문이다.

―세진 형에 관해서는 좀 이야기할 게 있는데요.
―유진이에게 이야기는 들었어. 지금은 상황이 달라졌다는 거지?

그걸 끝으로 류청우는 지금까지 한 번도 배세진에게 반감을 표출한 적은 없었다.

'이렇게 말이 잘 통하는 게 실화냐.'

다만 배세진 입장에서는 묘한 기색을 눈치챈 것 같긴 했다. 그러니 굳이 이렇게 시험해 보듯이 뭘 건네는 거지.

"목마른 것 같아서… 안 마시고 싶으면 안 마셔도 괜찮아."

"……."

나는 확실히 봤다. 거기서 스티어 류청우는 잠깐 머뭇거렸다.

그러나 결국 거부하지 않고 병을 받아 들더니, 시원하게 뚜껑을 열었다. 그리고 웃으며 대답했다.

"고마워. 잘 마실게."

"…! 뭘!"

류청우는 별 내색 없이 그 자리에서 음료를 마시기까지 했다. 배세진은 좀 안심한 것 같았고, 분위기는 더 좋아졌다.

'흠.'

흡사 스티어 차유진의 상대적 인성 점수가 실시간으로 떨어지는 장면을 보는 것 같군…. 그리고 이런 분위기로 연습이 저녁까지 흘러가자, 이세진도 진심인지 떠보는 건지 이런 소리를 했을 정도다.

"형님, 감사합니다~ 이렇게 저희한테 잘해주시다니! 우리 유진이는 기억 없다고 가출도 했는데."

"Yeah."

"하하, 그랬어?"

류청우는 온화한 목소리로 다음 말을 했다.

"여전하네."

"…?"

"지금은 잘 지내는 것 같아서 다행이야."

"…Yep."

문득, 묘한 긴장감이 살짝 흘렀다가 사라진 것 같았다.

'음.'

나는 즉시 대화에 집중했다. 분위기는 여전히 좋았다. 차유진은 말없이 자신의 물병을 들이키다가 툭 말을 던졌다.

"그리고 축하해요. 청우 형 이대로면 기억 금방 돌아와요."

"음?"

"저 무대 좋다고 인정했을 때 기억 돌아올 수 있었어요. 아마도 그게 Trigger? 그렇게 느껴요."

차유진은 마치 팁을 전수하는 것처럼 덤덤하게 그렇게 말했다.
테스타 때의 기억을 되찾는 방법!
'그런 소리를 하긴 했었지.'
나는 테스타 차유진이 몸으로 돌아온 뒤, 녀석과의 대화를 떠올렸다.

—[그 '업데이트'라는 게 빨리 끝난 건 우연이 아닐지도 몰라요. 제 말은. 타이밍이 너무 기가 막히잖아요?]
—[저는 제 깨달음, 혹은 우리의 솔직한 대화가 타이밍에 영향을 줬다는 쪽에 걸고 싶은데요.]

시스템 이 새끼가 왜 이러는지는 모르겠지만, 어쨌든 회사 시스템 업데이트하겠답시고 그 과정에서 멤버들 기억을 롤백시키는 마당이다. 그러니 그 멤버 당사자의 정신적 성장이 업데이트 완료에 영향을 줬다… 라.
'상당히 설득력 있는 가설이라 채택했지.'
이미 큰달에게 공유도 해뒀다.
그리고 저 류청우에게는 아예 '당신은 기억을 잃은 상태다'로 전제를 잡고 이야기했었으니, '네가 빨리 그 몸에서 꺼지는 방법'보단 '기억을 되찾는 팁'이 맞기도 했다. 그래서인시 류청우는 세삼 흥미롭다는 듯이 되물었다.
"자동으로?"
"음, 문대 형에게 부탁했어요. 이거 설명했던 이야기예요. 문대 형에게 이상한 유령 같은 거 있어요. 상태창?"
야.

뭐라 대꾸하기도 전에 차유진은 천연덕스럽게 말을 마쳤다. 나는 미간을 눌렀다. 그래, 네 마음대로 해라···.

"그걸로 우리 기억 돌려줬어요. 형도 그럴 거예요."

"아."

그 순간이었다. 류청우가 온화한 목소리 그대로 대답했다.

"그럴 필요가 있을까?"

뭐?

"형?"

류청우는 나를 돌아보았다. 그리고 격양되지 않은, 차분한 목소리 그대로 말했다.

"내 기억을 꼭 되찾을 필요가 있겠냐는 뜻이야."

나는 한발 늦게, 그 뜻을 해석했다.

'저건···.'

-테스타 류청우를 되찾을 필요가 있을까?

본래의 테스타 류청우를 부르지 말라는 뜻이다.

소름이 쭉 돋았다.

직후, 연습실에서 짧고 무거운 침묵이 흘렀다.

'기억을 되찾을 필요가 있냐고?'

멤버들도 이게 무슨 뜻인지 서서히 깨달았기 때문일 것이다. 그러니까 본래 테스타였던 류청우 대신, 본인이 계속 여기에 있겠다는 발언이라는 점을.

그 와중에 스티어 류청우는 다른 대꾸 없이 고요히 우리의 대답을 기다리고 있었다. 마치 판결이라도 기다리는 것처럼.

"……."

그리고 잠시 후.

"형님, 무슨 말씀이세요~ 기억 찾으실 수 있을 거예요. 에이, 걱정 마세요!"

큰세진이 먼저 웃으며 대응했다. 아무렇지 않은 것처럼 말하는 게, 지금이라도 부드럽게 말을 넘기거나 취소할 기회를 주는 것 같았다. 하지만 류청우는 취소하지 않았다.

"음, 내가 그런 걸 걱정한다는 뜻은 아니었는데. 혹시 세진이 네가 걱정한다는 뜻이야? 내가 기억이 없어서 불안하니?"

"……!"

그래.

'저 소리에 흔들려서 취소할 말이었으면 아예 하지를 않았을 놈이지.'

하지만 이렇게까지 단도직입적으로 물어볼 줄은 몰랐다. 본래 테스타 류청우보다 자신이 부족해서 불안한 거냐는 소리를, 그것도 저렇게 태연하게 말이다.

"걱정되는 게 있다면 말해줘. 금방 보완할게."

"어우, 아뇨, 지금도 너무 감사하죠! 그런데 이대로는 형한테 너무 낯설고 불편하잖아요."

"그다지 불편하진 않아."

스티어 류청우는 희미하게 웃었다.

"즐겁거든. 무대도 좋고, 새롭게 배우는 것도 많아서 말이야. 낯설어서 좋지."

"……"

"기억을 되찾으면 이런 느낌이 안 들까 봐 그래."

"에이, 오히려 더 좋을 거예요."

큰세진은 제법 따뜻한 목소리로 부드럽게 말했다. 그러나.

"어떻게 확신해?"

"예?"

류청우는 동요하지 않고 말했다.

"지금 일어난 일이 쉽게 확신할 수 있을 만큼 평범한 상황은 아니잖아. 그리고 내가 어떻게 느낄지는 스스로가 가장 잘 알 것 같은데."

"……음."

큰세진까지 순간 말문이 막힌다는 표정이 되었다. 뭐라고 반박할 표현이야 있겠다만, 그 과정에서 괜히 상대의 심기를 건드려 폭탄이 터질까 봐 잠깐 멈칫한 것이다. 자기가 그렇게 생각한다는데 어쩌겠는가. 이건 정면으로 반박하는 순간 네가 틀렸다는 뜻 아닌가.

'X발.'

꼬였군. 당장 분위기 환기부터 간다.

내가 할 말을 빠르게 정하고 끼어들려던 순간이었다.

"연습!"

"…!"

뜬금없이 누군가 우렁차게 외쳤다. 놀랍게도, 구석에 처박혀서 E북을 보던 배세진이었다.

"우리 일주일밖에 시간이 없잖아! 쉬는 시간 끝났어. 뭐든 일단 연습부터 하고 말해!"

"아."

목에 핏대가 서도록 외치는 모습이 아주 절박해 보였다.

그리고 그 순간, 무슨 물벼락이라도 때린 것처럼 분위기가 확 변했다. 당장 시급한 우선순위를 다시 상기한 것이다. 내가 하려던 방식은 아니었지만 대단히 효과적이었다.

배세진은 계속 외쳤다.

"더 늦어지면 김래빈이 편곡 작업할 시간도 없다고!"

그렇지.

"마감 지킨다고 쟤 또 밤새워도 룸메이트가 잘도 말리겠다. 룸메이트 박문대잖아!"

"앗."

야, 그건 좀.

"…! 아닙니다! 그런 야간작업을 하지 않아도 기간 내로 끝내보겠습니다. 믿어주십시오!"

"으응, 믿어…!"

"래빈이면 당연히 할 수 있지!"

일상적인 대화에 순간 긴장감이 풀렸다.

"그래. 열심히 하자."

"네, 화, 화이팅…!"

그렇게 화제는 부드럽게 전환되었다.

류청우도 아까의 발언이 거짓말처럼 다시 온화하고 협조적인 평소의 태도 그대로 연습에 적극 참여했다. 시간이 좀 흐르자 아까의 긴장감은 이런 특수 상황에서 당연히 나올 수 있는 것처럼 느껴질 수 있을 정도였다.

'혼란스러우실 테니까 그럴 수도 있겠지! 차유진은 가출까지 했는데.'

이런 식으로 말이다. 그러나 나는 아까 스티어 류청우의 태도를 잊지 않았다.

'혼란스러워하는 게 아니야.'

그건 확신하는 거였다. 녀석은 이미 머릿속에서 결론을 내려놨던 것이다.

여기에 스티어 류청우로서 남는 것.

그러면 지금까지 녀석이 했던 모든 노력이 다 퍼즐처럼 잘 맞아 들어간다. 알려주는 대로, 아니, 그 이상으로 물어봐 가면서 테스타의 대표곡들과 최신곡의 퍼포먼스를 다 익히고, 테스타라는 그룹의 히스토리와 이곳 '류청우' 개인의 이야기도 다 습득해 둔 것.

훈련을 하듯이 말이다.

테스타로서의 기억을 되찾지 않고 그대로, 스티어 류청우로서 남아 있어도 되도록.

'그게 목적이었나.'

그리고 쉬는 시간. 나는 연습실 구석에 선 배세진이 작게 한숨을 쉬는 것을 보았다.

"형."

"…박문대."

배세진은 힐끗 날 보더니 다시 시선을 돌렸다. 바로 김래빈과 선아현에게 곡에 대한 설명을 듣고 있던 류청우였다.

"…전부터 생각한 건데."

배세진이 작게 읊조렸다.

"쟤도 날 불편해했어. 이전에 차유진 때처럼."

"……."

"그런데… 기를 쓰고 그렇게 안 보이려고 하는 거야. 그러는 이유는 모르겠지만."

눈치채고 있었군. 아무래도 며칠 전, 물병을 받아 드는 스티어 류청우에게 반색했던 것은 단순히 호의가 받아들여졌기 때문만은 아닌 것 같았다.

'그걸 '잘 지내보도록 노력하겠다'라는 신호로 알아들었던 거야.'

저놈 말대로 이유는 몰라도, 그 자체로 희망을 봤던 모양이다. 게다가 배세진의 말은 끝나지 않았다.

"…그리고 왜 둘 다 날 불편해하는 건지도, 이유는 모르지만."

망할.

"그건,"

"됐어."

배세진이 한숨을 쉬었다.

"뻔하잖아. 그룹에 민폐 끼치다가 결국 전 소속사로 끌려갔든가 하겠지."

"……."

"내가 그때랑 많이 달라졌다는 걸 보여주면 괜찮을 거야."

그리고 녀석은 꽤 굳센 표정을 지었으나, 곧 안색이 침침해졌다.

"그것보다, 이제 어떻게 해야 할지… 그걸 모르겠어."

"……."

우리는 나란히 스티어 류청우를 쳐다보았다. 멤버들에게 말을 거는 모습은 본래의 테스타 류청우와 얼핏 헷갈릴 정도로 우호적이었다.

하지만.

"쟤가 기억을 되찾지 않으면, 원래 우리가 알던 청우는… 어떻게 되는 거지?"

나는 대답하지 못했다.

한 주 후. 〈진성 승부〉의 첫 경연 무대 날이 왔다.

[테스타의 무대, 지금 만나보시겠습니다.]

MC의 소개 문구와 6번째 순서로 시작될 무대 위로 입장하면서, 나는 인이어를 고쳐 끼웠다. 아무리 자신이 있다고 해도 이건 서바이벌이다. 자칫 실수해서 미끄러졌다간 쌓은 경력과 명성을 다 꼴아박을지도 몰랐다.

하지만 불안하지 않았다. 평소라면 당연히 제대로 준비한 덕분이겠지만, 지금은 그것 때문이 아니다.

'거기까지 신경이 안 가.'

다른 불안 요소가 더 컸기 때문에.

"……."

환성과 박수.

그 속에서 테스타가 움직이기 시작했다.

-내리는 빗방울 소리
창가를 두드려
내 머리로 쏟아지는 Blue

우리가 고른 뮤디의 히트곡은 〈너는 모르겠지만〉이라는 발라드였다. 애절한 새벽 감성으로, 당시 유행하던 SNS에서 '인싸 픽'이라며 유명해진 곡이었다. 후렴구를 반복하는 구성 덕에 한 번 들으면 귀에 탁 박히도록 중독적이며 대중적이었으나….
김래빈은 그걸 훨씬 우울하고 무겁게 편곡해 놨다.

-지겨운 Love and Sick
알림이 울리길 아직도 기다려

도입부는 말하듯 잔잔하게 흐르던 원곡과 똑같이 가다가 파트가 바뀌는 순간. 느리고 낮은 베이스가 스피커를 울렸다.

-넌 모르겠지만

그리고 본격적으로 무게감 있는 퍼포먼스가 이어지는 것이다.
컨셉은 내면의 우울함. 곡은 클래식 피스를 넣어서 전개될수록 점점 더 우아하고 웅장하게 만들고, 그 위로 제법 예술적인 퍼포먼스가 들어간다.

    간주의 선아현의 독무까지, 오프닝 퍼포먼스에서 KPOP의 상징성에서 노선을 한번 꺾어서 이번에는 교양 있는 입맛에 최대한 맞는 무대를 뽑아내려고 해봤다.

    그리고 마지막.

-잠이 오지 않아
한번 말해 보는 거야
Goodbye, goodbye

반주를 죽이고, 목소리만 들어가는 이 파트는… 사심 없이 음색만으로 김래빈이 평가하여 적임자를 뽑아냈다.

    류청우.

-넌 모르겠지만

깔끔하게 소화했다.
그리고 베이스 소리와 함께 다시 반주가 돌아왔다.

-Umm… umm.

침체한 듯 먹먹하게 잦아드는 그 연주 소리 속에서 엔딩까지.

……．

 무대는 어중간한 장악력으로는 망할 만큼 어둡고 분위기 있는 컨셉을 선택했다. 정확한 타이밍에 정확한 임팩트가 들어갔을 때, 카타르시스와 매력이 더욱 커지도록.
 그리고 그 전략은 성공했다.

 와아악!!

 불이 꺼지자, 어두웠던 무대 분위기와 대조적일 정도로 어마어마한 환성과 박수가 객석을 메웠다.
 키잉—
 무대 위로 밝은 조명이 다시 들어오고, 퇴장 전 멤버들은 땀에 젖어 심호흡하면서도 무대의 흥분으로 밝게 인사했다.
 "감사합니다~"
 "감사합니다."
 그리고 그건 스티어 류청우도 마찬가지였다.
 "감사합니다!"
 류청우는 잘했다. 그리고 행복해 보였다.
 '망할.'
 그게 더 사람 머리를 복잡하게 만들었기에, 나는 한숨을 참았다. 하지만 더 미룰 수도 없는 노릇이었다.
 '그건 현실도피지.'

업데이트가 끝나기 전에, 이야기를 해야 했다.

잠시 후 〈진성 승부〉 경연 마무리 컷을 찍기 전, 무대를 정리하는 대기시간.

"드릴 말이 있는데요."

"……."

나는 대기실 안쪽에 있는 작은 취침실로 스티어 류청우를 불러냈다. 녀석은 딱히 반발하지 않고 따라왔다. 그리고 물었다.

"혹시 며칠 전에 내가 한 말 때문이야?"

나는 놀라지 않고 고개를 끄덕였다. 숙소에 돌아가면 또 일한답시고 흐지부지될 테니, 차라리 지금이 나았다.

'그리고 이건… 팀 동생보다는 친척으로 접근하는 게 낫겠지.'

그쪽이 서로 더 편할 것이다. 그래서 나는 놈의 옆에 앉으면서 말을 놨다.

"이유를 물어봐도 되냐."

"……."

"뭐라고 하려는 건 아니고. 그때 연습하느라 네가 '기억을 되찾으면 별로 안 좋을 것 같다'고 생각한 이유가 뭔지 제대로 못 들었으니 물어보는 거지."

스티어 류청우는 이번에도 비협조적으로 나오진 않았다. 오히려 잠깐 생각을 하듯이, 혹은 말을 고르듯이 말이 없었다. 그리고 천천히 대답한다.

"그 사람이 나일 것 같지는 않아서."

"……."

"차유진, 음, 유진이를 보고 생각했거든."

녀석은 담담하게 말을 이었다.

"내가 알던 차유진과 많이 다르다고 말이야."

"……."

"분명 내가 알던 차유진으로 살던 기억은 있는 것 같았는데도 그랬어."

'그거였나.'

그렇다. 지금 차유진은 스티어 시절 기억을 되찾았다고 해도, 어디까지나 테스타로 살아온 자신의 기억을 더 중점으로 두고 있다. 당연하다. 스티어는 한참 과거의 일이니까.

그 위화감을 스티어 차유진과 같은 그룹이었던 이놈이 못 느꼈을 리가 없다. 즉, 이놈도… 기억을 되찾으면, 현재 자신이 그대로 남아 있지 않을 것이라 생각하게 되는 게 자연스럽다.

'젠장.'

"내가 기억을 찾아도 그렇게 다른 사람처럼 될 것 같아서. 그러고 싶지는 않거든."

스티어 류청우는 아예 대놓고 그렇게 말했다. 나는 이를 악물었다. 심지어 놈의 말은 거기서 끝나지 않았다.

"알아. 하지만 음, 형은 그셋도 같은 사람이라고 생각한다는 거겠지."

"……."

"그렇다면 기억이 없는 지금의 나도 같은 멤버잖아. 그렇지?"

잠깐.

'이건… 준비한 말 같은데.'

묘하게 매끄럽다.

'같은 멤버라고?'

아니, 그렇지 않았다.

'우리는 그렇게 이놈을 대하지 않았어.'

나는 그 순간, 스티어 류청우를 대하는 우리 태도에서 모순점을 깨달았다. 아무리 기억을 잃어버렸다고 해도, 보통 주변인들은 무의식중에 이전처럼 상대를 대하게 된다. 버릇이 그러니까. 이전에 스티어 차유진 때 무심코 몇 번이나 그랬듯이.

'그런데 우리가 지금 이놈을… 테스타 류청우와 동일인으로 대하고 있나?'

스티어 차유진은 우리가 알던 테스타 차유진과 같은 사람 취급을 했다고 도리어 대판 싸우고 탈출했다. '나는 너희가 아는 사람과 다른 사람이다'라는 걸 가열차게 주장하면서 말이다.

그 결과, 우리는 지금 '본래의 류청우'와 이 '스티어 류청우'를 은연중에 다른 사람처럼 대하게 된 것이다. 말은 넌 기억만 잃어버린 거라고 하면서 말이다.

'망할.'

조졌다. 그 위화감을 이놈이 눈치채지 못할 리가 없었다.

하지만 녀석은 그것을 지적하는 대신, 내 논리에 맞춰서 설득하듯 차분히 이야기한다. 어느 쪽이라도 설득만 되면 상관없다는 듯이.

"그리고 앞으로 한두 달, 아니, 몇 주만 있으면, 도움이 없어도 내 역할은 충분히 할 수 있을 거야."

하지만 마지막엔 담담한 목소리가 낮게 떨렸다.

"그러니까 그냥… 이대로 있게 해줬으면 좋겠어."

그날.

테스타의 무대는 어마어마한 호평을 받으며 현장 관객투표 1위를 했다. 인터넷에서는 때 이른 방청객 후기가 범람하며, 프로그램에 대한 기대치를 올리고 팬들에게 안도와 흥분을 줬다.

계획대로였다. …하지만 계획대로 된 것은 딱 그거 하나뿐이었다.

나는 업데이트 완료 팝업을 받았다.

[재업데이트 완료!]
-1차 조정

이전에 보았던 것과 비슷한 팝업.
그리고 또다시 팝업이 이어진다.

['■■■ (ver.2.1 Beta)' 적용 중]
[완료!]]

시스템 업데이트 완료 팝입.

"……."

머릿속 떠오르는 것은… 의문이다.

'왜?'

지난번에는 스티어 차유진의 상태가 회복되니 조기 완료되지 않았나? 지금은 뭐 하나 해결된 게 없다. 류청우는 기억을 되찾고 싶지 않다는 포지션을 절대 바꾸지 않았다.

설마 협조적인 상태로 함께 무대를 해서 완료된 건가? 하지만 이번이 첫 번째 무대도 아닌데, 대체 뭘 기준으로 조기 완료….

'잠깐.'

나는 심호흡했다. 너무 생각이 길어졌군.

'번잡하면 안 된다.'

그리고 나는 겨우 침착함을 되찾고, 차가워진 머리로 이성적인 결론을 내놓았다. 기한보다 빠른 완료?

'그런 건 없었어.'

애초에 기한이 없던 것이다. 이번엔 전과 달리 '완료까지 D-30' 같은 설명은 없었다. 애초에 파편을 흡수해서 상위 버전으로 업데이트한 게 아니라, 내가 쓰지 않으니 이 새끼가 자체적으로 알아서 자신을 재조정 중인 상황이지 않은가.

'ver.3가 아니라 ver.2.1이야.'

그러니까 이건 그냥, 될 때가 되어서 완료된 것이다. 시스템이 자체적으로.

띠링. 그리고 내 결론에 응답하듯이 팝업이 하나 더 떴다.

['회사용 〈System〉'을 '미리보기'하시겠습니까?]

'…미리보기.'

다시 머릿속에 의문이 가득 찼다.

미리보기면 시스템 재가동은 아닌 건가? 그리고 보니 앞선 팝업에 '1차

조정'이라는 문구가 있었지. 그렇다면 이 '미리보기'를 통해 내 만족도를 측정해서, 필요하면 시스템을 새롭게 업데이트를 하겠다는 건가?

류청우의 기억은 어떻게 되는 거지? 시험 삼아 돌려주는 건가, 아니면 시스템이 살아나는 게 아니라 미리보기일 뿐이니 돌려주지 않는 건가. 이것까지 아예 누르지 않고 버틴다면 페널티는? 또 시스템이 자기 멋대로 굴 위험은?

대체 어느 쪽이 더 가능성이 있는 거지? 어느 쪽으로 기준을 두고 판단해야….

아, 망할. 나는 침대 헤드에 머리를 박았다.

쿵.

'X발, X발…!'

뭐 하나 결론이 딱 떨어지지 않으니 이렇게 개 같을 수가 없었다. 대체 이 지랄을 몇 번이나 하는 건데. 왜 업데이트랍시고 하는 과정에 이 딴 게 필요한 거냐 말이다.

"괘, 괜찮으십니까, 형?"

"……."

"어지러우시거나 두통이 일어나는 중이라면 얼음팩이라도…."

"…괜찮다."

나는 느릿하게 머리를 들었다. 룸메이트인 김래빈이 식은땀이라도 흘릴 것처럼 걱정 가득한 얼굴로 이쪽을 보고 있다. 아무래도 내가 실수로 머리를 침대 헤드에 박았다고 생각하는 것 같았다.

저놈, 지난 무대 준비하면서 제대로 못 쉬었을 텐데.

"넌 잘 쉬고 있는 중 맞냐."

"예! 다음 촬영까지 정양하라는 말씀 잘 지키고 있는 중입니다."
"그래."
"형, 머리는 정말 괜찮으십니까…?"
어. 깨질 것 같다. 침대에 박아서 그런 건 아니지만.
"그건 괜찮고."
나는 팝업을 다시 쳐다보다가, 결국 입을 열었다.
"할 말이 있다. 너 포함해서 다른 멤버들 전부 거실로 좀 모이자고 하자."
더 미루고 숨겨도 의미 없는 짓이었다.

박문대의 소집으로부터 한 시간 후 테스타 숙소. 동갑인 두 사람, 선아현과 이세진의 방 안에서는 방 주인들이 조용히 이야기를 나누는 중이었다.
둘의 대화 주제는 하나였다. 팝업을 본 박문대가 거실로 자신들을 불러서 전달한 이야기다.

—…업데이트가 완료됐는데.

그는 숨기지 않고 자신이 받은 내역을 거의 그대로 공유했다. 시스템을 직접 겪어보지 못한 사람들은 잘 이해하지 못할 부분들은 예시와 비유까지 들어가며 전달하는 것은 의외로 친절한 박문대다운 면모였다.

그러나 동시에… 지극히 피로해 보였다.

—이걸 누르면 무슨 일이 일어날지는… 솔직히 나도 모르겠다. 하지만 더 생각하고 알아볼 테니까 너무 걱정은 말고.

그래서 선아현은 여기, 같은 나이면서 몇 년의 세월을 거치며 신뢰를 쌓은 친구에게 자신의 걱정을 털어놓고 있는 것이다. 그는 긴 다리를 모아 침대에 앉아서 약간 초조한 듯이 중얼거렸다.
"문대가, 걱정돼."
"……"
"무리하고 있는 것, 같아…."
그리고 이세진은 그 말에 반박할 마음이 전혀 없었다. 그도 아까 박문대의 브리핑을 듣자마자 비슷한 생각을 했기 때문이다.
'저러다 진짜 큰일 나겠는데.'
물론 기억을 잃고 다른 사람이 된 것 같은 지금의 류청우가 어떻게 반응할지도 가장 먼저 신경 쓰였다. 다들, 심지어 박문대까지도 그랬을 것이다. 하지만 그렇다고 박문대의 이상을 눈치채지 못한다는 건 어불성설이다.
안광이 거의 죽었다.
'걔가 무리하는 게 하루 이틀도 아니고.'
이세진은 순간 눈살을 찌푸렸다. 입맛이 썼다. 그래도 본래대로라면, 이세진은 여기서 상대를 안심시켜 주기 좋게 유들유들한 이야기를 꺼냈을 것이다. 솔직하게 자신도 불안하다고 떠들어봤자 상황만 악화한다고 생각했기 때문이다.

하지만 이번에는 달랐다.

"…음, 맞아. 누가 봐도 무리하는 것 같지."

해결책이 필요했기 때문이다. 그리고 선아현은 대인관계에서 조금 서툰 모습을 보일지언정, 진중하고 세심한 타입이었다.

'논의해 볼 만해.'

물론, 자신이 진심도 아니게 입을 턴다고 선아현이 자기합리화식으로 안심할 만한 부류도 아니었고 말이다. 그래서 그는 꽤 거침없이 사실을 이야기했다.

"청우 형이 기억해 내고 싶어 하는 것 같지가 않더라. 그러면 이제 얼마나 부담되겠어. 우리 중에 그 상태창인지 뭔지를 볼 수 있는 건 문대뿐이잖아."

"…문대가."

선아현은 입술을 이로 눌렀다.

"저, 그럼 만약에 청우 형이 끝까지, 거절한다면…. 문대는, 그걸 누르지 않을까?"

이세진은 이미 답을 알고 있었다.

"아니. 할걸."

그게 합리적이라는 판단이 선다면, 박문대는 마음이 아프고 나발이고 일단 할 녀석이었다. 어쩌면 그래서 테스타가 데뷔 때부터 지금까지 그 많은 논란과 사건 사고에도 파죽지세로 활동을 치고 나올 수 있었던 것일 터다.

하지만 큰세진은 거기에 뒤따르는 여파도 알았다.

"근데 하고 나서 엄청 힘들어하겠지."

"……."

"문대가 좀… 자기가 다 책임지려고 하잖아."

당장 지금 이 사태가 난 것도 자기 책임이라고 생각하는 놈이었다.

'잘못하면 진짜 스트레스 때문에 무슨 일 날 수도 있어.'

이세진은 아직도 데뷔 초 썸머 패키지 촬영 당시에 났던 난리를 기억했다. 박문대가 거의 트라우마 발작하면서도 아득바득 촬영을 진행했던 것 말이다. 그는 손을 쥐었다 폈다.

'…아, 어쩌다 이렇게 됐냐.'

아이돌로 성공한 것도 꿈 같은데, 정말 말 그대로 꿈에서나 일어날 법한 일이 계속 일어나니 이세진 같은 현실주의자에게는 난감한 일이었다. 심지어 이렇게까지 마음 쓸 친구를 만날 줄도 몰랐는데, 그 친구한테 이런 말도 안 되는 일이 집중되니 말이다.

그래서 이세진이 어떻게든 해결 방법을 생각하기 위해 침묵할 때였다.

"저기, 좀 더… 이야기해 보자."

"응?"

선아현이 결심한 얼굴로 먼저 입을 열었다.

"다른 멤버들한테도, 말해보고…… 청우 형과도, 다시 대화해 보자. 지금까지 무대를 연습하느라 시간이 없고, 다들, 유진이 때 일 때문에… 조심스러워서 대화를 거의 못 했다고, 생각해…."

이세진은 한 대 맞은 것 같았다.

'그러게.'

류청우의 심기를 건드리지 않으려고만 했지, 깊이 대화를 하거나 설득할 생각을 못 했다. 차유진 때 안 좋은 꼴을 봐서 무의식중에 제외한 것이다.

선아현은 깊게 생각하는 듯이 말이 없다가, 다시 말을 이었다.

"지금의 청우 형도, 우리한테 잘해주시지만, 분명 불안하실 거야. 그래서 기억을 찾고 싶지 않으신 걸 수도, 있고……. 좀 더 깊이 대화를 해보는 게 맞다고, 생각해."

"……."

이세진은 경청했고, 선아현의 말이 약간 더 빨라졌다.

"지금 그러지 않아서, 문대도 더 힘들 것 같아. 결론이 나오지 않으면, 아무도 도와주지 못하니까…."

"네 말이 맞아."

이세진은 즉시 동의했다. 그리고 자리에서 일어났다. 대화하던 상대가 갑자기 대화를 마무리한다고 심기가 상하진 않을 친구라는 걸 알았으니까.

"얘기, 지금 해보자."

"……."

선아현도 고개를 끄덕이고 몸을 일으켰다.

이세진과 선아현은 같이 방을 나섰다. 그리고 다시, 한 시간 후.

"박문대."

둘은 자기 침대에 쥐 죽은 듯이 앉아서 눈을 감고 있던 박문대를 불렀다.

박문대는 눈을 뜨자마자 자신의 룸메이트가 방에 없다는 것을 깨달았다. 그리고 이번에는 그 룸메이트를 방 밖에서 발견했다. 정확히는, 자신을 제외한 모든 멤버를.

"무슨……."

"우리 대화 좀 해봤는데, 너한테 말할 게 있어."

이세진은 통보처럼 말했다. 그리고 생각했다.

'편하게 너 좋을 대로 해도 괜찮다'는 안 된다. 결과를 책임져 줄 게 아니지 않은가. 그냥 자기 마음 편하게 결정과 책임감을 떠넘기는 것과 다를 바 없다. 그러니까.

"지금 미리보기 눌러."

결정도 이쪽이 해야 했다.

"뭐?"

나는 귀를 의심했다.

"지금 무슨 이야기하는 건지 알고 있냐."

"당연하지."

갑자기 남의 방에 멤버를 다 끌고 쳐늘어온 것치고 이세진은 태연했다. 그건 같이 찾아온 멤버들도 마찬가지였다.

"멤버들끼리 토의해서 다수결로 나온 결과야."

"……."

"아니, 너 그 회사 시스템이라는 건 우리 다 같이 쓰는 걸로 하겠다며. 지난번에 앨범 만들 때도 그랬잖아."

이세진이 어깨를 으쓱했다.

"그럼 다수결에 순순히 항복하고 눌러라~"

어처구니가 없었다. 더 웃긴 건 주변에서 몇 놈이 동조하듯이 고개를 끄덕이고 있다는 점이다.

게다가 이야기는 거기서 끝이 아니었다.

"여기 청우 형과도 이야기 다 했어."

"……"

나는 반사적으로 고개를 돌렸다. 뒤에 서 있던 스티어 류청우는 꽤 담담한 얼굴이었다. 여론으로 눌린 반발심은 없어 보였다.

"계속 미루면 위험한 일이 생길지도 모른다고 들었어. 그리고 이건 기억이 돌아오지 않을 확률이 높다고."

"……"

"믿을게. 굳이 나한테 거짓말을 할 필요도 없었다는 걸 알거든. 그냥 설명 없이 기억을 돌려주면 되니까 말이야. 그런데 그러지 않았지."

그리고 녀석은 희미하게 웃었다.

"…무대 준비하면서도 느꼈지만, 너희는 신뢰할 만한 팀원들인 것 같아."

"형……"

주변 멤버들에게서까지 반응이 나왔다.

그럴 만큼 제법… 감동적이기까지 한 발언이었다. 기억 날아가서 타인이 된 사람에게 몇 주 만에 신뢰한다고 직접 들은 것이니까. 나도 순간 동요할 정도였다.

하지만, 동시에 묘한 감각도 느꼈다. 옅은 위화감.

'뭐지?'

하지만 그 찝찝한 무언가는 구체화하기도 전에 머릿속을 스치듯 지나갔다. 그리고 지금은 그보다 확실한 정황이 눈앞에 보였다. 모두가 합의해서 나한테 통보한 것이다. '미리보기'를 누르라고.

"……."

웃기는 건, 갑자기 마음이 평온해진다는 점이다. 무슨 안심이라도 된 것처럼 말이다.

'미쳤나.'

선택권은 무조건 가지고 있는 게 좋은데, 다수결로 정했다고 통보받았으면서 뭐가 좋다고 안심하고 지랄이란 말인가. 하지만, 머리가 가벼워졌다는 점은… 도저히 부정할 수 없다.

'…그래. 덜 부담스럽긴 하다.'

나는 결국 팝업을 불러냈다.

"그럼 눌러보겠습니다."

"그래."

['회사용 〈System〉'을 '미리보기'하시겠습니까?]

나는 '예'를 눌렀다.

그리고 그 즉시, 팝업이 바쁘게 변하기 시작했다. 색이 돌아오며 번뜩이는 홀로그램.

['미리보기' 시행]

몇 가지 가능성을 생각했다. 류청우의 기억은 돌아오지 않은 상태로 시스템만 재가동된다, 설문조사 기능이 활성화된다, 그리고 희박하지만, 그대로 류청우의 기억이 돌아와 버리는 것까지.

하지만 그 어떤 것도 정답이 아니었다.

"……! 윽."

"래빈아?"

나는 넘어지는 김래빈을 아연실색한 얼굴로 쳐다보는 놈들을 보았다. 그리고 동시에 깨달았다.

미리보기라는 건, 다음 타자를 의미하는 거였다.

이번 타자, 류청우는 보류한 채로.

['미리보기' 중]

'미리보기'를 시행하며 색이 돌아온 상태창은 어딘가 이상했다. 폰트도 없고, 인터페이스랄 것이 거의 구현되지 않은 상태. 마치 몇 가지 기능만 가능하도록 비상 실행해 놓은 컴퓨터 운영체제 같은 모습은 지금까지 본 적 없는 독특한 양상이었다.

그러나 지금 그쪽에 시선을 줄 여력은 없다.

"김래빈! 괜찮아?"

"윽…."

당장 김래빈이 복도 벽에 실수로 뒤통수까지 박아가며 비틀거리고 있기 때문이다.

"일단 눕혀."

나는 당장 방문 밖으로 나와서 김래빈을 부축했다. 차유진이 군말 없이 김래빈을 부축해 바닥에 눕히고, 선아현이 뛰어가서 베개를 가져온다.

"으……."

"두통?"

"래빈아, 아픈 거야?"

"……."

김래빈은 대답이 없었다. 하지만 점점, 숨이 차분해지며 의식이 잠기는 듯이 고요해지더니…

"허억!"

"…!"

악몽에서 깨어나듯이 벌떡 몸을 일으켰다.

그리고 눈을 크게 녀석이 입을 연 순간.

"누, 누구십니까?"

"……."

이미 들어본 말이 나왔다.

'X발…….'

나는 한 손으로 미간을 눌렀다. 그사이, 김래빈은 아직 정신이 몽롱한 상태로 주변을 두리번거리는 것 같더니, 드디어 아는 얼굴을 발견했는지 반가운 표정을 지었다.

"차유진?"

하지만 곧 다시 경악했다.

"차유진! 너 어떻게 입대했어? 설마 국적을 포기하고 자원입대를…."

이건 또 무슨 소리냐. 비슷한 생각을 했는지 차유진도 황당하다는 얼굴로 입을 열었다.

"…?? 김래빈 정신이 날아갔어?!"

"…! 혹시 네가 면회를 왔는데, 내가 넘어져서 의식을 잃고 기억하지 못하는 건가?"

아니다.

옆에서 큰세진이 떨떠름한 목소리로 입을 열었다.

"입대? 설마 래빈이 너…"

그리고 모두가 어렴풋이 떠올렸지만 차마 입 밖에 내지 못했던 말을 했다.

"군대 갔어?"

"…? 예. 현재 훈련소를 막 수료한 상태입니다!"

죽음 같은 침묵이 우리 사이에 내려앉았다.

나는 눈을 질끈 감았다.

'…세상.'

스티어 김래빈, 아니… 전(前) 스티어 김래빈은 군대에 가 있었다.

"오, 그러니까… 영장이 나왔… 다고."

"예! 현재 학점은행제를 이용한 학사 과정을 전부 이수하여 입영 연기 기간이 끝났습니다."

(아마도) 스티어일 김래빈은… 생각보다 씩씩했다. 음악 관련 학사 학위

를 사이버로 이수한 것 같고, 이후 바로 영장이 나와서 입대했다고 한다.

'…스티어가 해체됐으니, 다른 연기 사유를 짜낼 이유도 없었겠지.'

그리고 군대에서는 생각보다… 잘 지낸 것 같다. 김래빈은 자신의 이등병 생활을 이렇게 요약했다.

"비록 몇 가지 이해할 수 없는 점이 있습니다만, 전에 누나에게 받은 조언을 떠올리며 굳이 질문드리진 않고 있습니다."

거참 다행이기도 하다….

'운이 좋았군.'

저 성격에 괴롭히는 새끼가 있을 법도 한데, 심성 꼬인 놈이 선임 중에 없었나 보다. 그러면 사실 김래빈은 교정이 필요 없는 군대 체질이긴 했다.

'상급자가 까라면 까는 놈이라서 말이지.'

그러나 입이 깔깔하긴 했다.

'저 나이에 군대라니.'

물론 그냥 대학생이라고 생각한다면 24살도 늦긴 했지만, 아이돌이라고 생각한다면 너무 빠르다. 어느 정도 성공한 아이돌 그룹은 20대엔 최대한 입대하지 않고 버티는 메타가 지배적이니까.

'그걸 반대로 말하자면, 이 녀석은 더 이상 '어느 정도 성공한 아이돌 그룹'이 아니라는 거야.'

…스티어 김래빈은, 말이다.

"그러니까… 시간이 한 번 과거로 돌아갔으며, 현재 다른 그룹으로 데뷔한 저는 아직도 아이돌 활동 중이란 말씀입니까…?"

"그렇지."

"그런……."

당장 상황 설명을 들은 스티어 김래빈은 이 초자연적인 환경에 눈이 핑글핑글 도는지 말문이 막혔다. 그러다가 드디어 시야가 말끔해졌는지, 저 뒤에 서 있던 인영을 보고 깜짝 놀랐다.

스티어 류청우 말이다.

"청우 형…?"

"너도 왔구나."

그리고 류청우는 입을 다물었다. 표정 변화는 없었지만, 이상하게 이놈 기분이 그다지 좋아 보이지 않는다는 느낌이 들었다.

'왜지?'

자기랑 비슷한 처지에 몇 년이나 같이 지내던 놈이면 오히려 반갑지 않나. 김래빈은 사고를 칠 놈도 아니었을 텐데 말이다.

"……."

어쩐지 어색한 침묵이 흐르려던 그때. 기색을 눈치챈 건지 큰세진이 의식적으로 부드럽고 쾌활하게 설명을 잇는다. 지금 류청우가 네가 알던 그 스티어의 류청우라는 점. 그리고 차유진에게 기억이 있다는 점. 마지막으로….

"으음, 그래서 계속 설명하자면 우리, 그러니까 지금 래빈이 그룹인 테스타는 경연 프로그램에 나와서 무대를 준비하는 중이야~"

"그렇습니까…."

"으응, 이, 이것도… 래빈이가 편곡한 거야!"

뭐라 말을 꺼내기도 전에 선아현이 허겁지겁 자신의 스마트폰으로 음악을 재생했다. 김래빈이 며칠 전에 경연을 위해 만든 뮤디의 〈넌 모르겠지만〉 편곡, 완성본 버전.

-Umm, umm….

데모를 녹음한 내 허밍과 함께 천천히 음악이 흘렀다.
"……."
스티어 김래빈은 멍한 얼굴로, 스마트폰에서 저음질로 뭉개져 나오는 그 소리를 들었다. 절묘하고 섬세한 구성과 멜로디를.
그리고 스마트폰을 보던 차유진은 답지 않게 좀 초조한 것 같았다.
'알고 있어서겠지.'
스티어 시절, 김래빈이 그다지 곡 작업에 참여하지 못했다는 것을 말이다.
추측일 뿐이지만, 아마 참여했다고 해도 지금처럼 전권이 있는 방향은 절대 아니었을 것이다. 소속사 윗놈들이 감각 없이 조악한 방향성을 밀어붙이면 그걸 어떻게든 수용하려고 애쓰지 않았을까. 〈아주사〉 2차 팀전 때, '태양처럼 타오르는'을 처음 편곡하면서 발생했던 개판처럼 말이다.
'그리고… 친인척 끼워넣기로 저작권료 빼먹는 짓이나 했겠지.'
한마디로 착취나 다름없다.
그러니, 여기서 테스타 김래빈이 자기 재능을 마음껏 발휘한 결과물을 저 녀석이 이렇게 직접 듣는 것은, 아무리 필요하다고 해도 당사자에게 좀 씁쓸할지도 모른다. 이전에 스티어 차유진이 그랬던 것처럼….
"놀랍습니다! 정말 제가 편곡한 겁니까?"

"…??"

모든 추론을 취소하겠다.

김래빈은 번쩍번쩍 눈을 빛내고 있었다. 좀 살벌한 인상이긴 했다만, 누가 봐도 신난 얼굴이었다. 들뜬 것처럼 보이기까지 했다. 덩달아 선아현도 얼굴이 상기되었다.

"으응! 마음에, 들어…?"

"예. 과연……. 예."

김래빈은 심지어 본인 특기인 '관심 있는 분야에서 신나서 말 쏟아내기'까지도 벅차서 하지 못하는 것 같았다. 진심으로 이 상황에서 큰 껄끄러움보다 기쁨이나 감격 같은 것을 느끼는 모습이었다.

'아.'

그리고 그게 가능할 이유를 나는 깨달았다.

'자기가 테스타로 다시 데뷔한 걸 믿었군.'

자신과 '테스타 김래빈'을 분리하지 않은 것이다. 현 상황을 연속적인 시간선 위의, 자기 미래의 모습으로 파악했다. 그리고 그게 가능한 건 단순히 김래빈이 순박하다고 설명될 게 아니었다.

'우리 태도 때문이야.'

우리가 지금 이 김래빈은 전과 똑같이 대하고 있기 때문이다. 그래서 김래빈도 무리 없이 우리를 '기억 못 하는 지인'이라고 받아들였다. 게다가 이미 스티어의 기억이 있는 인물이 둘이나 되고, 그중 하나는 연습생 시절부터 같이 지낸 친구다. 경계심도 누그러들 수밖에 없다.

'조건이 다 맞았군.'

김래빈이 워낙 전과 비슷했기 때문에, 그리고 급작스럽게 벌어져서 마음의 준비를 할 새가 없었기 때문에 얻은 행운이었다.

'후.'

나는 서서히 더 침착해지며, 내가 제법 긴장하고 있었다는 것도 깨달았다. 그렇게 분위기가 더 훈훈해지고, 선아현도 감명받은 스티어 김래빈에게 덩달아 들떠서 다른 곡을 재생하려던 순간이었다.

차유진이 툭 물었다.

"그럼 김래빈, 다음 무대 편곡하고 싶어?"

"내가?"

"오~ 그러게. 욕심 있으면 언제든 말해 래빈아!"

김래빈은 눈을 휘둥그레 떴으나, 곧 꽤 진지한 얼굴이 되었다.

"지나치게 과분한 일이 아닐까 합니다만, 도전해서 결과물을 내놓으면… 후보군으로 고려해 주실 수 있습니까?"

순간 멤버들의 얼굴에 안도와 기쁨이 스쳤다. '김래빈은 여전하구나' 같은 생각을 하는 게 분명했다.

"당연하지!"

"감사합니다!"

멤버들이 훈훈하게 웃는 가운데, 큰세진이 활기차게 입을 열었다.

"그럼 우리 무대 준비부터 할까?"

"…?"

그 순간이었다.

"제가… 무대를 해야 하는군요!"

김래빈은 그렇게 말했지만, 그 어투는 깨달음보다는 경악이나 난감에 가까웠다. 갑자기 우박이라도 처맞은 것처럼 말이다.

즉, 부정적이다.

"하, 하기 싫어?"

"하기 싫다기보다는, 제가 하지 않는 편이 좋다고 생각합니다."

"…?"

그리고 김래빈은 아무렇지 않은 듯이 대답했다.

"경험을 통해 깨달았습니다. 저는 방송, 혹은 무대 활동을 할 만한 재목이 아닙니다."

"뭐, 뭐?"

멤버들은 굳었다. 그리고 나도 표정을 굳혔다.

'이게 무슨 말이지?'

스티어 때도 저놈 무대 능력치에 문제가 있지는 않았다.

'내부 정보.'

나는 같은 멤버였던 기억이 있을 차유진을 돌아보았다. 녀석은 약간 씁쓸한 표정이었다.

"……."

느낌이 안 좋은데.

다행히 여기서 먼저 급발진해 줄 놈이 있긴 했으나… 아니, 이놈은 안 되는데. 하지만 이미 배세진은 입을 연 상태였다.

"무슨 소리야! 너 무대 잘해!"

"예?"

배세진의 외침에 당황한 김래빈이 화들짝 놀랐으나, 곧 배세진의 얼굴을 보고 더 혼란스러운 표정이 되었다.

'…지금 눈치챘나.'

스티어 초기에 마약 사건으로 날아간 '이세진(A)'의 얼굴이라는 것을 말이다. 아니나 다를까, 김래빈은 결심한 얼굴로… 정중히 물었다.

'…?'

"죄송하지만 혹시 성함이 어떻게 되십니까?"

"배… 배세진인데."

"…! 혹시 아역배우셨던 이세진이라는 분과 안면이 있으십니까?"

"……"

나야. 그렇게 대답하고 싶다는 표정인 배세진의 얼굴에 황당함이 들어찼다. 그리고 표정대로 대답했다.

"나야!"

"…?!"

김래빈은 경악했다. 나는 이마를 짚었다. 하지만 동시에 이런 생각도 들긴 했다.

'차라리 이렇게 덜 심각한 분위기에서 터뜨리는 게 낫나.'

마약이든 뭐든 말이다. 오해라는 걸 확실히 도장 찍고, 적당히 배세진의 생물학적 아버지나 욕하고 끝낼 수 있을지도 모른다. 정황상 마약 운반 문제는 분명 그 새끼 때문일 테니까.

하지만 김래빈은 입을 열다 말고 힐끔, 눈을 돌려서 누군가를 확인했다.

'…?'

스티어 류청우를.

"하, 하지만."

"래빈아. 지금 많이 혼란스럽고 피곤할 텐데, 일단 좀 쉬어."

류청우가 단번에 대답했다. 그리고 우리 쪽을 돌아보며 쓴웃음을 지었다.
"그래도 괜찮을까?"
"아… 그, 그럼요!"
"김래빈 방 여기야!"
"가, 감사합니다…"
타당하게 들리는 류청우의 말에 다들 허겁지겁 김래빈을 부축해서 침대로 인도했고, 녀석은 어리둥절하면서도 뿌리치지 못하고 침대에 누웠다.
"……."
그리고 나는 스티어 류청우를 의식했다. 아까 느꼈던 위화감.
'방금, 김래빈 말을 막은 것 같은데.'
기억해 두기로 했다.
물론, 지금은 김래빈의 무대 기피 발언부터 좀 더 파봐야겠지만 말이다.

"놀랍습니다…"
이건 자신의 직캠에 수백만의 조회수가 붙고, 팬들의 열광적인 댓글이 달린 것을 본 스티어 김래빈의 반응이다. 그리고 바리바리 영상 찾아와 보여준 멤버들은 약간 희망을 가졌다.
"그래, 역시 그렇지?"
"역시 무대에 오르는 건 불가능할 것 같습니다."

"어…?"

"이런 수준의 무대를 구사하는 것은 저로서는 불가능할 일일 것 같습니다."

멤버들은 당황했다.

그 와중에도 선아현은 단호한 얼굴로 이렇게 말했다.

"하, 하지만. 우리 그룹일 때 너는… 무대를 정말, 잘했어!"

"…? 어떤 계기나 피나는 노력이 있었나 봅니다."

김래빈은 태연히 대꾸했다.

"죄송하지만 저는 아닙니다."

약간 섬뜩할 정도의 단정이었다. 그리고 테스타 모두가 순간적으로 할 말을 잃어버렸다.

'X발.'

나는 눈을 질끈 감고 싶은 것을 참았다.

'이놈도 문제가 생겼었군.'

이건 무조건… 아이돌 활동에 대한 거부감이다. 정상이 아니었다.

하지만 이날의 어이없는 사건은 이게 끝이 아니었다. 김래빈이 무대 영상을 시청하는 동안, 무심코 고개를 돌리다 드디어 눈에 들어온 것이 있었기 때문이다.

바로 '미리보기'가 시행된 상태창, 그 팝업에 뜬 내용이었다.

[새 기능 미리보기 (extra)]
–파편 기록 열람

'파편 기록?'

이 지랄이 난 원인이나 다름없는 단어가 나오자, 순간 집중력이 활성화되었다. 나는 반사적으로 속독하며 그다음 줄을 읽었다.

[도움말 : '파편 기록 열람'을 통해 System 소유자의 파편 흡수 당시 미션 실패 시나리오를 재현할 수 있습니다.]

뭐? 잠깐, 내가 거쳐온 미션 실패 시나리오라면….
'설마.'
나는 반사적으로 기능을 확인했다.

[파편 기록 열람]
-미션 실패 : 건물 붕괴
-미션 실패 : 원상 복귀

첫 번째는 말 그대로 건물이 붕괴했던 재난이다. 내 대가리가 쪼개지지 않은 이상 미쳤다고 재현하겠냐.
하지만 말이다.
'…두 번째는.'

-미션 실패 : 원상 복귀

류건우의 몸으로 돌아가는 것.

이 순간, 큰달과 몸을 바꿀 수 있는 기능이 열린 것이다.

'큰달과 또 몸을 바꿔?'

건물 붕괴부터 몸 바꾸기까지, 지난 '미션 실패' 당시 상황을 재현하는 기능들. 나는 상태창이 '재업데이트'랍시고 준 옵션을 보며 입을 다물었다.

어이가 없어서였다.

'대체 누가 이딴 기능을 반기겠냐고.'

그때 얼마나 개고생을 했는데 그걸 또 자진해서 경험해 보고 싶을 리가 없지 않은가. 대체 누가 무너지는 건물 속에 갇히거나 스케줄을 말아먹는 스릴을 느끼고 싶겠냐고. 설마 내가 최근에 '■■■의 파편' 흡수를 자주 생각했다고 이러는 건가? 지금까지 '미션 실패'를 해결했을 때마다 파편을 습득했으니, 거기서 연관성을 찾은 거냐 말이다.

'동네 구멍가게에서도 이딴 식으로 수요 예측하면 잘린다 새끼야.'

게다가 시스템을 회사에 적용했는데, 왜 회사와 전혀 상관없는 부가 기능을 주냐고. 무슨 유명 웹툰에서 IP 껍데기만 빌려와서는 무맥락으로 모바일 뽑기 게임 찍어내는 것도 아니고 말이다.

그리고 응답이라도 하듯이 팝업이 위로 튀어나왔다.

[미션 실패 : 원상 복귀]
최대 열람 시간 : 48시간
-열람하시겠습니까?

심지어 이 새끼는 눈치도 없다.

'좀 꺼져 봐라.'

나는 팝업을 지우고 눈을 감았다. 관자놀이가 지근거렸다.

…우선, 상황을 정리하자.

'지금 기억을 잃어버린 멤버는 류청우, 김래빈.'

현상만 두고 보자면 둘 다 그룹에 협조적이며 돌발행동을 하진 않았다. 그러나 류청우는 기억을 되찾는 것을 꺼리고, 김래빈은 무대를 꺼린다.

게다가 거기서 끝이 아니었다. 나는 직전, 김래빈의 표정을 떠올렸다.

―하, 하지만….

'아까 스티어 김래빈은 류청우의 눈치를 봤어.'

그것도 약간 무섭다는 듯이 말이다. 테스타로 살면서는 거의 보기 드문 광경인데, 그걸 거의 버릇처럼 했단 말이지.

"……"

나는 지난 며칠간 스티어 류청우에게 느낀 묘한 위화감을 떠올리며 생각에 잠겼다. 그리고 결론을 내렸다.

'이제 별수 없다.'

지금까지 긁어 부스럼이 될까 봐 자제했는데, 이렇게까지 된 이상 더 그러는 건 현실 도피 하는 멍청한 짓이다.

얼굴 안 붉히는 방법이 안 통하면 정공법이지.

'캐묻는다.'

그리고 누가 가장 적절한 상대인지도 알았다. 양쪽 기억을 다 가지고 있는 완전체.

"기억나는 거 있는 대로 다 말해봐라."

나는 지난번 사태의 당사자이자 성공적으로 기억을 되찾은 녀석, 차유진을 부엌으로 불러낸 다음 이렇게 대화를 텄다.

"What?"

"스티어 때 내부 갈등."

차유진은 떨떠름한 얼굴로 나를 쳐다보았다.

"형 맛있는 거 요리해 준다고 했어요! 저 속였어요!"

그래. 이러려고 이세진이랑 선아현까지 섭외해서 스티어 두 놈을 안무 연습실과 작업실로 분산시켜 버리기까지 했다.

하지만 사기는 아니다.

"그것도 해줄 건데."

"Oh."

"뭐 먹고 싶냐."

"김치볶음밥 주세요."

접수. 나는 냉장고를 열어 재료를 꺼냈다.

"치즈 넣어주세요!"

오냐.

단번에 얌전해진 놈을 옆에 세우고, 나는 김치를 썰며 물었다.

"묻는 이유는, 상황이 이렇게 된 이상 어떻게든 정보를 모아둬야 대처할 수 있을 것 같아서."

"……."
"더는 모르는 게 있는 채로 갈 수 없다는 뜻이다."
침묵, 암묵적 동의군. 나는 가장 신경 쓰이던 부분부터 이야기를 꺼냈다.
"일단 래빈이가 청우 형 눈치를 보는 것 같던데."
"Umm… Yep."
긍정.
"이유가 뭐냐."
차유진은 잠깐 시무룩했으나, 곧 침착해졌다.
"형 정말 듣고 싶어요?"
"어."
"OK."
차유진은 잠깐 말이 없었다. 나는 재촉하지 않고 조용히 재료 손질을 계속했다. 곧 덤덤한 목소리가 싱크대를 울렸다.
"옛날, 스티어의 청우 형은 겁주는 사람이었어요."
"…!"
예사롭지 않은 단어 선택이었다. 겁을 준다고?
"구체적으로 어땠는데."
"알잖아요, 스티어라는 KPOP 그룹의 초기 멤버 절반은 엉망진창이었어요. 그래서 그는 서열이 높은 우두머리처럼 팀을 이끈 거죠. 매우 거친 미식축구 캡틴처럼요."
차유진이 살짝 어깨를 으쓱했다.
"그러니까 제 말은, 그가 지금처럼 포용력 있게 온화한 모습으로 팀원을 대하지 않았다는 거죠."

"…예를 들자면?"

녀석이 어렴풋한 기억을 회상하듯, 미간을 찌푸렸다.

"안무 연습에 빠졌던 한 멤버를 숙소에 못 들어오게 하고 연습실에서 밤을 새우게 만든 적도 있어요."

뭐?

나는 순간 프라이팬 손잡이를 움켜쥐었다. 차유진은 코웃음이 섞인 투로 말을 이었다.

"그 멍청한 녀석은 거의 울 지경으로 새벽 내내 안무를 익혀야 했다니까요."

"……."

"그리고 그런 종류의 처벌이 몇 년쯤 계속됐죠."

'믿기 힘든데.'

류청우의 품성상 불가능하고 뭐 그런 차원이 아니다. 현실적으로 가능하냐의 문제였다.

'여기가 군대도 아닌데 말이지.'

아무리 연장자라고 해도 같은 나이대의 또래였다. 그것도 서로 똑같은 처지에 명목만 리더인 개인이 교관처럼 '처벌'을 하려 든다? 다른 멤버들이 대가리가 굵은 이상, 그래 봤자 먹히는 데에는 한계가 있었다. 게다가 다들 흥한 서바이벌 프로그램에서 순위 안에 들어서 막 데뷔한 상태이지 않은가. 그렇게 한참 자의식 비대할 시기에….

"그게 통했다고?"

하지만 차유진은 즉답했다.

"통했어요."

"……."

알겠다.

'상식이 안 통할 만큼 류청우가 의외로 공포 정치에 일가견이 있었다는 의미다.'

내외 양면으로 개난장판인 그룹 분위기를 휘어잡기 위해… 결국 강경책을 썼단 말이고.

나는 묵묵히 베이컨을 뒤집었다. 그리고 그 기름에 썰어놓은 김치를 튀기듯 볶기 시작하며 확인했다.

"리더로서 제대로 강압적이었다는 거지."

"비슷해요."

차유진의 긍정을 들으며, 나는 기계적으로 식은 쌀밥을 프라이팬에 넣어 고슬고슬하게 풀었다. 반복 노동은 다른 생각을 하기 쉽고, 나는 순식간에 반박문을 완성했다.

"하지만 래빈이는 굳이 그렇게 하지 않아도 말을 들었을 텐데."

"저는요? 저도 말 들어요!"

"양심 있냐."

"우우."

녀석이 약간 억울하다는 듯이 뚱한 표정을 지었지만, 곧 제대로 된 대답을 내놓았다.

"차별하면 문제 생겨요. 제 생각엔, 그래서 청우 형은 모든 멤버에게 똑같이 강하게 대했어요."

"……."

기선 제압해서 찍소리도 못하게 둬야 하니 하나하나 사정 봐줄 수 없었다는 거군.

'그래서 김래빈까지 눈치를 보게 됐다… 라.'

생각해 보니, 스티어 차유진도 초반에 놀라울 정도로 류청우에게 고분고분했었다. 국가대표 운동선수 출신인 류청우가 '안 봐주고' 휘어잡았던 팀 분위기가 어느 수준으로 살벌했는지 보여주는 지표였다.

'공포 정치 메타가 장기적으로 먹히려면 그 정도는 되긴 했어야지.'

몇 년이나 반발을 억누르고, 결국 멤버 절반이 그룹 내에서 문제를 일으키느니 차라리 탈퇴하고 런을 택했을 정도면 말이다. 소속사가 손 놓은 그룹을 잡고 어떻게든 운영하긴 한 것이다.

그러나 차유진은 말하고도 약간 후회하는 기색이었다.

"형은 우리 팬으로서 환상을 지킬 권리를 가지고 있잖아요. 그래서 구체적으로 언급하진 않았지만… 예, 그게 진실이에요."

"……"

그리고 나는 알았다.

"네가 거짓말할 이유가 없지."

"맞아요. 저는 정직한 사람이에요."

나는 치즈를 넣어 김치볶음밥을 마무리했다. 그리고 식욕으로 침울함을 날리는 차유진에게 담담히 말했다.

"특별히 환상이 깨지고 뭐고 그런 건 없다."

"…형 진심 말하는 중이에요?"

"오냐."

결과적으로는, 주어진 환경 내에서는 류청우 나름대로 최선의 선택을 했다는 거다. 최고의 선택이 아니라고 비난할 수는 없겠다.

'말 안 듣는 애새끼들 데리고 그쯤 한 게 기적이지.'

그것보다 말이다.

"그럼 지금 스티어 류청우는 일부러 온화하게 굴려고 기를 쓰고 있는 상태라는 거지."

차유진은 짧게 생각에 잠긴 것 같았으나, 결국 고개를 끄덕였다.

"저도 그렇게 생각해요. 왜냐하면, 사람은 자기 약점 보이는 거 싫어해요. 청우 형도 예외 아니에요."

그러니까, 스티어 류청우 자체도 자신의 '강압적인 리더' 이미지가 여기 정착하는 데에 도움이 되지 않는 약점으로 여겼다는 것이다.

'…애초에, 본인도 그렇게까지 강압적으로 구는 걸 별로 내켜 하지 않았을 확률도 높고.'

나는 계란을 프라이하기 위해 버터 한 덩이를 반 잘라 새 팬에 넣으며 예상했다. 그리고 이제 치즈가 다 녹아내린 김치볶음밥에서 눈을 못 떼는 차유진에게 물었다.

"알았다. 그럼 래빈이는?"

"……"

"왜 무대에 서기 싫어하는지 아냐."

그러자 차유진이 어깨를 약간 늘어트렸다.

"저도 몰라요."

"…??"

"제가 기억하는 스티어 김래빈은… 예, 지금보다 덜 활발하긴 했죠. 그런데 무대를 증오하진 않았거든요."

"……"

지금도 '퍼포머'로서의 자신을 인정하지 않을 뿐이지 무대를 증오하지는 않는 것 같다는 이야기는 굳이 하지 않았다. 결과적으로는 썩 다를 게 없으니까.

'어쨌든, 이놈도 정확히는 모르겠다는 거군.'

그렇다면 이놈이 미국에 간 후, 스티어 김래빈에게 결정적인 사건이 있었다는 걸 수도 있겠다.

ㅡ그룹 해체 이후. 멤버들과 다 헤어지고 난 후.

나는 이 타이밍을 기억해 두기로 했다. 그리고.

"마지막으로 하나만 더 묻자."

"⋯OK."

나는 미뤄뒀던 질문을 꺼냈다.

"⋯배세진 형은, 어떻게 됐냐."

타닥타닥. 계란이 익는 소리가 조용한 주방을 채웠다.

그리고.

"*소식은 몇 년 전에 끊겼던 것 같고, 아마 그는 재판을 계속 항소했던 걸로 기억하는데요.*"

항소했다고?

항소는 나온 재판 결과에 불복했다는 뜻이다. 그리고 그건⋯ 마약 유통 혐의가 인정되어 징역이든 벌금이든 확실히 선고되었다는 뜻이기도 했고.

'X발.'

유통이면 징역일 확률이 더 높겠군. 나는 한숨을 참았다.

"결과는?"

"제 기억에 없어요. 아마 스티어의 멤버들은 최종 결론을 일부러 찾아보지 않은 것 같은데요."

차유진의 목소리가 약간 씁쓸하게 들렸다.

"하지만 이제 알아요. 세진 형 완전히 moral한 사람이에요. So… 오해나, 타이밍 나쁜 우연일 거라고 지금의 저는 생각한다는 거죠."

"…그래."

그게 전부였다.

그렇다면, 스티어 녀석들은 어쨌든 전부 배세진이 재판에서 혐의가 인정되었다는 걸 알고 있다는 거고. 스티어 류청우가 여기서 배세진에게 제법 온화하고 친절하게 구는 건 더 놀라운 일이 되었다.

'흠.'

나는 몇 가지 가설을 세우며 인덕션의 열을 내렸다. 그리고 치즈가 눌어붙은 김치볶음밥 위로 반숙 계란프라이 두 점을 올렸다.

"다 됐다."

"Wow!!"

순간 차유진의 모든 근심 걱정이 날아갔다. 뭐, 보기 좋군.

그리고 잠시 후에는 현관으로 나갔던 녀석들이 우르르 돌아왔다.

"헐, 우리 두고 김치볶음밥?"

"형은 배달 이용해요!"

"와~ 진짜 치사하다, 유진이."

나는 그 틈에서 말없이 약간 어색하게 섞여 있는 스티어 녀석들을 보며, 모종의 결심을 끝냈다.

우선 기본.

'지금 상황이 너무 꼬였다.'

차유진의 설명을 듣자 하니 스티어 때의 인과 관계가 내 생각보다 복잡하게 엮인 상태다. 그런데 어느 쪽 폭탄도 밟지 않고, 두 녀석이 동시에 만족스럽게 기억을 되찾도록 인도하기?

'난이도가 미쳤군.'

그리고 설사 이 모든 게 기적적으로 좋게 끝난다고 해도, 문제는 남는다.

'기억을 되찾고 말고는 결국 이 시스템 업데이트에 달렸어.'

그걸 장담할 수 없는 것이다.

나는 이 시스템의 작용 원리를 명확히 알지 못한다. 그렇기 때문에 그 부분의 추리가 모호해지고 대화를 해도 해도 맴도는 것이다. 결국 이 근본적인 부분을 내가 파악하지 못하면 속 시원한 정답은 없다는 결론이 나온다.

─왜 업데이트랍시고 스티어 당시의 기억이 돌아온 건지.

─언제 본래의 기억을 되찾는 건지.

시스템의 원리. 그리고 지금 주어진 조건하에서… 이걸 알아낼 방법이, 떠오르긴 했다.

'그렇다면 알아내야지.'

머뭇거리다간 또 질질 끌다가 내 손에서 벗어난 상태에서 폭탄이 터질 수도 있다.

'그 꼴은 다시 못 본다.'

여기서, 당사자와 직접 대화하기에 이어서 '정공법'의 두 번째 단계가 나온다.

-시스템 직접 분석.

호랑이를 잡으려면, 호랑이 굴로 들어가야 하는 법이다.
나는 결정했다.
'모험 수를 던진다.'
그리고 모름지기 리스크를 감수하려면, 내가 직접 해야 안심되는 법이다.
그래서 그날 새벽.
'상태창.'
나는 아주 오랜만에, 게임 시스템을 자진해서 불러왔다. 그리고 '미리 보기' 중이라 어딘가 완성도가 떨어지는 시스템 팝업을 다시 확인했다.

[미션 실패 : 원상 복귀]
최대 열람 시간 : 48시간
-열람하시겠습니까?

48시간이라는 것은 아마 지난번, 박문대와 류건우의 몸 주인이 바뀌었을 때 받았던 최대 페널티 기간이다. 굳이 최대라고 붙어 있는 걸 보니, 내가 임의로 끝낼 수 있을 확률도 높다. 최악의 경우에도 무조건

48시간 안에는 결론이 난다는 소리.

참고로 내일은 주말이다. 내 경연 무대는 아직 준비하기 전이고, 큰달의 직장은 쉬는 날. 마침 딱 맞아떨어지지 않는가.

[형, 정말 하실 거예요?]

그래.

[알겠습니다….]

이미 몇 시간이나 설득당한 큰달은 순순히 내 의견에 동의해 주었다. 그리고 잠시 후.

"후."

나는 피곤한 눈으로 침대에서 눈을 떴다. 류건우의 침실 천장이 어슴푸레한 빛 사이로 윤곽을 보였다.

하지만 자세히 확인할 여유는 없다.

'접속부터.'

나는 당장 큰달이 들어간 '박문대'의 시야에 접속했다.

[파편 기록 열람 중]

시야가 둘로 나눠진 듯, 머릿속으로 이미지가 투영된다.

'좋아.'

이것까지는 지난번에 했던 일이다. 그리고 이게 알려주는 사실이 하나 있다.

'몸이 바뀐 상태라면, 나도 큰달이 했던 것처럼 상태창으로서 박문

대의 시야에 접속할 수 있다는 거지.'

 그렇다면 한 걸음 더 나아갈 수도 있을 것이다.

 그래서 나는, 다음 단계까지 나아갔다.

 ─그, 약간 태풍이나 블랙홀에 빨려드는 것처럼요….

'어렵군.'

 나는 큰달의 모호한 설명을 떠올리면서, 최대한 시야에 보이는 상태창의 표면으로 점점 집중했다…. 그리고 얼마나 시간이 지났을까.

'…!'

 정말 잠기듯 의식이 빨려 들어갔다. 상태창 속으로.

'됐다!'

 시스템 구조 확인 및 변경. 이전에 큰달이 백일몽 사건부터 건물 붕괴까지, 몇 번이나 상태창을 통해 시스템에 접속해서 했던 것처럼 말이다.

[■■■■■■■■■]

'그냥… 아주 혼수상태 같은 재기불능으로 만들어주마.'

 나는 시스템 분석을 시작했다.

〈4부 완결〉